Gegen jede Angst
Keep Her Safe

SILVIA MARIA DE JONG
Bisher erschienen:

MEA CULPA – Im Herzen der Dunkelheit
MEA CULPA – Im Auge des Sturms
STIGMATA
DARK SPIRIT – Das Vermächtnis
UNZERBRECHLICH – Mit jedem letzten Atemzug
UNHEILBAR (I) – Jage nicht, was du nicht töten kannst
UNHEILBAR (II) – Denn sie säen Wind und werden Sturm ernten
MAN LIEBT FÜR EINE EWIGKEIT WAS MAN VERLIERT
NICHTS BLEIBT FÜR IMMER STILL
JENSEITS ALLEN SCHMERZES

IMPRESSUM

1. Auflage

Coverdesign: Lisa Wirth / nova md
Bildlizenzen: © Shutterstock/Mimadeo ©Shutterstock/Anton Zabielskyi © Shutterstock/Pemeltavas
Lektorat, Korrektorat: Maren Hustedt
Buchlayout: Cover-UP

Kapitelzierde: © Canva

ISBN Taschenbuch: 978-3-98942-728-0

SILVIA MARIA
DE JONG

GEGEN JEDE ANGST

KEEP HER SAFE

Für Susanne und Daniela,
weil ihr seid, was ihr seid:
Wundervoll!

Ich bin das Problem, das du nie wolltest
und nach dem du nie gefragt hast.

1

Der Tod ist immer einnehmend, allumfassend und lässt nichts zurück. Er nimmt dir alles. Er nimmt dir das Leben.

Nathaniel

Der Schuss zerreißt die lautlose Stille dieses frühen Morgens mit brachialer Gewalt. Er schreckt ein paar Krähen auf, die in dem dichten Geäst friedlich geschlummert haben und nun mit lautem Getöse davonstoben. Unmittelbar gefolgt von dem vertrauten Motorengeräusch eines Schneeschlittens, dessen Dröhnen schnell leiser wird und schließlich verklingt. Augenblicke später tritt wieder Stille ein. Eine Stille, die uns vollkommen umgibt.

Dem Klang nach ein Kleinkaliber, denke ich, *kein Jagdgewehr*. Mein Blick gleitet zu Captain, der reglos zu meinen Füßen hockt. Den Kopf erhoben, die Ohren aufgestellt, sieht er mich aus kristallklaren Augen abwartend an. Sein lautloser Atem hinterlässt weiße Wolken in der klirrend kalten Luft. Ein knappes Nicken genügt und im nächsten Moment sprintet der kraftvolle Rüde los ins Unterholz.

Nur wenige Herzschläge verstreichen, bis ich sein leises Winseln vernehme, welches mir signalisiert, dass etwas ganz und gar nicht in Ordnung ist. Ich folge seinem Ruf durch das Dickicht.

Heute Nacht hat es fünfzig Zentimeter Neuschnee gegeben. Die leicht angefrorene Kruste knirscht unter meinen Stiefeln und gibt jeden einzelnen Schritt der Stille preis. Ich hoffe und bete, dass mich auf der Lichtung, die gut hundert Meter vor mir auftaucht, keine böse Überraschung erwartet.

Als ich aus dem dunklen Buschwerk auf die Waldschneise trete, blendet mich das grelle Tageslicht auf der glitzernden Schneelandschaft sekundenlang so gewaltig, dass ich einen Moment die Augen schließe. Doch Captains Winseln erhebt sich zu einem handfesten Jaulen und zwingt meinen Blick in seine Richtung. Ruhelos streunt der Husky um eine am Boden liegende, leblos anmutende Gestalt herum. Immer wieder stupst er sie vorsichtig mit der Schnauze an, nur, um im nächsten Moment den Kopf zu heben und mich mit drängendem Blick zur Eile anzutreiben.

Beim Nähertreten erkenne ich den zierlichen Körper einer Frau. Unter einer Wollmütze quillt dichtes, rotbraunes Haar hervor. Ihr Leib steckt in einem gesteppten, hellen Zweiteiler, dessen Oberfläche in Herzhöhe blutdurchtränkt ist.

Scheiße.

Ohne Zögern falle ich auf die Knie, streife den Rucksack von den Schultern und entleere den Inhalt auf dem eisigen Untergrund. Mit der rechten Hand wühle ich in dem Equipment nach den sterilen Binden, während ich die linke mit Hilfe der Zähne aus dem Handschuh löse und Sekunden später den Puls an der Halsschlagader der Fremden ertaste. Schwach, aber vorhanden. Noch ist sie bei uns. Cap ist ruhig geworden. Fast als halte er ein stilles Gebet, hockt er in Kopfhöhe der Frau und lässt sie nicht eine Sekunde aus den Augen.

Der dunkelrote Fleck auf dem fast klinisch weißen Material

der Jacke weitet sich in bedrohlicher Form kontinuierlich aus. In dem Versuch, jeglichen Gedanken auszuschalten, öffne ich routiniert den Reißverschluss und fluche doch ungehalten auf, als ich den blutdurchtränkten Pulli darunter entdecke. Augenblicklich zerreiße ich das grobgestrickte Material, sowie das klebrig, nasse Unterhemd zwischen den Händen, bis ich die klaffende, münzgroße Wunde freigelegt habe. Zwei Finger tief unter ihrem Herzen. Mein eigenes schlägt in drängender Intensität gegen den Brustkorb bei diesem Anblick.

In pulsierendem Rhythmus tritt Blut aus der Fleischwunde. Jeder Atemzug kostet eine Sekunde Leben. Ich habe keine Ahnung, wie schwer sie verletzt ist oder welche Organe in Mitleidenschaft gezogen sind. Ich weiß nur, dass ich handeln muss. Jetzt, wenn es noch eine Chance auf Leben geben soll. Caps leises Wimmern erfüllt die weite Stille um uns herum wie ein Totengesang.

Mit ruhigen Fingern wickle ich die sterile Wundauflage aus der Folie und presse sie auf die Läsion. Binnen kürzester Zeit saugt sich das weiche Material voller Blut.

Fuck.

Ich lasse der ersten eine zweite folgen, warte nicht ab, bis diese sich vollgesogen hat, sondern presse augenblicklich eine Mullbinde darauf. Die Wundeinlage fixiere ich mit einem elastischen Verband, den ich fest um den Oberkörper der Frau wickle. Stumm sende ich ein Gebet aus, dass er nicht durchblutet. Der Druckverband ist die einzige Chance, die sie hat.

Und so, als hätte ich meine Gedanken laut ausgesprochen, schlägt sie die Augen auf und starrt mich an. Ihr Atem geht flach.

Wächserne Blässe zieht sich über die feingeschnittenen Gesichtszüge. Auf ihrer Stirn glänzen Schweißperlen. Mit der Kraft, die sie aufbieten kann, umschließt sie mein Handgelenk und zwingt meinen Blick in ihren. Alles, was ich auf der hellen Iris wahrnehme, ist Schmerz und Angst. Todesangst. Ein Eisschauer rinnt mir den Rücken hinab.

Vorsichtig hebt sie den Kopf und flüstert: »Ich will … nicht sterben, bitte.«

Ihre rauen Worte schieben sich wie Holzsplitter unter meine Haut und rufen ein unangenehmes Brennen hervor. Ich kann nicht mit Sicherheit sagen, ob sie auch nur die nächsten zehn Minuten überlebt, dennoch beuge ich mich vor, lege meine Hand an ihre Stirn und streiche mit dem Daumen behutsam darüber.

»Du wirst nicht sterben«, entgegne ich und spüre Captains eindringlichen Blick auf mir ruhen, der die Lüge sicher enttarnt.

Sie schluckt mühsam, atmet zittrig ein und senkt die schweren Lider. »Gut«, flüstert sie. »Das ist gut.« Im nächsten Moment verliert ihr Leib die Spannung und sie sinkt zurück in die Bewusstlosigkeit. Meine Augen tasten über den Kompressionsverband. Zumindest hat es den Anschein, als ob er vorerst hält, was er verspricht. Die körperlichen Symptome deuten auf einen nahenden Schock hin. Ich muss die junge Frau so schnell wie möglich aus der Kälte herausbringen und die Wunde endversorgen, andernfalls stirbt sie mir unter den Händen weg.

Die Rettung zu rufen, würde lediglich kostbare Zeit erfordern, die sie definitiv nicht mehr hat. Mit wenigen Handgriffen raffe ich die Utensilien zusammen und verstaue sie im Rucksack. Ich schlüpfe kurzerhand aus der Steppjacke und schultere einen Wimpernschlag später den Lederriemen der Tasche. Der eisige Atem der Dezemberluft fährt mir schmerzhaft unter den dicken Strickpullover. Der Morgen ist klirrend kalt. Behutsam hebe ich ihren Oberkörper an, lehne die Frau gegen meine Brust und hülle sie fest in den wärmenden Stoff meiner Jacke, bevor ich ihren leblos anmutenden Körper auf die Arme hebe und schwankend mit ihr in den Stand komme. Die Wärme ihres Leibes, die allmählich durch das dicke Material der Kleidung dringt und sich auf mich überträgt, ist das sichere Zeichen dafür, dass ihr Herz noch schlägt.

Cap hüpft aufgeregt um mich herum, während er mir den Weg, knapp tausend Meter bis hin zum *Kejimkujik,* weist. Der See liegt dunkel schimmernd im sanften Morgenlicht vor mir, als ich die Böschung zum Ufer hinab rutsche, auf den Armen meine kostbare Fracht. Captain tänzelt den schmalen Steg zum Boot entlang, ohne mich aus den Augen zu lassen. Mit dem Ellbogen betätige ich die Türklinke und stoße mit der Stiefelspitze die Tür vollends auf. Aufgrund der frühen Stunde, in der ich aufgebrochen bin, habe ich mein Heim unverschlossen gelassen. Selten genug ist es notwendig in der einsamen Wildnis hier draußen, die Türen zu verbarrikadieren.

Wenn es nicht zu einer Schießerei im Morgengrauen kommt, denke ich bitter und senke den Körper der jungen Frau behutsam auf den ausladenden Esstisch, der die Mitte des Hausbootes dominiert. Er genügt gerade dazu, um ihre Körperlänge, die ich auf knapp einen Meter siebzig schätze, auszugleichen. Ich greife eines der Kissen auf dem Sofa hinter mir und schiebe es behutsam unter ihren Kopf, bevor ich die Mütze von dem vollen, glänzenden Haar streife. Das dunkle, tiefe Rot bildet einen scharfen Kontrast zu der ausgeprägten Blässe ihrer Züge und erinnert mich mahnend daran, dass absolute Eile geboten ist. Captain taucht zu meinen Füßen auf, zwischen den Zähnen jene bauchige Ledertasche, die die wichtigsten Instrumente enthält, um im Notfall Leben zu retten.

Er weiß, dass jede Sekunde zählt. Ich nehme mir genau eine, um ihm das Fell zu kraulen und mich zu bedanken, bevor ich den Oberkörper der leblosen Frau freilege. Der Druckverband hat sich bereits dunkelrot verfärbt, was darauf hindeutet, dass nach wie vor Blut aus der Wunde tritt. Mir bleibt nicht die Zeit für aufwendige Vorbereitungen. Ich sortiere das sterile OP-Werkzeug auf dem Tisch und ziehe nur einen Augenblick später das Narkotikum auf. Als die kühle Nadel ihre Haut durchbricht, zuckt sie leicht zusammen.

Nur eine Reaktion des Körpers. Ich ahne, dass der Schock in Verbindung mit dem massiven Blutverlust sie in der Bewusstlosigkeit hält. Die Dosis Propofol dient eher zu meiner eigenen Beruhigung. Der Gedanke, sie könne zu sich kommen, während ich ihren Leib öffne, um das Geschoss zu entfernen und das verletzte Gewebe sowie die Arterien zu vernähen, bereitet mir massives Unbehagen. Blut sickert unter den fest verzurrten Mullbinden hindurch, läuft in feinen Rinnsalen an ihrem Brustkorb hinab, verdeutlicht mir, dass es höchste Zeit ist, zu handeln.

Katzenwäscheartig desinfiziere ich mir die Hände, streife sterile Handschuhe über und löse dann die Kompresse. In einem

Schwall tritt die sämige, dunkelrote Flüssigkeit hervor, bringt kurzzeitig meinen eigenen Blutfluss ins Stocken. Ich atme tief, greife blind nach dem Skalpell rechts neben mir und lasse es vorsichtig durch die zarten Hautschichten hindurchgleiten.

Caps Atem ist das einzige Geräusch, das die Stille dieses bizarren Moments durchbricht. Sein konstanter Rhythmus trägt mich durch jeden meiner Schritte und schenkt mir die Ruhe, die ich für die vor mir liegende Aufgabe dringend benötige.

2

In der Magie des ersten Augenblicks ruhen alle Möglichkeiten.

Taraneh

Die Wucht der Kugel trifft mich mit einer Kraft, auf die ich nicht vorbereitet bin. Mein Brustkorb schmerzt, als sei ein Feuerwerkskörper eingedrungen. Qual, heiß und brennend, weitet sich in alle Richtungen aus, raubt mir den Atem und die Sicht.

Ich bin getroffen. Oh Gott, ich werde sterben. Er hat auf mich geschossen. Meine Hand gleitet an die Stelle, an der die Körperqual so scharf ist, dass sie mir die Sinne raubt. *Das Herz*, denke ich. Der Schuss ging mitten ins Herz. Mein Blick streift die Finger, die blutüberströmt sind, bevor ich mit allerletzter Kraft den Kopf hebe und dem seinem begegne. Da liegt kein Bedauern in den Augen, kein *Verzeih mir*, nur ein: Du bist eindeutig zu weit gegangen.

Kraftlos sinke ich auf die Knie, die Augen fest auf ihn gerichtet. Ich sehe, dass er meinen Blick erwidert, während er langsam rückwärts schreitet. Ahne, dass er darauf wartet, dass ich sterbe. Ich öffne den Mund, möchte etwas sagen, schreien, toben, doch jedes Wort in mir schweigt. Mein Geist verflüchtigt sich, das Leben in meinem Körper verglüht wie das letzte Aufleuchten eines Kometen.

Ich sterbe. Ich tue ihm den Gefallen und lasse mich auf den Rücken fallen, in das weiche Schneebett, nicht länger fähig mich aufrecht zu halten. Über mir leuchtet die Weite des klaren, frühmorgendlichen Winterhimmels. Wolkenlos und tiefblau. Wunderschön. Unter mir spüre ich, wie das warme feuchte Blut allmählich durch die Kleidung dringt und im unberührten Schnee versickert.

»Ich sterbe«, flüstere ich in die Stille, die nur Sekunden später von dem aufheulenden Motor eines Schneeschlittens durchbrochen wird. Er ist fort. Als die Lautlosigkeit zurückkehrt, schließe ich die Augen in dem Bewusstsein, dass ich mein Versprechen nicht gehalten habe.

Es ist der gewaltige Schmerz, der mich zurückreißt aus der tiefen, gnädigen Bewusstlosigkeit und alles scharf umrissen mit sich trägt: die Körperqual, die Wut und die unfassbare, zutiefst beklemmende Angst. Angst vor dem Tod. Wenn ich den Schmerz und die Kälte so intensiv fühle, dann scheint noch immer ein Funke Leben in mir zu glühen. Eine letzte, vage Hoffnung. Auch wenn es mich übermenschliche Kräfte kostet, so hebe ich die schweren Lider und sehe mich einem Fremden gegenüber, der vor mir im Schnee kniet. Er hält den Kopf geneigt und versorgt mit routinierten Handgriffen die Wunde.

Als er den Blick hebt und mich ansieht, erahne ich die Sorge in seinen Zügen. Er scheint nicht davon überzeugt zu sein, dass ich diesen Anschlag überlebe. Das zeichnet sich deutlich in den tiefen Falten auf seiner Stirn ab, in dem bitteren, fast hoffnungslosen Zug um seinen Mund. Ich weiß nicht, wer dieser Mann ist oder woher er so schnell kam. Ich weiß nur, dass er meine absolut letzte Chance auf Rettung ist.

Mit einer Kraft, die ich nicht mehr zu besitzen glaube, umfasse ich sein Handgelenk und hebe mühsam den Kopf ein wenig an. Augenblicklich wandelt sich der Ausdruck in seinen Augen. Er ringt darum, die Tatsachen vor mir zu verbergen. Leicht hebt er das Kinn und neigt seinen Kopf in meine Richtung, um meinen atemlosen Worten zu lauschen.

»Ich will … nicht sterben, bitte.«

Nicht eine Sekunde löst er den Blick von meinem, wenngleich ich an der auffälligen Bewegung seines Kehlkopfes erahne, was meine Worte ihm abringen, so bemüht er sich konstant darum, Haltung zu wahren und Sicherheit zu vermitteln.

»Du wirst nicht sterben«, flüstert er rau und beugt sich ein Stück tiefer. Ich spüre seine Hand warm und trocken auf meiner schweißnassen Stirn. Fühle, wie sein Daumen zärtlich über meine klamme Haut streicht und empfinde zeitgleich einen Strom Tränen, der mir die Kehle zuschnürt, gegen den ich jedoch tapfer anschlucke. Seine tröstliche Geste hat in dieser Stunde des nahenden Todes etwas zutiefst Beruhigendes. Mit jedem Heben und Senken der Brust wird mein Atem mühevoller. Meine Sinne entziehen sich dem Bewusstsein. Ich schließe die schweren Lider, nicht länger fähig, dem Tod offenen Auges zu begegnen.

»Gut«, flüstere ich. »Das ist gut.« Im nächsten Moment verliert sich mein Geist in der bodenlosen Schwärze, die mich von allen Seiten umgibt.

Zuvor

Nur wer dem Schmerz in aller Tiefe begegnet, bringt auch den Mut auf zu kämpfen.

Taraneh

»Glaubst du, dass wir Flügel bekommen, wenn wir sterben?« Ihre leisen Worte lassen mich in der Bewegung innehalten. Sie schockieren mich regelrecht. Ich lege den Apfel, den ich gerade schäle, zur Seite und hebe den Kopf, um ihrem ernsten Blick zu begegnen. Äußerlich die Schotten hochgefahren, um mit aller Macht ein Gefühl der Zuversicht und Hoffnung zu vermitteln, brennt innerlich der letzte sichere Hafen nieder. Mühsam schlucke ich gegen die Tränen an, die ihre Frage in mir auslöst. Auf keinen Fall kann und darf ich jetzt die Fassung verlieren. Mich vorbeugend ergreife ich ihre Hände, die blass und eiskalt auf der Decke ruhen.

»Was sind denn das für Fragen, Süße? Niemand stirbt hier.« Ihr ernster Blick dringt unter meine Haut bis in mein wundes Herz hinein, spürt zielsicher jede Unsicherheit auf, bevor ihr farbloser Mund sich grinsend verzieht

»Ich weiß, dass ihr das glaubt, du und Mummy, dass ihr es hofft. Dass ihr manchmal davon überzeugt seid, ich könne es schaffen.« Sie schüttelt den Kopf und presst dann die Lippen zu einem schmalen Strich zusammen. Eine einzige verdammte Träne löst sich aus meinem Augenwinkel, die sich unter keinen

Umständen zurückdrängen lässt. Ich atme zittrig ein in dem Bemühen, diesen Gefühlsausbruch so gut es geht zu ignorieren und in der leisen Hoffnung, Vivi bemerke diese alberne Träne nicht.

»Ich hab dich auch lieb, Tante Tara«, flüstert sie lächelnd und drückt meine Hände. Welch surreale Situation, durchfährt es mich. Ich bin die Erwachsene, ich sollte die Starke sein, diejenige, die tröstet. Ungehalten wische ich mir mit dem Handrücken über die Wange und richte mich auf.

»Jeden einzelnen Tag, den ich aufstehe, begehe ich in der Überzeugung, dass du wieder gesund wirst, Vivi.« Kurz senkt sie die Lider, bevor sie den Blick hebt und mich aus entsetzlich ernsten Augen ansieht. Ein Kind von acht Jahren sollte nicht so eine Ernsthaftigkeit besitzen, sollte nicht die Tiefen des Lebens schon in einer derartigen Härte erfahren haben, wie dieses Mädchen vor mir. Ihre Würde, ihre Klarheit und auch ihr Humor, trotz der schweren Erkrankung, rauben mir sekundenlang Herz und Verstand.

»Nur für den Fall, dass es doch anders kommt, glaubst du an die Sache mit den Flügeln?« Ein Beben durchläuft meinen Körper bei ihren klaren Worten. Ich atme tief ein, schließe die Augen und weiß im selben Moment, dass es keinen Sinn macht, um den heißen Brei zu reden. Vivian liegt seit Monaten in diesem sterilen Krankenzimmer, isoliert von der Außenwelt. Sie spürt, wie ihr Körper sie jeden Tag ein Stück mehr verlässt, wie die Kraft schwindet. All die schmerzhaften, zahllosen Therapien sind bisher ohne Erfolg geblieben.

Ich beuge mich tiefer über sie, löse meine Hände aus ihren

und umfasse behutsam das schmale Gesicht.

»Ich glaube fest an die Sache mit den Flügeln, Vivi. Wie sollten wir uns auf der anderen Seite fortbewegen, wenn es keine Flügel gäbe? Ich glaube kaum, dass es dort Busse und Bahnen gibt.« Die Vorstellung scheint sie zu amüsieren.

»Gut«, flüstert sie und ich erahne die tiefe Müdigkeit in ihrer Stimme, »wirklich nur für den unwahrscheinlichen Fall, dass es doch anders kommt, dann sag Mummy, wenn ich Flügel bekomme, warte ich am See auf sie, dort wo die Libellen im Sommer tanzen. Ich bin die, die am buntesten schillert.«

Ihre Worte machen mich atemlos. Ich will sie schütteln, will schreien: *Sag nicht solch entsetzliche Dinge, Vivi, du wirst nicht sterben.* Und doch fürchte ich, dass dieses Mädchen so viel klarer als wir alle. Sekundenlang halte ich die Lider fest geschlossen, um gegen die Tränen anzukämpfen, die in einer Flutwelle hochdrängen, als die Tür aufgeht und Grace den Raum betritt.

Sie sieht schlecht aus. In den letzten Wochen hat sie so viel Gewicht verloren, dass die Kleidung ein, zwei Nummern zu groß anmutet. Ihr Blick ist von einer solchen Ernsthaftigkeit und erfüllt von Schmerz, dass es mich fast zerreißt, als ich mich in die dunklen Tiefen vorwage. Doch in dem Moment, da Vivian den Kopf dreht und ihre Mutter ansieht, zieht ein Leuchten über Grace‘ Züge, das überirdisch schön ist. Sie liebt ihre Tochter und wenn es möglich wäre, einen Tausch vorzunehmen, dann würde sie jederzeit ihr Leben für das ihres Kindes geben. Ich schlucke heftig bei dem Bild, das sich mir bietet. Ach verflucht, auch ich würde mein Leben jederzeit für Vivis Gesundheit einsetzen. Vivian drückt meine Hand zum Zeichen, dass unsere stille

Abmachung steht. Ich erwidere den Händedruck leicht, doch Grace entgeht nicht die geringste Regung in diesem Zimmer. Es ist, als seien ihre Sinne über alle Maße sensibilisiert, darauf geschult, jede Veränderung wahrzunehmen. Mit erhobenen Augenbrauen tritt sie an das Bett, küsst ihre Tochter aufs Haar und lässt den Blick streng zwischen uns hin und her wandern.

»Na, was heckt ihr zwei wieder aus?« Mir fehlen die Worte auf diese leichte Frage, denn die Antwort wiegt so schwer, dass sie das Potential eines Vernichtungsschlages besitzt. Doch bevor ein Wort über meine Lippen dringt, greift das Mädchen nach der Hand ihrer Mutter und entgegnet lachend: »Eine Überraschung, Mummy, für dich.«

3

Wer zwischen den Welten wandelt, hat nicht immer die Wahl, ob er geht oder bleibt.

Nathaniel

Ich wage es nicht, von ihrer Seite zu weichen. Ihr Puls geht flach, aber beständig. Ein paarmal hatte ich die Befürchtung, dass sie mir entgleitet und auch jetzt, da sich die Dämmerung schwer und dunkel über das Land legt und einen bläulichen Schimmer mit sich trägt, hängt ihr Leben am seidenen Faden. Noch ist sie nicht wieder zu sich gekommen und ob dieses überhaupt so sein wird, ist mehr als fraglich. Was das im schlimmsten Fall für mich bedeutet, wage ich mir nicht auszumalen. Vehement verdränge ich den Gedanken daran, sie könne die Nacht nicht überstehen und doch zwingt er sich mir pausenlos ungefragt auf.

Außer einer Geldbörse mit einer fünfzig Dollar Note und einem Presseausweis, der sie als *Taraneh Moore* identifiziert, trug die junge Frau nichts bei sich. Was sie hier in der Wildnis verloren hat, ohne Papiere, ausreichend Geld und überlebenswichtige Ausrüstung, erschließt sich mir nicht. Möglicherweise eine Tagesausflüglerin, die sich verlaufen hat. *Ohne Proviant?* - hinterfrage ich meine Überlegung im selben Augenblick und verwerfe sie gleich wieder. Der Presseausweis wirft unangenehme Fragen auf, gesetzt dem Fall, er ist echt. So ein Ausweis kann bei Bedarf Tür und Tor öffnen, ob nun berechtigt oder nicht sei dahingestellt.

Vor gut einer Stunde habe ich die Wunde kontrolliert. Immerhin konnte ich durch das Vernähen der Arterie die starke Blutung stoppen. Es grenzt an ein Wunder, dass kein Organ in Mitleidenschaft gezogen wurde. Dennoch war der Blutverlust enorm. Die nächsten Stunden werden zeigen, ob Taraneh Moore diese Krise übersteht.

Müde fahre ich mir mit der Hand über das Gesicht und sinke tiefer in den Stuhl, den ich als Wachposten direkt neben der Koje bezogen habe. Die Beine weit von mir gestreckt, umfasse ich zum wiederholten Male an diesem verfluchten Tag das zarte Handgelenk der Frau. Mit zwei Fingern streiche ich über die Haut, unter der der Puls kontinuierlich schlägt. Vermutlich wäre es ratsam, sie mit Blutkonserven zu versorgen, doch mir fehlen hier draußen schlicht die Mittel für derartige Maßnahmen.

Spätestens jetzt sollte ich die Rettung rufen, um ihr Überleben zu sichern. Ich kann nicht genau benennen, was mich daran hindert. Zum einen die Tatsache, dass ich mich mit meinem Handeln schon viel zu weit aus dem Fenster gelehnt habe. Dass der Vorfall mir Taten abringt, die zu vollziehen mir nicht länger zustehen. Zum anderen, das Wissen darum, dass dieser Schuss mit hoher Wahrscheinlichkeit ein Anschlag war. Gezielt und vorsätzlich tödlich. Allein dem schlechten Schützen ist es zu verdanken, dass er knapp das Herz verfehlt hat.

Dunkelheit steigt von den hölzernen Paneelen auf, hüllt die karge Möblierung in schwarze Schatten. Ich erhebe mich und entzünde zwei, drei Kerzen, die auf der Anrichte und dem Esstisch bereitstehen. Schon vor langer Zeit habe ich es mir abgewöhnt, meine Festung wie einen Fackelzug auszuleuchten, sodass das Licht bis ans andere Seeufer strahlt. Die Anonymität der Einsamkeit hat etwas Heilsames. Es reicht, wenn die wenigen Menschen, die meine Nähe schätzen, wissen, wo sie mich finden.

Als ich mich wieder auf den Stuhl nahe des Krankenlagers setze, lässt sich auch Captain zu meinen Füßen nieder. Ich beuge mich vor und kraule ihm das weiche Fell. Nicht einen Atemzug ist er unserer Patientin von der Seite gewichen. Seine eisblauen Augen fixieren mich, suchen nach Anzeichen der Ermüdung. Dann senkt er die Lider und signalisiert mir, dass es Zeit ist zu ruhen.

Es ist das Winseln des Hundes, das mich aus einem unruhigen Schlaf reißt. Seine zarten Berührungen mit der Schnauze gegen mein Bein, die sekündlich vehementer werden. Mühsam hebe ich die Lider, bemüht mich in dem dämmerigen Licht zu orientieren. Einen Herzschlag lang fixiert Cap mich still, gibt mir die Zeit, vollends zu mir zu kommen, die Sinne und den Blick zu schärfen. Dann erhebt er sich geschmeidig und tritt an das Bett. Im selben Moment wird mir klar, was er mir zu sagen versucht. Ich drehe den Kopf und mache im Zwielicht das Haupt der jungen Frau aus, welches auf dem schneeweißen Kissen hin und her fliegt. Selbst im Halbdunkeln erkenne ich die Schweißperlen auf ihrer Stirn, den feuchten Haaransatz. Leise, unzusammenhängende Wortfetzen lösen sich von ihren Lippen, gefolgt von schmerzhaften Lauten, die mir scharf unter die Haut fahren.

Scheiße, hoffentlich bedeutet das nicht, dass sie Fieber hat. Eine

Wunde, die sich infiziert, ist das absolut Letzte, was wir jetzt gebrauchen können. Ruckartig erhebe ich mich und trete an die Koje. Cap drängt sich fest gegen mein Bein. Seine Sorge um unseren Gast ist deutlich spürbar und springt mich regelrecht an. Ich lege meine Hand auf ihre Stirn, streiche mit dem Daumen behutsam über die klamme Haut und empfinde, wie sie augenblicklich ruhiger wird. *Das ist kein Fieber*, denke ich. Der kalte Schweiß deutet eher auf Schmerzen hin, ebenso wie das unkontrollierte Zucken ihrer Gliedmaßen. Vorsichtig hebe ich ihre Lider an. Sie schwebt dicht unter der Oberfläche, nicht mehr so tief in der Bewusstlosigkeit verankert, wie in den letzten Stunden. Vermutlich ist es die Körperqual, die ihr Bewusstsein aus den Tiefen hinauf zerrt.

»Die Tasche, Cap.« Ich schlage die Decke zurück und schiebe den dünnen Stoff des T-Shirts hoch, das ich ihr nach dem Eingriff übergestreift habe. Vorsichtig fahre ich über den Verband. Er ist trocken und sauber. Ein schmerzhafter, fast schluchzender Laut löst sich von den Lippen der jungen Frau, obwohl die Berührung eher einem Flügelschlag gleicht.

Behutsam lege ich meine Hand an ihre schweißnasse Wange und flüstere rau: »Alles ist gut. Nur wenige Augenblicke noch, dann wird es dir besser gehen.« Bei meinen Worten flattern ihre Lider leicht, so als ringe sie darum, die hauchzarte Oberfläche, die sie von der Realität trennt, zu durchbrechen. Inzwischen ist Captain zurückgekehrt, im Maul die obligatorische Ledertasche mit der überlebenswichtigen Ausrüstung.

»Danke Freund«, entgegne ich leise und tätschele ihm flüchtig den Kopf. Mit den Augen verfolgt er, wie ich die

Morphinspritze aufziehe und die feine Nadel kurze Zeit später unter die Haut in die Arterie unserer Patientin dringt. Ein erlösendes Seufzen lässt sie augenblicklich tiefer in die Bewusstlosigkeit zurücksinken. Ich ziehe den Stuhl näher an das Bett, so dicht, dass ich jede Regung auf ihren Zügen verfolgen kann. Ganz allmählich verschwindet der glitzernde Schweißfilm auf Stirn und Wangen, hinterlässt ein erstes zartes Glühen.

»Wer bist du? Woher kommst du und was zum Teufel hast du hier verloren allein in der Wildnis Kanadas?«. Meine Stimme klingt rau und leise in die Stille hinein, die nur erfüllt ist von Captains tiefen Atemzügen, der in einen leichten Schlaf zurückgesunken ist.

Ich kann nur hoffen und beten, dass wir beide unbeschadet aus dieser Situation herauskommen. Wenn sie untergeht, reißt sie mich definitiv mit in den Abgrund.

4

Vertrau auf die Zukunft, gleichgültig wie schmerzhaft die Vergangenheit war.

Taraneh

Der Schmerz ist so grell, dass er mich aus der tiefen Schwärze hinaufzerrt und mich dicht unter der Oberfläche schweben lässt, die jedes Fühlen intensiviert. Das Atmen wird beschwerlicher, zäher, schmerzhafter. Mein Körper scheint in Flammen zu stehen. Ich möchte schreien, mich bemerkbar machen, will dieser Körperqual entfliehen, doch es ist, als habe mich jemand ans Bett gefesselt und jegliche Bewegung zu einer Unmöglichkeit gemacht. Meine Lider fühlen sich an, als seien sie verklebt. Gleichgültig wie sehr ich darum ringe, sie anzuheben, wie sicher ich den Lichtschimmer dahinter erahne, es gelingt mir nicht.

Plötzlich erklingt eine Stimme, tief und ruhig, die mir ein Gefühl des Loslassens vermittelt. Nur einen Herzschlag später fühle ich seine Hand, warm und trocken auf meinem heißen Gesicht. Behutsam streicht er mit dem Daumen über meine Wange, nimmt für einen winzigen Moment einen Teil des Leides mit fort. Ich weiß nicht, wo ich bin, noch was diesen gewaltigen Schmerz in mir auslöst. Mein Geist ist umnebelt und zugleich so erfüllt von der Qual, dass ich irgendwo in den Zwischensphären schwebe. Ich möchte den Schmerz loslassen, körperlich wie seelisch. Aber irgendetwas in mir weiß, dass ich das nicht kann.

Ich habe ein Versprechen gegeben und solange mein Atem beständig die Lungen füllt, solange mein Herz das Blut durch die Adern transportiert, werde ich daran festhalten, dieses Versprechen in die Tat umzusetzen.

Ein winziger Stich durchbricht die Haut an meinem Arm. Sekunden später streichen Fingerspitzen behutsam darüber hinweg und unmittelbar erfüllt mich ein Gefühl der Geborgenheit in diesem surrealen Moment. Ein Gefühl so intensiv und heilend, dass ich mit einem leisen Seufzen nachgebe und zurücksinke in die schmerzlose Schwärze.

Nathaniel

Als der Morgen mit rötlichem Glanz die kleine Wohnfläche des Hausbootes erobert, ruht Taraneh, wenn dies denn ihr Name ist, in einem verhältnismäßig tiefen Schlaf. Dennoch traue ich dem Frieden nicht. Es liegt kaum vierundzwanzig Stunden zurück, da ich sie mehr tot als lebendig auf der Lichtung im Wald fand. Keine Sekunde habe ich den Wachposten neben ihrer Krankenstätte verlassen, aus Sorge, mir könne etwas Wesentliches entgehen. Doch nach der Krise dieser Nacht sind weitere Komplikationen ausgeblieben.

Ein leises Klopfen an der Tür lässt Captain und mich zeitgleich die Köpfe heben. Einen Moment sehen wir einander schweigend an. Das Tier scheint ebenso auf der Hut zu sein wie ich selbst. Dann erheben wir uns synchron und steuern die Tür an. Es kann nur einen Menschen geben, der zu dieser frühen

Stunde den langen Weg zu mir auf sich nimmt.

Ein eisiger Luftstrom umweht den großen, schlanken Mann, fährt ihm durch das dichte, schwarze Haar, als ich das Blatt öffne und seinem durchdringenden Blick begegne.

»John«, flüstere ich. Mein Atem hinterlässt weiße Wolken in der Luft. Diese Nacht war deutlich kälter als alle vorangegangenen. Eiskristalle glitzern auf der Schneedecke und reflektieren das frühe Sonnenlicht.

In seinen Augen erkenne ich tiefe Müdigkeit, gepaart mit einer Verzweiflung, die ihn seit Wochen wie ein dichtgewebter Mantel umgibt. Captain, der seinen Freund auf Anhieb erkennt, stürmt durch die Tür, wirbelt dabei eine Fontäne Schnee auf und springt, erfüllt vom Glück dieser Begegnung, an dem Mann hoch. John *Running Wolf* ergreift die Vorderläufe des Tieres und sinkt lachend vor ihm in die Knie.

»Guten Morgen, mein Freund. Immer wieder eine Freude, dich zu sehnen.« Ehrerbietig rollt der Husky sich auf dem eisigen Untergrund auf den Rücken. Ein Ausdruck puren Glücks und absoluten Vertrauens. John tut ihm den Gefallen und krault ihm sekundenlang den nackten Bauch, bevor er den Kopf hebt und mich ansieht.

»Du weißt, ich würde dich nicht zu dieser unchristlichen Stunde stören, Nathan, wenn es nicht notwendig wäre.« Seine Worte lassen die Befürchtungen in mir aufbrechen wie ein eitriges Geschwür. Die Ahnung, dass sein Erscheinen dringlicher Natur ist, wird zur bitteren Gewissheit. Ich sehe es an den tiefen Falten, die sich in seine Wangen gezeichnet haben. An den silbrigen Strähnen, die das dunkle, glatte Haar durchwirken. An dem erlöschenden Glanz seiner unglaublich hellen Augen. John *Running Wolf* ist in den letzten Monaten um zwanzig Jahre gealtert.

Kurz werfe ich einen Blick über die Schulter. Unsere Patientin ruht weiterhin still zwischen den Laken. Ich weiß, dass John der Mensch ist, dem ich alles anvertrauen kann, nicht zuletzt mein Leben und doch bin ich für ein paar Atemzüge lang unsicher, ob es richtig ist, ihn in dieses Geheimnis einzuweihen. Ich habe keine Ahnung, was die Begegnung mit dieser Frau nach sich ziehen wird, welche Schwierigkeiten es mir und somit auch möglicherweise John bereiten könnte. Alles, was er zu dieser Zeit nicht gebrauchen kann, sind Konflikte mit dem Gesetz.

Entgegen meines Instinkts öffne ich die Tür weiter und bitte ihn stumm hinein. John tritt mit geneigtem Haupt durch den Rahmen. Augenblicklich erfüllt seine Präsenz meine bescheidene Behausung. Er ist ein großer Mann, fast an die zwei Meter. Sein Körper ist trotz der Jahre, die er zählt, drahtig und wendig. Der Blick aus den silbrigen Augen wach und aufmerksam. Die Seele in diesem Körper mutet jugendlich an und ist doch gesegnet mit einer Weisheit, die ich auch in fünfzig Jahren nicht erreichen werde.

Captain umtanzt *Runnig Wolf* gleich einer Gottheit. Mir ist das Tier zutiefst ergeben. Mein Begleiter, mein Seelengefährte. Doch kaum betritt John das Spielfeld, scheint er völlig zu vergessen, wohin er gehört, wo er zuhause ist und wer ihn nährt.

Johns Blick streift durch das Halbdunkel, welches allmählich die Schatten aus dem Wohnbereich schält, und bleibt schließlich an dem großen Eichentisch haften. Er beugt sich vor und streicht mit rauen Fingern über die blutigen Narben, welche die OP am gestrigen Tag in das geschliffene Holz gezeichnet hat.

»Ein Mensch«, stellt er rau fest, hebt den Kopf und sieht mich eindringlich an. Ich schlucke mühsam in der Gewissheit dessen, dass ich mich zu weit vorgewagt habe, aber auch in dem Bewusstsein, dass es zu dem Zeitpunkt nur diese eine Möglichkeit gab, wenn ich ihr Leben, Taranehs Leben, retten wollte. Dann nicke ich ergeben.

Schweigend gleitet sein Blick durch den Raum und findet mit zuverlässiger Sicherheit den ruhenden Körper im Bug des Schiffes. Kurz schwenken seine Augen noch einmal zu mir. Ich sehe alles darin, was ich wissen muss. Sorge um mich und die Gewissheit richtig gehandelt zu haben. Mit schwerem Schritt tritt er auf die junge Frau zu. Still betrachtet er sie, bevor er die Hand ausstreckt und sie flach auf ihre Stirn legt.

Ich beobachte stumm, wie John die Lider schließt und ahne, dass er mit ihrer Seele in Kontakt tritt, mit ihrem tiefsten Sein, das für mich unerreichbar ist. Mit angehaltenem Atem stehe ich da und betrachte das sich mir bietende Bild. Obwohl ich diesen Mann schon so oft bei seiner Arbeit begleitet habe, so oft erleben durfte, wie er vorgeht, berühren mich diese spirituellen Momente immer wieder aufs Neue.

Cap sinkt zu Johns Füßen und legt seinen Kopf auf die nassen, vom Schmelzwasser durchtränkten Stiefel, einen seligen Ausdruck in den Augen. Minutenlang füllt eine Stille das Boot, die heilsam und zutiefst beruhigend ist. Ich weiß, dass John diese Stille ist. Angesichts seines eigenen Leides ist es fast beängstigend, dass er trotzdem in der Lage ist, diese Fähigkeiten auszuleben.

Er löst seine Finger nicht vom Körper der Frau, als er

zögernd die Lider hebt und mich ansieht. Sein Blick wirkt seltsam verhangen, dennoch habe ich keinerlei Zweifel an der Klarheit seines Geistes.

»Das war verdammt knapp, mein Freund. Du hast ihr das Leben gerettet.« Ohne mir anmerken zu lassen, was seine Worte mit mir machen, straffe ich die Schultern und recke das Kinn vor.

»Ist sie über den Berg?« Kurz streift sein Blick die junge Frau. Seine Hand gleitet leicht wie eine Feder über ihre Züge und kommt schließlich auf der Schulter zur Ruhe.

»Sie ringt, Nathan. Zwischenzeitlich taumelt sie immer wieder an der Linie ins Jenseits …« Dann neigt er den Kopf leicht zur Seite, als lausche er auf Worte, die nur für seine Ohren bestimmt sind. »Aber sie hat eine Aufgabe, die noch nicht erfüllt ist. Ein Versprechen, das eingelöst werden muss.« John zieht seine Hand zurück und fährt sich müde über das Gesicht. »Sie kommt zurück, vertrau darauf. Gib ihr die Zeit, die der gemarterte Leib benötigt, damit die Seele sich wieder einnisten kann.«

Seine weisen Worte bringen meine vibrierenden Nervenenden zur Ruhe und lassen mich einen tiefen Atemzug nehmen. Ein Ausdruck maßloser Erleichterung. John nickt verstehend und schenkt mir ein trauriges Lächeln.

»Deine Gutherzigkeit wird dich eines Tages Kopf und Kragen kosten, mein Freund. Du weißt das.« Schweigend mache ich mich in der kleinen Küche zu schaffen, um uns einen Kaffee zu kochen.

John tritt an den Tisch und setzt sich auf einen der altersschwachen Stühle. Ich frage nicht, was ihn in dieser Stunde, bei der Witterung hierher treibt. Er wird erzählen, wenn er soweit ist. Ohnehin kenne ich seine Beweggründe auch so sehr genau. Schweigend schiebe ich einen Becher über den Tisch und setze mich zu ihm. Der Mann, der die Weisheit und den Schmerz seines Stammesvolkes auf den Schultern trägt, hebt den Kopf und sieht mich an. Fast glaube ich, Tränen in seinen Augen zu sehen. Nur einen winzigen Moment lang, dann ist es vorbei. Möglicherweise habe ich es mir nur eingebildet.

»Du ahnst sicher, warum ich komme.« Als ich mit Schweigen antworte, fügt er hinzu: »Es geht ihr schlechter, Nathan. Ich kann nichts mehr ausrichten.« *Running Wolf* senkt den Kopf und ich erahne, dass er den tiefen Schmerz, der ihn umtreibt, vor mir verbergen will.

»*Leaf* ist stark, so viel stärker als ich. Kein Wort verliert sie darüber, wie sehr sie leidet, aber ich …« Ungehalten fährt er sich mit der Hand über das Gesicht. Er spricht von Mary, von seiner Frau. John hat sie niemals in meiner Gegenwart bei ihrem bürgerlichen Namen genannt, stets bei ihrem Stammesnamen, so wie er sie von klein auf kennt.

»Ach Herrgott, ich sehe es bei jedem verdammten Atemzug, den sie sich abringt. Sie bewegt sich an der Grenze des Ertragbaren und ich … ich kann nichts dagegen ausrichten. Ich fühle mich so verflucht hilflos.«

In all den Jahren, die ich ihn kenne, habe ich ihn nicht so kraftvoll und schmerzerfüllt fluchen hören. Ich beuge mich tiefer über den Tisch und begegne seinem wunden Blick. »Ich habe dir mein Wort gegeben, ich werde da sein, wenn es so weit ist und ich gedenke, mich an dieses Versprechen zu halten.«

Er streicht sich das Haar zurück und atmet tief ein. »Das hast du, aber ich weiß auch, was ich dir abverlange, Nathan.« Einen winzigen Moment lang schnüren seine Worte mir die Atemwege ab, rufen Empfindungen und Bilder hervor, die ich mühsam niederkämpfe. Dann schüttele ich den Kopf und erhebe mich.

»Lass das meine Sorge sein, John. Erstmal werde ich nach Mary sehen und schauen, wie ich ihr helfen kann unter den gegebenen Umständen.«

Ich trete an den Hängeschrank über dem Herd, befülle mit zwei Handgriffen die Tasche und stelle sie auf den Tisch. John greift nach meinem Handgelenk, umschließt es fest, fast schmerzhaft.

»Ich habe mich nicht von ihr verabschiedet … ich … ich konnte es nicht. Darum …« Ich lege meine Hand über seine, spüre die raue Haut, die von der Kälte stellenweise aufgeplatzt ist.

»Sorge dich nicht, John. Du wirst Mary heute Abend sehen«, versichere ich und empfinde den Schauer der Erleichterung, der durch seine Adern brandet am eigenen Leib. Gleichgültig, wie viel Weisheit dieser Mann in sich trägt, wenn es um seine eigenen Belange geht, ist er hilflos. Mich abwendend streife ich die Stiefel über und greife nach der dunklen Steppjacke, die am Haken hängt, als ich seine Hand auf meiner Schulter spüre.

»Ich werde mich um das Mädchen kümmern, solange du fort bist, Nathaniel. Danke, für alles.«

Einen Moment lang stehen wir einander stumm gegenüber, bevor John mich in seine Arme zieht. Ich spüre seinen Schmerz und seine Verzweiflung in einer Intensität, als ob es meine eigenen Empfindungen wären und vielleicht ist es auch genau so.

5

Die Vergangenheit ist ein mächtiger Gegner, der dich verschlingt und nie wieder ausspuckt, wenn du nicht aufpasst.

Nathaniel

Der eisige Wind schneidet mir ins Gesicht, trotz des warmen Schals und der Schneebrille, welche die empfindliche Haut vor der Kälte und dem blendend weißen Licht schützen. Meine Finger sind starr, vermögen kaum, den Befehlen meines Geistes zu folgen. Der Weg bis ins Reservat ist bei dieser Witterung langwieriger und kräftezehrender als im Sommer. Trotz des Schneemobils bin ich bereits geschlagene drei Stunden unterwegs. Zweimal habe ich mich in einer Schneewehe festgefahren und gute zwanzig Minuten gebraucht, um mein Gefährt zu befreien.

Wann mag John aufgebrochen sein, der im Morgengrauen vor meiner Tür stand? Wenn es um Mary geht, um seine Frau, ist er bereit, alles auf sich zu nehmen.

Der Dezember ist in diesem Jahr unerwartet kalt nach den letzten milden Wintern, die kaum Schnee vorzuweisen hatten. Hinter der nächsten Kurve taucht das Dorf schemenhaft am Horizont auf. Ich spüre, wie die leise Sorge, die seit dem Aufbruch in mir nagt, eine neue, beklemmende Dringlichkeit gewinnt. Schon bei meinem letzten Besuch war Mary an einem

Punkt, der sich unaufhaltsam dem Ende näherte. John zu versprechen, er würde seine Frau am Abend wieder in den Armen halten, war reiner Selbstschutz. Wie sagt man seinem besten Freund, dass er im Begriff ist, das Liebste auf Erden zu verlieren?

Als ich die Ausläufer der Häuseransammlung durchkreuze, drossele ich die Geschwindigkeit des motorisierten Schlittens. Vereinzelt sind Menschen unterwegs. Manche grüßen freundlich, andere wenden sich ab, als sie erkennen, wer da in ihr Dorf einfällt. Ich lenke das Fahrzeug direkt bis vor Johns bescheidene Hütte. Sekunden später verstummt der Benzinmotor und bleierne Stille senkt sich schwer über die weiße, weite Landschaft. Sinnbildlich für den Gang, den ich zu bewältigen habe.

Aus den Schornsteinen der Holzhäuser steigt Rauch auf, vermittelt ein Mindestmaß an Wärme und Hoffnung an diesem kalten und unbarmherzigen Tag. Mit schwerem Schritt steige ich die Stufen hinauf, in dem sicheren Bewusstsein, dass es nicht mehr viele dieser Besuche geben wird. Doch bevor ich an die Tür klopfen kann, öffnet diese sich von innen. Ich sehe mich einem Mann meines Alters gegenüber, nur dass Ben die Dreißig noch nicht überschritten hat. Seine dunklen Augen fixieren mich überrascht, aber auch zutiefst erleichtert.

»Nathaniel, dich schickt der Himmel.« Er öffnet das Türblatt weit und bittet mich stumm einzutreten.

»Nicht der Himmel, Ben, sondern John.« Ben *Black Bird,* wie ihn sein Vater ausschließlich nennt, hebt erstaunt die Augenbrauen bei meinen klaren Worten.

»Dann hat er sich in der Nacht auf den Weg zu dir gemacht.«

Ich nicke knapp. »Sieht ganz so aus. Wo ist deine Mutter?«,

frage ich behutsam und erahne die Antwort längst. Ben fährt sich müde mit der Hand über die Augen, einen Moment bin ich sicher, dass er mit den Tränen ringt. Mit einem zittrigen Atemstoß hebt er die Lider und deutet auf die Schlafkammer im hinteren Teil des Hauses.

»Sie hat seit Tagen das Bett nicht verlassen, ist viel zu schwach.« Schweigend schreite ich über die Schwelle, spüre, wie die Hitze des Holzofens mich umfängt und die steifgefrorenen Glieder allmählich wieder aufwärmt.

Das Zimmer, in dem Mary ruht, ist abgedunkelt. Kaum kann ich ihre schemenhaften Umrisse unter den schweren Fellen, die ihren zarten Körper bedecken, ausmachen. Leise trete ich näher an das schmale Holzbett, welches sie mit John teilt, sinke auf die Matratze und berühre behutsam die zerbrechliche Schulter.

»Mary?« Sie wendet den Kopf und sieht mich an. Meine Augen, die sich mittlerweile an das Zwielicht gewöhnt haben, vollziehen eine stumme Bestandsaufnahme. Wenn überhaupt möglich, ist der Verfall in den letzten fünf Tagen noch vorangeschritten. Ihr Körper scheint nurmehr aus Haut und Knochen zu bestehen, bis auf den unnatürlich ausgeprägten Leib, der sich wie unter einer Schwangerschaft wölbt. Die dunklen Augen, die einst vor Freude sprühten und äußerst wachsam waren, liegen in tiefen Höhlen und haben sich, ähnlich wie die Haut, gelblich verfärbt.

»Nathan, Junge«, flüstert sie rau, weil das Sprechen ihr unendliche Mühe bereitet. Sie hebt die zerbrechliche Hand und legt sie an meine Wange.

»Was … was machst du hier draußen, bei diesem

scheußlichen Wetter?« Kurz senke ich die Lider. Ihr Anblick schmerzt mich in einer Tiefe, die mir den Atem stocken lässt. Ich habe viele Menschen sterben sehen. Auch auf ähnliche Weise wie Mary. Stets habe ich die professionelle Distanz gewahrt. Doch Marys Bildnis weckt Erinnerungen in mir, die sich tiefschwarz einfärben. Ich schiebe meine Hand über ihre und drücke die zerbrechlichen Finger leicht.

»John schickt mich«, entgegne ich rau, all die Emotionen niederringend, die in mir wüten. »Er sorgt sich um dich.«

Marys Augen tasten über meine Züge, suchen und finden die bittere Wahrheit. Es hat keinen Sinn, diese Frau zu belügen. Jede einzelne Sekunde des Tages weiß sie, wie es um sie steht.

»Was immer mein starrsinniger Mann dir abgerungen hat, Nathan …« Sie unterbricht sich kurz, weil jedes Wort, das über ihre Lippen dringt, Schwerstarbeit bedeutet. »Lass dich nicht zu Dummheiten verführen, hörst du.«

Bei ihrer drastischen Äußerung senke ich die Lider. So fest sie kann, drückt sie meine Hand, die noch immer ihre umfangen hält und zwingt mich, ihrem durchdringenden, wissenden Blick zu begegnen.

»Hörst du, Nathan? Ich weiß um dein gutes Herz, um dein Mitgefühl und deine tiefe Verbundenheit zu *Running Wolf*. Aber es gibt Grenzen, Gesetze, an die auch mein Mann sich zu halten hat.« Ich schlucke mühsam und nicke ergeben. Ihr einst tiefschwarzes, glänzendes Haar ist zu einem verwaschenen, stumpfen Grau verblasst, ebenso wie ihre makellose Schönheit. Nichts ist geblieben von der starken unabhängigen Frau, die John, aber auch mir, von Zeit zu Zeit gehörig den Kopf gewaschen hat.

»Versprich es mir, Nathan«, flüstert sie und mit jedem qualvollen Atemzug, der über ihre Lippen fließt, spüre ich, dass ihre Kraft für heute erschöpft ist.

»Mary, ich …«

»Versprich es mir, auch wenn du John ebenfalls ein Versprechen gegeben hast. Das ist mein Leben, mein Körper. Ich alleine entscheide darüber und … niemand sonst.« Ich spüre, wie sehr dieses Gespräch sie anstrengt. Was es ihr abverlangt, sich mit diesen Themen auseinanderzusetzen und lege ihr beruhigend eine Hand auf die Schulter.

»Für den Moment will ich versuchen, dein Leiden zu lindern, Mary.« Sie nickt demütig und senkt die schweren Lider. Erleichterung flutet meine Adern, nicht länger dem Wissen in diesen dunklen Augen ausgesetzt zu sein.

Ich ziehe die zweite Morphin-Spritze an diesem Tag auf und lasse sie im nächsten Herzschlag sanft unter Marys Haut gleiten. Ein leises Seufzen löst sich von ihren Lippen.

Sekundenlang frage ich mich, wie es *meiner* Patientin gehen mag, die mit knapper Not die Nacht überstanden hat. Johns Fähigkeiten zweifele ich nicht eine Sekunde an. Ich weiß, dass er alles daran setzt, das Leben der jungen Frau zu retten. Aber auch Johns Möglichkeiten sind begrenzt, ebenso wie meine.

Marys Lider flattern, als ich meine Hand behutsam an ihre Wange lege.

»Gleich lässt der Schmerz nach. Ich komme wieder, Mary, wann immer du mich brauchst.« Sie nickt mühsam und schließt die Augen. Lautlos packe ich meine Utensilien zusammen und lege einen Blister des starken Medikaments für den Notfall auf den Nachttisch, als Bens Stimme hinter mir erklingt - laut und voller ungezähmter Wut.

»*Sie* haben sie getötet, Nathan. Die haben sie auf dem Gewissen. Früher oder später werden sie uns alle töten …« Ich unterbreche seinen Redeschwall mit einem einzigen scharfen Blick und deute mit einem Kopfnicken vor die Tür.

»Nicht hier«, raune ich und schreite voran in den Wohnbereich des kleinen Heims. Mary weiß ohnehin, was ihr den Tod eingebracht hat, da ist es unnötig, dass wir all dies erneut vor ihr sezieren.

Ben schweigt, bis wir die Veranda vor dem Haus erreichen. Er verschränkt die Arme vor der Brust und zieht gegen den beißend kalten Luftstrom die Schultern bis zu den Ohren.

»Wie lange noch?« Ich sehe ihn nicht an, während ich die gefütterten Handschuhe überstreife. Aber seinen Blick spüre ich dennoch gleich einer unangenehmen Berührung.

»Das ist schwer zu sagen, Ben. Niemand kann …«

»Wie lange?« Seine harten Worte zwingen mich den Kopf zu heben. Ich atme tief aus. Weiße Wolken schweben zwischen uns, sinnbildlich für das Pulverfass, auf dem der Junge regelrecht zu sitzen scheint. Seine Wut ist so greifbar wie sein Schmerz.

»Drei Tage, vielleicht fünf.« Er schluckt so hart, dass sein Kehlkopf sich auffällig bewegt. Kurz senkt er die Lider, um all die Emotionen, die ihn umtreiben, vor mir zu verbergen, bevor er die Augen wieder aufreißt und mich ansieht.

»Wie müssen etwas tun, Nathan. Das Sterben kann nicht so weitergehen.« Er hat recht. Ich weiß das, er weiß das. Aber zum jetzigen Zeitpunkt fehlt uns jede Handhabe und Bens hitziges

Gemüt ist der ganzen verfahrenen Situation nicht zuträglich. Er zittert. Ob vor Raserei oder Kälte, lässt sich nicht definieren.

»Es ist das Wasser, richtig?«

Ein stummes Aufstöhnen entringt sich meiner Brust. Ich bin nicht gewillt, dies jetzt mit Johns Sohn, hier auf offener Straße zu diskutieren. Die Stille hat Ohren in dieser einsamen Weite.

»Du solltest reingehen, Ben, bevor du dir hier draußen aus ganz anderen Gründen den Tod holst …«

»Sag schon, ich habe recht, oder?«

»Niemand kann mit Sicherheit sagen, dass die vielen Krankheitsfälle in Verbindung mit dem See stehen …«

»Ach, wirklich nicht? Wer wüsste besser Bescheid als du, Nathan, der du selbst viele Jahre hier draußen gelebt und am eigenen Leib erfahren hast, dass sie uns schleichend töten, regelrecht ausrotten …«

»Es reicht, Ben.« Meine Worte sind scharf, getragen von der Qual, die die seinen in mir auslösen. Mein Blick schweift ruhelos durch die weiße Landschaft, bleibt an einzelnen Baumwipfeln und qualmenden Schornsteinen haften, in der Hoffnung, irgendwo Halt zu finden. Ich will und kann mich jetzt nicht damit auseinandersetzen. Langsam schreite ich die Stufen hinab, verstaue die Ledertasche im Gepäckfach und schwinge mich auf den Schneeschlitten.

»Weglaufen nützt nichts, Nathan. Wenn wir den Kopf wegdrehen und so tun, als sähen wir nicht, was direkt vor unseren Augen geschieht, dann wird es eines Tages dieses Reservat nicht mehr geben.«

Seine Worte entfachen Zorn in mir. Allein die

Anschuldigung, ich könne nicht sehen wollen, was so offensichtlich vor uns liegt, ist wie ein Schlag ins Gesicht. Tausend Erwiderungen liegen auf meiner Zunge. Erwiderungen, die ich mühsam hinunterschlucke, weil ich weiß, dass der Junge von Sinnen ist vor Schmerz. Dass er nicht meint, was er sagt. Und weil John, sein Vater, mein Freund ist, weil er es nicht verdient hat, dass ich Ben mit den eigenen Fehlern konfrontiere.

»Ich habe eine Packung Schmerztabletten auf Marys Nachttisch gelegt. Sie wird sie nicht schlucken können, darum müsst ihr das Pulver verflüssigen. Tropfen habe ich leider nicht zur Verfügung.« Ohne seine Antwort, vielleicht sogar ein Danke, abzuwarten, streife ich die dunkle Brille über die Augen und starte den Motor. Ich sehe Ben noch im Rückspiegel auf der Veranda stehen, da habe ich bereits die Grenzen des kleinen Dorfs erreicht.

6

Manchmal braucht es ein Wunder, um genau dem richtigen Menschen zur richtigen Zeit zu begegnen.

Taraneh

Es ist das Glühen in meinem Körper, gleich einem Brandherd, das sich auf Höhe des Herzens über die Blutbahnen im ganzen Leib ausweitet und mich erbarmungslos an die Oberfläche zerrt. Ich will diesen namenlosen, dunklen Ort, an dem ich scheinbar eine Ewigkeit ausharre, nicht verlassen. Doch das einfallende Licht signalisiert mir, dass es Zeit ist zurückzukehren. Mein Hals schmerzt fast ebenso wie mein Körper. Es muss Jahre zurückliegen, dass ich etwas getrunken habe.

Flatternd öffnen sich meine Lider und geben den verschwommenen Blick auf die schemenhafte Umgebung frei. Ein grauer Schimmer liegt wie ein Schleier in der Luft, verkündet die Dämmerung. Ich vermag nicht zu sagen, ob sich der Tag in die Nacht wandelt oder aber umgekehrt. Alles in mir ist beherrscht von der Qual, die mich ausweidet. Ein rauer, gequälter Laut dringt an mein Ohr, den ich jedoch nicht als Ausdruck meines eigenen Schmerzes identifizieren kann. Ich habe Mühe, die Bilder vor meinem Auge mit meinen Gedanken in Einklang zu bringen, so, als hätte ich monatelang im Koma gelegen. Mein Geist ist wie betäubt.

Eine Bewegung, die ich im Zwielicht erahne, lässt Panik

durch meinen Leib branden. Anfangs nur ein leises Summen, das irgendwo in den Tiefen meines Seins gärt, wächst sie beängstigend schnell zu einer reißenden Flutwelle heran. Meine Gliedmaßen zittern auf eine Weise, die heftige Schmerzschübe durch die verletzte Körperhälfte schickt, sodass ich nahe daran bin, wieder das Bewusstsein zu verlieren.

»Hey, Taraneh.« Die Stimme ist rau, sanft und fremd. Sie dringt durch das gewaltige Rauschen des Schmerzes bis hinein in meinen tiefsten Kern, erfüllt mich und trägt eine Ruhe mit sich, die befremdlich und beruhigend gleichermaßen ist.

»Alles ist gut. Du bist in Sicherheit. Niemand wird dir etwas zuleide tun. Ich passe auf dich auf.«

Wo bin ich? Wie bin ich hierher gekommen? Und was zum Teufel schmerzt so sehr in meiner Seite, dass ich Schwierigkeiten habe zu atmen?

Es bereitet mir unendliche Mühe, die Lider geöffnet zu halten, und noch mehr Mühe, meinen Geist im Hier und Jetzt. Doch die Angst, die Kontrolle abzugeben und sich dem Feind zu überantworten, hindert mich daran, mich zurück in die Bewusstlosigkeit fallen zu lassen.

Ich spüre, wie der Fremde meinen Kopf stützt und ein Glas an meine Lippen führt. Als ich das erlösende Nass auf der Zunge fühle, halten die Lebensgeister allmählich wieder Einzug. Wasser rinnt mir kalt das Kinn hinab, so hastig trinke ich. Nie im Leben habe ich etwas köstlicher empfunden als diese klare kühle Flüssigkeit, die den schärfsten Brand in meiner Kehle löscht.

»Nur kleine Schlucke«, mahnt er. Ein heiseres Lachen klingt von seinen Lippen. »Dein Körper muss sich erst wieder daran gewöhnen. Wir wollen nicht riskieren, dass du dich übergeben musst und so möglicherweise die Naht aufplatzt.« Behutsam lässt er meinen Kopf auf das Kissen sinken und schiebt das Glas aus meinem Sichtfeld. *Welche Naht*?

So sehr ich mich bemühe, in seinen Zügen zu lesen, der karge Lichteinfall zeichnet tiefe Schatten auf das fremde Gesicht. Ich weiß nicht, wer der Mann ist, ob er mir Freund oder Feind ist. Ob ich seinem Wort, ich befände mich in Sicherheit, vertrauen kann, oder sehenden Auges ins Verderben stürze. Ich weiß nur, dass ich zu erschöpft bin, um irgendwelche Maßnahmen zur Flucht zu ergreifen. Mein Körper gehorcht meinem Willen nicht mehr und selbst wenn, wäre ich vermutlich nicht in der Lage, auch nur einen Fuß vor den anderen zu setzen. Mit einem harten Schlucken schließe ich die Lider. Plötzlich spüre ich seine Hand warm in meinem Haar. Sein Daumen streicht beruhigend über meine schmerzende Stirn.

»Versuch ein wenig zu schlafen. Je mehr Kraft du aus den Ruhephasen ziehst, desto schneller bist du wieder auf den Beinen.«

Ich habe so unendlich viele Fragen. Wie komme ich hierher? Was ist geschehen? Wie schwer bin ich verletzt? Und wer ist der Fremde, der mich versorgt? Doch meine Zunge ist zu schwer, um nur ein einziges Wort auszuformulieren, mein Geist zu erschöpft. Ich muss mich ausruhen, muss schlafen, zu Kräften kommen. Vielleicht sehe ich in ein paar Stunden wieder klarer …

Als ich erneut zu mir komme, ist mein Geist klar. Ich spüre es daran, dass ich Geräusche und Gerüche in einer Intensität wahrnehme, die mich fast quält. Der gewaltige Schmerz ist einem dumpfen Pochen gewichen, das bei der kleinsten Bewegung ein Reißen mit sich bringt. Dennoch steht die Körperqual in keinem Verhältnis mehr zu der letzten Bewusstseinsphase. Ich schlage die Lider auf und begegne einem tiefblauen Augenpaar, das mich ohne Unterlass fixiert, so als habe er den Auftrag, mich nicht eine Sekunde unbeobachtet zu lassen. Den Kopf leicht zur Seite geneigt, sehe ich, dass ihm nicht entgeht, dass ich wach bin. Spuren der Aufregung ziehen sich mit einem sichtbaren Zittern durch den massigen Körper.

Als sich die schwere Tür öffnet, weht ein Schwall eisiger Luft, gespickt mit Schnee in das behaglich warme Innere. Augenblicklich springt der majestätische Husky auf und begrüßt mit zartem Jaulen und wild wedelndem Schwanz sein Herrchen. Mühsam, unter leisem Stöhnen gelingt es mir, den Kopf zu drehen. Der Mann verharrt kurz in der Tür, während er das Haupt gesenkt hält und seinem Hund lauscht, der ihm ganz offensichtlich etwas mitteilt. Dann hebt er langsam den Blick und sieht mich an.

Auch auf die Entfernung und trotz der körperlichen Schwäche, nehme ich das intensive Blau seiner Augen wahr. Augen, die denen seines Tieres in nichts nachstehen. Sein Blick ist so vehement wie der des Huskys, nur dringt er tiefer, ergründet, in welchem Zustand ich mich befinde. Ich atme zittrig ein. Angst, dunkel und beklemmend, erfüllt urplötzlich mein

Herz. Ich habe keine Ahnung, was dieses Gefühl auslöst, möglicherweise die unbestimmte Gefahr, die von ihm ausgeht. Meine Augen schmerzen. Ich möchte die Lider senken, dem eindringlichen Blick entfliehen, doch die Sorge, dass mir etwas Wesentliches entgeht, beherrscht meine Gedanken. Mein Herz rast in einem Tempo, das mir Unwohlsein verursacht. Urplötzlich löst der Fremde den Augenkontakt, sinkt trotz des Feuerholzes auf seinem Arm in die Knie und krault dem Tier den Nacken.

»Gut gemacht, Cap«, raunt er leise und so tief, dass allein der Klang seiner Stimme mich augenblicklich beruhigt. Sich erhebend versetzt er der Tür mit dem Fuß einen Stoß und sperrt die Kälte aus. Vor dem winzigen Kamin, der scheinbar die einzige Wärmequelle in dieser Räumlichkeit ist, geht er erneut in die Knie und stapelt die Scheite sorgfältig auf, bevor er den Ofen mit ausreichend Holz füttert. Nicht eine Sekunde wage ich es, den Blick abzuwenden oder auch nur einen Herzschlag lang die Lider zu schließen.

Der Mann lässt geräuschvoll die Klappe einrasten, klopft die Hände ab, stützt die Ellbogen auf die Knie und dreht dann ohne Aufregung den Kopf in meine Richtung.

»Willkommen zurück, Taraneh.« Die Art, wie er meinen Namen ausspricht, wie er die einzelnen Silben formt, beschert mir Unbehagen. Woher kennt er meinen Namen?

Ich schlucke mühsam und krächze rau: »Tara reicht.«

Erstaunt hebt er die Augenbrauen bei der klaren Ansage. Dann zupft ein erstes Lächeln an seinen Lippen, bevor er sich erhebt und mit den Fingern den Schnee aus dem dichten, braunen Haar streicht.

»Okay«, sagt er leise und tritt auf mich zu. »Dann Tara. Wie fühlst du dich?«

So dicht vor mir stehend, wirkt er hünenhaft. Das Wissen, dass er mir nicht nur an Vitalität, sondern auch an Größe weit überlegen ist, erleichtert die Situation keineswegs. Ich habe keine Ahnung, wer dieser Mann ist, noch weiß ich, wo ich mich befinde. Möglicherweise fernab jeglicher Zivilisation. Zum jetzigen Zeitpunkt fehlt mir jede Information darüber, was geschehen ist. Mein Hirn ist leer. So als hätte jemand die Löschen-Taste betätigt. Ich weiß sicher, dass das Gefühl der Angst, welches mich nach wie vor beklemmt, auf meinen Zustand zurückzuführen ist. Auf die Tatsache, die mich hierher geführt, die mich ausgeknockt hat.

»Tara«, raunt er, »Hast du Durst? Möchtest du etwas trinken?« Ich nicke stumm und sehe, wie er nach dem Glas auf dem Nachttisch greift. Nachttisch ist vielleicht zu hoch gegriffen, angesichts der Tatsache, dass es sich um eine Sperrholzplatte handelt, die in der Wand verankert ist, wie ich im selben Moment erkenne. Seine Hand ist eisig, als er sie in meinen Nacken schiebt, um meinen Kopf zu stützen. Wie auch schon beim letzten Mal empfinde ich den Geschmack des Wassers als geradezu berauschend. Die Flüssigkeit rinnt meine wunde Kehle hinab und betäubt den Schmerz darin. Unwillkürlich löst sich ein Aufstöhnen von meinen Lippen, das sich nicht kontrollieren lässt und einen besorgten Ausdruck in seinen Augen hervorruft.

»Hast du Schmerzen?« Ich senke kurz die Lider, um dem erlösenden Gefühl nachzuspüren, welches das kühle Wasser mit sich trägt und schüttele dann vorsichtig den Kopf.

»Nein … es … es geht schon.« Der Fremde, dessen Namen

ich nach wie vor nicht kenne, mustert mich voller Argwohn. Auch wenn mein Geist scharf ist, so übermannt mich die körperliche Schwäche in wogenden Wellen. Ich bin nicht sicher, wie lange ich dieser Situation standhalten kann, ich weiß nur, dass ich für Klarheit sorgen muss, jetzt.

»Wer … bist du?« Meine Stimme ist leise. Deutlich tönt die Schwäche darin an und etwas anderes: Angst. Gleichgültig, wie sehr ich darum ringe, diese Empfindung vor ihm zu verbergen. Ein paar Herzschläge lang mustert er mich still, dann zieht er einen Stuhl ans Bett, sinkt darauf nieder und streicht sich müde mit der Hand über das Gesicht. Erst jetzt bemerke ich, wie erschöpft er wirkt.

»Nathaniel«, entgegnet er rau. »Nathaniel Leblanc, ich lebe hier. Allein. Du hast nichts zu befürchten. Bei mir bist du in Sicherheit.« Er spürt meine Furcht, nimmt sie wahr. Ich höre es an dem Ton, der in seiner Stimme schwingt, erahne es in dem dunklen Glanz seiner Augen. Auch wenn er mir glaubhaft versichert, mich außerhalb der Gefahrenzone zu befinden, muss ich wissen, woher er meinen Namen kennt und wie ich hierher gekommen bin.

»Ich … woher kennst du … meinen Namen?« Er atmet tief, beugt sich vor und greift etwas vom Nachttisch, das sich außerhalb meines Bewegungsradius befindet. Einen Moment beklemmt die schmerzhafte Befürchtung mein Herz, dass er mir nun den Gnadenschuss erteilen wird. Wie irrsinnig dieser Gedanke ist, in Anbetracht dessen, dass er scheinbar mühsam darum gerungen hat, mich am Leben zu halten, wage ich nicht zu hinterfragen. Sekunden später taucht der Presseausweis vor meinen Augen auf. Ein erleichterter Atemzug, der ein schmerzliches Ziehen in meine linke Seite jagt, kommt stockend über meine Lippen.

»Das war so ziemlich das Einzige, was du bei dir hattest, um dich auszuweisen.« Ich nicke benommen und beobachte, wie er das Plastikkärtchen zurück an seinen angestammten Platz legt.

»Wie … wie lange …?«

»Wie lange du hier schon liegst?« Wieder nicke ich, Schwindel begleitet jede einzelne Kopfbewegung, verursacht Übelkeit. Jedes Wort strengt mich mehr an.

»Zwei Tage.« *Zwei Tage*!

»Was … was ist geschehen?« Das helle Tageslicht hebt die Schatten auf den Zügen des Mannes hervor, zeichnet Sorge in sein markantes Gesicht. Gleichgültig, wie sehr er sich darum bemüht, diese vor mir zu verbergen. Seine tiefblauen Augen mustern mich intensiv und plötzlich weiß ich, dass ich diese Augen kenne. Dass ich ihrem Blick schon einmal begegnet bin, in dem Moment höchster Not. Ich erinnere mich!

Sie waren das Letzte, was ich gesehen habe, bevor mich der Sog der Schwärze hinab in die erlösende Dunkelheit zog. Dieser Mann hat mir versprochen, kurz bevor ich bewusstlos wurde, dass er mich nicht sterben lassen wird. Scheinbar hat er Wort gehalten.

»Du …«, flüstere ich mühsam, »du hast … mich gerettet.«

Kurz senkt er die Lider, bevor er mit einer tiefen Ernsthaftigkeit entgegnet: »Man hat auf dich geschossen, Tara. Eigentlich hätte ich sofort die Rettung alarmieren müssen, doch bis die hier draußen gewesen wäre …« Er hebt den Blick und sieht mich an. Ein Schauer rinnt über meine Haut, als ich die Ernsthaftigkeit in seinen Zügen deuten kann, »… wäre es längst zu spät gewesen. Ich musste handeln und zwar sofort. Andernfalls …«

7

Götter in Weiß gibt es nicht, ist nur ein Spruch.

Taraneh

Mein Herzschlag gerät ins Stocken bei seinen drastischen Erzählungen, bevor er ein Stakkato abfeuert, dem ein unangenehmes Husten folgt. Gleichgültig, wie sehr ich darum kämpfe, die Angst in mir auszubremsen, es gelingt mir nicht. Jegliches Gefühl, das mich in den frühen Morgenstunden jenes besagten Tages befiel, die Gewissheit des Todes, schwämmt mit einer Gewalt in mir hoch, die mir den Atem raubt. Ich erinnere mich schmerzhaft, dass ich sterbend im Schnee lag.

Sie wollten mich töten. *Er wollte mich töten.* Und fast … fast ist es ihm auch gelungen. Mein Blick fliegt unruhig durch den Raum, erfasst die Konturen der schlichten Möblierung. Streift über die holzvertäfelte Decke hinweg und bleibt schließlich an dem Fremden haften in dem verzweifelten Versuch, Halt zu finden in meiner chaotischen, zerfallenen Welt. Er beugt sich vor. Sekunden später spüre ich seine Hand warm und kräftig an meiner Schulter.

»Wie gesagt, Tara. Du bist in Sicherheit.« Die Sorge in seinem Blick, die Art, wie er mich mustert, wie seine Finger einen leichten Druck auf meinen Arm ausüben, beruhigen mich auf eigentümliche Weise. Ich habe keine Ahnung, was es ist, aber plötzlich weiß ich, dass er sagt, was er meint: Dass ich sicher bin in diesem Augenblick. Dass da niemand ist, der mir nach dem Leben trachtet. Ich versuche einen tiefen Atemzug, der meinen Brustkorb fast sprengt und mir bittere Schmerztränen in die Augen treibt. Gequält schließe ich die Lider.

»Atme flach, dann schmerzt die Wunde nicht so.«

Ich schlucke mühsam bei seinen Worten, erfüllt von einer Hoffnungslosigkeit, die mir die Klarheit dieses Augenblicks beschert. Jetzt, in dieser Stunde bin ich sicher. Aber ich kann mich nicht ewig hier verstecken. Irgendwann muss ich zurück und mich den Gegebenheiten stellen, meine Mission erfüllen, mein Versprechen einlösen. Ich erinnere mich plötzlich rasiermesserscharf, warum man mich durch das Dickicht gejagt hat und spüre eine neue Welle der Panik in mir aufbranden. Hektisch gleitet mein Blick durch den kleinen Raum.

»Meine Jacke … wo … ist meine Jacke?« Der Ausdruck seiner Augen wandelt sich nur minimal und doch entgeht mir nicht die Wachsamkeit darin.

»Die habe ich entsorgt. Sie war blutdurchtränkt.«

In mir bricht all die Hoffnung, die ich in den letzten Monaten mühsam erarbeitet habe, wie ein Kartenhaus zusammen. In dieser Jacke trug ich den einzigen Beweis bei mir, der mir zur Freiheit hätte verhelfen können. Eine winzige SD-Karte, eingenäht in das Futter nahe des Reißverschlusses. Von außen kaum sichtbar und nur minimal zu ertasten. *Sie* wussten, dass diese Karte existiert. Sie wussten nur nicht, wo ich sie versteckt halte.

»Wie?«

»Wie ich sie entsorgt habe?«, fragt er unschuldig und beugt sich vor. »Ich habe sie verbrannt. Draußen. So kann niemand auf die Idee kommen, unbequeme Fragen zu stellen.«

Ein Aufstöhnen löst sich von meinen Lippen. Die Gewissheit, dass alles umsonst war, hinterlässt einen bitteren Geschmack im Mund. Quälenden Gedanken bringen meinen Leib in heftige Erschütterung. Gleichgültig, wie sehr ich mich bemühe, ich kann es nicht einstellen.

Mit einem Seufzen erhebt sich der Mann neben mir und richtet den Blick auf den Hund, der treu ergeben zu seinen Füßen ruht.

»Die Tasche, Cap.« Augenblicklich trottet das Tier davon. Meine Atmung wird mühevoller. Ob von den Eindrücken und Erinnerungen, die weiterhin ungefiltert meinen Geist fluten oder von dem Zerren der körperlichen Schwäche, die mich in der Zange hält, lässt sich schwer herausfiltern.

»Hör zu, Tara, ich muss mir die Wunde ansehen. Das wird nicht sehr angenehm. Die letzten zwei Tage warst du meist bewusstlos, was dich vor dem intensivsten Schmerz bewahrt hat.«

Ich nicke benommen und registriere aus dem Augenwinkel, wie der Husky mit einer Tasche im Maul zurückkehrt.

»Danke, Freund«. Nathaniels Stimme ist leise, als er sich kurz die Zeit nimmt, um das Tier zu kraulen. Die zwei bilden eine seltsame Einheit. Nicht nur, dass sie exakt die gleiche Augenfarbe tragen, sie scheinen auch stumm miteinander zu kommunizieren.

»Bist … bist du Arzt?« Der Mann, der damit beschäftigt ist Verbandsmaterial und Desinfektionsmittel aus dem Lederbeutel hervorzuholen, hebt den Kopf und sieht mich an. Sein Blick ist klar und mehr als eindringlich, sodass ich versucht bin, die Lider zu senken.

»So ähnlich«, entgegnet er unbestimmt, desinfiziert gründlich seine Hände und schlägt dann die Decke zurück. Erst jetzt wird mir bewusst, dass ich ein fremdes, viel zu großes T-Shirt trage mit dem verwaschenen Aufdruck der *Montreal Kanadians.* Als mein Blick an meinem Körper hinunter gleitet, wird mir siedendheiß klar, dass dieser Fremde mich entkleidet hat. Dass er mich gewaschen und meine Wunden versorgt hat. Schamröte steigt mir in die Wangen und lässt mich einen Moment lang meine Erschöpfung und den summenden Schmerz vergessen. Unter halbgesenkten Lidern hebe ich den Blick und begegne dem amüsierten Lächeln meines Retters, der scheinbar genau weiß, welch unangenehme Gedanken durch meinen Kopf jagen.

»Keine Sorge, Tara, ich hatte nicht die Zeit, mir alles genau anzusehen«, gibt er mit einem Zwinkern zu und deutet auf das T-Shirt: »Darf ich?«

Habe ich eine Wahl? Ich liege hier, hilflos und verletzt ans Bett gefesselt diesem Mann ausgeliefert, von dem ich nicht im Geringsten weiß, welche Absichten er verfolgt.

Und so, als dringe er bis in meine Gedanken vor, fügt er hinzu: »Ich werde das Shirt nur so weit hochschlagen wie nötig.«

Seine Augen sind plötzlich ernst. Fast habe ich den Eindruck, dass er sehr wohl versteht, warum mich diese Situation derart aus der Fassung bringt. Ich schlucke heftig, nicke einmal und drücke meinen Kopf tiefer in das Kissen, bevor ich die Augen schließe.

Seine Hände sind kühl und sanft wie ein Flügelschlag, als er behutsam den Stoff anhebt und das verletzte Areal freilegt. Jede einzelne Sekunde bin ich mir darüber im Klaren, dass mein

Oberkörper fast entblößt vor ihm liegt. Ich habe Mühe zu atmen, so sehr strengt mich dieses Wissen an. Andererseits erreicht der Schmerz unterhalb meiner linken Brust neue Spitzen, sodass ich nur schwer ein Stöhnen unterdrücken kann und sich jeglicher Gedanke an Scham verflüchtigt.

»Bist du … bist du Fan?« Konzentriert löst er die Klebestreifen der Mullbinde, die an der gereizten Haut zerren, während ich die Frage auf ihn abfeuere, die eigentlich nur als Ablenkungsmanöver dienen soll.

»Mmhh?«, fragt er abwesend und schält vorsichtig den Stoff, den das Wundwasser an der Haut haften lässt, ab. Ein scharfer Laut entfährt mir, ohne dass ich ihn kontrollieren kann. Kurz kommt er zur Ruhe, befeuchtet die Ränder, gibt mir Zeit.

Ich ahne, dass er den Blick auf mich gerichtet hält, als er fragt: »Fan wovon?«

Doch ich halte die Lider stoisch geschlossen, nach dem Prinzip, was ich nicht sehe, ist nicht da. Mein Atem beschleunigt sich unwillkürlich, als er erneut ansetzt, die Mullbinde zu lösen. Auch wenn der Schmerz wie Feuer brennt, so spüre ich die Behutsamkeit, mit der er vorgeht. Er tut alles, um diese Situation irgendwie erträglich zu machen.

»Fan … von dieser Eishockey … Mannschaft …«, keuche ich. »Die Montreal … Kanadians.« Während ich rede, lässt sich Nathaniel nicht aus der Ruhe bringen. Er geht äußerst geschickt vor, immer nur bis zur Grenze des Erträgbaren, so als spüre er intuitiv, wann diese erreicht ist.

»Kein Vollblutfan, aber ich schaue mir ab und zu ein Spiel an.« Mit einem Ruck löst er den letzten Fetzen. Schreiend reiße ich die Lider auf und starre ihn an. Eine einzige Träne des Schmerzes rollt mir die Wange hinab und versickert in dem blütenweißen Stoff des Kissens.

»Sorry, das Wundwasser hat den Effekt von Atomkleber und hier draußen habe ich nicht die Möglichkeit, eine Wunddrainage zu legen.« Mein Herz rast unter dieser körperlichen Attacke. Fast glaube ich, es muss jeden Moment den Rippenbogen durchbrechen. Während er spricht, sieht er mich nicht an. Sein Blick ist auf die Wunde gerichtet und ich bin nicht sicher, ob seine Worte wirklich für mich bestimmt sind.

»Und?«, hauche ich kraftlos. Das Pensum dieser Stunde reicht völlig aus, mich die nächsten Tage wieder auszuknocken. Er schweigt, während seine Fingerspitzen über die geschwollene, gerötete Stelle auf meinem Brustkorb streichen, so sanft, dass es eher einem Kitzeln gleicht. Nur dort, wo die wulstige Naht liegt, spüre ich ein Brennen, das tiefer unter die Haut dringt. Sein Schweigen ruft einen Schwall Panik in mir hervor und lässt mich zittrig nachhaken: »Sag schon, so schlimm?«

Erstaunt hebt er den Kopf und sieht mich an, ohne seine Finger zu lösen. Noch immer ruhen sie spürbar warm auf meiner erhitzten Haut.

»Alles bestens, ich bewundere nur mein Kunstwerk«, fügt er grinsend hinzu und greift nach dem Desinfektionsmittel sowie steriler Watte.

»Das wird schmerzhaft, Tara. Meinst du, du schaffst das?«

»Noch unangenehmer als bisher schon?«, krächze ich und krampfe die Finger in das Bettlaken. Ein raues Aufstöhnen entfährt mir, als er die Wundränder desinfiziert. Auch wenn er die verletzten Stellen kaum berührt, habe ich das Empfinden, eine Brandspur frisst sich durch die dünne Hautschicht. Unwillkürlich halte ich die Luft an und presse die Lider fest aufeinander, einer Ohnmacht nah.

»Du kannst jetzt weiteratmen, Tara. Ich bin fertig.« Als ich zögernd die Augen öffne, sieht er mich mit einem besorgten Lächeln an. »Alles okay? Du bist verdammt blass um die Nase.«

Ich nicke benommen. »Schon gut.«

Er wickelt eine sterile Binde aus der Folie und legt sie behutsam auf die Verletzung.

»Die Wunde heilt erstaunlich gut. Noch ein paar Tage Ruhe, dann ist die Haut wieder elastischer und droht nicht bei jeder Bewegung aufzubrechen.«

Ein paar Tage, denke ich gehetzt und frage mich, ob wir zwei diese Zeit hier gemeinsam verbringen. Fremde, die der Sturm an dieselbe Küste gespült hat, unabhängig davon, dass keiner von uns dies wollte.

Er befestigt den Verband mit Klebestreifen und schiebt behutsam das T-Shirt über die Haut, bedeckt meine Blöße, bevor er die wärmende Decke wieder über mich breitet.

»Du solltest etwas feste Nahrung zu dir nehmen, das kräftigt den Körper.«

»Ich … ich habe keinen Hunger.« Erschöpft ruht mein Kopf nach diesem Schmerzmarathon in den Kissen. Allein der Gedanke an Essen sorgt dafür, dass mein Mund sich mit Speichel füllt. Nathaniel hebt besorgt eine Augenbraue und mustert mich nachdenklich.

»Ich ahne, wie du dich fühlst, aber trotzdem sollten wir dem

Magen ein wenig Toast und einen heißen Tee anbieten. Nahrung ist wichtig, damit der Körper seine Funktionen aufrecht erhält.« Misstrauisch sehe ich ihn an bei seinen Worten. Er ist kein Arzt, dennoch klingt er wie einer. Benimmt sich wie einer. Sein Wissen bezüglich der Wunde, die ganze Art, wie er selbige versorgt, deutet darauf hin, dass er mindestens Krankenpfleger ist. Allerdings bezweifle ich, dass Krankenpfleger über OP-Besteck verfügen, geschweige denn operieren können noch dürfen. Aber ich bin zu müde, um ihn jetzt mit all diesen Überlegungen zu konfrontieren, zu erschöpft, um auch nur die Gedanken klar zu sortieren. Seine ohnehin eher verschlossene Art deutet darauf hin, dass er mich ganz sicher zu diesem Zeitpunkt nicht ins Vertrauen ziehen wird.

»Also gut«, entgegne ich, mich geschlagen gebend, »meinetwegen ein Toast. Aber vorher muss ich noch einem allzu menschlichen Bedürfnis nachgehen.« Einen Moment zögert er, dann nickt er ergeben.

»Okay. Allerdings wird das unter den gegebenen Umständen kein Spaziergang, Tara. Ich könnte auch einen Topf …«

»Auf keinen Fall«, protestiere ich lautstark und erahne das Lächeln, das seine Lippen verzieht.

»Wie du willst«, antwortet er hintergründig, schlägt die Decke zurück und reicht mir die Hand.

8

In jedem Ende entsteht auch ein Anfang.

Taraneh

Ich laufe, so schnell meine Füße mich tragen. Jeder einzelne Schritt knirscht unter den festen Schuhen und verrät mich. Eine dünne Eisdecke liegt auf der Schneeschicht. Die letzte Nacht war bitterkalt. Am Horizont steigt die Sonne höher und lässt die Landschaft funkeln, als habe jemand wahllos Kristalle verstreut. Wie friedlich, wie wunderschön, *denke es mich unwillkürlich, während der Atem meines Verfolgers fast sekündlich lauter in meinen Ohren dröhnt. Das Vorankommen in dem tiefen Schnee bereitet ihm Mühe. Er ist lange nicht so durchtrainiert wie ich, nicht so ausdauernd. Das kann meine Rettung sein. Möglicherweise gelingt es mir, ihn abzuhängen.*

Als ich die Lichtung erreiche, durchfährt mich der Gedanke, wie gefährlich es ist, diese freie Ebene zu betreten. Hier bin ich dem Feind ausgeliefert. Unweigerlich sporne ich mein Tempo an, verlange mir alles ab, treibe meinen Körper, der sich schon am Rande des Belastbaren bewegt, zu neuer Höchstform an. In dem Moment, da mein Fuß sich in der für mein Auge unsichtbaren, unter tiefen Schneewehen verborgen liegenden Baumwurzel verhakt und ich der Länge nach in den Schnee stürze, weiß ich, ich bin verloren. Mein Herz rast in einer Geschwindigkeit, die dem Schall alle Ehre machen würde. Adrenalin peitscht meinen Körper aus, stellt mich in Sekundenschnelle wieder auf die Beine. Ich wische mir den Schnee vom Gesicht und drehe mich, fast schon in Bewegung, noch einmal in Richtung

Wald, um abzuschätzen, wie viel meines kostbaren Vorsprungs mich dieser verdammte Sturz gekostet hat.

Er kostet mich das Leben.

Im selben Atemzug tritt mein Verfolger aus der Waldschneise, die Waffe direkt auf mein Herz gerichtet. Das ist der Moment, da mein Geist das klare Denken einstellt und nur ein weißes Rauschen hinterlässt. Ich kann kaum atmen und habe Mühe, die Sicht zu schärfen. Langsam trete ich rückwärts, ohne mir dessen wirklich bewusst zu sein. Er wird nicht schießen. Das kann er nicht. Niemals kann er den Abzug drücken und dir dabei in die Augen sehen ...

Ich habe den Gedanken nicht beendet, da zerreißt der Schuss die Morgenstille. Endlose Sekunden verstreichen, bis die Kugel das dünne Material der Jacke durchschlägt und tief in meinen Körper eindringt. Die Vögel fahren bei dem plötzlichen Tumult erschrocken aus den Bäumen auf und stoben laut tosend in alle Richtungen davon. Ein Schauer Schnee rieselt dabei auf mich herab, nicht genug, um den Brandherd in meinem Innern zu löschen. Auch auf die Entfernung hin erkenne ich seine Augen, dunkel, drohend, kein Funke Mitgefühl glimmt darin auf. Er wartet geduldig, während ich sterbe.

Ich sinke in die Knie, erstaunt darüber, mit welcher Klarheit der Tod sich präsentiert. Nie war mein Geist offener, meine Wahrnehmung schärfer. Angst mischt sich in dieses Gefühl, feurig wie ein Pulverfass. Das ist der Moment, da mich der körperliche Schmerz in einer Intensität erfasst, die mich vollends in die Knie zwingt. Noch immer steht er am Rand des dicht bewachsenen Areals, still der Dinge harrend. Meinen Tod erwartend, einfordernd. Nicht eine Sekunde löst er den Blick von mir. Ich presse meine Hand auf mein blutiges Herz. Jeder Schlag löst eine Welle der Verzweiflung in mir aus.

Es tut mir so leid, Vivi, es tut mir so leid. *Ich bin nicht sicher, diese Worte laut auszuspreche oder ob sie allein meinen Geist füllen. An den Rändern meines Sichtfelds erhebt sich eine Dämmerung, die zu dieser Stunde ungewöhnlich ist. Eine Dämmerung, die den Tod im Gepäck hat. Mühsam kämpfe ich gegen den Sterbeprozess an, während mein Körper ihm nur allzu willig nachgibt und ich rückwärts in den Schnee sinke.*

Mein Blick ist auf das strahlende Blau des Himmels gerichtet, indes mein Körper in einem Ozean aus Angst und Schmerz zu ertrinken droht. Jeder Atemzug wird zur Qual, scheint mich tiefer zu ziehen, immer tiefer hinab, fernab der Oberfläche, die Sauerstoff, Licht und Leben verheißt.

Nathaniel

Im ersten dämmrigen Licht des Tages, das von draußen durch die Fenster dringt, erahne ich, dass eine Unruhe ihren Körper erfasst, wie im Fiebertraum. Begleitet von einem Schluchzen, das durchzogen ist von schweren Atemstößen. Captain hebt den Kopf und stellt die Ohren auf, bevor er mich ansieht. Ich erhebe mich und trete an die Koje, die den Bug des Schiffes bildet, der Hund folgt mir lautlos.

Schweiß glänzt auf ihrer Stirn und benetzt den Haaransatz. Ihr Kopf fliegt unruhig auf dem Kissen hin und her. Einzelne, unverständliche Wortfetzen lösen sich von ihren Lippen. Unruhe befällt mich bei der Befürchtung, dass die Wunde Auslöser ihres Zustandes ist. Als ich sie am Morgen versorgte, schien der Heilungsprozess gut vorangeschritten. Möglicherweise hat der beschwerliche Toilettengang die Nähte aufreißen lassen.

Gleichgültig, dass Tara sich kaum auf den Beinen halten konnte, dass jeder Schritt ein unüberwindbares Hindernis bildete, so sträubte sie sich doch vehement gegen meinen Vorschlag, den Nachttopf zu verwenden. Wir haben geschlagene fünfundvierzig Minuten gebraucht, um den Toilettengang zum Abschluss zu bringen. Als sie endlich wieder auf der Matratze lag, hatte sie kaum ausreichend Sauerstoff, um zu atmen. In den Abendstunden wiederholte sich das Prozedere mit einem kaum nennenswerten Zeitvorteil von fünf Minuten. Der Weg zum Waschraum, der knappe fünf Meter beträgt, gleicht einem Marathonlauf in dem Zustand, in dem mein junger Gast sich befindet. Die Erschöpfung hat ihr derart zugesetzt, dass sie weder gesprochen, noch gegessen hat. Lediglich zu einem Glas Wasser konnte ich sie überreden.

»Nein … nicht … Bitte nicht … « Die gemurmelten Laute dringen unartikuliert über ihre Lippen. Vielleicht hat der Tag ihr schlicht zu viel abverlangt. Die körperliche Anstrengung, aber auch das Bewusstsein, dass sie dem Tod nur knapp entkommen ist, dass man auf sie geschossen hat. Und scheinbar sind es exakt diese Dinge, die Tara bis in ihre Bewusstlosigkeit hinein verfolgen. Denn plötzlich ringt sie verzweifelt nach Atem, so als drücke jemand ihren Kopf unter Wasser, als ertrinke sie.

Ich spüre Cap dicht neben meinem Bein, lausche seinen tröstlichen Atemzügen, fühle, wie er seine Nase gegen mich drückt, so als wolle er sagen: Handle. Jetzt.

Vorsichtig umschließen meine Finger ihre Schulter. Leise rufe ich ihren Namen. Doch Taras Kampf scheint sich dadurch zu verstärken. Behutsam lege ich die Hand flach an ihr Gesicht, um sie nicht zu erschrecken. Ihre Wangen sind feucht, benetzt von den Tränen, die der unruhige Schlaf ihr abverlangt.

»Tara, komm zu dir, alles ist gut.« Ihre Lider flattern, öffnen sich jedoch nicht. Das Murmeln wird lauter, hallt wie ein Schrei von den Wänden zurück, lässt mich unweigerlich erschauern.

»Sieh mich an, Tara.« Meine Stimme wird eindringlicher, vehementer. »Komm schon Sweetheart, sieh mich an. Mach die Augen auf. Du bist in Sicherheit.«

Als sie die Lider öffnet, reißt sie zeitgleich nach Luft, so als durchbreche sie die rettende Oberfläche des Ozeans, dessen verfänglichen Tiefen sie nur mit knapper Not entkommen ist. Ihr Blick streift ruhelos umher, ängstlich, suchend. In diesem Moment wird mir bewusst: Sie hat geträumt. Sie hat von dem Anschlag geträumt. Ihr Atem geht unkontrolliert, fällt zeitweise in ein raues Husten. Furcht spricht deutlich aus ihren schockgeweiteten Augen. Eine Furcht, die dem Tod begegnet ist.

»Du bist in Sicherheit«, flüstere ich und streiche ihr eine der schweißnassen, dunkelroten Haarsträhnen aus der Stirn.

»Mein Herz.« Ihre Stimme ist brüchig, rau und durchsetzt von tiefen Schluchzern. Noch immer lösen sich einzelne Tränen von den dunklen Wimpern und fallen auf ihre Wangen.

»Er hat mein Herz getroffen. Ich … ich sterbe.« Ihre Worte berühren mich, durchdringen mich. Geben sie doch das Ausmaß der Angst preis, welche ihrer Seele innewohnt. Bisher ist es ihr gelungen, diese gut unter Verschluss zu halten. Doch in den frühen Morgenstunden, in denen die Konturen verschwimmen, die Realität noch im Traum verharrt, sind die Menschen am verletzlichsten, am ehrlichsten.

Ich sinke auf die Matratze, ohne meine Hand aus ihrem Haar zu lösen und flüstere rau, um sie nicht mit der Kraft meiner Stimme zusätzlich zu verschrecken: »Er hat dein Herz nicht getroffen, Tara. Er hat es verfehlt, knapp, aber er hat es verfehlt. Du wirst nicht sterben. Du wirst leben. Du bist auf dem Wege der Besserung und in Sicherheit. Zumindest für den Moment.« Ich sehe, dass meine Worte sie erreichen. Dass der Ausdruck der Panik auf ihren Zügen allmählich zurückweicht. Dass der starre Panzer der Furcht von ihren Schultern gleitet und die Muskulatur nachgibt.

»Ich lebe«, flüstert sie und kehrt vollends aus den Abgründen dieses Traumes zurück. Schweigend sehen wir einander an. Minuten verstreichen, in denen allein unser Atem die Stille füllt. »Aber er wollte mich töten«, raunt sie in den hellerwerdenden Tag hinein. »Der Schuss sollte mein Herz treffen.«

Ich wage es nicht, die Lider zu senken, weil die Angst in ihren Augen mich hindert. Nicht eine Sekunde zweifle ich daran, dass der Schütze es auf Taras Herz abgesehen hatte. Der Gedanke allein schnürt mir die Kehle zu.

Ich habe keine Ahnung, wer diese Frau ist, noch weiß ich, wie sie in diese Situation geraten konnte. Ein sicheres Gefühl sagt mir, dass ich die Hintergründe besser nicht erforschen sollte, als sie mit bebender Stimme hinzufügt: »Er wird es wieder versuchen, wenn er erfährt, dass sein erster Anlauf gescheitert ist.« Ihre Äußerung beraubt mich jeglicher Worte. So wie sie spricht, scheint sie genau zu wissen, warum man diesen Anschlag verübt hat und schlimmer noch, wer.

»Weißt du, warum man auf dich geschossen hat?«, frage ich

entgegen meines gerade gefassten Entschlusses, mich nicht in ihre Probleme einzumischen. Sie bleibt still, allein ihre Augen streichen über meine Züge. Als sie weiterhin schweigt, löse ich die Hand aus ihrem Haar und richte mich auf.

»Schon gut, du musst nicht darüber reden, wenn du nicht willst.« Tara schluckt hart und schüttelt dann den Kopf.

»So ist es nicht. Es ist nur … Ich kenne dich nicht, weiß nicht wer du bist …«

Ich nicke knapp. »Du weißt nicht, ob ich Freund oder Feind bin«, führe ich ihren Satz zu Ende.

9

Wer siegen will, muss bereit sein, bis zum Äußersten zu gehen.

Nathaniel

Sie senkt die Lider und entgegnet: »Ich kann dir nicht genug danken, Nathaniel. Du hast mir das Leben gerettet.« Das allein sollte ausreichen, um ihr zu zeigen, an welcher Position ich stehe, aber in ihren Zügen herrscht weiterhin tiefe Skepsis vor. Sie ist auf der Hut.

»Und doch misstraust du mir.«

Ihre Stimme klingt betroffen, als sie entgegnet: »Nein, ich hab nur …«

Ein bestimmtes Klopfen an der Tür unterbricht die junge Frau und lässt sie erschrocken zusammenfahren. Was immer sie sagen wollte, gerät unter dem gehetzten Blick, der ihre grünen Augen füllt, in Vergessenheit. Sichtbar weitet sich Panik in ihr aus und bringt ihre Gliedmaßen bebend in Bewegung. Ich ahne, welcher Gedanke sie umtreibt.

»Wer kann das sein, zu dieser Stunde?« Ihr Blick streift ruhelos durch den kleinen Wohnbereich, sucht und findet die Uhr über der Küchenzeile. Es ist kurz nach acht am Morgen, der Tag kaum angebrochen.

Während ich mich erhebe, greift sie angsterfüllt nach meiner Hand, um mich daran zu hindern, die Tür zu öffnen. Ich spüre den Druck ihrer Finger, die Wärme ihrer Haut und mir wird schlagartig bewusst, dass wir beide nicht im Geringsten wissen, mit wem wir es zu tun haben. Sie ebenso wenig wie ich.

Ich drücke ihre Hand leicht und flüstere: »Keine Sorge, ich erwarte einen Freund«, bevor ich meine Finger aus ihren löse und an die Tür trete, vor der Captain schon winselnd und mit wild wedelndem Schwanz wartet. Das Verhalten des Tieres lässt keinen Zweifel darüber zu, wer da draußen wartet.

Das Türblatt ist kaum geöffnet, als das Spektakel von Neuem beginnt und mein treuloser Hund sich ungestüm auf John stürzt. Ich gebe den beiden die Zeit, die sie für ihr Ritual benötigen, bevor ich den Freund begrüße.

»Du bist früh dran, John.« Der hochgewachsene Mann tritt mit geneigtem Kopf durch den Rahmen und streift sich im selben Moment die Mütze vom Haar.

»In den Nachmittagsstunden soll ein Schnee-Gebiet über diesen Landstrich hinwegziehen, dann möchte ich wieder zuhause sein.« Das ist es, was er sagt, doch in seinen dunklen Augen erahne ich so viel mehr. Jede Minute, die ihm noch mit seiner Frau bleibt, will er nutzen.

»Wie geht es Mary?«, frage ich leise und beobachte, wie er zwar den Rucksack abstreift, ohne jedoch die Last von den Schultern zu nehmen. Müde hebt er den Kopf und ich weiß sicher, dass er in den vergangenen Nächten keine Ruhe gefunden hat.

»Gut«, entgegnet er rau. »Fast unheimlich gut, seit deinem Besuch. Ich weiß nicht, was du gemacht hast, Nathan, aber an den letzten zwei Tagen konnte sie sogar stundenweise auf sein.«

Ich atme tief ein, weil ich diese Signale nur allzu gut deuten kann. Es ist das verzweifelte Aufbäumen der Seele und des Körpers, bevor der totale Zusammenbruch kommt, der endgültige. Dennoch wage ich es nicht, den Blick abzuwenden, in dem John jede meiner Befürchtungen zu lesen versteht.

Der Mann weiß genau, was ihn erwartet. Kurz senkt er die Lider und raunt: »Sag nichts. Du brauchst nichts sagen, Nathan. Ich kenne die Prozesse. Ich ahne, was dieser Zustand ankündigt. Aber jetzt, in diesem Moment möchte ich die Illusion leben, dass es noch einmal besser werden kann.« Ich nicke verstehend und deute auf die Tasche in seiner Hand.

»Wie ich sehe, bist du erfolgreich gewesen.« Und so, als erinnere der große Mann sich erst jetzt meines Gastes, wendet er den Kopf abrupt in Richtung des Bettes.

Tara liegt reglos da, den Blick fest auf John gerichtet. Ihren Zügen haftet nach wie vor die tiefgreifende Erschöpfung an, welche der Anschlag hineingezeichnet hat.

Das Wort an mich richtend, tritt John langsam auf die junge Frau zu.

»Wie geht es unserer Patientin heute? So wie es aussieht, hat sie die schwerste Krise überstanden.« In seiner typischen und manchmal sehr übergriffigen Art legt er ihr, wie neulich schon, die Hand auf die Stirn und schließt kurz die Augen. Ich sehe, dass Tara das Atmen einstellt und gehetzt meinen Blick sucht. Unwillkürlich rutscht sie tiefer zwischen die Laken. Ihr zeitweilig eher loses Mundwerk büßt sie in diesen Augenblicken gänzlich ein. Nur mit Mühe unterdrücke ich ein Lachen. Mich abwendend setze ich eine Kanne Kaffee auf.

»Du hast hervorragende Arbeit geleistet, Nathan. Die junge Dame ist über den Berg.« John zieht den Stuhl näher ans Bett, entledigt sich kurzerhand der dicken Lammfelljacke und setzt sich, den Blick eindringlich auf Tara gerichtet.

»Und Mädchen, wie fühlst du dich?« Daran, wie sie heftig schluckt, erahne ich, dass die Situation sie maßlos überfordert. Helfend springe ich ein.

»Jeden Tag besser. Gestern haben wir sogar zwei Mal den Toilettengang gemeistert.« Tara errötet tief bei meinen Worten, während John amüsiert den Kopf in meine Richtung dreht und dankbar die Kaffeetasse entgegennimmt. Nachdenklich senkt er den Blick in den abgestoßenen Porzellanbecher und ich ahne, dass er mit seiner Fragerunde noch nicht am Ende ist.

»Hast du eine Ahnung, wer dir das angetan hat? Ein Jagdunfall war es definitiv nicht.« Tara reißt bei seinen direkten Worten die Augen auf und sieht mich erschrocken an. Doch ich schüttele den Kopf, um ihr zu signalisieren, dass er diese Information nicht von mir hat. Johns Frage schwebt schwer und unbequem in der Luft, beginnt die Atmosphäre zu kontaminieren. Das zeigt sich in dem ablehnenden Ausdruck, der sich in ihren Augen formiert. Jegliche Mimik in ihrem feingeschnittenen Gesicht versteinert.

»John liest in den Menschen, Tara. Er nimmt Schwingungen wahr, die wir nicht einmal erahnen. Hinzu kommt, dass ihm die menschlichen Abgründe vertraut sind. Er weiß genau, wozu jemand fähig ist, der glaubt sein Recht einzufordern.« Während ich spreche, lässt John das Mädchen nicht aus den Augen. Er registriert das Zucken eines jeden Muskels, die unterschiedlichen

Schattierungen in ihren Augen, die wie ein Wolkenband die intensive Farbe verdunkeln, bei meinen ungeschönten Worten. Er liest in der Körperspannung, die ihren Leib beherrscht, von jenem Moment an, da er den kleinen Wohnraum betreten hat.

Ich reiche auch ihr einen Becher dampfend heißen Kaffees, den sie mit einem stillen Nicken entgegennimmt.

»Aber John ist auch einer der ehrlichsten Menschen, die ich kenne. Ich vertraue ihm blind.« Schweigend nimmt sie meine Worte auf, lässt ihren Blick noch einmal über den Mann gleiten.

»Entschuldigen Sie, Mr. …«

»*Running Wolf* genügt, oder meinetwegen auch John«, fügt er augenzwinkernd hinzu und sinkt gegen die Stuhllehne. »Steht zu befürchten, dass sie ein neues Attentat auf dich verüben?« Er spricht die Worte unumwunden aus. Ich sehe, wie Tara zusammenzuckt. Wie ihre Lider leicht flattern, registriere den Schattenwurf des dichten Wimpernkranzes auf den hohen Wangenknochen.

»Das deute ich als ein *Ja*«, beantwortet er sich die Frage selbst. Ihre Hände zittern, als sie die Tasse an die Lippen führt. Die ganze Situation wühlt sie derart auf, dass sie sich der Sicherheit von zuvor beraubt fühlt. Das Misstrauen in ihr ist auf ein neues Rekordlevel geklettert. Das zeigt sich daran, wie sie die Lider schließt, wie der Zug um ihren schön gezeichneten Mund sich verhärtet.

»Ich habe John gebeten, im Reservat ein paar Kleidungsstücke für dich zu organisieren.« Augenblicklich reißt sie die Augen auf und sieht mich empört an. Meine Distanzlosigkeit scheint sie regelrecht zu erwecken.

»Ich kann mich nicht erinnern, dass ich darum gebeten hätte.«

»Nein, hast du nicht. Aber das, was du am Leib getragen hast, war blutdurchtränkt und zerrissen«, rufe ich ihr in Erinnerung. »Mir blieb nicht die Zeit, dich auszukleiden. Jede verdammte Sekunde zählte, um dein Leben zu retten.«

Sie nimmt einen tiefen Atemzug bei meinen harten Worten. Jegliche Konfrontation mit der Ausnahmesituation, die ihr fast den Tod eingebracht hätte, bringt ihren Körper in Erschütterung. Ich ahne, dass sich zumindest in der Jacke etwas befunden haben muss, das von äußerster Wichtigkeit für sie war. Die explizite Frage danach, kurz nachdem sie das Bewusstsein zurückerlangte, hat sie verraten. Jene Jacke, die ich noch in der Nacht des Attentats verbrannt habe. Auch jetzt sehe ich das Bedauern über den Verlust in ihren schönen Augen aufblitzen. Dennoch schweigt sie vehement.

Tara richtet den Blick auf John und äußert kleinlaut: »Danke.«

Mit einem verschmitzten Lächeln fährt der Mann sich über das Gesicht und wendet sich an mich. »Auf ein Wort, Nathan.« Sich erhebend, berührt er Tara noch einmal an der Schulter. »Pass auf dich auf, Mädchen. Die Sache ist noch nicht ausgestanden.« Der Schock, den diese Worte hervorrufen und in ihr Gesicht zeichnen, lässt mich unweigerlich erschauern. Auch wenn sie vor Johns Ankunft ähnliche Bedenken geäußert hat, so weiß ich doch, dass die Worte meines alten Freundes eine andere Tragweite besitzen. Seine Weissagungen entsprechen dem, was letztlich eintritt. Auch Tara scheint die Ernsthaftigkeit dahinter zu spüren.

Ich erhebe mich und trete mit *Running Wolf* in den kalten Morgen hinaus, gefolgt von Captain, der meinem Freund nicht von der Seite weicht. Die Luft ist eisig und beschreibt mit jedem Atemzug weiße Wolken, die sekundenlang das Schweigen zwischen uns intensivieren. John richtet den Blick auf den Horizont, so als käme das Unheil wie eine Horde dunkler Kreuzritter direkt von dort.

»Die Kleine steckt in Schwierigkeiten, Nathaniel.«

Das steht außer Frage. Als ich nichts erwidere, sieht er mich ernst an. »*Sehr große* Schwierigkeiten. Du bist auf Bewährung. Ich denke, es ist ratsam, das Mädchen so schnell wie möglich loszuwerden. Alles, was du nicht gebrauchen kannst, ist, dir ihre Probleme zu eigen zu machen.« Ein Zittern durchläuft meinen Körper, ob vor Kälte oder aufgrund der drastischen Prophezeiung meines väterlichen Freundes vermag ich nicht zu sagen. Erfüllt von tiefem Unbehagen, schiebe ich die Hände in die Taschen meiner Jeans.

»Das habe ich nicht vor, John.«

Er nickt einmal. »Gut, dann hoffe ich, dass du dich auch daran hältst. Alles andere wäre glatter Selbstmord.« Ich weiß, dass jedes Wort, mag es noch so hart klingen, seiner tiefen Sorge um mich geschuldet ist. John ist einer der wenigen Menschen, die früh begriffen haben, dass ich nicht jener bin, für den man mich hält. Langsam frisst sich die Kälte durch das dicke Wollgeflecht meines Pullovers, lässt die Haut darunter unangenehm brennen.

John hebt wissend das Kinn, dann zieht er mich kurz an sich und flüstert: »Pass auf dich auf, Junge.« Mit einem knappen Nicken wendet er sich ab und marschiert den schlüpfrigen Steg in Richtung Seeufer entlang. Der wartende Motorschlitten ist bereits mit einer leichten Eisschicht überzogen. Cap bleibt mit leisem Winseln zurück.

10

Verlust und Verzweiflung gehen Hand in Hand.

Taraneh

»Wer ist Mary?«

Als Nathaniel aus der Kälte in den warmen Wohnraum tritt, gebe ich ihm nicht die Zeit, sich zu besinnen und feuere augenblicklich die Frage ab. Tausend andere lasten auf meinem Herzen, doch diese ist die dringlichste. Er hebt den Kopf und sieht mich an. Das helle Tageslicht, welches in das Innere dringt, lässt seine Iris in einem sanften Blau leuchten. Vielleicht ist es aber auch die Erinnerung an jene Frau, deren Name seine Augen mit diesem sonderbaren Licht füllt. Er antwortet nicht gleich, macht sich daran, die Kaffeebecher einzusammeln und abzuwaschen. Schließlich dreht er sich zu mir um, gegen den Waschtisch gelehnt, die Arme locker vor der Brust verschränkt.

»Mary ist Johns Frau.« Ich weiß nicht, warum ich davon ausgegangen bin, dass diese Frau zu Nathan gehört. Vielleicht liegt es an der Art, wie er sich nach ihr erkundigt hat. Daran, wie allein die Erwähnung dieses Namens seine Züge weicher werden ließ.

»Johns Frau?«, frage ich verwirrt und sehe ihn an. Nathaniel schenkt mir ein schiefes, zutiefst trauriges Lächeln, bevor er fortfährt.

»Mary war … ist der bezauberndste Mensch, den ich kenne.

Voller Liebe und Hingabe. Ehrlich und loyal. Gleichgültig, wie schlecht es ihr geht, sie trägt immer ein Lächeln im Gesicht.«

»Du liebst sie«, raune ich ergriffen und erschrecke fast im selben Moment über meine indiskreten Worte. Kann es sein, dass Nathan und John ein und dieselbe Frau lieben? Er sieht mich mit einer Mischung aus Schmerz und Verzweiflung an. Die Ernsthaftigkeit in seinen Zügen lässt mich erschauern. Dann nickt er ergeben.

»Ja, ich liebe sie - sehr.« Dann richtet er sich auf und fährt sich ungehalten mit den Fingern durch das Haar. »So wie man eine Mutter liebt. Mary hat mich stets behandelt wie ihren eigenen Sohn.« Kurz senkt er die Lider, bevor er leise hinzufügt: »An manchen Tagen standen wir uns sogar näher.«

In jedem Wort, das er spricht, vernehme ich stille Resignation, maßlose Wut und unerschütterliche Liebe.

»Was ist mit ihr?«, frage ich atemlos. In den wenigen Worten, die die Männer getauscht haben, klang eindeutig Sorge an. Und auch jetzt kann ich dieses Empfinden überdeutlich in Nathaniels Zügen, in seiner angespannten Haltung wahrnehmen. Er atmet schwer, ohne den Blick abzuwenden.

»Mary wird sterben. Wenige Tage noch, aber sicher keine Woche mehr …« Als seine Stimme bricht, wendet er sich ab und beginnt den Rucksack zu entpacken. *Er will sich ablenken, seine Hände beschäftigen*, denke ich, damit er nicht zu tief in den Schmerz einsteigen muss. Unter der frischen Qual ruht eine alte, gärende, die ich deutlich spüre. Mary ist der Trigger für etwas anderes, tiefliegenderes, an dem er mich nicht teilhaben lässt.

Stöhnend schiebe mich unter Schmerzen höher, in eine

halbsitzende Position, die mir sekundenlang den Atem raubt und massiven Schwindel erzeugt. *Fuck*. Wenn die Genesung weiterhin in diesem Schneckentempo voranschreitet, werde ich Monate brauchen, um meine Pläne umzusetzen. Als ich den Kopf hebe, begegne ich Nathaniels Blick, der bei meinen Klagelauten innegehalten hat und mich besorgt betrachtet. Ich winke ab und schenke ihm ein zittriges Lächeln.

»Kein Grund zur Sorge, es geht mir gut. Ich hab nur versucht, meine Position zu verändern.« Er nickt, während er auf mich zutritt, nach einem Kissen greift und es behutsam in meinen Rücken schiebt. Röte schießt mir in die Wangen. Die immer wieder neuen, so intimen Begegnungen zwischen uns, obwohl wir einander fremd sind, fordern mich. Auch am dritten Tag meines bewussten Zustandes verliert die zufällige Berührung seiner Hände nicht die Brisanz.

Als er sich aufrichtet, gebe ich bedauernd zu verstehen: »Die Sache mit Mary tut mir leid, Nathaniel. Es ist entsetzlich, ohnmächtig dabei zusehen zu müssen, wie man einen Menschen verliert, den man liebt.«

Seine intensiven Augen streichen über mich, dringen tiefer, berühren Punkte, die schmerzen. Ich will ihm diese tiefen Blicke nicht gewähren, dennoch ist es mir unmöglich, ihn auszusperren. Zielsicher spürt er jede Wunde in mir auf. Wortlos hebt er wissend die Augenbrauen und sagt doch alles.

»Du musst etwas essen, Tara, wenn du wieder zu Kräften kommen willst. Ich habe Fisch im Eisschrank. Eine ordentliche Portion Eiweiß kann Wunder bewirken.«

Er wartet meine Antwort nicht ab, dreht sich um und macht

sich geräuschvoll am Gefrierfach zu schaffen. Ich verspüre keinen Hunger, aber das ist auch nicht wichtig. Es geht darum, dass das Gespräch beendet ist. Nathaniel wird mir keinesfalls tiefere Einblicke gewähren und genauso wenig verlangt es ihn danach, mehr über mich zu erfahren. Ich schließe die Augen, bemüht, den Aufruhr im Innern zu bändigen. Er hat recht, je schneller ich auf den Beinen bin, desto eher trennen sich unsere Wege wieder und desto schneller kann ich meine Mission zu einem Ende führen.

Zuvor

Das Leben ist reich an Abschieden.

Taraneh

»Wir müssen der Wahrheit ins Auge sehen, Grace.« Meine Stimme zittert so sehr, dass ich die Worte selbst kaum zu entschlüsseln vermag. Grace hebt den Kopf. Tränen trüben ihren Blick, erzählen von der Verzweiflung und der schwindenden Hoffnung. »Sie wird es nicht schaffen, auch wenn es das ist, was ich mir mehr als alles andere wünsche. Vivi wird diesen Kampf verlieren.« Ihr das sagen zu müssen, ist das Schwerste, was mir je abverlangt wurde. Doch Grace hat sich so sehr gegen das Offensichtliche verschlossen, dass sie den nahenden Tod vollkommen ignoriert. Auch jetzt weiten sich ihre klaren blauen Augen empört.

»Nein, sag das nicht. Sag nicht so entsetzliche Dinge, Tara. Du bist meine Schwester. Wann hast du aufgehört, daran zu glauben, dass Vivi geheilt wird?«

Ihr Schmerz zerreißt mich. Eine Mutter, die ihr Kind verliert, geht immer durch die Hölle, daran besteht kein Zweifel. Aber für Grace, die um dieses Kind mehr gekämpft hat als jeder andere, bedeutet es den emotionalen Untergang, dass sie ihr Mädchen verlieren wird.

»Ich wünschte, ich könnte dir das ersparen. Ich wünschte, ich könnte dir sagen, dass alles gut wird. Dass deine Tochter ein langes, erfülltes Leben vor sich hat, aber Grace …« Ich atme tief und wische mir ungehalten die Tränen vom Gesicht. »Ich bin nicht im Besitz dieser Macht. Was ich dir geben kann, ist meine uneingeschränkte Unterstützung. Du weißt, ich liebe Vivi ebenso sehr wie du und ich werde verdammt nochmal alles daran setzen, die Verantwortlichen zur Rechenschaft zu ziehen, sofern es mir möglich ist.«

Grace schweigt. Sie stützt ihre Stirn mit einem leisen Seufzen gegen die Scheibe, die den Blick in das Krankenzimmer auf der Intensivstation freigibt. Der Körper ihrer Tochter ist an unterschiedliche Apparaturen angeschlossen, die das Mädchen am Leben halten. In den letzten Tagen war Vivian kaum ansprechbar. Zu sehen, wie sehr dieser kleine Mensch leidet, lässt mich fast wünschen, dass es schnell gehen möge. Das intensive Wechselbad der Emotionen, dem wir die vergangenen Monate ausgesetzt waren, hat uns alle ausgezehrt, aber Grace im Besonderen. Wie eine Löwin hat sie für ihr Kind gekämpft. Zu wissen, dass dieser Kampf nun endet, ohne Erfolg, ist unendlich schmerzhaft. Ich weiß, dass die Leere, die darauf folgt, die Gewalt besitzt, Grace zu verschlingen. Eine Leere, die immer Teil ihres Lebens bleiben wird.

»Also gut«, sie wischt sich die Tränen vom Gesicht, richtet sich auf und tritt an die Tür. Bevor sie das Blatt hinter sich schließt, wirft sie mir einen eindringlichen Blick zu.

»Ich verlasse mich auf dich, Tara.« Sie wartet mein Nicken nicht ab, im nächsten Moment erklingt das vertraute Klicken eines Türschlosses.

Nathaniel

Der eisige Wind schneidet mir ins Gesicht, als hinterließe er blutige Wunden. Leichter Schneefall setzt ein, doch bei den tiefen Temperaturen scheint der angekündigte Sturm sich nur schwer in Bewegung zu setzen. Cap trottet dicht neben mir her. Ab und zu streunt er durch das Unterholz, jagt einem Schneehasen nach oder scheucht ein paar schlafende Vögel auf.

Meine Gedanken kreisen um die sonderbare Frau, die ich eher widerwillig in Obhut genommen habe. Es ist kein Geheimnis, dass sie etwas zu verbergen hat. Eine Schusswunde spricht in den seltensten Fällen für Unschuld. Die Frage ist nur, auf welcher Seite dieser Geschichte sie steht. Mag sie auch unerschrocken anmuten, ihr Traum, in den frühen Morgenstunden, erzählt deutlich von der Ungewissheit die sie quält.

Ich greife einen Stock auf, der halb aus einer dichten Schneewehe ragt, wiege ihn in der Hand, bevor ich leise pfeife. Captain stellt die Ohren auf und sieht mich aufmerksam an. In dem Atemzug, da ich das Holzstück durch die Luft schleudere, sprintet das Tier los, eine Fontäne unberührten Schnees wirbelt auf.

John hat recht, ich kann es mir auf keinen Fall leisten, mit dem Gesetz in Konflikt zu geraten. Die letzten Jahre waren hart, haben mich alles gekostet. Noch immer steht mein Leben auf wackeligen Beinen, aber hin und wieder vermag ich ihn zu sehen, den Silberstreif am Horizont, der von Hoffnung spricht. Cap rauscht an mir vorbei, umrundet mich und legt mir den Ast zu Füßen. Ich sinke in die Knie und kraule meinem Freund das feuchte Fell.

»Gut gemacht, alter Junge«, raune ich und spüre allmählich, wie die Kälte die Gliedmaßen steif werden lässt. Es ist Zeit heimzukehren. Viel zu lange ist Tara schon allein. Nicht, dass sie dazu in der Lage wäre abzuhauen oder auch nur mein Hab und Gut zu durchwühlen. Aber ebenso wenig, wie sie mir traut, traue ich ihr. In den vergangenen Tagen blieb kaum Raum für ausgiebige Spaziergänge. Das Tier weiß genau, wann es Zeit ist, sich zurückzunehmen und auf die eigenen Bedürfnisse zu verzichten. In manchen Zeiten muss es eben genügen, dass Captain sich durch eine Klappe im Türblatt zwängt, um seine Notdurft zu verrichten.

Am Seeufer taucht in Sichtweite die gut sechs Meter lange, beleuchtete *Mystique* auf. Der schwache Lichtschein tanzt über die sich verdunkelnde Landschaft und hüllt die Umgebung in ein unwirkliches Licht. Erste Sterne gehen auf, blitzen vereinzelt hinter dichten, schneeschweren Wolkenbändern hervor und ergießen sich wie goldene Farbtupfer auf der ruhigen Wasseroberfläche. Ich liebe dieses Land, diese Region mit ihren zahllosen Seen, den majestätischen Bergen und dem sattgrünen, reichen Waldbestand. Als ich mich vor über zehn Jahren entschied, meine Zelte hier aufzuschlagen, war ich sicher, dass es nichts geben konnte, was mich von hier forttreibt. Wie gravierend das Leben sich ändert, welche Haken es schlägt und wie erbarmungslos es uns niederknüppelt, ahnen wir nicht und das ist verdammt gut so.

Dieses friedliche Land mit seinen Ureinwohnern, die mich einst als Fremden aufnahmen wie einen Freund, ist heute zu einer Wüste geworden. Zu meiner ganz persönlichen Hölle. Es gibt nicht mehr viel, was mich hier hält, lediglich die Gewissheit, dass ich vor der Vergangenheit nicht davonlaufen kann. Dass ich sie mit mir trage, wohin ich auch gehe. Die Menschen hier kennen meine Geschichte. Wer mir begegnen will, wird dies auch tun, alle anderen verstehen sich bestens darauf, mir aus dem Weg zu gehen. Im Laufe der vergangenen Jahre habe ich mich daran gewöhnt. Zumindest rede ich mir das ein.

Nach der eisigen Stunde draußen in der Kälte, erschlägt mich die Wärme im Innern fast. Der kleine Ofen heizt die wenigen Quadratmeter auf Hochtouren. Mein erster Blick gilt meinem Gast, der schlafend und mit ruhigem Atem in den Kissen liegt. Zum ersten Mal erahne ich einen Zug der Entspannung um ihren Mund. Die Wangen glühen rosig und heben den sanften Rotton ihres Haares hervor. Ich schätze sie auf Ende zwanzig, nicht älter.

Lautlos, darauf bedacht, sie nicht zu wecken, schließe ich die Tür hinter mir. Augenblicklich tritt Captain an die Koje, um nach dem Rechten zu sehen. Erst als er sich davon überzeugt hat, dass es unserer Patientin gut geht, verzieht er sich schwanzwedelnd auf seine Decke. Ich bin müde, nicht nur von dem langen Marsch. Die letzten aufreibenden Nächte haben mich meines Schlafs beraubt. Der wackelige Stuhl, der als Schlafstätte diente, hat sein Übriges dazu beigetragen und lässt mich jeden einzelnen Knochen spüren. Heute Nacht werde ich mein Lager direkt neben Taras aufschlagen. Eine schlichte Isomatte muss genügen, aber immerhin kann ich meinen Körper ausstrecken.

Während ich das Behelfsbett ausbreite, aus Jeans und Pullover schlüpfe und in den dicken Daunenschlafsack krieche, sinne ich darüber nach, was John gesagt hat. Dass diese Frau einen Sack voller Probleme mit sich herumschleppt. Nach der Begegnung mit dem Ureinwohner war Tara den Tag über schweigsam. Zwischenzeitlich hatte ich den Eindruck, dass sie sich ihres Gedankengutes beraubt fühlte Dass es ihr alles andere als recht war, John derart tiefe Einblicke in ihr Seelenleben zu gewähren. *Aber John wäre nicht John, wüsste er seine Fähigkeiten nicht einzusetzen*, denke ich mit einem milden Lächeln und schließe die Augen.

11

Auch dein Schweigen kann nicht über den aufziehenden Sturm am Horizont hinwegtäuschen.

Taraneh

Mein Bewusstsein ist erfüllt von einem Rauschen, das die umfassende Schwärze, die mich umgibt, noch verstärkt. Sekundenlang bin ich orientierungslos, spüre meinem drängenden Herzschlag nach und dem Gefühl der Angst, das sich sekündlich in mir steigert.

Nur allmählich kehrt die Erinnerung zurück und ich entsinne mich des angekündigten Schneesturms, von dem der große Mann in den frühen Morgenstunden sprach. Der Orkan, der draußen wütet, ist von solcher Gewalt, dass er das kleine Boot immer wieder in Erschütterung bringt. Mit einem zynischen Pfeifen dringt er durch jede noch so winzige Ritze und macht mir empfindlich bewusst, dass das Feuer schon vor Stunden heruntergebrannt sein muss. Wo ist Nathaniel? Ich kann nicht mit Sicherheit sagen, ob er, wie in den Nächten zuvor, auf dem Stuhl nahe der Koje sitzt. Es ist so dunkel, dass ich kaum die Hand vor Augen sehe. Ich verspüre das dringende Bedürfnis nach einem Toilettengang. Vorsichtig setze ich mich auf, spüre dem Schmerz in meiner Seite nach, der nun bei den ersten gezielten Atemzügen verklingt und mir mehr Bewegungsfreiheit schenkt.

Behutsam schwinge ich die Beine aus dem Bett und ertaste

im selben Augenblick ein Hindernis zu meinen Füßen. *Captain*, denke ich mit einem stillen Lächeln. Diese treue Seele lässt mich nicht einen Moment aus den Augen. So gut es mir möglich ist, trete ich großflächig über das schlafende Tier hinweg und taste mich im Dunklen den Weg bis zum Waschraum entlang. Wenn auch der Schmerz allmählich verklingt, die Wunde kontinuierlich heilt, als ich die Tür hinter mir schließe und das Licht entzünde, ist mein Körper schweißnass von der Anstrengung. Schweratmend sinke ich gegen die Wand und schließe sekundenlang die Lider, um meine Kraftreserven zu mobilisieren.

Als ich den Kopf hebe, entdecke ich mein Spiegelbild. Unwillkürlich löst sich ein Aufstöhnen aus meiner Brust. Ich sehe grauenhaft aus. Das Haar - wirr und zerzaust bedarf dringend einer Wäsche, so wie mein ganzer Körper regelrecht danach schreit. Doch Nathaniel hat mir jegliche Dusche strikt verweigert. Der Prozess der Wundheilung müsse erst weiter fortgeschritten sein, argumentiert er hartnäckig. Mein Blick streift die winzige Duschkabine direkt neben der Toilette. Einen Moment lang bin ich versucht, dem Drängen in mir nachzugeben, doch im nächsten Atemzug überfällt mich ein derartiger Schwächeanfall, dass ich diesen Gedanken augenblicklich verwerfe. Bleiern sinke ich auf den Stuhl vor dem Waschbecken nieder, warte darauf, dass die Schweißausbrüche verebben, der Schwindel zur Ruhe kommt. Vielleicht habe ich mich schlicht übernommen mit meinem Alleingang.

Als ich die Kraft finde, mich auf den Rückweg zu begeben, halte ich im spärlichen Lichteinfall, der durch die Schneise vom Waschraum in den Wohnbereich fällt, nach Nathaniel Ausschau.

Doch ich kann ihn nirgends entdecken. Möglicherweise ist er gar nicht vor Ort. Der runtergebrannte Ofen und die schleichende Kälte, die der tosende Sturm dort draußen durch jede noch so winzige Ritze jagt, sprechen definitiv dafür. In den vergangenen Tagen gab es nicht einen Moment, da ich auch nur ansatzweise frieren musste. Mein Gastgeber sorgte stets für ausreichend Wärme, indem er das Feuer beständig in Gang hielt.

Am Rande der Belastbarkeit stütze ich mich in der Finsternis schwer auf die Stühle, während ich Mühe habe, die Füße anzuheben. Nur das Heulen des Windes übertönt meine schweren Atemstöße. Diese verdammte körperliche Schwäche ist wie ein bleiernes Gewicht, das auf meinen Schultern lastet. Ich muss dringend wieder auf die Beine kommen. Hier ausharren und auf den Tod zu warten, entspricht nicht meinem rebellischen Naturell. Mittlerweile bin ich zu dem Schluss gekommen, dass Nathaniel ein Einzelkämpfer ist. Ich habe keine Ahnung, was ihn umtreibt, aber ich bin fast sicher, dass ihn nichts mit den Menschen verbindet, die mir nach dem Leben trachten.

Zum wiederholten Male frage ich mich, wo er zu dieser nachtschlafenden Zeit und bei dem Unwetter dort draußen sein mag, als ich ins Stolpern gerate und der Länge nach hinfalle. Gleichgültig, wie sehr ich mit den Armen rudere, es gelingt mir nicht, den Sturz abzufangen. Ein Schrei des Entsetzens löst sich aus meiner Kehle, der durchbrochen wird von einem tiefen knurrenden Bariton, als ich der Länge nach auf Nathaniels sehnigem Körper lande. *Nicht Captain hat vor meinem Bett Wache gehalten*, durchfährt es mich benommen, sondern der Mann, der mir das Leben gerettet hat.

Seine Arme umfangen mich im selben Augenblick so fest, dass ich sicher bin, er presst mir die Luft aus den Lungen. Zeitgleich steigern sich die Schmerzspitzen in meiner linken Seite in Höhen, die mir die Sinne rauben, und die tintenähnliche Schwärze vertiefen.

Ich wage es nicht, mich zu bewegen, wage nicht einmal, einen Laut von mir zu geben. Überaus intensiv nehme ich Nathaniels erschrockener Atem wahr, der über mein Gesicht weht, und die Wärme, die aus jeder einzelnen seiner Poren strahlt.

»Tara?«, flüstert er rau und lockert nur leicht den starren Griff, mit dem er mich umfangen hält.

»Ja, ich …«

»Verdammt, was ist das hier?«, unterbricht er mein Stottern und nimmt augenblicklich den Druck von der Wunde. Ich empfinde seinen Körper unter mir. Jede Senke, jede Erhebung, so überdeutlich, als lägen wir nackt - Haut an Haut. Unwillkürlich spornt mein Herz sich bei diesem Gedanken zu neuen Höchstleistungen an, was auch Nathaniel nicht entgeht. In der Dunkelheit fühle ich, wie er den festen Griff seiner Hand lockert und behutsam über die gesunde Seite streicht. Tausend Empfindungen fluten bei dieser fast zärtlichen Berührung meinen Leib. Ein winziger Laut des Wohlbehagens, der hoffentlich in dem Tumult des Sturms draußen untergeht, löst sich ungewollt von meinen Lippen. *Das ist lediglich deinem angeschlagenen Zustand geschuldet*, denke ich. *Dem Wissen darum, wie knapp du dem Tode entkommen bist, und der Tatsache, dass du hier wenig damenhaft auf deinem Retter liegst.* Reflexartig löst sich ein leicht hysterisches Lachen aus meiner Kehle.

»Was«, raunt er dicht an meinem Ohr, während seine Hände auf meinen Hüften ruhen. Wir sind einander so nah, dass ich fast glaube, die Bewegung seiner Lippen zu spüren. »Was ist so komisch an dieser Situation?« Ich kann den ungehaltenen Ton in seiner Stimme vernehmen, aber auch das stille Lächeln, das vermutlich seine Lippen verzieht.

»Na, du und ich, wie wir hier ineinander verkeilt auf dem Boden liegen.« Er atmet tief ein. Ich spüre seinen Brustkorb, der sich schwer gegen meinen hebt und einen sanften Schauern über meine Haut jagt. *Mein Gott, Tara, du führst dich auf wie ein Teenager, als hättest du nicht ausreichend andere Probleme, die deine Aufmerksamkeit fordern.* Nathaniel, der meine Körperreaktion Gott sei Dank fehlinterpretiert, richtet sich, mit mir im Arm halbwegs auf.

»Du frierst«, raunt er besorgt und reibt mit den Händen wärmend über meine bloßen Arme. Das hat zur Folge, dass ich nur noch tiefer erschauere. »Auf keinen Fall dürfen wir riskieren, dass du dir eine Lungenentzündung zuziehst, die sich auf deinen ohnehin angeschlagen Zustand setzt. Ich werde den Ofen anheizen und mir dann die Wunde ansehen.« Ein unwilliges Stöhnen löst sich von meinen Lippen, als er mir behutsam unter die Arme greift und aufhilft. Auch in der Finsternis bewegt er sich gewandt und sicher.

»Muss das wirklich sein? Ich denke nicht, dass …«

»Keine Widerrede, Taraneh«, entgegnet er bestimmt und sieht im Aufblitzen des Lichtes, welches er in diesem Moment entzündet, gerade noch, wie ich unter der Äußerung meines vollen Namens zusammenzucke. Diese Reaktion fordert seinen Blick in einer Tiefe ein, die mir Unbehagen beschert.

Sekundenlang mustert er mich mit zusammengezogenen Augenbrauen, bevor er die Decke zurückschlägt und mich mit einer stummen Handbewegung auffordert, zwischen die Laken zu schlüpfen. Als ich widerwillig gehorche, spüre ich, dass der Schmerz in meiner Seite sich wieder auszuweiten beginnt.

Möglicherweise ist es nur der Schock, eine leichte Prellung, nicht wirklich von Bedeutung, doch in Nathaniels blauen Augen erahne ich eine Wachsamkeit, der nichts entgeht. Auch nicht, dass ich nur mit Mühe atmen kann. Behutsam weitet er die Daunendecke über mich aus und macht sich daran, den Ofen mit Holzscheiten zu bestücken. Der Tumult hat auch Captain geweckt, der sich schlafend von seinem Platz direkt neben der ausgekühlten Wärmequelle erhebt.

»Was hat dich um diese Uhrzeit überhaupt aus dem Bett getrieben?« Fragend richtet er den Blick auf mich.

Verlegen hebe ich die Schultern und entgegne scheu: »Was schon, ich musste auf die Toilette.«

»Warum hast du mich nicht geweckt?« Nathaniels Stimme übertönt kaum den Sturm, der das Hausboot immer wieder in Erschütterung versetzt und den Hund leise winseln lässt. Ich beobachte, wie er geschickt die Scheite stapelt und das Anzündholz dazwischen schiebt.

»Ich wusste nicht, wo du warst.« Bei meiner ehrlichen Antwort hebt er den Kopf und sieht mich erstaunt an.

»Wo soll ich schon sein, Tara, ganz in deiner Nähe.« Seine Worte machen mich kurzzeitig sprachlos. Ich kann nicht sagen, was sie in mir auslösen, warum sie dieses intensive Gefühl der Wärme mit sich tragen. Ein Empfinden, das sich ausweitet, welches den Schmerz in meiner Seele dämmt, das mich an das Gute im Menschen glauben lässt. Zeitgleich weiß ich natürlich, dass diese Worte für Nathaniel keinerlei Bedeutung haben, außer der Tatsache, dass er tatsächlich in nächster Nähe zu mir lag. Dennoch, irgendetwas rühren sie in mir an, das all die Härte, die ich mir jeden Tag abverlange, aufbrechen lässt.

»Tara?«, hakt er leise nach. In seinem Blick liegt eine Sorge, die mir fremd ist, die mich zugleich ängstigt. Ich will nichts von diesem Mann. Alles, was ich will, ist, schnellstmöglich auf die Beine kommen und zu Ende bringen, was ich begonnen habe. Für Vivi. Für Grace und schlussendlich auch für mich. Bei diesen Gedanken spüre ich Tränen in meiner Kehle aufsteigen, als Preis dessen, was hinter mir liegt, was mir die letzten Tage abverlangt, was sie mich gekostet haben.

Plötzlich ist er da, dicht bei mir hebt er die Hand und streicht mir das Haar von der Wange.

»Hey Tara, was ist los? Hast du Schmerzen?« Ich schüttele den Kopf, obwohl die Wunde brennt wie die Hölle. Der mentale Schmerz ist ungleich stärker. Mit einem bebenden Atemzug schließe ich die Augen, kämpfe mühsam gegen den Drang, die Zügel zu lösen und meinen Emotionen freien Lauf zu lassen.

Tapfer schluckend raune ich leise: »Ich … es tut mir leid. Ich wusste nicht, dass … dass du in nächster Nähe liegst. Ich dachte, der Hund … Habe ich dich verletzt?«

Sein Blick streicht über mich hinweg, registriert jedes Wort und all die unausgesprochenen dahinter. Dann schüttelt er den Kopf und drückt mich sanft in die Kissen. Vorsichtig schlägt er das Deckbett zurück und schiebt das frische T-Shirt, welches er mir am Abend zum Wechseln gegeben hat, behutsam hoch. Diesmal eines der kanadischen Rockband *Nickelback*. Ich habe es mir verkniffen zu fragen, ob er Fan der Band ist. Je weniger wir voneinander wissen, desto besser. Ohnehin ist mein Gastgeber ähnlich verschlossen wie ich selbst. Er versteht sich bestens darauf, seine Geheimnisse zu wahren. Als er jetzt mit kühlen Fingern sanft über den Verband streicht, stöhne ich leise auf. Aufmerksam hebt er den Blick und sieht mich an, registriert jede Regung, jedes Zucken, das mich verrät.

»Der Verband ist trocken, das werte ich als gutes Zeichen. Trotzdem muss ich nachsehen, was darunter los ist. Es tut mir leid, Tara, aber der Sturz hat möglicherweise die Wunde erneut geöffnet.« Ich nicke knapp und gebe ihm mit einer Handbewegung zu verstehen, dass er loslegen kann. Wie immer ist Nathaniel äußerst behutsam. Diesmal ist der Schmerz des Verbandwechsels längst nicht so grell, wie in den ersten Tagen, dennoch raubt er mir auch jetzt zeitweise den Atem.

Er arbeitet mit sicheren Händen, den Kopf tief geneigt. Indes flüstert er rau, weniger für meine Ohren bestimmt: »Tapferes Mädchen.« Mein Herzschlag beschleunigt sich unter seinen Worten, ohne dass Nathaniel auch nur bemerkt, was seine bedeutungslos dahingesagte Äußerung mit mir macht. Als tapfer hat mich nie jemand bezeichnet. War es doch eher so, dass man davon ausging, ich sei nicht stark genug, die Wahrheit zu verkraften. *Einschließlich meiner Mutter und meines Verlobten, der mein Vertrauen schamlos missbraucht hat*, denke ich bitter.

»Sieht so aus, als hättest du Glück gehabt.« Er schenkt mir ein Lächeln indem ich Erleichterung spüre. Ein zittriger Atemzug löst sich aus meiner Brust. Der Mann sorgt sich um mich. Warm und süß breitet sich dieses Gefühl in mir aus. Seufzend schließe ich die Lider. »Gut, das ist gut.« Ich halte die Augen geschlossen, während seine Hände sanft die Wunde versorgen. Schließlich zieht er den Stoff des Shirts über meine Blöße und wickelt mich behutsam in die Decke. Seit wann herrscht diese fast beängstigende Vertrautheit zwischen uns? Vielleicht interpretiere ich auch zu viel hinein. Nathaniel sieht in mir die Frau, der er das Leben gerettet hat und umgekehrt verhält es sich exakt genauso.

»Du solltest ein wenig schlafen. Die Nacht ist noch nicht vorbei. Und jede Stunde Schlaf …«

» … fördert den Heilungsprozess, ja, ja, ich weiß.« Fragend zieht er die wohlgeformten Augenbrauen in die Höhe, so als spüre er meinen Unwillen deutlich.

»Was ist es, dass Mary so krank macht, dass sie daran sterben wird?«

12

Wahrheit ist oft eine bittere Medizin und nicht selten schmerzhaft.

Taraneh

Die Frage kommt unerwartet, trifft ihn auf dem falschen Fuß. Er senkt den Kopf und weicht meinem Blick aus, scheint mit sich zu ringen, ob er mich ins Vertrauen zieht oder nicht. Ich frage mich, welche entsetzliche Krankheit diese Frau befallen hat, wenn es Nathaniel offensichtlich so viel Unwohlsein bereitet, mit mir darüber zu sprechen.

»Die Leber.« Ich weiß nicht, was ich erwartet habe, aber nicht so etwas Banales wie eine Lebererkrankung.

»Die Leber ist das Organ, das sich am schnellsten rehabilitiert, nach einer schweren Erkrankung. Kann man denn gar nichts machen?« Nathaniel hebt den Blick und sieht mich an.

»Nicht wenn eine solch schwere Vergiftung vorliegt, wie bei Mary.« Bei dem Wort *Vergiftung* schlagen sämtliche Alarmglocken in mir an. Ich rapple mich unter Ächzen auf und bringe mein Gesicht näher an Nathaniels. Adrenalin peitscht durch meinen Körper, dämmt die Schwäche und den Schmerz ein, der mich noch Sekunden zuvor beherrschte.

»Gibt es noch weitere Vergiftungen im Reservat, Nathaniel?« Seine blauen Augen verändern die Farbe, werden dunkler, während seine markanten Züge sich zusehends verschließen.

»Tara, die Naturvölker ernähren sich völlig anders als wir. Sie verwenden Kräuter als Medizin, deren Namen ich nicht einmal aussprechen kann. Möglicherweise hat Mary eines erwischt, das diese Vergiftung …«

»Niemals«, unterbreche ich ihn atemlos und erinnere mich des Mannes, der sich *Running Wolf* nennt. Seiner absoluten Klarheit. Nathaniel hebt die Augenbrauen und sieht mich abwartend an. Er ahnt, dass ich seine fadenscheinige Ausrede durchschaut habe.

»Niemals ist deinem Freund … *Running Wolf* ein derart grober Fehler unterlaufen.«

Er seufzt schwer und entgegnet: »Ihm vielleicht nicht.«

Aufgeregt greife ich nach seiner Hand, um mir seiner Aufmerksamkeit sicher zu sein. Nathaniel zuckt unter der spontanen Berührung zusammen, und erst in dem Moment wird mir bewusst, wie übergriffig diese simple Geste wirken muss, dennoch lasse ich ihn nicht los.

»Diese Menschen leben seit hunderten von Jahren nach ihren Rezepturen, sie wissen genau, was sie tun. Ich habe recht, oder? Es gibt weitere Fälle, ohne dass es eine Erklärung für derart schwere Vergiftungen gibt.«

Nathaniel schweigt. Er schweigt so lange, dass ich sicher bin, er wird nicht antworten. Sein Blick kriecht tief in mich hinein und auch, wenn er den Grund meiner Seele berührt, so weiß ich sicher, dass er ähnlich im Dunkeln tappt wie ich selbst. Dann beugt er sich soweit vor, dass sein Gesicht nur Zentimeter von meinem entfernt ist. Ich kann die schimmernden, silbrigen Punkte auf der tiefblauen Iris sehen, ebenso wie die kleine Narbe, die sich durch seine rechte Augenbraue zieht. Ich weiß nicht, was er vor hat, aber ein paar Atemzüge lang spüre ich den Schlag meines Herzens in einer Intensität, als wolle es meinen Brustkorb sprengen. Er greift mit der linken Hand an mir vorbei und hält nur Sekunden später meinen Presseausweis in der Hand. Mühsam schluckend starre ich das Bild an, in dem Wissen, was er damit zum Ausdruck bringen will.

»Wer bist du, Taraneh Moore? Was treibt dich hierher, in die Wildnis Nova Scotias? Ohne Ausrüstung. Ganz auf dich allein gestellt. Dem Feind, wer immer das sein mag, gnadenlos ausgeliefert.« Keinen Millimeter weicht er zurück. Seine Stimme ist ebenso leise, wie gefährlich. Jeder Ton scharf und fordernd. Er empfindet mich als Eindringling, als Fremdkörper und ich kann es ihm nicht verdenken. Ich sinke tiefer in die Kissen zurück, um die verwirrende Nähe zwischen uns zu durchbrechen, mehr Raum zum Atmen zu finden, den er mir mit jedem Wort raubt. Beharrlich schweige ich, weil ich nichts zu sagen habe. Sein bohrender Blick lässt mich auch nicht los, als er bedächtig nickt und sich langsam aufrichtet.

»Ich mag mich täuschen, aber von Anfang an hatte ich das Gefühl, dass du einen Auftrag ausführst, auf einer Mission bist.« Seine Worte kriechen unter die Schädeldecke, verursachen Unbehagen. Er hebt die Karte in die Luft und raunt gefährlich leise: »Ist das der Grund, warum man einen Mordanschlag auf dich verübt hat? Für wen arbeitest du, Tara?« Kein Sterbenswort dringt über meine Lippen, die ich so fest aufeinanderpresse, dass mein Kiefer schmerzt. Demonstrativ senke ich die Lider und entziehe mich seinem eindringlichen Blick. Ich höre, wie er den

Ausweis mit gemäßigter Wut auf seinen angestammten Platz wirft, bevor er sich erhebt und sein Nachtlager, ein gutes Stück von meinem entfernt, aufschlägt. Ich kann nicht sagen, was genau ihn derart aufbringt, an der Tatsache, dass ich Journalistin bin. Ebenso wenig kenne ich seine Beweggründe. Ich habe keine Ahnung, was Marys Krankheitsgeschichte und meine, zugegeben indiskreten Nachfragen in ihm triggern, dass es ihn derart verärgert. Ich weiß nur, ich sollte für heute einen Punkt setzen, zur Ruhe kommen. Morgen ist ein neuer Tag, eine neue Möglichkeit, die Hintergründe zu erforschen und ihnen gegebenenfalls nachzugehen. Der Sturm im Innern des kleinen Bootes ist von ähnlicher Gewalt wie jener, der draußen sein Unwesen treibt.

Nathaniel löscht das Licht, ohne ein weiteres Wort an mich zu richten. Und vielleicht ist es genau das, was ich verdiene. Schließlich habe ich mich feige all seinen drängenden Fragen entzogen und ihn ausgesperrt, indem ich schlicht die Lider schloss. Mit einem Seufzen drehe ich mich auf die rechte Seite und starre in die Finsternis. Das altersmüde Holz des Hausbootes knarzt unruhig in dem tosenden Unwetter, das uns gefangen hält. Ich schließe die Augen und denke darüber nach, was Nathaniel mir mitgeteilt hat, ohne auch nur ein Wort zu sagen. Allein das Flackern auf seiner Iris hat ihn verraten. Es gibt weitere Vergiftungsfälle im Reservat.

Nathaniel

Als das erste Licht in die Wohnebene kriecht, erreicht der Schneesturm seinen Höhepunkt. Das Boot schaukelt und ruckelt auf dem Wasser, als wären wir bei hohem Seegang draußen auf dem offenen Meer. Daraus resultiert, dass Tara sich in immer wiederkehrender Folge übergibt. Ich lebe zu lange auf dem Wasser, als dass mir diese Schaukelei Unwohlsein bereitet. Regelmäßig wechsele ich die Schüssel, in die sie sich erbricht, bis nichts als grüne Galle kommt. Sie mutet verloren an in dem riesigen Bett, zwischen den schneeweißen Laken, umgeben von einem dunkelroten Haarkranz, der die Blässe ihrer Haut hervorhebt.

»Mir ist so elend. Wann hört das endlich auf?«, raunt sie schwach und greift mit zittrigen Fingern nach dem Glas Wasser, das ich ihr reiche. Ich werfe einen Blick aus dem Fenster, registriere den aufbrechenden Himmel am Horizont und schenke ihr ein aufmunterndes Lächeln.

»Der Sturm legt sich allmählich. Ich denke, innerhalb der nächsten zwei Stunden wird der Spuk vorbei sein.« Sie schluckt mühsam und senkt die Lider. In diesen Minuten ist nichts geblieben von dem aufmüpfigen, eigensinnigen Mädchen, das sie mir die letzten Tage präsentiert hat.

In der vergangenen Nacht haben wir unsere Grenzen markiert. Sie ebenso wie ich. Wir werden uns einander nicht offenbaren. Wir sind Fremde, die erzwungenermaßen gemeinsam hier ausharren müssen. Tara wird nur das erfahren, was ich zu teilen bereit bin, und ich bin sicher, dass sie es ähnlich handhaben wird.

Als sie erneut den Kopf hebt, um in die Schüssel zu spucken, lege ich ihr sanft meine Hand an die Stirn und streiche mit der anderen das lange Haar zurück. Ihr Körper bebt in meinen Armen. Sie fühlt sich unfassbar zerbrechlich und grazil an. Bei jedem neuen Schwall, den der Magen ihr abverlangt, frage ich mich besorgt, was diese Krämpfe mit der kaum verheilten Wunde anrichten. Schwer sinkt sie gegen mich, ohne sich dessen wirklich bewusst zu sein. Ihr Leib glüht. Das T-Shirt klebt an der klammen Haut. Ich halte sie, wie ich ein Kind halten würde unter diesen Umständen, und bin mir doch jede einzelne Sekunde bewusst, dass sie eine Frau ist. Ihr Körper berührt meinen auf völlig unschuldige Weise und ruft dennoch ein stilles Sehnen hervor, dem ich viel zu lange abgeschworen habe.

Mit geschlossenen Augen flüstert sie: »Es tut mir leid, Nathaniel, dass ich dir auch noch das zumute.«

Ich fasse um sie herum, greife nach dem kühlen, feuchten Tuch, das auf dem Nachttisch bereit liegt, und wische ihr den Schweiß vom Gesicht. Leise entgegne ich: »Keine Sorge, du bist nicht das erste Mädchen, dem ich beim Spucken zusehe.« Meine Äußerung lockt sie zurück ins Geschehen. Sie hebt die flatternden Lider und sieht mich an.

»Nicht?«, flüstert sie mit vorgespielter Enttäuschung und versucht ein Grinsen, das kläglich misslingt. »Aber sicher bin ich … das erste Mädchen, das du angeschossen aufgefunden und … dem du das Leben gerettet hast.« Ihre Worte werfen mich aus der Bahn, schleudern mich in einen Abgrund und machen mich atemlos. Ich schlucke all die Bilder, die in mir hochdrängen, hinunter und nicke knapp.

»Das bist du«, raune ich heiser. Mein Lächeln ist dünn, ebenso wie meine Stimme Schwächen aufweist. Ich ahne, dass Tara, trotz des angeschlagenen Zustands jede Regung in meinen Zügen wahrnimmt. Dass ihr nicht entgeht, was ihre unbedarfte Äußerung mit mir macht. Doch die Tatsache, dass sie sich erneut übergeben muss, rettet mich aus der Situation.

13

Die Liebe ist machtvoll. Sie besitzt die Kraft, festverwurzelte Bäume zu verpflanzen.

Nathaniel

In den Nachmittagsstunden färben sich Taras Wangen wieder in einem sanften Rotton. Der Sturm hat sich gelegt und ist zu einem leisen, fast besänftigenden Säuseln verklungen. Auch wenn sie keinen Hunger verspürt, habe ich ihr eine kräftige Rindfleischsuppe gekocht, die sie vor einer guten Stunde erst zögerlich, dann mit Appetit verspeist hat. Meine Vorräte gehen zur Neige. In den nächsten Tagen muss ich zwingend nach *Jakes Landing,* Lebensmittel und Arznei aufstocken. Ich hoffe, dass bis dahin die Temperaturen milder sind und ich das Kajak nutzen kann, um Wegstrecke einzusparen.

»Lebst du schon lange hier draußen?« Ich bin dabei, den Ofen mit frischen Holzscheiten zu bestücken, als ihre leise Stimme mich aus meinen Gedanken reißt. Bedächtig hebe ich den Kopf und sehe sie an. Sie hat sich aufgesetzt, ihre bloßen, schlanken Beine baumeln von der Bettkante und bescheren mir ein befremdliches Brennen im Magen. Einen Moment lang starre ich sie an, ohne mir dessen bewusst zu sein. Sie ist eine attraktive Frau, trotz der Tatsache, dass ihre Erscheinung noch immer gewisse Krankheitszüge aufweist. Das dichte Haar fällt bis tief über die Schultern hinab, deren Zerbrechlichkeit durch das zu große Shirt noch hervorgehoben werden. Die grünen Augen mustern mich ähnlich intensiv, wie ich selbst es tue, als sie leise meinen Namen nennt und mich aus meiner Versunkenheit reißt.

Augenblicklich widme ich mich wieder dem Ofen und fahre mir ungehalten mit der Hand übers Gesicht. *Herrgott Nathan, du bist zu lange allein.*

»Drei Jahre«, antworte ich knapp und stopfe Papierfetzen zwischen die einzelnen Holzscheite.

»Gibt es niemanden, der hier mit dir lebt?«

Ihre Frage klingt unschuldig, harmlos und doch bin ich auf der Hut. Ich klopfe die Hände an der Jeans ab, erhebe mich und sehe sie herausfordernd an. »Offensichtlich nicht.«

»Warum?« Mit der Frage habe ich nicht gerechnet. Ich lehne mich mit den Hüften gegen die winzige Küchenzeile und verschränke die Arme vor der Brust.

»Warum? Warum lebt man allein?«

Zögernd hebt sie die Schultern. »Vielleicht, weil man ein Einzelgänger ist? Weil man die Menschen in ihrer Vielfalt, ob Gut oder Böse nicht um sich ertragen kann, oder weil man den richtigen Partner, mit dem man alles zu teilen gedenkt, noch nicht gefunden hat.«

Oder, weil man ihn verloren hat, durchfährt es mich messerscharf. Ich ahne, dass sich meine Gedanken in meinen Zügen spiegeln und senke den Blick.

»Vielleicht ein wenig von allem«, entgegne ich ausweichend.

»Aber ist es nicht verdammt einsam hier draußen?«

»Nicht, wenn du die Sprache der Natur sprichst, wenn du verstehst, dass Stille bedingungslos ist. Zwangsläufig lernst du, dich selbst zu ertragen und deine eigenen Gedanken zum Schweigen zu bringen.« Fasziniert sieht sie mich an.

»Kannst du dich nur schwer selbst ertragen, Nathaniel?«

Bei der letzten Frage richte ich mich mit einem tiefen Atemzug auf. »Schluss mit der Fragerunde, Tara. Wenn überhaupt bin ich es, der hier Fragen stellt. Immerhin habe ich dich halbtot im Wald auf der Lichtung gefunden.« Meine Worte katapultieren sie zurück in den Moment des Schreckens. Ich sehe es daran, wie ihre Augen sich weiten. Wie das Lächeln um ihren schön gezeichneten Mund allmählich gefriert. Was immer sie mit sich herumträgt, scheint von solcher Gewalt, dass es ihr zunehmend die Lebensfreude raubt. Sie senkt den Kopf, sodass das kupferfarbene Haar wie ein Vorhang ihre Züge bedeckt und jegliche Emotion verschließt.

»Ich würde gerne duschen oder mich ein wenig frisch machen. Meinst du, das ist möglich?« Ein Ablenkungsmanöver, das ist mir bewusst. Andererseits bittet sie mich schon seit Tagen darum, ihrem Wunsch nachzugeben. Ich ahne, wie unwohl sie sich fühlt, noch dazu ist sie in diesem Zustand immer wieder meinen Blicken und Berührungen ausgesetzt.

»Also gut«, erwidere ich zögernd und sehe, wie sie den Blick hebt und ein fast kindliches Leuchten über ihr hübsches Gesicht zieht. »Aber vorher präpariere ich die Wunde wasserdicht. Wir haben heute erst Tag sechs. Generell sollten wir noch ein, zwei Tage warten, trotzdem verstehe ich dein Bedürfnis, besonders nach den letzten Stunden.« Beschämt senkt sie den Blick bei der Erinnerung daran, dass ich ihr stundenlang die Spuckschüssel gehalten habe.

»Nathan ich … es tut mir leid.«

Ich winke ab und greife einen Stapel Handtücher aus dem egal hinter mir. »Das erwähntest du bereits.« Als ich zu ihr trete, um die Wunde zu versorgen, wirkt sie entsetzlich klein und zerbrechlich.

»Streck dich auf dem Bett aus, dann ist es einfacher«, fordere ich sie auf. Doch Tara sieht mich lediglich an. Ihr Blick ist so intensiv, dass mir heiß und kalt zu gleichen Teilen wird. Auch wenn ich mühsam darum kämpfe, ich kann mich der durchdringenden Tiefe dieser grünen Augen nicht entziehen.

»Was?«, frage ich rau, ohne den Blick von ihrem zu nehmen. Blind ergreift sie meine Hand. Die Zartheit ihrer Fingerspitzen versengt meine Haut. Ein Brennen zieht den Arm hinauf, weitet sich wie flüssige Wärme in meinem Körper aus.

»Danke«, flüstert sie. »Für alles.«

Taraneh

Ich kann mich nicht entsinnen, wann ich das Gefühl von Wasser auf der Haut je so reinigend empfunden habe. Der Duschstrahl steht in keinem Verhältnis zu dem in meiner Wohnung in Halifax. Er gleicht eher einem austrocknenden Rinnsal und doch erfüllt er seinen Zweck. Als ich mit zittrigen Beinen aus der winzigen Kabine steige und mich abtrockne, begreife ich, wie geschwächt mein Körper ist, durch diesen hinterhältigen Angriff. Sekunden, vielleicht auch Minuten, lehne ich mich gegen die Wand, die Augen geschlossen in dem Bemühen, meine Kräfte zu bündeln.

Ein wenig zu Atem zu gelangen. Auf keinen Fall will ich mich vor den Augen dieses Mannes erneut der Schwäche preisgeben. Peinlich genug, dass er mir beim Auskleiden helfen musste. Mich anzuziehen, schaffe ich allein. Das habe ich immerhin fest behauptet, bevor er die Tür zu der kleinen Nasszelle hinter mir schloss. Doch nun treibt mir der Gedanke, mich abtrocknen zu müssen, die Schweißperlen auf die Stirn.

Auf dem Hocker liegt frische Unterwäsche bereit und ein weiteres seiner scheinbar zahlreich vorhandenen Fan-Shirts. Schon von weitem erkenne ich den Schriftzug der Schnellrestaurantkette *Tim Hortens*. Lächelnd verdrehe ich die Augen und frage mich, was es damit auf sich hat. Dieser Mann, der wie ein Einsiedler lebt, scheint sich nicht mit dem ganzen Kommerz, den diese T-Shirts preisgeben, in Verbindung bringen zu lassen.

Ich habe absolut kein Empfinden dafür, wie viel Zeit verstrichen ist, doch als Nathan an das Türblatt klopft, schrecke ich so heftig zusammen, dass ich kurz den sicheren Stand verliere.

»Alles okay bei dir, Tara?« Auch wenn er es zu verbergen sucht, so höre ich die Sorge in seiner Stimme anklingen. Augenblicklich fährt mir ein warmer Schauer den Rücken hinab. Ich öffne die Tür und schenke ihm ein atemloses Lächeln.

»Alles bestens, bin nur ein wenig aus der Puste.« Seine blauen Augen mustern mich, machen eine Bestandsaufnahme, nehmen jegliche Veränderung wahr. Von dem noch nicht ganz trockenen Haar, über das weiße T-Shirt mit dem bunten Aufdruck, bis hin zu meinen Beinen, die unter diesem intensiven Blick zu zittern beginnen. Ich bin nicht sicher, ob er lediglich prüft, in welchem

Zustand ich mich befinde oder ob sein Blick tiefer geht, sich durch den dünnen Stoff frisst und jeder darunterliegenden Rundung folgt. Dabei gibt es dort nichts, was er nicht in den letzten Tagen gesehen hätte. Hitze steigt mir bei dem Gedanken in den Kopf, lässt mich leicht schwindeln. Nathan, dem dies nicht entgeht, greift fürsorglich nach meinem Arm und stützt mich.

»Vielleicht doch ein bisschen viel für den Anfang. Na komm, ich begleite dich zum Bett.« Mit einem unwilligen Stöhnen verharre ich in starrer Position.

»Nicht schon wieder das Bett. Können wir einen kurzen Zwischenstopp am Stuhl einlegen? Wie soll sich die Muskulatur aufbauen, wenn ich den lieben langen Tag nur im Bett verbringe?« Nathaniel neigt den Kopf leicht zur Seite. Einzelne Strähnen seines Haares fallen ihm dabei in die Stirn. Sein amüsierter Blick verfängt sich in meinem.

»Also gut, wie du willst. Aber nicht länger als dreißig Minuten.«

»Das ist ein Anfang«, flüstere ich atemlos und spüre im nächsten Moment seinen kräftigen Arm um meine Mitte. Er stützt mich mit seiner ganzen Körperlänge und ich spüre jeden Zentimeter der kräftigen Struktur wie ein Brandeisen. Fast bin ich erleichtert, als er einen Stuhl hervorzieht und mich behutsam darauf niederlässt. Fast.

»Geht es dir gut?«, fragt er besorgt und hält den Blick fest auf mich gerichtet. Ich nicke unsicher. Die ausgiebige Dusche, das Ankleiden und die intensive Nähe zu meinem Retter haben mich jeglicher Worte beraubt. Er nickt knapp und wendet sich ab.

»Im Eisfach habe ich noch Steaks. Du solltest nach diesem

kräftezehrenden Tag etwas stärkendes zu dir nehmen.« Er steht vor dem geöffneten Kühlschrank und beginnt darin zu wühlen. Hier, auf dem Hausboot trägt er meist enganliegende, ausgeblichene Jeans, die locker auf den Hüften ruhen. Wenn er hinaus in die Kälte geht, streift er stets eine dunkle Schneehose über. So wie er dasteht, leicht vorgeneigt, das Bündchen des Rollkragenpullovers soweit hochgerutscht, dass es den Blick auf einen Streifen bloße Haut freigibt, mutet er fast jugendlich an. Allein sein purer Anblick bringt mein Gedankenkarussell in Fahrt und beraubt mich jeder Erwiderung. Er wirft einen Blick über die Schulter und ertappt mich dabei, wie ich ihn anstarre. Hitze steigt in mir auf, als er mir ein amüsiertes Lächeln schenkt.

»Erde an Tara.«

Ich schlucke schwer und nicke heftig. »Steak … klingt gut.« Unwillkürlich schließe ich die Augen, um meine Scham vor ihm zu verbergen. *Das sind die Medikamente, der Flüssigkeitsverlust, das lange Liegen*, rede ich mir ein und lasse meinen Blick durch die kleine Räumlichkeit schweifen. Es gibt nur wenige Habseligkeiten, die Aufschluss über den Mann geben, der mich seit Tagen unter seinem Dach beherbergt. Ich weiß praktisch nichts über ihn, lediglich seinen Namen. Ihm ergeht es da allerdings mit mir nicht anders.

Und so, als sei er tief in meine Gedanken gedrungen, fragt er, indes er eine Pfanne aus dem Schrank räumt: »Wo wohnst du, wenn man es nicht gerade auf dein Leben abgesehen hat, Tara?« Ich streiche mir das Haar aus der Stirn und lehne mich zurück. Längst ruht mein Blick wieder auf ihm, beobachte, wie er die Pfanne auf dem Gasherd anheizt, während er nebenbei eine Dose

Gemüse öffnet. Was ist schon dabei, wenn ich ihm meinen Heimatort verrate. Bisher hat er sich mit neugierigen Fragen mehr als zurückgehalten, meine Person betreffend.

»Halifax«, antworte ich knapp und strecke die schmerzenden Beine von mir. Erstaunt hält er inne und sieht mich an. Ich kann die Frage in seinen Augen sehen: *Was machst du dann hier*? Aber er spricht die Worte, die ihm auf der Zunge brennen, nicht aus. Vermutlich, um sich selbst vor ähnlichen Fragen zu schützen. Wir führen einen regelrechten Eiertanz auf, um keinesfalls fremdes Territorium zu beschreiten.

»Schöne Stadt. Ich hätte gedacht, dass du aus der Region bist.« Erstaunt hebe ich bei seiner Äußerung die Augenbrauen.

»Warum?« Einen Moment sieht er mich schweigend an, dann zuckt er die Schultern und wendet sich wieder ab.

»Keine Ahnung, nur so ein Gefühl. Kommt deine Familie von dort?« Seine unschuldige Frage fährt mir wie Nägel unter die Haut.

»Ja«, antworte ich gepresst und wechsele abrupt das Thema. »Woher kommst du ursprünglich, Nathan?«

»Québec.« Da liegt kein Zögern in seiner Stimme, kein Zucken in seiner Körpersprache, das ihn verraten könnte.

»Was verschlägt dich dann aus der Großstadt in diese Einöde?« Jetzt erahne ich ein Anspannen seiner Muskulatur, der Schultern, die sich leicht heben. Minimal nur, aber es ist da. Ich habe mit meiner Frage einen Nerv getroffen.

»Ach, lass mich raten«, wage ich mich noch ein Stück weiter vor und füge leise hinzu: »Die Liebe vielleicht?« Ich habe keine Ahnung, warum ich dieses Spiel mit dem Feuer entfache, warum ich ihn reize und Punkte berühre, die so offensichtlich tabu sind, doch ich spüre das Verlangen, mehr über diesen Menschen zu erfahren und lege mich gleichsam ins Zeug, mich und mein Leben weiterhin im Verborgenen zu halten. Perfider Plan, der nicht funktionieren wird, dessen bin ich mir durchaus bewusst. Nathaniel richtet sich auf, ohne mich anzusehen. Konzentriert lässt er das Fleisch mit einem Zischen ins Öl gleiten.

»Vielleicht«, äußert er rätselhaft. »Die Liebe ist sehr machtvoll. Sie besitzt die Kraft, Bäume zu entwurzeln«, raunt er leise und ich kann mich des Gedankens nicht erwehren, dass er von sich selbst spricht. Da klingt etwas Tiefgreifendes, etwas Elementares in seiner Tonlage an. Seine Worte führen mich ganz bewusst an einen Abgrund, in den er mich aber keinesfalls hineinschauen lassen wird.

»Hat dich die Liebe entwurzelt, Nathaniel?«

14

Wenn du immer wieder zurückkehrst an jenen Ort, der dich verletzt hat, wird er dich eines Tages töten.

Nathaniel

Ihre Worte sind wie Glasscherben, die blutige Wunden auf der Haut hinterlassen, ohne dass sie auch nur eine Ahnung davon hat. *Die Liebe hat mich auf jede nur erdenkliche Weise entwurzelt*, sinniere ich bitter, während ich die Dose Bohnen erwärme. Es gibt sie immer noch, diese Momente, die mir von jetzt auf gleich den Boden unter den Füßen wegreißen, die mich eiskalt und völlig unvorbereitet erwischen.

»Verzeih Nathan, das war indiskret. Geht mich auch gar nichts an, was dich hierher treibt.«

Ich weiß nicht, was mich verraten hat, möglicherweise meine starre Haltung, mein Schweigen oder die Tatsache, dass ich bei ihrer Frage die Luft angehalten habe. Aber ihre kleinlaute Entschuldigung löst die massive Anspannung in mir. Ich richte mich halbwegs auf. Spüre, wie mein Brustkorb sich weitet, die Lungen sich entfalten und die Atmung wieder fließt. Es ist diese verfluchte Enge hier. Die Art, wie wir seit Tagen räumlich und zeitweise sogar körperlich aneinander gefesselt sind, obwohl wir Fremde sind. Selbst wenn wir uns bemühen, die markierten Grenzen des anderen zu respektieren, so sind regelmäßige

Übertretungen aufgrund der räumlichen Einschränkung unausweichlich.

Ich richte die Steaks mitsamt den dampfendheißen Bohnen auf zwei Tellern an, bevor ich mich umwende und einen vor sie auf den Tisch stelle. Ihr schuldbewusster Blick lässt mich grinsen.

»Schon Gut, Tara, nichts passiert.« Ihre Augen, die mich prüfend mustern, muten voller Zweifel an. *Sicher? Irgendwie wirkst du angeschlagen*, scheinen sie zu sagen. Und so ist es auch. Dieses Leben, das ich hier an der äußersten Grenze des Reservats führe, war nie das, was ich wollte. Ich bin ein Mensch, der in dieser Region lediglich noch geduldet ist, nach all dem, was mehr oder weniger in der Vergangenheit ruht. Allein meiner engen Beziehung zu John ist es geschuldet, dass ich hier überhaupt noch leben darf. John, der den Glauben an mich nie verloren hat. Ich spüre Taras intensiven Blick, als ich mich zu ihr setze.

»Iss, bevor es kalt wird«, fordere ich sie auf, um ihre Gedanken in andere Bahnen zu lenken. Vielleicht ist es ihrem Job als Journalistin geschuldet, dass sie derart aufmerksam ist. Immer wieder habe ich den Eindruck, dass ihre hellen Augen sich tief unter die Oberfläche schälen und bis zum innersten Kern vordringen.

Wir essen schweigend und ich registriere wohlwollend, dass sie mit Appetit speist. Abgesehen von der Seekrankheit, die sie in den letzten Stunden gequält hat, kehrt die Kraft eindeutig zurück. *Das ist gut. Noch ein, zwei Tage, dann kann ich sie wieder in ihr Leben entlassen*, denke ich und beobachte, wie sie das Besteck beiseitelegt, den Teller von sich schiebt und zufrieden in dem Stuhl zurücksinkt. Ihre Wangen glühen rosig von der intensiven

Wärme, die der Holzofen abgibt. Das kupferfarbene Haar ist mittlerweile getrocknet und fällt in langen, dichten Locken über die Schultern herab. Auch wenn sie in den letzten Tagen sichtbar an Stärke gewonnen hat, mutet sie in meinem viel zu großen Shirt äußerst zerbrechlich an.

»Was glaubst du, wie lange wir hier noch aneinander gefesselt ausharren müssen? Vielleicht kann ich innerhalb der nächsten zwei Tage aufbrechen? Ich muss zurück in mein Leben.« Ihre dramatischen Worte, die auf eigentümliche Weise meine Gedanken von zuvor spiegeln, locken meinen Blick unweigerlich in ihren. Da schimmert etwas Befremdliches auf dem Grün der Iris, das mir eine Gänsehaut beschert: Angst.

Es wundert mich nicht, dass diese Empfindung sie beherrscht, nach allem, was sie durchlebt hat, dennoch bemüht sie sich vehement, diese Gefühle vor mir zu verbergen. Ich schiebe den Stuhl zurück, erhebe mich im Begriff, das Geschirr abzuräumen.

»Grundsätzlich ist nichts dagegen einzuwenden, Tara. Allerdings muss das Versorgen der Wunde gewährleistet sein. Ich fürchte nur, wenn du die Arztpraxis deines Vertrauens aufsuchst, wird man dir, im Hinblick darauf, dass es sich um eine Schussverletzung handelt, unbequeme Fragen stellen. Jede Schusswunde ist meldepflichtig.« Ich stelle die Teller in das Spülbecken und drehe mich bei den letzten Worten demonstrativ zu ihr um.

Ihr Blick spricht Bände. Die Lider flattern leicht, als sie vorsichtig fragt: »Woher weißt du das alles?« Sie beugt sich vor und sieht mich eindringlich an. »Du bist Arzt, richtig?« Innerlich zucke ich bei dieser direkten Frage zusammen. Beim letzten Mal, da sie die Vermutung laut ausgesprochen hat, war ihr Geist umnebelt von den Medikamenten und den Schmerzen, die ihren Körper beherrschten. Aber in diesem Augenblick weisen ihre Augen eine Klarheit auf, die mich erschüttert. Ihre Frage bewusst übergehend fahre ich mir mit den Fingern durch das Haar und sehe sie offen an.

»Du bist ein erwachsener Mensch, Tara. Wenn es im näheren Umfeld jemanden gibt, der ein Auge auf deine Verletzung hat, sollte deinem Freiheitsdrang nichts im Wege stehen.«

Ein süßes Grinsen verzieht ihren hübschen Mund und fährt mir ungebremst in den Magen. Mit einem stillen Aufstöhnen schließe ich die Lider und reibe mir mit der flachen Hand über das Gesicht. *Nicht jetzt*, denke ich ungehalten und straffe die Schultern. Alles, was ich derzeit nicht gebrauchen kann, sind hormonell gesteuerte Gefühlsaufwallungen, nur weil ich zu lange enthaltsam war.

»Na, das klingt schon ganz anders. Und du meinst nicht, dass ich das Versorgen der Wunde allein hinbekomme?«

Ich hebe die Augenbrauen und sehe sie zweifelnd an. »Gerade sprachen wir davon, dass ein Mensch deines Vertrauens das Mittel der Wahl wäre …«

»Okay, okay, schon gut. Ich habe verstanden«, entgegnet sie sich aufrichtend mit erhobenen Händen, das zierliche Kinn auf die Brust gesenkt. Als sie sich schließlich schwer gegen die Stuhllehne sinken lässt, zeichnet sich deutlich sichtbar die Erschöpfung in ihren Zügen ab. Ich bezweifle, dass sie schon morgen ernsthaft in der Lage sein wird, ihr Leben allein zu bestreiten. Noch ist sie nicht wieder vollends hergestellt, die Kraftreserven nicht wieder gänzlich aufgefüllt.

»Vielleicht könntest du mich mit dem Motorschlitten nach Halifax bringen? Vermutlich hat man längst eine Vermisstenanzeige aufgegeben. Du hast doch einen Schlitten, oder?« Ich nicke abwesend. Irgendetwas in ihrer Stimme rührt Zweifel in mir an. Im Gegensatz zu sonst ist sie äußerst mitteilsam, fast offen.

»Sicher, wenn ich dich davon überzeugen kann, dich jetzt auszuruhen.« Sie erhebt sich viel zu schnell und gerät dabei gefährlich ins Wanken. Augenblicklich bin ich an ihrer Seite und fange den Sturz ab. Tara sinkt schwer gegen mich, sich der nicht vorhandenen Kräfte überaus bewusst. Ihre Wärme vermischt sich mit der meinen. Deutlich spüre ich jeden der heftigen Atemstöße, die ihren Brustkorb erschüttern.

»Möglicherweise unterschätzt du deinen Zustand«, raune ich in ihr Ohr und registriere, wie sie in meinen Armen erzittert. »Es ist nicht die Wunde allein, Tara. Du hast sehr viel Blut verloren. Unter normalen Bedingungen hätte man dir Blutkonserven verabreicht. Die Möglichkeit habe ich hier draußen nicht.« Unendlich langsam legen wir die wenigen Meter bis zum Bett zurück. »Vielleicht solltest du deine Pläne aufschieben und dir selbst noch ein, zwei Tage Ruhe gewähren.« Atemlos sinkt sie auf die Matratze. Den Kopf nach vorn geneigt schweigt sie eisern. Behutsam umfasse ich ihr Kinn und hebe es an, sodass sie meinem Blick nicht ausweichen kann.

»Es ist deine Gesundheit. Du entscheidest.« Sie nickt müde und lässt sich rücklings in die Laken fallen. Vorsichtig lege ihre

Fußknöchel auf die Matratze und breite dann das wärmende Steppbett über den zierlichen Körper. Ihre Lider sind geschlossen, als ich mich über sie beuge und ihr eine dunkelrote Strähne aus der Stirn streiche.

»Morgen fühlst du dich wieder ein wenig kräftiger als heute.«

15

Eine Verbindung zwischen zwei Seelen ist vom ersten Augenblick an spürbar.

Taraneh

Ich ruhe in einem traumlosen, starren Schlaf, als das vehemente Klopfen an der Tür mich aufschreckt. Panisch reiße ich die Lider auf und sehe mich um. Graues, dunstiges Licht dringt durch die kleinen, ovalen Luken. Der Tag ist kaum angebrochen. Ein ungewöhnliches Timing für einen Besuch. Lautlos drehe ich den Kopf und beobachte im Zwielicht Nathaniel, der vollständig angekleidet, fast als hätte er den Besucher erwartet, die Tür öffnet. Mein Herz galoppiert in einem schmerzhaften Rhythmus und übertönt jeden Laut. Zu Nathaniels Füßen erahne ich die Konturen des Hundes, der mit eingezogenem Schwanz, in Habachtstellung den Gast vor der Tür fixiert. *John kann es unmöglich sein*, erinnere ich mich des Spektakels, welches Captain bei seinem letzten Besuch veranstaltet hat.

Übelkeit schwemmt in mir auf. Was, wenn *er* es ist? Wenn *er* mich gefunden hat? Ich habe keine Ahnung, wie weit wir uns vom Tatort entfernt haben, wie abgelegen das Hausboot meines Gastgebers ist. Ich fürchte, wir befinden uns in nächster Nähe zum Ort des Verbrechens. Zu genau erinnere ich mich Nathaniels Worte, die Art, wie er davon sprach, dass die Zeit, um mein Leben zu retten, drängte. Möglicherweise macht mein Verfolger gemeinsame Sache mit Nathaniel. Vielleicht hat er *ihn* sogar kontaktiert, um mich endlich zu eliminieren …? Halt! Stop! Ich habe Mühe, meinen Atem zu kontrollieren, Mühe, nicht zu erkennen zu geben, dass ich wach bin. Über das Rauschen meines Blutes hinweg, vernehme ich deutlich das leise Flüstern zweier Männerstimmen, wenngleich sich kein einziges Wort entschlüsseln lässt.

Setz deinen klaren Menschenverstand ein, Tara, lass dich nicht von deinen Ängsten leiten. Warum sollte dieser Mann dein Leben retten, nur um es wenige Tage später dem Feind zu überantworten? Er weiß absolut nichts von dir. Mein Herzschlag beruhigt sich minimal. *Ich weiß aber leider ebenso wenig von ihm*, denke ich bitter. Unter halbgeschlossenen Lidern, mich schlafend stellend, beobachte ich, wie Nathaniel kurz den Kopf dreht und mich betrachtet. Dann tritt er durch die Tür hinaus in die Kälte, Cap folgt ihm auf dem Fuß, bevor er das Blatt lautlos, um mich nicht zu wecken, ins Schloss zieht.

Erneut schwemmt ein Schwall Panik in mir auf, lässt mich erzittern. Auch, wenn meine körperliche Schwäche mich geißelt, ich muss hier weg. Diese vermeintliche Sicherheit ist eine Trutzburg, die längst in Flammen steht. Solange ich nicht weiß, welches Spiel Nathaniel spielt, auf welcher Seite er kämpft, kann seine Nähe tödlich sein. Ich setze mich aufrecht, lasse die Beine aus dem Bett baumeln und senke augenblicklich das Kinn auf die Brust. Noch immer spielen Kraftlosigkeit und Schwindel ein perfides Match mit mir. Furcht ummantelt mich gleich einem starren Korsett, macht mich bewegungsunfähig. Ich habe keine Chance, keine Möglichkeit zur Flucht. Allein und schwach wie ich bin, ist es unvorstellbar, den Weg durch die Wildnis zu nehmen.

Vermutlich würden mich meine Kräfte schon nach den ersten Kilometern verlassen und die bizarre Kälte dort draußen ihr übriges zu meinem Verderben beitragen.

Ein Eisschauer rinnt mir bei den Bildern, die mein Geist produziert, vom Nacken den Rücken hinab. Das würde *ihnen* perfekt in die Karten spielen. Nicht genug, dass Nathaniel unwissentlich diese verfluchte SD-Karte und somit jeglichen Beweis verbrannt hat. Irgendwann im Frühjahr, wenn der Schnee geschmolzen ist, wird man die Überreste meines Leichnams finden. Vermutlich nichts weiter als ein paar Knochen, mehr bleibt kaum übrig bei den wilden Tieren da draußen. Mein Blick schweift zur Tür, hinter der ich leises Murmeln vernehme. Möglicherweise verhandelt Nathaniel auch, vielleicht kämpft er weiterhin um mein Leben. Gegebenenfalls steht der Feind vor der Tür, ohne die geringste Ahnung davon zu haben, dass ich mich hier, im warmen Inneren befinde. Die Luft zum Atmen wird knapp bei all den Gedanken, die mich peinigen. Unwillkürlich gleitet meine Hand auf den Brustkorb, in dem heillosen Versuch, den Herzschlag einzudämmen.

In diesem Moment öffnet sich die Tür und Nathaniel betritt den halbdunklen Raum, gefolgt von Captain, der mich entdeckt und freudestrahlend an das Bett tritt. Ich schlucke mühsam, als mir der stählerne Blick des Mannes begegnet, den mein Geist vor wenigen Sekunden erst zum Verräter verurteilt hat. Aus Sorge, er könne eben diese schweren Anschuldigungen in meinen Augen lesen, bin ich versucht, die Lider zu senken, doch die Vehemenz, mit der er meinen Blick hält, verhindert dies. Schweigend streichen seine Augen über meine Züge, greifen jegliche Emotion auf. Er weiß sicher, was mich umtreibt.

»Das war Ben, Johns Sohn«, äußert er leise, so als wolle er mir die gärende Sorge nehmen. Ein Beben durchläuft meine Glieder, lässt mich fast zusammenbrechen vor Erleichterung. Mit einem pfeifenden Laut entweicht mir die Luft.

Nicht er. Nicht mein Mörder, denke ich und spüre, wie die Anspannung in mir mit einem hörbaren Reißen nachgibt. Captain hat sich zu meinen Füßen niedergelassen und sieht mich aus strahlend blauen Augen schwanzwedelnd an. Vorsichtig strecke ich den bloßen Fuß aus und streiche damit über das weiche Fell. Mit einem wohligen Laut senkt der Hund den Kopf auf die Pfoten und schließt ergeben die Lider.

»Um diese Uhrzeit?«, frage ich skeptisch, hebe den Blick und erwische Nathaniel dabei, wie er gedankenverloren meinen Fuß anstarrt. Bei meinen Worten sieht er unwillkürlich auf.

»Es geht um Mary.« Seine Stimme schwankt gewaltig, als er ihren Namen ausspricht. Kurz fährt er sich mit der Hand über Mund und Kinn, dann wendet er den Kopf ab, bevor er fortfährt: »Sie wird den heutigen Tag kaum überleben.«

Ich atme tief ein bei seinen drastischen Worten. Auch wenn er sein Denken und Fühlen gut unter Verschluss hält, so hat er mir mit wenigen Sätzen äußerst klar gemacht, welchen Stellenwert diese Frau in seinem Leben hat.

»Ich … es tut mir leid, Nathan.« Er hebt den Kopf und sieht mich an. Der Schmerz in seinen Augen ist wie ein drohendes Gewitter, das sich dunkel über die schimmernd blaue Iris legt. Für ein paar Herzschläge lässt er mich teilhaben daran, was diese Tatsache mit ihm macht. Längst hat er die Gegebenheiten akzeptiert. Fast habe ich den Eindruck, dass der Tod ihm keineswegs fremd ist. Und doch ist es mit Mary anders. Selbst wenn ich dieser Frau nie begegnet bin, wenn auch Nathaniel mir im eigentlichen Sinne fremd ist, so habe ich in den wenigen Worten, die er mir vor ein paar Tagen zuteilwerden ließ, deutlich die innige Seelenverbindung herausgehört, die die beiden eint.

Er nickt knapp, wendet sich ab und beginnt, verschiedene Utensilien zusammenzusuchen. Gezielt wählt er Medikamente, Spritzen, Desinfektionsmittel aus der bauchigen Ledertasche, die er schon das ein oder andere Mal zu meiner Wundversorgung herbeigezogen hat, und verstaut sie in einem Rucksack. Aus dem Regal neben dem Bad schnappt er Handtücher und stopft sie zu den anderen Dingen, die er bereits in der Tasche untergebracht hat, bevor er sich Richtung Garderobe wendet und seinen Schneecombi vom Haken greift.

»Was … was hast du vor?« Captain hebt bei meiner verwunderten Frage träge den Kopf und sieht sein Herrchen an.

Ohne mir einen Blick zu schenken, entgegnet Nathan: »Ich muss zu ihr, Tara. Das bin ich John schuldig, aber allem voran Mary.« Erschrocken richte ich mich auf bei seinen eindringlichen Worten.

»Und ich?«, flüstere ich und hasse mich für den ängstlichen Ton, der meine Stimme markiert. Meine Äußerung lässt ihn in der Bewegung erstarren. Vollständig angekleidet streift er eine schwarze Wollmütze über das dichte Haar, wendet sich um und sieht mich an.

»Du …«, entgegnet er rau und ein halbes Lächeln, das kaum seine Mundwinkel berührt, verzieht seine Lippen. »Du bist ein großes Mädchen, Tara. In den Abendstunden werde ich zurück sein. Mach dir etwas zu essen, schau, ob du es schaffst, dich länger als ein paar Stunden auf den Beinen zu halten. Nimm es als Feuerprobe. Eine gute Prüfung, wenn du morgen wieder in dein eigenes Leben starten willst.« Ich schüttele vehement den Kopf, während Angst sich zähflüssig wie Gift in mir ausweitet. Ich hasse das Gefühl, doch seit dem Anschlag weiß ich, dass diese Emotion eine Berechtigung in meinem Leben hat.

»Das … kannst du nicht machen.« Bei meinen Worten versteinern seine attraktiven Gesichtszüge.

»Was genau«, entgegnet er rau. »Dich hier zurücklassen? Mary einen letzten Besuch abstatten? Wovon sprichst du, Tara?« Den Rucksack geschultert, die Mütze tief in die Stirn gezogen, die Beine leicht gespreizt steht er da und wartet. Alles in mir sträubt sich dagegen, die Fassade fallen zu lassen und meine wahren Gefühle preiszugeben. Nathaniels Nähe, deren Sicherheit mehr als trügerisch ist, hat mir dennoch in den letzten Tagen Geborgenheit und ein Gefühl des Schutzes geschenkt. Selbst wenn ich nicht weiß, in welcher Liga er spielt. Ihn jetzt gehen zu lassen in dem Wissen, dass ich dem Feind hilflos ausgeliefert bin, raubt mir Verstand und Atem. Auch wenn ich nicht die geringste Ahnung habe, ob mein Verfolger sich noch in diesen Breitengraden aufhält. Ob *er auch* nur eine Vorstellung davon hat, wo ich mich aufhalte. Oder gar, wie vertrauenswürdig Nathaniel wirklich ist. Jetzt, in diesem Moment ist er die einzige wehrhafte Festung, die mich schützen kann.

»Tara?«, wiederholt Nathaniel sanft und reißt mich aus meinen peinigenden Gedanken. Müde streiche ich mir mit den

Fingern das Haar zurück, hebe den Kopf und nehme meinen Mut zusammen, den ich in dieser frühen Morgenstunde nur mühevoll aufbringen kann.

»Ich habe Angst«, flüstere ich und sehe ihn an. Im heller werdenden Tageslicht erkenne ich, wie der Ausdruck seiner Augen sich wandelt, weicher wird. Meine Ehrlichkeit rührt ihn, erweckt eine Art Beschützerinstinkt. Der Zug um seinen Mund wird milder, als er den Rucksack von der Schulter gleiten lässt und auf mich zutritt. Mein Herz gibt den Takt vor, in den Moment, da er vor mir in die Knie sinkt und seine warmen Hände behutsam auf meine bloßen Beine legt. Diesmal ist es nicht die Angst, die den Puls steuert, diesmal ist es seine verwirrende Nähe, der Geruch seines herben Körpersprays, die zarte und doch so intime Berührung.

»Angst«, raunt er leise und hebt den Blick. »Das sind ja ganz neue Töne. Bisher habe ich geglaubt, du seist eine absolut furchtlose Lady, die sich allen Gefahren selbst in den Weg stellt.« Ich weiß nicht, warum seine Worte mich derart aus der Fassung bringen. Möglicherweise bin ich im Begriff, mein Gesicht zu verlieren. Beschämt senke ich den Kopf, sodass mein Haar wie ein Vorhang meine Züge bedeckt. Nathaniel hebt eine Hand und streicht die Strähnen sanft zurück.

»Ich mag diesen Zug an dir, Sweetheart, er macht dich weicher, offener, nahbarer.«

Sweetheart. Hitze steigt mir in die Wangen bei diesem Kosenamen, lässt mich unweigerlich erröten. Atemlos frage ich mich, was es ist, dass da immer wieder sprühende Funken zwischen uns entfacht. Er hat scheinbar weder die Absicht, seine

Hand von meinem Knie zu lösen, noch die andere von meinem Gesicht. Zärtlich zieht sein Daumen sanfte Kreise auf meinen erhitzten Wangen.

»Was glaubst du, können wir tun, um dir diese Angst zu nehmen?« Unmöglich kann ich ihm verwehren, Mary die letzte Ehre zu erweisen, aber genauso wenig kann ich hier allein zurückbleiben und bei jedem noch so geringen Geräusch meinen Mörder erwarten. Ich schlucke, darum bemüht, die Unbekümmerte zu geben, doch Nathaniel hat mich längst durchschaut. Er weiß um die Dämonen, die in mir ringen, in diesen Minuten stärker als je zuvor. Wann ist er meine Zuflucht geworden, meine Sicherheit? Gestern noch konnte ich es kaum erwarten, von hier fortzukommen. Dabei sitze ich überall in der Falle mit der körperlichen Schwäche, die mich derzeit beherrscht.

»Wovor hast du Angst, Tara?«, raunt er und löst seinen Blick nicht einen Lidschlag lang aus meinem. Die Sanftheit seiner Stimme und die Intensität auf der schimmernden Iris geben mir letztlich die Kraft, die Wahrheit zu sprechen.

»Vor ihm«, flüstere ich und registriere, wie Nathaniel fragend die wohlgeformten Augenbrauen hebt. Die winzige Narbe in der rechten sticht blass hervor. Einen Atemzug lang bin ich versucht, mit dem Finger behutsam darüber zu streichen. *Verdammt, Tara, was ist nur los mit dir?*

»Vor meinem Mörder.« Sorge spiegelt sich in den Zügen meines Retters und etwas anderes: Er weiß, dass ich eine Ahnung davon habe, wer das Attentat auf mich verübt hat. Meine unvorsichtige Formulierung hat mich verraten. Langsam senkt er seine Hände, legt sie auf seine Oberschenkel und sieht mich eindringlich an.

»Ihn? Dann weißt du, wer es war? Wer diesen feigen Anschlag verübt hat?« Argwohn lässt die Vertrautheit und das Mitgefühl von zuvor wie eine Seifenblase zerplatzen. Ich reibe die Handflächen gegeneinander und senke meinen Blick darauf.

»Ja … nein … ich …«

»Was denn nun, Tara? Ja oder nein? Die Antwort ist ganz simpel.« Der Unterton in seiner Stimme verletzt mich. Wütend recke ich das Kinn vor und sehe ihn herausfordernd an.

»So einfach ist das nicht, Nathaniel. Die Welt ist schließlich auch nicht nur schwarz und weiß. Aber ja, ich weiß ziemlich sicher, dass ein Mann auf mich geschossen hat.« Er nickt bedächtig und erhebt sich langsam, geschmeidig wie ein Raubtier.

»Und du weißt auch ziemlich sicher, warum er auf dich geschossen hat.« Das ist eine Feststellung keine Frage, doch bevor ich dem etwas entgegensetzen kann, hebt er die Hand und bringt mich zum Schweigen.

»Schon gut, keine näheren Einzelheiten. Ich will in diese Geschichte nicht hineingezogen werden. Nur so viel: Befürchtest du, dein Verfolger könne dich hier finden?«

»Das ist meine Angst, ja. Wie weit sind wir entfernt von dem Ort, an dem man mich niedergeschossen hat?«

Er hebt die Schultern und eröffnet: »Keine zwei Meilen.«

»Fuck.« Ich kann die Panik, die in mir hochschwemmt, nicht verbergen. Der Mörder wird zurückgekehrt sein, um meinen Tod zu überprüfen. In Anbetracht der Nähe zum Tatort beschert mir dieser Gedanke einen eiskalten Schauer. Dass er meine Leiche nicht gefunden hat, bedeutet nicht zwangsläufig, dass ich noch lebe. Aber ich weiß sicher, er wird nicht eher Ruhe geben, bis er sich von dieser Tatsache überzeugt hat. Den Kopf auf die Brust gesenkt schlage ich die Hände vors Gesicht. Die Wahrscheinlichkeit, dass er sich nach wie vor in der Umgebung aufhält, ist mehr als realistisch.

Plötzlich spüre ich eine Hand in meinem Haar. Nathaniels Hand. Sicher und warm. Seine Art, mir zu zeigen, dass er da ist, dass er sich kümmert. Gleichgültig, dass ich ihm vor wenigen Augenblicken erst die rote Karte gezeigt habe.

»Ich sehe nur eine Möglichkeit, Tara. Du musst mich begleiten, andernfalls kann ich dich nicht schützen.« Die Art, wie er das Wort *schützen* ausspricht, wärmt wie ein heilendes Feuer mein zerborstenes Herz. Alles, was ich die letzten Tage mit Kraft verdrängt habe, glüht in diesem Moment in mir auf. Ich atme zittrig ein und begegne erneut Nathaniels Blick. Die Wärme darin raubt mir kurzzeitig den Atem.

»Das wird kein Spaziergang. Zwei Stunden auf dem Motorschlitten, bei der Witterung dort draußen eher drei mit der kaum verheilten Wunde und deiner körperlichen Schwäche. Noch dazu wird die Stimmung im Reservat gedrückt sein. Mary ist eine echte Institution. Johns Stärke ist seine Heilkraft. Mary dagegen besitzt die Weisheit.« Ich habe keinen blassen Schimmer, was er mir damit sagen will, dennoch nicke ich, so als verstünde ich jedes Wort.

»Meinst du, du fühlst dich dem gewachsen?«

»Ich denke schon. Hier bleibe ich auf keinen Fall.«

»Also gut, dann solltest du dich fertig machen, damit wir in der nächsten Stunde aufbrechen können. Schaffst du das allein?«

Ich nicke tapfer und erhebe mich demonstrativ. Schwankend komme ich vor ihm zum Stehen.

»Sicher, ich bin ja kein kleines Mädchen mehr«, greife ich seinen Satz von zuvor augenzwinkernd auf und marschiere erhobenen Hauptes an ihm vorbei.

16

Die Weisheit einer alten Seele besitzt die Kraft, Feuer in gefrorenen Herzen zu entzünden.

Nathaniel

Als das Dorf der Ureinwohner in Sichtweite kommt, spüre ich Taras Schwäche fast am eigenen Leib. Auch wenn sich kein Wort der Klage von ihren Lippen löst, so vernehme ich sehr wohl ihren schweren Atem in meinem Nacken. Die krampfhafte Haltung, mit der sie sich an mich klammert. Die leisen Schmerzlaute, die sich bei jeder Unebenheit, über die wir hinweggleiten, unbewusst aus ihrer Kehle lösen. Ich hoffe und bete, dass dieser Ritt sie nicht den voranschreitenden Heilungsprozess kostet.

Der Tag ist so dunkel wie meine Stimmung. Das kaum vorhandene Licht drückt schwer aufs Gemüt und unterstreicht den Grund unseres Besuchs. Auf den Straßen des Dorfes sind kaum Menschen unterwegs und so gelangen wir unbehelligt bis vor Johns Hütte. Alle in diesem kleinen Ort wissen, dass Mary im Sterben liegt. Alle ahnen, dass ich an diesem Tag an ihrer Seite sein werde, aber ebenso kennt ein jeder die Geschichte, die mein Leben prägt. Eine Vergangenheit, die kaum Ruhm aufzuweisen hat. Solange John seine Hand über mich hält, bin ich geduldet auf den Straßen, die die Bewohner einen. Stirbt John eines Tages, werde ich niemals wieder einen Fuß in dieses Reservat setzen können, gleichgültig, dass ich lange Jahre Teil der Gemeinschaft war.

Ich parke den Schlitten so, dass er von der Hauptstraße aus nicht direkt sichtbar ist. Dann warte ich, bis Tara absteigt. Sie braucht eine kleine Ewigkeit, um sicheren Stand zu finden. Nicht eine Sekunde lasse ich sie aus den Augen, aus Sorge, sie könne stürzen, doch sie hält sich tapfer. Wäre da nicht die Blässe in ihren Zügen, die noch durch die dunklen Schatten unter den intensiven grünen Augen hervorgehoben wird. Trotz der eisigen Kälte, die für gewöhnlich die Wangen rot färbt, hat ihr Gesicht kaum Farbe angenommen. Auch wenn sie es zu verstecken sucht, sie kann sich nur schwer auf den Beinen halten.

In dem Moment, da ich selbst absteige, öffnet sich die Tür und John tritt hinaus. Ich erinnere mich nicht, ihn je in ähnlicher Verfassung gesehen zu haben. Die Sklera in seinen Augen hat sich tiefrot verfärbt, was davon zeugt, dass er sich in den stillen Stunden seinem Schmerz hingibt. Über Wangen und Kinn zieht sich ein grauer Bart. Vermutlich hatte er in den vergangenen Tagen weder Zeit noch Muße, sich zu rasieren. Und wenn es auch kaum möglich scheint, so weist das einst schwarze Haar seit den Tagen nach unserer letzten Begegnung ein weit tieferes Grau auf. Doch das, was mich am meisten schmerzt, ist seine Haltung. Zum allerersten Mal erlebe ich diesen großen, aufrechten Mann als gebrochen.

Schweigend steige ich die Stufen zur Veranda hinauf, lege meinem Freund eine Hand auf die Schulter und sehe ihn an. Auch ohne Worte begreife ich, was er mir sagt. In diesen Minuten hat er seinen Glauben verloren. Er ist gesegnet mit dem Wissen, dass es weitergeht, dass der Tod nicht das Ende ist. Ein Mensch, stets voller Zuversicht, der der Natur und allem Göttlichen mit ausnehmendem Respekt begegnet. Doch John ist in diesen Minuten in seinen Grundfesten erschüttert und ich bin nicht sicher, ob sich diese Risse je wieder kitten lassen.

Mit einem rauen Aufstöhnen ziehe ich den hünenhaften Mann in meine Arme, drücke ihn an mich und John klammert sich mit einer Verzweiflung fest, die mir verdeutlicht, dass er fürchtet, über Marys Tod den Verstand zu verlieren. Ich löse mich von ihm, lege meine Hand flach an seine Wange und schüttele den Kopf.

»Das wird nicht geschehen, John, hörst du. Ich werde nicht zulassen, dass du daran zerbrichst. Du musst weitermachen. Für Mary, für all die anderen, die ihr vorausgegangen sind, und jene, die noch folgen werden.« Auch wenn meine Stimme nur ein raues Flüstern ist, so bin ich sicher, dass Tara, die in diesen Sekunden schweratmend den Vorbau erklimmt, jedes meiner Worte aufsaugt. Selbst wenn ich nicht weiß, was sie umtreibt, ich kann mich des Gedankens nicht erwehren, dass wir ähnliche Ziele verfolgen, wenn vielleicht auch aus völlig unterschiedlichen Motiven.

John löst sich mit einem klagenden Laut aus meinen Armen. Sich aufrichtend wischt er die silbrigen Tränen von seinem Gesicht und deutet auf Tara.

»Was macht sie hier?« Ich spüre, wie die junge Frau neben mir zusammenzuckt und umfasse beruhigend ihren Arm, nicht zuletzt, um ihr sicheren Stand zu gewähren. Ihr Atem tönt scheppernd in meinen Ohren, so erschöpft ist sie.

»Ich konnte Tara unmöglich allein zurücklassen, sie ist zu

schwach, um sich selbst zu versorgen.« John kneift die Augen zusammen und lässt seinen Blick skeptisch über meine Begleitung fahren.

»Konntest du nicht, Junge? Aber der weite Weg hier raus hat ihr nichts ausgemacht?« Zielsicher spürt er den Schwindel auf und sieht mich mit einem bedächtigen Nicken an.

»Na gut, dann kommt rein und wärmt euch am Feuer. Ich habe Elcheintopf gekocht, der wird euch stärken und die Lebensgeister erwecken.«

Behutsam lege ich Tara meine Hand in den Rücken und schiebe sie sanft über die Schwelle in den gut beheizten Raum. Ben sitzt am Küchentisch und hebt müde den Kopf, als er uns eintreten sieht. Bei Taras Anblick, erahne ich ein Aufblitzen in den dunklen Augen, das von Interesse zeugt. Ob dies der Tatsache geschuldet ist, dass ich unter den gegebenen Bedingungen einen Gast mitbringe, oder der Frau selbst, lässt sich nicht ergründen. Entgegen seinem sonst eher flegelhaften Benehmen erhebt er sich, tritt auf Tara zu und begrüßt sie mit einer galanten Verbeugung.

»Na, wen haben wir denn da? Ich wusste nicht, dass du eine Freundin hast, Nathan«, raunt er spöttisch und sieht mich unter halb gesenkten Lidern an.

»Habe ich auch nicht, Ben. Das ist Tara, sie ist vorübergehend mein Gast.« Ben neigt den Kopf zur Seite. Sein langes, tiefschwarzes Haar fällt ihm dabei weit auf den Rücken hinab, während er das Mädchen neben mir fast unverschämt lang betrachtet. Sie zittert, vermutlich vor Schwäche, doch vielleicht auch aufgrund des anmaßenden Blicks unseres jungen

Gastgebers. Ben hat Mühe, seine Augen von dem kupferfarbenen Haar, den hellen Augen und den weiblichen Kurven zu lösen. Unbehagen weitet sich in mir aus, roh und kraftvoll, sodass ich nur mühsam meine Zunge in Zaum halten kann.

John scheint all das zu entgehen. Seine sonst so feinen Antennen stehen unter den gegebenen Umständen nicht auf Empfang. »Möchtet ihr erst essen, Nathan, oder …«

»Ich will Mary sehen, deswegen bin ich hier«, unterbreche ich ihn so sanft wie möglich. »Aber Tara braucht dringend eine Stärkung und vielleicht einen Platz, an dem sie sich ausruhen kann.« Während ich spreche, senke ich den Kopf und sehe sie an. Die Erschöpfung in ihrem Blick ist greifbar. Noch immer ruht meine Hand an ihrem Kreuzbein, stützt sie einerseits, vermittelt ihr aber auch die Sicherheit, dass ich da bin, an ihrer Seite.

»Natürlich.« John fährt sich fahrig über den Nacken. Nie zuvor habe ich meinen Freund derart zerstreut erlebt. Er deutet auf einen Vorhang, der den kleinen Wohnbereich unterteilt. »Du kannst mit meinem Ausweichbett vorliebnehmen, dort drüben«, wendet er sich an Tara. »Es ist frisch bezogen. Ich habe es die letzten Nächte ohnehin nicht genutzt …«, *sondern jede einzelne Minute bei meiner Frau verbracht*, fügt er mit einem stummen Blick hinzu.

»Danke, das ist lieb. Aber gerne würde ich … Ich würde sehr gerne Mary kennenlernen.« John, der damit beschäftigt ist, den Eintopf in Holzschalen zu füllen, hebt misstrauisch den Kopf und sieht Tara an.

»*Warum*? Warum solltest du Mary in den Tod begleiten wollen? Du kennst sie nicht, weißt nicht, wie sie gelebt, was sie geliebt hat?« Seine Stimme klingt zornig. Ich allein weiß, dass diese Empfindung sich nicht gegen Tara richtet, sondern gegen die Ohnmacht, in der er gefangen ist. Aber Tara taumelt bei seinen harten Worten gegen mich, sodass ich ihr schützend einen Arm um die Taille lege.

»*Ich* habe ihr von Mary erzählt nach deinem letzten Besuch, John. Ich habe Tara davon berichtet, wie außergewöhnlich Mary ist, wie selbstlos. Dass sie auch in ihrem maßlosen Schmerz noch Zuversicht und Güte schenkt.« John schluckt schwer bei meinen Worten. Abrupt wendet er sich ab. Ich ahne, dass er erneut mit den Tränen kämpft.

»Also gut, zehn Minuten, nicht länger.«

Taraneh

Der Raum ist dunkel und stickig, es liegt der Geruch von Verfall und … Tod in der Luft. Auf dem Nachttisch brennt eine einzelne Kerze, die ein flackerndes, unruhiges Licht verbreitet. Die Frau ruht auf dem Rücken, die Augen fest geschlossen. Ihr schwerer Atem hallt rasselnd und beängstigend von den Wänden zurück. Mary ist nicht der erste sterbende Mensch, den ich erlebe. Aber es ist das erste Mal, dass ich einer wildfremden Frau begegne, die dem Tode geweiht ist und deren Schicksal mich wortlos und auf bizarre Weise gefangen nimmt. Ein eisiger Schauer fährt mir über die Haut. Nathaniel sinkt lautlos auf die Bettkante und ergreift die zierliche Hand.

»Nathan … da bist du … ja.« Ihre Stimme ist ein raues

Flüstern, kaum zu verstehen. Doch Nathaniel scheint mühelos jedes Wort von den aufgesprungenen Lippen zu filtern.

»Wo sonst Mary, ich habe dir versprochen, ich komme zurück, wenn es an der Zeit ist.« Flatternd hebt sie die Lider. Ihre Augen sind blau und obwohl sie dem Tode von Angesicht zu Angesicht gegenübersteht, von einer unfassbaren Klarheit, die an einen reinen, unberührten Gebirgssee im frühen Sonnenlicht erinnert.

»Es ist an der Zeit, Nathan. Es besteht kein Grund, dich Johns Wunsch zu beugen. Alles geschieht, wie es geschehen soll, ohne dass du eingreifen musst.« Nathaniel zuckt bei ihren Worten zusammen. Worte, die nicht für meine Ohren bestimmt sind. Ohnehin kann ich mir nicht im Entferntesten ausmalen, was sie ihm damit zu sagen versucht. Ihre Hand, die die seine umfangen hält, zittert so sehr, dass sie geräuschvoll auf der Matratze aufschlägt. Das monotone Geräusch hinterlässt eine schmerzhafte Klammer um mein Herz. Ich fühle mich unendlich müde, ausgelaugt, jeder Muskel in meinem Körper schreit vor Schmerz. Doch angesichts dessen, was diese Frau durchleidet, empfinde ich regelrecht Scham, mich einem Zusammenbruch nahe zu fühlen.

Alles an ihr ist zierlich. Die Wangen eingefallen. Das einstmals glänzend schwarze Haar zu einem verwaschenen, stumpfen Grau verblasst. Einzig ihr Bauch mutet aufgebläht an und scheint in keinem Verhältnis zu der Gesamterscheinung zu stehen. Die Leber, denke ich und entsinne mich, dass dies typische Vergiftungsmerkmale sind. Bilder peitschen in mir auf. Ich sehe Vivi vor mir, den Leib unförmig gerundet, mit ihren kaum acht Jahren und augenblicklich schießen mir Tränen in die Augen. Unwillkürlich senke ich den Kopf, bemüht, die Tränenflut, die mich so unerwartet überschwemmt, einzudämmen.

»Wen hast du … denn da … mitgebracht?«

Nathaniel dreht sich zu mir, ohne den festen Griff aus Marys Hand zu lösen. Augenblicklich erfasst er meinen Zustand. Kurz verziehen sich seine Lippen zu einem schmalen Strich, so als wolle er sagen: Nicht jetzt, nicht hier, reiß dich zusammen, Tara. Und ich tue ihm den Gefallen, richte mich auf, straffe die Schultern und versuche ein Lächeln, das kläglich misslingt.

Nathan streckt mir die andere Hand entgegen und bittet mich stumm, näher zu treten. Wortlos lege ich meine Finger in seine. Spüre die Kraft, die er mir schenkt. Die Sicherheit, diese Situation zu meistern. Er lässt meine Hand auch nicht los, als ich dicht neben ihm stehe. Seine Wärme ist das heilsame Medikament, das mich aus dem Schockmoment erlöst und mich in die Realität leitet. Tapfer begegne ich den klaren Augen der Frau, denen auch in dieser dramatischen Stunde, nichts zu entgehen scheint.

»Das ist Tara. Sie ist mein Gast«, sagt er sanft, den Blick wieder auf Mary gerichtet. Die Frau mustert mich mit einer Intensität, dass mir heiß und kalt zugleich wird.

»Eine schöne junge Frau hast du da an deiner Seite, Nathan … Ist *sie* es?«

Nathaniel sieht mich bei ihren rätselhaften Worten von der Seite an, so als sähe er mich zum allerersten Mal überhaupt. Sein Blick erfasst jede Einzelheit meines Gesichts, brennt sich tief in mein Inneres und erfüllt meinen Herzschlag mit unbestimmten Empfindungen. Trauer und Glück, Hoffnung und Beklemmung, Liebe und Schmerz. Ich schlucke mühsam, nicht fähig, dieses straffe Band, das uns so plötzlich eint, zu kappen.

»Ich weiß es nicht, Mary«, flüstert er andächtig, ohne den Blick von mir zu nehmen. Sein Daumen streicht fast zärtlich über meinen Handrücken und verursacht in dieser überaus surrealen Situation einen Schauer des Wohlbehagens.

»Sag du es mir.«

»Sie ist es«, flüstert Mary und ich spüre das Zittern, welches Nathaniel bei ihren eindringlichen Worten durchläuft, am eigenen Leib.

17

Das Herz ist nicht geschaffen für Einsamkeit, es sehnt sich nach Nähe.

Nathaniel

Mittlerweile hat sich die Dunkelheit herabgesenkt. Mary ist vor einer Stunde von uns gegangen, seither tigert John ruhelos durchs Haus. Ich finde keine Worte, die seinen Schmerz dämmen könnten. Keinen Trost, der seiner Seele, seinem wunden Herzen ein wenig Heilung verspricht. In den Augen der Einwohner war ich nie ein gottesfürchtiger Mann. Für die Menschen hier verkörpere ich das absolute Gegenteil. Während *Running Wolf* damit beschäftigt ist, alte Kisten, Schubladen und Taschen zu durchwühlen, auf der Suche nach seiner verstorbenen Frau, trete ich lautlos an den Vorhang, hinter dem sich Tara vor Stunden zurückgezogen hat. Ben ist mit lautem Getöse kurz nach Marys Ableben aufgebrochen. Ich weiß nicht, ob er sich Erleichterung in der einzigen Kneipe des Ortes verschafft, oder die tröstliche Nähe einer Frau sucht. Ich weiß nur, dass ich John jetzt nicht allein lassen kann.

Sie liegt auf der Seite, das Gesicht mir zugewandt. Im Schlaf wirken ihre Züge so viel entspannter als im bewussten Zustand. Ihr gleichmäßiger Atemfluss lässt den dunklen Wimpernkranz, der auf ihren Wangenknochen ruht, bei jedem Zug leicht flattern. In dem diffusen Licht mutet sie außergewöhnlich schön an, unschuldig und engelsgleich. Ich lasse mich auf der Matratze nieder und betrachte sie stumm.

Marys Worte klingen in mir nach, erfüllen den Schlag meines Herzens: *Sie ist es.*

Kann das sein? Nie gab es für mich nur den geringsten Grund, an Marys Weissagungen zu zweifeln. Doch niemals zuvor hat sie unter derartigem Stress gestanden, wie in den letzten Stunden ihres Lebens.

Ich hebe die Hand und streiche Tara zärtlich das Haar aus dem Gesicht. Zögernd flattern ihre Lider. Ihr Blick ist verhangen, schläfrig, ganze Universen entfernt. Sie ist orientierungslos, verhaftet in den Träumen, aus denen ich sie durch meine Berührung gerissen habe. Zu keinem anderen Zeitpunkt hat sie vergleichbar offen gewirkt, verletzlich und überaus zerbrechlich. In diesem Moment ist sie mir ausgeliefert und dem Vertrauen darauf, dass ich nur das Beste für sie will.

»Mary?«, flüstert sie rau. Ihr einfühlsamer Blick kriecht mir unter die Haut und lässt mich erschauern. Ich nicke knapp und sie versteht wortlos. Tröstend gleitet ihre Hand über meine, die noch immer an ihrer Wange ruht.

»Es tut mir leid, Nathaniel.«

In dem Bemühen, all den Schmerz, der in mir aufbrandet, hinunterzuschlucken, senke ich die Lider und entgegne: »Wir wussten, dass dieser Tag kommt, früher oder später. Wir hatten ausreichend Zeit, uns darauf vorzubereiten.«

»Kann man das, sich auf den Tod vorbereiten?« Ihre Stimme ist sanft, ebenso wie ihr Daumen, der beruhigende Kreise auf meinem Handrücken zieht. Die Antwort ist so schlicht wie eindeutig: Nein. Nichts und niemand kann dich darauf vorbereiten, was es bedeutet, einen geliebten Menschen an den Tod zu verlieren.

»Nein«, entgegne ich ehrlich.

»Und John?«, fragt sie leise.

»Er leidet. Ich habe ihn nie so erlebt. Für ihn und Ben beginnt jetzt die Zeit der Riten. Die Zeit des Fastens und der Entbehrungen. Sie werden Mary ihr schönstes Kleid anziehen und sie dann festlich bemalen. Bevor sie dem Erdreich überantwortet wird, muss sie drei Tage aufgebahrt werden, damit das Volk Abschied nehmen und ein jeder ihr seine Grabbeigabe mit auf die Reise geben kann. Am Ende des dritten Tages wird es zum Abschluss ein Festmahl für die Trauergemeinde geben.«

Tara hebt müde die Augenbrauen. »Das macht es nicht unbedingt leichter.«

Ich schüttele den Kopf: »Sicher nicht. Aber jede Kultur hat ihre eigenen Bestattungsriten und diese ist die der Mi'kmaq. John wird sich exakt an das Protokoll halten, alles andere wäre undenkbar.«

»Und du, wirst du in diesen Tagen an seiner Seite sein?« Ihre Frage zerrt Erinnerungen an die Oberfläche, die mich den ganzen Tag schon auf diffuse Weise quälen. Ich löse meine Hand von ihrem Gesicht und richte mich auf.

»Nein. Heute Abend ist es zu spät, um sich auf den Weg zu machen, und du bist viel zu erschöpft. Aber morgen, bei Tagesanbruch, bevor die Trauergäste John ihr Beileid aussprechen, werden wir aufbrechen.« In ihren Augen kann ich lesen, dass sie deutlich spürt, dass mich etwas umtreibt. Aber ich bin nicht gewillt, mich hier und jetzt zu offenbaren. Schon gar nicht nach einem Tag, der mich an meine eigenen Grenzen geführt hat. Doch sie bedrängt mich nicht weiter. Ihr leises »*Wie du meinst.*« besänftigt den Sturm in mir und nimmt die Anspannung aus der Situation.

»Aber du solltest auch ein wenig ruhen, Nathaniel. Du hast dir seit heute Morgen keine Pause gegönnt.« Sie hat recht. Jeder Muskel in meinem Körper brennt wie Feuer. Ich beobachte, wie sie zur Seite rutscht und die Decke zurückschlägt, um mir Platz zu machen. Zeitgleich spüre ich, was diese vertrauensvolle Geste mit mir macht. Sie weitet sich wie flüssiges Feuer im Magen aus und brennt mich erbarmungslos nieder. Ich weiß verflucht noch mal nicht, was es ist, das mich regelrecht an ihre Seite drängt. Das mich wünschen lässt, ihre Wärme, ihren Körper, ihren Atem zu spüren. Doch alles in mir verlangt danach, ihr nahe zu sein und wenn dies bedeutet, still Seite an Seite zu ruhen, so nehme ich es dankbar an.

Und doch zögere ich. Meine Augen streichen über sie hinweg. Sie mutet noch immer schläfrig an, nicht vollständig Herr ihrer Sinne. Ich erahne das Beben ihrer Brust unter meinem intensiven Blick. Das Zittern ihrer Lippen. Vernehme ihren Atem, der stockend die Stille zwischen uns füllt.

»Bist du sicher?«, raune ich leise und beuge mich tiefer über sie, um das Spiel ihrer Mimik in dem schwachen Lichtschein zu verfolgen. Kurz flattern ihre Lider. *Nein, sie ist alles andere als sicher.* Sie weiß ebenso wenig, was das zwischen uns ist, wie ich. Und doch scheint sie ähnlich zu empfinden. Ein paar Stunden menschliche Nähe. Die Wärme und vielleicht sogar den Schutz des anderen spüren, was ist schon Verwerfliches daran? *Nichts.*

Dann nickt sie leicht und rutscht noch ein Stück weiter bis an die Wand heran. Als ich mich zu ihr lege, wird mir bewusst, wie verflucht schmal diese Pritsche ist. Jeder Zoll ihres Körpers ist meinem so nah, dass ihre Hitze mich versengt. Sie liegt noch immer auf der Seite, sodass ihr Atem sanft, fast lieblich über meinen Hals streicht. Ihr weiches Haar duftet nach meinem Shampoo und dem süßlichen Geruch des Schlafes. Eine berauschende Mischung, die jegliche Empfindung in mir erweckt und sämtliche Körperregionen anregt. Mit trägen Handbewegungen breitet sie die Decke über mich und rutscht näher an mich heran. Wie von selbst bleibt ihre zierliche Hand dabei auf meinem Brustkorb liegen. Ein schmerzliches Ziehen weitet sich in meinem Körper aus.

Es ist nicht richtig, so bei ihr zu liegen und sich der Illusion hinzugeben, wir könnten eines Tages mehr füreinander sein als die Fremden, die wir sind. Nicht einmal eine leidenschaftliche Nacht war bisher eine denkbare Option. Was hat sich verändert zwischen uns, dass uns die Nähe des jeweils anderen fast intensiv suchen lässt? Und doch kreisen meine Gedanken pausenlos um ihren Körper, der sich mit jedem Atemzug näher an meinen drängt. Die Erinnerung daran, wie perfekt er anmutet. Seltsam, wie sich die Empfindungen wandeln. Im Verlauf der Wundversorgung ist es mir durchaus gelungen, ihre Blöße auszublenden. Ich besitze die Gabe, den Patienten zu sehen, den Menschen, die Wunde und nicht den weiblichen Körper dahinter. Aber jetzt, in diesem innigen Moment fluten mich die Bilder ihres Leibes mit einer fast schmerzhaften Intensität. Ich nehme ein, zwei tiefe Atemzüge in dem Versuch, den inneren Aufruhr in mir einzudämmen. *Herrgott Nathaniel, du benimmst dich wie ein hormongesteuerter Teenager*, rufe ich mich selbst zur Vernunft. Während neben mir Taras Körper schwerer wird, die Wärme intensiver, erinnere ich mich schmerzhaft Marys letzter Worte an mich: *Sie ist es.*

Taraneh

Leise Stimmen wecken mich. Noch benommen von dem unfassbar tiefen Schlaf, in dem ich die letzten Stunden gefangen war, öffne ich die schweren Lider. Die Lichtverhältnisse haben sich gewandelt. Milchig dringt der Tag hinter den dichtgewebten Vorhang und feilt die Konturen allmählich heraus.

Nathaniel ist fort. Sein Platz neben mir längst ausgekühlt und doch erinnere ich mich seiner Nähe, die eine zutiefst beruhigende Wirkung auf mich hatte. Seiner zarten Berührungen, den Bewegungen seines Körpers, der meinem so nah war, dass ich zeitweilig die tiefe Sehnsucht verspürt habe, mit ihm zu verschmelzen.

Seit Vivis Diagnose habe ich nicht so fest geschlafen, wie in den letzten Stunden. Mit der Hand streiche ich zärtlich über das Laken, dem noch sein Geruch anhaftet. Auch wenn er stets stark und unbeugsam anmutet, Marys Tod hat ihn gebrochen. Es war der Schmerz und die Verzweiflung in seinen Augen, die mich regelrecht dazu gedrängt haben, ihn an meine Seite zu holen. Das Wissen darum, dass dieser starke Mann Trost brauchte nach den dunklen Stunden, die hinter ihm lagen. Ich ahne, dass die unschuldige Nacht der Nähe für ihn ähnlich heilsam war wie für mich. In den letzten Tagen ist mir mehr als deutlich vor Augen geführt worden, wie einsam mein Kampf ist. Es gibt niemanden, der mit mir streitet, der um mein Wohlergehen in diesem Krieg besorgt ist. Aber Nathaniel, der keine Ahnung davon hat, was mich hierher nach Nova Scotia, bis in das Dorf der Mi'kmaq treibt, kümmert sich mit einer Hingabe um mich, die schmerzhaft schön ist.

»Wann willst du los?« Das ist John. Seine Stimme ist schwer und tonlos, so, als trage er den Schmerz der Welt allein auf seinen Schultern und vielleicht fühlt es sich genauso an, wenn man das Liebste auf Erden verliert.

»Sobald Tara reisefertig ist.« Ich erhebe mich, streiche das Haar zurück und ziehe dann entschlossen den Vorhang zur Seite. Augenblicklich richten sich zwei Augenpaare auf mich, beobachten stumm, wie ich schwankend auf die Füße komme.

In Johns Augen erkenne ich Verzweiflung und maßlose Trauer. Auf Bens dunkler Iris zeichnet sich eindeutig sexuelles Interesse ab, das mir als unangenehmer Schauer den Rücken abwärts rinnt. Seine Augen gleiten meinen Körper hinab, als stünde ich völlig entblößt vor ihm.

Nathaniel, der den Blick starr auf den Bildschirm eines Laptops gerichtet hält, hebt nur zögernd den Kopf, bevor er meinem begegnet. Sorge ist das vorherrschende Gefühl, welches sich auf seiner blauen Iris zeigt. Ich kann nicht einordnen, welcher Natur diese Sorge ist. Möglicherweise geht es um mich. Vielleicht auch um das Geschehen, was mich umtreibt, die Geschichte, die mich bis hier hinaus ins Reservat zieht.

Erschrocken fahre ich mir bei den wirren Gedanken über die Augen. Blödsinn, woher sollte er auch nur die geringste Ahnung haben, warum ich hier bin? *Er weiß, dass du Journalistin bist. Mit fast ausufernder Dringlichkeit hast du ihn gebeten, dich mit zu Mary zu nehmen …*

Nein, das bilde ich mir ein und höre mich doch im selben Moment monoton fragen: »Was machst du da?«

Seine Augen verengen sich minimal bei meiner direkten Frage, bevor er den PC geräuschvoll schließt und mit schlafwandlerischer Sicherheit eine Karte oder USB-Stick entfernt, um ihn Augenblicke später in den Taschen seiner Jeans zu versenken.

»Geschäfte«, antwortet er einsilbig und schiebt hinterher: »Wie fühlst du dich?«

Ein Ablenkungsmanöver, denke ich alarmiert und tadele mich im selben Moment, meinen Hirngespinsten nicht so viel Platz einzuräumen.

»Gut, soweit«, gebe ich zögernd preis. Er nickt knapp und greift nach dem Kaffeebecher, der vor ihm steht. Absolut alles an ihm ist verändert seit dem gestrigen Abend. Seine verschlossene Mimik, die starre Haltung und nicht zuletzt die Kälte in seiner Stimme lassen das Gefühl der Geborgenheit in mir auf winzige Partikel zusammenschmelzen.

»Wenn du dich frisch gemacht hast, solltest du etwas frühstücken und dann würde ich gerne aufbrechen. Ich möchte nicht vor Ort sein, wenn die ersten Kondolenzbesucher eintreffen.«

»Kann ich mir denken«, wirft Ben leise ein, ohne mich aus den Augen zu lassen. Irgendetwas in seiner Stimme irritiert mich. Zwischen Ben und Nathaniel herrscht eine Spannung, die greifbar ist. Vielleicht Eifersucht? Immerhin verbindet Nathaniel und John eine innige Freundschaft, die möglicherweise die Vater-Sohn-Beziehung torpediert.

»Weißt du, Tara, du brauchst dich nicht zu beeilen. Ich kann dich später zum See fahren, wenn Nathaniel es eilig hat.« Bens Angebot ist keinesfalls nett und uneigennützig gemeint. Daran, wie Nathaniels Kehlkopf sich bewegt, erahne ich, wie sehr die Worte des anderen ihn aufbringen. Sein kompletter Körper steht unter Strom. Er hat Mühe, sich im Zaum zu halten. Kurz senkt er die Lider, bevor er geräuschvoll die Tasse auf den Tisch stellt und sich erhebt.

»Deine Entscheidung, Tara. Ich warte draußen. Wenn du weißt, wie du zurückkommst, lass es mich wissen.« Im nächsten Moment fällt die Tür hinter ihm krachend ins Schloss. Ich zucke sichtbar zusammen. Von der Nähe, der Vertrautheit, die uns in dieser Nacht einte, ist nichts mehr spürbar. Nathaniel wirkt kalt und unnahbar.

»Verflucht *Blackbird*, kannst du nicht einmal den Mund halten? Wenigstens deiner Mutter zuliebe? Ich kann nicht zählen, wie oft Nathan in den letzten Monaten hier draußen war, um nach *Leaf* zu sehen, trotz oder gerade wegen der Umstände. Nie habe ich auch nur ein Wort der Klage von ihm gehört. Ein bisschen Dankbarkeit stände dir ganz gut zu Gesicht.«

Jetzt ist es Ben, der sich schnaubend erhebt, so heftig, dass sein Stuhl dabei scheppernd zu Boden geht.

»Wofür, in aller Herrgottsnamen, soll ich mich bedanken? Dafür, dass er sich in meine Familie eingewanzt und mir ohne mit der Wimper zu zucken die Frau geraubt hat?«

Seine Worte rütteln mich brutal auf. Ich weiß, ich sollte hier nicht stehen und dem Streitgespräch der Männer lauschen. Doch ich fühle mich wie festgewachsen, unfähig mich zu bewegen, auch nur zu atmen. Die beiden scheinen meine Anwesenheit längst vergessen zu haben.

»Ich weiß, dass das deine Sicht auf die Dinge ist, *Blackbird*, aber …«

»Meine Sicht«, fährt der Sohn den Vater in einer Lautstärke an, dass zu befürchten steht, er zerre Mary allein mit seinem Gebrüll zurück aus dem Totenreich. »Fuck. Dass du nach all den Jahren immer noch die Tatsachen so verdrehst. Setz endlich diese verdammte rosarote Brille ab, durch die du deinen Ziehsohn siehst. Manchmal glaube ich, Nathaniel ist dir so viel näher, als ich es je war. So viel wichtiger. Wir waren verlobt, hast du das vergessen? Ich wollte diese Frau heiraten, bis Nathaniel kam. Er ist ein Schmarotzer. Ein Mensch, der es bestens versteht, andere zu blenden. Frag *Black Hawk* oder *Red Cloud*, meinetwegen auch *Lone Wolf*. Sie alle denken ebenso wie ich. Nur du bist blind auf dem Auge der Täuschung. Niemand hier ist scharf darauf, die Visage dieses Mörders zu sehen …«

»Schweig.« Johns Stimme durchschneidet die Luft wie ein Schwert. Doch es sind Bens Worte, die mich tödlich verletzen. Intensiv, roh und ungebremst fahren sie mir in den Leib. Schwindel erfasst mich von solchem Ausmaß, dass ich vorwärts taumele und mit beiden Händen die Stuhllehne umfasse. Den

Kopf gesenkt, kämpfe ich mühsam gegen den Schwall Übelkeit an, den Bens grausame Äußerungen in meiner Kehle verursacht haben.

»Wenigstens aus Respekt vor deiner Mutter, wenn schon nicht vor dem, was Nathaniel für uns getan hat.« John wirft mir einen kurzen Blick zu, den ich kaum zu deuten vermag, dann wendet er sich ab und verlässt, ähnlich wütend wie zuvor Nathaniel den Raum.

18

Frage dein Herz. Auf dessen Grund wirst du alle Antworten finden.

Taraneh

Der Waschraum ist winzig, ich kann mich kaum darin bewegen, ohne mich ständig zu stoßen. Der Gedanke daran, wie bescheiden diese Menschen leben, ist fast beschämend.

Bens Worte haben einen Krater in mir hinterlassen. Unumwunden hat er Nathaniel einen Mörder genannt. Was bedeutet das? Und wie trügerisch ist die vermeintliche Sicherheit an der Seite meines Retters wirklich? Ich zittere so sehr, dass ich Mühe habe, den Knopf der Jeans zu schließen, die mir ohnehin viel zu weit ist. Leihgaben. Spenden der Ureinwohner, die John auf Nathaniels Bitte hin für mich gesammelt hat.

Erschöpft lehne ich mich gegen die Tür, schließe die Augen und presse eine Hand flach auf meinen Brustkorb. Befehle meinem Herzschlag, das Tempo zu drosseln. In meinem Geist herrscht ein Durcheinander wie nach einem gewaltigen Tornado. Wie kann ich nur ansatzweise darüber nachdenken, mit Nathaniel zu gehen, wenn Ben ihn soeben als Mörder bezeichnet hat? John hat nicht im Entferntesten versucht, diese Anschuldigung zu dementieren. Ich hebe die Lider und begegne meinem Spiegelbild in der reflektierenden Oberfläche. Die Angst in meinen Augen, die sich seit Tagen dort zeigt, klettert auf ein Level, das alles bisher

Dagewesene übersteigt.

Was ist, wenn Nathaniel tatsächlich gemeinsame Sache mit meinem Attentäter macht?

Quatsch, das ist unmöglich. Nathaniel ist mir nie zuvor begegnet.

Was heißt das schon? Er könnte im Hintergrund die Fäden ziehen. Vielleicht online. Immerhin war er sehr gefesselt von dem Bildschirm des Computers. So sehr, dass er mein Auftauchen anfangs nicht bemerkt hat. Mit einem Aufstöhnen richte ich mich auf und lehne die erhitzte Stirn gegen die reflektierende Oberfläche. Auf dem Hausboot hat er vermutlich keinerlei Empfang, jedenfalls habe ich ihn dort nie auch nur eine Minute am PC gesehen, noch nicht mal am Handy. Die Mystik liegt fernab jeder Zivilisation, absolut einsam und außerhalb jeder Reichweite der Sendemasten.

Scheiße, was mache ich jetzt? Bei John und Ben zu bleiben, ist keine Option. Zum einen ist dies ein Trauerhaus und zum anderen setzen Bens begehrliche Blicke mich schon jetzt derart unter Druck, dass sie mir den Atem rauben. So lange Nathaniel in der Nähe ist, wird er keinen Schritt über das bloße Schauen hinausgehen. Aber Nathaniel ist im Begriff aufzubrechen. Er wird fahren, mit oder ohne mich, das hat er vor wenigen Augenblicken erst deutlich klargemacht. Welche Möglichkeiten bleiben mir überhaupt?

Ich könnte Grace anrufen. Natürlich. Grace ist die Einzige, der ich unter diesen Umständen vertraue. Sie wird mich abholen …

Um das zu können, müsste ich an ein Telefon kommen, doch ich weiß nicht, an wen ich mich wenden soll. Keinem der Männer traue ich ausreichend, mit Ausnahme von John. Ich habe keine Wahl. Ich muss mit Nathaniel gehen. Und verdammt nochmal, die letzten Tage hat er mich vor sämtlichen Widrigkeiten geschützt. Er hat mir das Leben gerettet, mir ein Dach über den Kopf geboten und sogar sein Bett zur Verfügung gestellt. Welcher Teufel sollte ihn reiten, mich jetzt töten zu wollen?

Möglicherweise gibt es einen Vorfall, der ihn ins Bild rückt. Etwas, das ihm verdeutlicht, zu welcher Fraktion ich gehöre … Aber hätte ich das nicht mitbekommen? Vielleicht hat Nathaniel am PC Nachforschungen über mich angestellt? Müde reibe ich mir mit den Händen über das Gesicht. *Na und*, sage ich mir, *was kann er da schon in Erfahrung bringen? Er kennt meinen Namen und weiß, dass ich als Journalistin arbeite. Mehr lässt sich auch im Internet nicht finden.*

Hör auf, verdammt, hör auf, befehle ich meinen Gedanken zu schweigen. *Du weißt nicht mal, ob der Mann überhaupt in diese Angelegenheit verstrickt ist …*

Aber Ben hat ihn einen Mörder genannt … Nathaniel ist und bleibt ein Fremder hier im Reservat, gleichgültig, dass er höchstwahrscheinlich mit einer Einheimischen liiert war. Gegebenenfalls spielt die Äußerung, er sei ein Mörder, auf die Boshaftigkeit an, die man mit den Menschen hier treibt. Jener Grund, der auch mich bis hier hinaus in das Umland des Reservats geführt hat. Nathaniel hat schlicht eins und eins zusammengezählt und begriffen, dass ich als investigative Journalistin nur hier draußen sein kann, um Dinge an die Oberfläche zu zerren, die er gegebenenfalls unter allen Umständen im Verborgenen halten möchte.

Denk nach, Tara, denk nach, das alles sind reine Vermutungen. Ich kneife mir so fest in die Nasenwurzel, dass die Tränen fließen. *Erinnere dich, wie behutsam er mit Mary umgegangen ist. Glaubst du wirklich, Nathaniel ist so abgebrüht, dass er einerseits die Menschen, die er zu lieben vorgibt, wissentlich in den Tod führt und sich andererseits zu ihnen an den Tisch setzt, um den Tod der Verstorbenen zu betrauern?*

Ein bestimmtes Klopfen an der Tür reißt mich aus meinem wirren Gedankenkarussell. Schleudert mich mit einer Kraft in den Moment zurück, ins Hier und Jetzt, dass ich unwillkürlich aufkeuche.

»Tara, alles okay bei dir?« John. Das ist John. Ich schlucke mühsam an dem Speichel, der mir den Hals verätzt.

»Ja … alles okay. Ich komme sofort.« Mit fahrigen Bewegungen kämme ich mir das Haar, lege den Schlüssel um und trete mit hämmerndem Puls in den Wohnraum, wissend, dass jede Entscheidung, die ich treffe, die falsche ist.

John betrachtet mich ernst. Zum ersten Mal seit wir angekommen sind am gestrigen Vormittag, scheint er mich wirklich wahrzunehmen. Mein Blick schweift unsicher durch den Raum. Ich kann Ben nirgends sehen. Er ist fort, wir sind allein. Verlegen trete ich von einem Fuß auf den anderen.

»Nathaniel, ist er … ist er …« John schüttelt den Kopf.

»Nein, er wartet draußen auf dich.« Ich schlucke mühsam und nicke verstört, zwanghaft beherrscht, dem intensiven Augenkontakt standzuhalten. »Hör zu, Mädchen, ich weiß, dass dich die Szene eben verschreckt hat, aber Nathan ist ein guter Mann. Er handelt aus edelmütigen Gründen. Alles, was er tut, tut er aus dem Ansinnen heraus, das Beste für sein Gegenüber zu wollen.«

»Hat er … ist er ein Mörder?« Diese Worte laut auszusprechen, lässt mich innerlich ein kleines bisschen sterben. Johns ohnehin dunkle Augen vertiefen sich um weitere Nuancen, während er meiner Äußerung folgt.

»Das ist eine Frage, die sich nicht zwischen Tür und Angel klären lässt, Tara. Du bist ihm begegnet. Horch in dein Herz. Kann ein Mensch, der dir so selbstlos das Leben rettet, der sich und sein ohnehin beschädigtes Ansehen dadurch neuen Anfeindungen aussetzt, wirklich bösartig sein?«

Das ist nicht die Antwort, die ich hören wollte. Das sind nicht die Worte, die meinen Geist klären und Nathaniels Leumund wieder herstellen. Doch bevor ich etwas erwidern kann, erhebt John erneut die Stimme.

»Ich habe ihm nicht erzählt, welch fatale Äußerung Ben gemacht hat. Er weiß nicht, dass du glaubst, er sei ein Mörder.« Ich lege den Kopf in den Nacken und schließe die Augen. Als würde das etwas an den Tatsachen ändern.

»Okay, Danke«, flüstere ich rau und streife mit steifen Bewegungen die Schneejacke über. Es gibt nur einen Weg. Ich begleite Nathaniel zum Hausboot, doch sobald wir da sind, werde ich Mittel und Wege finden, mich abzusetzen.

An der Tür hält John mich noch einmal zurück und so, als wäre er tief in mein Gedankenkonstrukt vorgedrungen, sagt er leise: »Welche Entscheidung du auch triffst, Tara, unterschätze nicht die Sicherheit, die dieser Mann dir bieten kann.« Seine Worte gleichen einer Drohung. »Hör auf dein Herz.«

Als ich in den kristallklaren Tag hinaustrete, habe ich den Eindruck, dass der azurblaue Himmel mich Lügen straft. All das, was hinter vorgehaltener Hand, hinter verschlossenen Türen soeben gesprochen wurde, kann beim Anblick des gleißenden Lichts kaum der Wahrheit entsprechen. Mein Augenmerk fällt auf Nathaniel, dessen Erscheinung den Eindruck verstärkt. Er steht mit gekreuzten Beinen an den Motorschlitten gelehnt. Den Kopf geneigt, scheint er seine schneebedeckten Stiefelspitzen zu fixieren. Das Glitzern der wie mit Puderzucker bestäubten Landschaft, der reine Schnee, das gleisende Sonnenlicht, all das verleiht widersinnigerweise fast den Eindruck, als trage er einen Heiligenschein, eine Aura aus weißem Licht. So wie er dasteht, ernst, seinen Gedanken nachhängend und doch stark und zuverlässig wie ein Fels, hat sich zu gestern augenscheinlich nichts verändert.

Wäre da nicht der Mann, der eine gewisse Ähnlichkeit zu John aufweist, wenige Jahre älter vielleicht. Ich kann ihn nur im Profil erkennen. Möglicherweise rührt diese Ähnlichkeit auch lediglich von dem langen, grauschwarzen Haar her, welches er im Nacken zu einem Zopf gebunden trägt, der weit über den Rücken hinabfällt. Er hat die Arme vor der Brust gekreuzt. Eine Schutzhaltung, während die leicht gespreizten Beine von Kampfbereitschaft erzählen. An der Art, wie er seine Worte auf Nathaniel abfeuert, schlussfolgere ich, dass sie alles andere als freundlicher Natur sind. Leider redet er so leise, dass mir der Inhalt verborgen bleibt. Ebenso spricht Nathaniels Kiefermuskel Bände. In meinem Retter brodelt es. Er ist nicht mehr weit von einem Ausbruch entfernt. Gerade hebt er die linke Hand, um den anderen zum Schweigen zu bringen. Doch jegliche scharfe Erwiderung stirbt auf seinen Lippen in dem Moment, da er mich bemerkt. Sein intensiver Blick begleitet mich den Weg die Stufen hinab, durch den tiefen Schnee, um die kleine Holzhütte herum, bis direkt vor den Schlitten. Auch der Mann an seiner Seite verstummt. Seine fast schwarzen Augen brennen sich durch die dünnen, empfindsamen Schichten meiner Haut und scheinen regelrechte Verletzungen zu hinterlassen, überall dort, wo sie mich berühren.

»Wir sollten aufbrechen.« Ich kann das Zittern meiner Stimme nicht unterdrücken. Nathaniel entgeht die Unsicherheit nicht, die ich aus jeder Pore strahle. Dennoch schweigt er, wenn auch sein Blick ganze Litaneien erzählt.

»Das Mädchen scheint noch bei Verstand, Nathan. Ich schwöre dir, wenn ich herausfinde, dass du etwas mit Marys Tod zu tun hast …«

Nathaniel zieht mit einer äußeren Gelassenheit, die mich widerwilliger Weise beeindruckt, die Schimaske über die Augen und streift dann die Handschuhe über.

»Lass es gut sein, *Black Hawk*. Spar deinen Atem für John. Er braucht in diesen Tagen jeden Zuspruch, den er bekommen kann. Selbst wenn er von Menschen ist, die so link sind wie du.«

Im nächsten Moment schwingt er sich auf den Schlitten und startet den Motor, um jegliche Antwort, die dem Alten auf den Lippen liegt, im Keim zu ersticken.

Als ich Nathan folgen will, umfasst der Fremde überraschend meinen Arm und sieht mich eindringlich an.

»Ich hoffe, Sie wissen, worauf Sie sich da einlassen, Lady? Die Begegnung mit Nathaniel ist ein Spiel mit dem Feuer.« Er schreit die Worte so laut gegen das Motorengeräusch an, dass sie auch Nathaniel nicht entgangen sein können. Dann lässt er mich abrupt los, sodass ich taumele. Mein Körper steht unter massiver Anspannung. Fast glaube ich, jede noch so kleine Berührung lässt ihn in tausend Einzelteile zerspringen. Ein heftig pulsierendes Ziehen fährt mir in die Wunde und entlockt mir einen scharfen Atemzug. Nathan wirft einen Blick über die Schulter, als ich mich hinter ihm in den Sitz schwinge. In seinen Augen liegt eine explosive Mischung aus maßloser Wut und tiefem Schmerz.

»Halt dich fest. Das Sonnenlicht bringt Tauwetter mit sich und macht die Strecke stellenweise schwer passierbar.« Kaum dass ich meine Arme um seine Taille gelegt habe, gibt er Gas. Automatisch wird mein Körper fest gegen seinen gedrückt. Die raue, kalte Morgenluft steht im krassen Gegensatz zu seiner intensiven Wärme, die ich durch die gesteppte Jacke spüre und welche mich heute so viel mehr vereinnahmt als am gestrigen Tag. Gleichgültig, was man ihm vorwirft, wie man ihn nennen mag, was seine Vergangenheit prägt oder welcher Vergehen er sich schuldig gemacht hat. Nathaniel Leblanc ist ein teuflisch anziehender Mann, der mich mit allen Sinnen spüren lässt, dass ich eine äußerst lebendige Frau bin.

19

Neugier kann tödlich sein.

Nathaniel

Lange bevor der See in Sichtweite kommt, registriere ich die aufsteigenden dunklen Qualmsäulen, welche sich vor dem leuchtend blauen Winterhimmel wie Rauchzeichen erheben. Ein unbestimmtes Gefühl der Beklemmung schließt sich wie eine feste Faust um mein Herz. Möglicherweise hat es nichts zu bedeuten. Ein Trapper, der auf seinem Weg durch die Wildnis ein wärmendes Feuer entzündet hat, nicht mehr.

Doch je näher wir unserem Ziel kommen, desto beißender wird der Geruch, setzt sich brennend im Rachen fest und lässt die Augen tränen. Ich spüre deutlich, wie auch in Tara die Unruhe wächst. Den Körper bis zum Äußersten angespannt, bemüht sie sich immer wieder, einen Blick nach vorn zu erhaschen. Sie ist mir so nah, dass ich nach der langen Fahrt kaum noch zu sagen vermag, wo ihre Gliedmaßen enden und meine beginnen. Auch wenn die Sorge bei dem Anblick, der sich am Horizont abzeichnet, mit einer Vehemenz in mir aufsteigt, die mir den Atem raubt, so kann ich keine Sekunde verleugnen, dass ich mir jeden Zoll ihres Körpers hinter mir bewusst bin. Ihrer Wärme, ihrer Weiblichkeit. Die Stunden der Nacht an ihrer Seite waren von einer Intensität, als hätten wir Haut an Haut gelegen und nicht vollständig bekleidet nebeneinander.

Hinter der nächsten Wegbiegung taucht der stille See auf und lässt die Befürchtung zur bitteren Gewissheit werden. Die Mystik, mein Heim, meine Zuflucht ist nur noch ein qualmendes, rußendes Gerippe, dessen Anblick jeden Gedanken, jedes Empfinden in mir urplötzlich verstummen lässt. Mein Herzschlag dagegen donnert mit einer Gewalt gegen den Brustkorb, dass ich befürchte, er könne mir die Rippen brechen, so schmerzhaft ist er. All meine Sorge gehört Captain. Hinter mir kann ich Taras entsetzten Aufschrei vernehmen. Unwillkürlich krallt sie ihre Hände fester in den Stoff meiner Jacke, schiebt ihren Körper dabei ängstlich zitternd näher an meinen.

Äußerlich ruhig bringe ich den Schlitten zum Stillstand und lasse den Motor ersterben. Innerlich liegt alles in mir in Splittern. Mein Blick streift suchend die Umgebung ab, während ich die Schneebrille auf die Mütze schiebe.

Wo ist er? Wo ist Captain? Die Möglichkeit, dass er sich rechtzeitig durch die Hundeklappe in Sicherheit gebracht hat, besteht durchaus. Andererseits ist es nicht undenkbar, dass er bereits verletzt war. Gegebenenfalls hat er sich zum Sterben in den Wald zurückgezogen. Wenn das der Fall ist, habe ich keine Chance, ihn zu finden. Der Druck auf meinem Herzen steigert sich mit schmerzhafter Insistenz. Cap ist das Einzige, auf diesem verfluchten Hausboot, das mir etwas bedeutet. Alles andere ist nicht von Belang. Ohnehin waren die wenigen Habseligkeiten, die ich mir in den letzten Jahren zugelegt hatte, eher freundliche Leihgaben oder gar Almosen.

»Oh mein Gott, Nathan … wo … wo ist Captain?« Tara presst die Hände auf meine Brust. Direkt dort, wo mein Herz hämmert, und birgt das Gesicht zwischen meinen Schulterblättern. Ihre Stimme schwankt in dem klaren Bewusstsein, dass das Tier verbrannt sein könnte. Ich atme tief und löse mich behutsam aus ihrer festen Umklammerung, bevor ich absteige.

»Ich habe keine Ahnung«, flüstere ich rau in die Stille, die nur vom Rauschen des eisigen Windes erfüllt ist, der durch die schneebedeckten Baumspitzen streift und mein erhitztes Gemüt runterkühlt. Mir schmerzhaft vor Augen führt, dass dies kein Albtraum ist, aus dem ich jeden Moment aufwache. Die Erlösung wird sich nicht einstellen. Dies ist die bittere Realität.

»Captain.« Meine Stimme durchschneidet die gespenstische Ruhe. Sekundenlang lausche ich auf die Geräusche der Natur. Hoffe, bete, dass mein Freund mit lautem Gebell aus dem Unterholz stürmt. Doch alles bleibt beängstigend still.

»Komm schon, Cap, ich weiß, dass du irgendwo da draußen bist.« Wieder einmal ist alles, was ich mir aufgebaut habe, unter meinen Händen zerfallen. Wieder gilt es, einen neuen Anfang zu wagen. Einen Neustart, dessen Gelingen mehr als ungewiss ist. Ich bin müde, so müde zu kämpfen gegen die unsichtbaren Geister, die mich stets aufs Neue bezwingen.

»Denkst du … glaubst du, es war der Holzofen? Immerhin haben wir ihn brennen lassen, als wir gestern Morgen aufgebrochen sind.« Bevor ich den Kopf hebe, um ihrem Blick zu begegnen, erahne ich die Verzweiflung in ihrer Stimme. Es ist nur eine vibrierende Nuance, ein Unterton, kaum wahrnehmbar, dennoch hebt er deutlich die Befürchtung hervor, dass es sich um einen Angriff handeln könnte. Ein weiterer Anschlag auf *ihr*

Leben. Ihre Augen schimmern im klaren Licht des Tages wie Smaragde und doch überschattet die Angst dunkel und wahrnehmbar das Leuchten. Ihr jetzt den Todesstoß versetzen zu müssen, zerreißt mir fast das Herz, trotzdem, ich bin absolut sicher, dass das Hausboot nicht durch Unachtsamkeit bis auf sein Skelett niedergebrannt ist.

»Nein, der Kamin war es nicht und auch kein Kurzschluss. Da war jemand anderes am Werk. Jemand, der gezielt versucht hat, Schaden anzurichten.« Ich deute auf den dunklen Benzinkanister am Rande der Böschung, der achtlos dort hinterlassen wurde. Möglicherweise als Warnung. Fassungslos streife ich die Mütze samt Brille vom Kopf und fahre mir mit den Fingern durch das Haar. »Was ihm ja auch offensichtlich gelungen ist.« Ihre Augen weiten sich vor Entsetzen bei dieser Entdeckung und meinen ungeschönten Worten, während ihr Gesicht die natürliche Farbe verliert. Sie zittert am ganzen Körper, als sie von der Sitzbank rutscht und vor mir zum Stehen kommt. Angst ist das vorherrschende Gefühl, welches sie ausstrahlt. Ein Gefühl, das sie mühsam vor mir zu verbergen sucht.

»Hast du … hast du eine Ahnung, wer einen so feigen Übergriff verübt haben könnte?«

Schulterzuckend halte ich ihren Blick. »Vielleicht sollten wir erstmal rausfinden, wem von uns beiden der Anschlag galt.« Meine Worte unterstreichen ihre Befürchtung und berauben sie ihres Atems. Sie ringt mühsam nach Luft und lässt sich schwer mit dem Körper gegen den Schlitten sinken.

»Du meinst … du glaubst, der Angriff galt mir?«

»Sag du es mir. Ich weiß es nicht, Tara. Ich kenne deine Feinde nicht.«

»Nein«, entgegnet sie leise, »aber du kennst die deinen und dass du ausreichend davon hast, durfte ich ja im Reservat erfahren.« Ihre scharfe Entgegnung gleicht einer Ohrfeige. Ohne mit der Wimper zu zucken, verurteilt sie mich. Ohne auch nur den Hauch einer Ahnung dessen, was hinter mir liegt, was mich ausmacht. Was mich zu dem Menschen macht, der ich bin. Welch gnadenloser Kampf mich in die Knie gezwungen und entwurzelt hat.

»Wenn du meinst.« Ich wende mich ab und schreite den Steg hinunter, der nur noch zur Hälfte begehbar ist. Das Holz kracht bedrohlich unter meinen Füßen und lässt mich schon nach wenigen Schritten innehalten.

»Captain«, rufe ich den Hund erneut und lasse meinen Blick am Ufer entlang schweifen. Der Wind trägt das Echo seines Namens bis tief in die Wälder hinein.

»Was hast du vor? Es ist viel zu gefährlich, sich auf der maroden Brücke aufzuhalten.« Tara ist mir gefolgt und steht so dicht hinter mir, dass ich ihre Körperwärme wahrnehme.

»Dann solltest du dich vom Acker machen und deinen hübschen Hintern in Sicherheit bringen, bevor er noch nass wird«, werfe ich ihr spöttisch über die Schulter zu, ohne sie wirklich anzusehen. Nach wie vor gilt Captain meine oberste Priorität, meinem treuen Freund. Auch das ungehaltene Schnaufen der Frau hinter mir kann das beklemmende Gefühl in meiner Brust nicht eindämmen oder mich nur im Ansatz ablenken. Vorsichtig trete ich einen Schritt weiter vor. Den Blick fest auf das Wrack gerichtet, scannen meine Augen jeden verdammten Zoll der verbrannten Überreste ab, suchen mit schmerzlicher Vehemenz nach dem Kadaver des Tieres. Millimeter für Millimeter arbeite ich mich mit wildschlagendem Herzen vor, sekündlich darauf gefasst, dass mir die brüchigen Bretter unter den Boots wegbrechen, als Taras Hand mit festem Griff meinen Arm umfasst und mich zurückhält.

»Nathaniel, du kannst unmöglich näher heran. Mit jedem Schritt, den du dich vorwärts bewegst, wird das Krachen des Holzes lauter. Wir sind nur Millimeter davon entfernt, in den See zu stürzen.« Ihre Stimme ist panisch, ebenso ihr Griff, der mich wie in einem Schraubstock hält. Gleichwohl ahne ich, dass sie recht hat. Mein Herz sackt in den Magen bei dem Gedanken daran, dass Captain dieser feigen Feuerattacke zum Opfer gefallen ist, und sein drahtiger, schlanker Körper unter der Asche dieser Ruine begraben liegt. Unweigerlich durchläuft ein Zittern meinen Leib bei den Bildern, die sich mir aufdrängen. Die Verzweiflung darüber, dass ich meinem Seelengefährten nicht das Begräbnis angedeihen lassen kann, welches im zusteht, ist maßlos. Ebenso die Wut, die meinen Geist vernebelt. Wut auf den Attentäter, der nicht nur das Tier getötet hat, sondern aller Wahrscheinlichkeit nach auch wenigstens einem von uns das Leben nehmen wollte. Taras Hand gleitet meinen Arm hinab und einen Atemzug später spüre ich ihre Finger, die eiskalt, aber mit unfassbarem Feingefühl die meinen umschließen.

Es tut mir leid. Ich weiß, was du verloren hast. Auch wenn sie die Worte nicht laut ausspricht, so spüre ich jedes einzelne im Druck ihrer Hand. In den Tagen an meiner Seite hat sie durchaus erlebt, wie tief verbunden Cap und ich miteinander waren. Oft genügte ein Blick, ein einziges Wort, um sich mitzuteilen. Ich schlucke schwer an dem Schmerz, der mir die Kehle wund reibt und mich jeglicher Intonation beraubt. Dann erwidere ich den Druck ihrer Finger und drehe mich so vorsichtig wie möglich zu ihr um.

»Du hast recht, es hat wenig Sinn, Captain hier zu suchen …« Meine Stimme bricht vor Schmerz. Kurz senke die Lider, um mich ihrem intensiven Blick zu entziehen, bevor ich fortfahre. »Setze behutsam einen Schritt vor den anderen. Dann sollten wir das Ufer sicher erreichen, ohne baden zu gehen.« Doch Tara verharrt reglos. Ihre Augen begegnen mir in einer Tiefe, die binnen einer Sekunde das komplette Leid in mir erfassen und ich besitze nicht die Kraft, mich zu lösen und den Kopf abzuwenden.

Es ist nicht nur der frische Schmerz, nicht nur Marys Tod und Captains qualvolles Ende. Es sind auch die alten Wunden, die von Neuem aufbrechen. Aus denen heraus am Morgen bei den Begegnungen mit den Menschen im Reservat, vor allem bei dem Hass in *Black Hawks* Augen, ein schwelender Eiterherd entfacht wurde. Ich fühle mich wund. Innerlich und äußerlich. Verletzt bis ins Mark und heimatlos. Dabei hat diese letzte Empfindung nur wenig mit meinem niedergebrannten Boot zu tun. Das Gefühl der Heimatlosigkeit begleitet mich seit Jahren. Es ist eine innere Unruhe, die mich treibt, die mir nicht selten schlaflose Nächte beschert und die tiefe Gewissheit, niemals anzukommen.

Plötzlich hebt Tara die Hand und legt sie an mein Gesicht. Mit dem Daumen streicht sie über die unrasierte Wange und lässt mich erschauern.

»Es tut mir leid. Ich … ich hätte das nicht sagen sollen, das mit deinen Feinden. Das war … der Schock.« Ich atme tief ein, mir ihrer verwirrenden Nähe und des wackeligen Konstruktes unter unseren Füßen jede verdammte Sekunde bewusst.

»Schon gut«, entgegne ich rau. Doch Tara schüttelt den Kopf, ohne ihre Hand zu lösen. Ganz allmählich erwärmen sich ihre Gliedmaßen auf meiner Haut und für einen winzigen Moment bin ich versucht, die Augen zu schließen und mich fallen zu lassen in dieses befremdliche Gefühl, welches die Macht besitzt, die schärfsten Schmerzspitzen abzumildern.

»Nein, ist es nicht. Du hast mir das Leben gerettet. Ich verdanke dir so viel, Nathaniel. Du hast recht, es könnte ebenso mein Verfolger gewesen sein, der den Brand … «

In dem Augenblick, da aus dem Knirschen unter unseren Füßen ein gewaltiges Krachen wird, stürzen wir auch schon in den eiskalten See.

20

Ein Krieg wird niemals nur einseitig geführt.

Nathaniel

Taras Schrei hinterlässt in meinen Ohren ein lautes Kreischen, das nur Sekunden später von den eisigen Fluten, die über uns zusammenschlagen, gedämpft wird. Nach wie vor halten wir uns an den Händen und ich bemühe mich mit aller Kraft, die ich aufwenden kann, dieses letzte Band der Sicherheit nicht zu lösen. Doch jede Sekunde in diesem klirrend kalten Gewässer raubt uns die Konstanz unserer Körpertemperatur, sodass wir Mühe haben, die starren Finger zu kontrollieren. Mit der anderen Hand umfasse ich ihre Taille und ziehe sie eng an meinen Körper, um sie in den eisigen Wassermassen nicht zu verlieren. Doch Tara kämpft. Sie kämpft mit allen Mitteln gegen mich an, als sei ich ihr Feind. Sie tritt und schlägt um sich.

Das ist der Schock, sage ich mir in dem Versuch, sie zu bändigen. Die heftigen Bewegungen halten uns dicht unter dem Wasserspiegel, nah am Licht, nah an der rettenden Oberfläche. Die Kälte verlangsamt kontinuierlich den Herzschlag und drosselt den Blutfluss. Noch fester ziehe ich sie an mich. Umfasse ihre Arme, versuche, ihre Kraft zu bezwingen und ganz allmählich verliert sie ihre Vitalität. Die niedrigen Temperaturen lassen ihre Gliedmaßen erstarren und nötigen sie ungewollt in die Ruhe. Das hat zur Folge, dass wir sinken. Tiefer und tiefer. Fort von der Sicherheit des nahen Ufers.

Ich selbst habe Mühe, meinen Geist klar zu halten. Eine Trägheit stellt sich ein, die gefährlich ist und den Tod mit sich trägt. Viel zu lange schweben wir schon unter Wasser, dem Grund entgegen. Mühsam beginne ich, mit den Beinen zu strampeln, um die sichere Oberfläche zu durchbrechen. Jede Bewegung ist schmerzhaft, fast eine Unmöglichkeit. Und letztlich frage ich mich, warum diesen Kampf führen, wenn doch alles verloren ist, worum ich je gekämpft habe? Der brennende Schmerz, der eben noch meine Glieder gefangen hielt, verebbt und mit ihm mein Lebenswille. Das helle Tageslicht versickert in den Tiefen des Sees, je weiter wir hinabgleiten.

Unten am Grund ist es dunkel. So dunkel, dass ich fast der Überzeugung bin, tot zu sein. Tara regt sich nicht mehr in meinen Armen. Ihr Körper ist still. Ähnlich still wie in jenen frühen Morgenstunden, da ich sie halbtot im Wald fand.

Bilder hageln auf meinen Geist ein, gleich einem Blitzlichtgewitter, reißen mich gewaltsam aus der Apathie. Bilder, die mein Leben prägen. Denen ich mich nicht entziehen kann, gleichgültig, wie vehement ich mich dagegen wehre und das Bewusstsein, dass, wer immer den feigen Brand gelegt, nun letztlich sein Ziel erreicht hat. Wenn auch auf andere Weise als geplant.

Wir verbrennen nicht, wir ertrinken. Die Klarheit dieses Gedankens ist es, die mich mit letzter Kraft aus der Erstarrung reißt. Noch ist Zeit. Noch pulsiert das Blut in den Adern. Noch besteht die Chance auf Leben. Unter meinen Füßen spüre ich den Grund, taste über den feinkörnigen, schwammigen Sand, der sich träge im trüben Sud bewegt. Ich weiß nicht, was es ist, das mir die Kraft verleiht, mich samt meiner leblos anmutenden Fracht aufwärts zu stoßen, doch je höher ich gleite, desto heller wird das Licht, das mein Bewusstsein mit neuem Leben füllt.

In dem Moment, da ich die Oberfläche durchbreche, reiße ich nach Luft. Es ist, als wollten meine Lungen bersten, so schmerzhaft ist der erste Atemzug. Sekundenlang trübt tiefe Schwärze meine Sicht, macht mich benommen. Nur unter größter Anstrengung gelingt es mir, alle Sinne zu aktivieren. Tara hängt leblos und schwer in meinen Armen. Ich habe keine Ahnung, wie lange wir unter Wasser waren. Ich weiß nur, dass ich sie so schnell wie möglich ans Ufer bringen muss.

Auch wenn ich sicher bin, dafür nicht mehr die notwendige Kraft zu besitzen, so strample ich mit heftigen Beinbewegungen vorwärts. Als ich den schwammigen Grund unter den Füßen spüre, der den Uferbereich ankündigt, fasse ich Tara unter die Arme und ziehe sie mit schweren Atemstößen die schneebedeckte Böschung hinauf. Die Luft ist klirrend kalt. Am Rande meiner Kraft falle ich neben ihr in den Schnee und nestle mit klammen Händen am Reißverschluss ihrer Jacke. Kostbare Sekunden lang rutscht mir der Gleiter immer wieder aus den tauben Fingern. Sekunden, die vielleicht über Leben oder Tod entscheiden. Als ich endlich ihren Hals freigelegt habe, taste ich die Stelle ab, an der ihr Puls schlagen sollte. Mit angehaltenem Atem streiche ich über die nasse, eiskalte Haut. Immer wieder. So lange, bis ich das Pulsieren der Halsschlagader unter den Fingerspitzen spüre. Etwas langsam, aber konstant. Ein, zwei Sekunden erlaube ich mir, der Erleichterung nachzugeben, dann beuge ich mich über sie, lege meine Hand an ihr Gesicht und flüstere ihren Namen.

»Tara, komm zu dir.« Zu mehr fehlt mir die Kraft. Ich zittere am ganzen Leib. Doch ihre Lider bleiben verschlossen. Meine eisigen Finger vermögen kaum, ihr zartes Kinn zu umfassen und Taras Kopf leicht hin und her zu bewegen, in der Hoffnung, dass sie zu sich kommt.

»Komm schon, Sweetheart, mach die Augen auf.« Meine Stimme gewinnt allmählich an Kraft, wird vehementer und endlich gibt sie meinem Drängen nach. Ihre feuchten Wimpern, an denen silbrige Wassertropfen haften, die bereits zu kleinen Kristallen gefrieren, beginnen zu flattern. Ein erlösender Atemstoß entfährt mir, als ihre grünen Augen mich sekundenlang fixieren. Ein raues Husten löst sich aus ihrer Kehle, ein Geräusch, das mich augenblicklich wärmt, weil es das pulsierende Leben in ihr kennzeichnet.

»Was … was ist passiert?« Wasser rinnt mir aus dem Haar, verschleiert die Sicht, tropft von meinem Kinn, benetzt ihre Züge. Ich streiche mir mit tauben Händen die feuchten Strähnen aus der Stirn und deute hinter mich, auf den Steg, der nun in einzelnen Holzbohlen auf dem See treibt.

»Die Brücke hat unser Gewicht nicht getragen, wir sind ins Wasser gestürzt.« Ich kann sehen, wie die Erinnerung ihren Blick verändert. Sekundenlang keimt Panik darin auf bei den Gefühlen, die das Wissen mit sich bringt, dass wir fast ertrunken wären in den eisigen Fluten. Ein Zittern schüttelt ihren Körper, das nicht allein von der klammen Kleidung und der Kälte, die uns hier draußen vereinnahmt, herrührt. Dann wandelt sich das dunkle

Waldgrün auf ihrer Iris in einen lichthellen Farbton, als sie die Hand hebt und an mein Gesicht legt.

»Und du hast mich gerettet«, flüstert sie heiser. »Wieder einmal.«

Taraneh

Ich kann mich nicht entsinnen, jemals so gefroren zu haben wie in diesem Augenblick. Meine Zähne schlagen geräuschvoll aufeinander. Allein der bizarre Laut erfüllt die Stille, die uns umgibt. Nathaniel kniet vor dem Ofen der kleinen Holzhütte und bemüht sich nach Kräften darum, das Feuer in Gang zu bringen. Doch seine steifen Finger vermögen kaum, sich seinem Willen zu beugen. Er zittert am ganzen Körper. Seine nasse Kleidung ist stellenweise im eisigen Fahrtwind auf dem Schneemobil gefroren. Mir hat er selbstlos die Aludecke aus dem Verbandskasten überlassen. Wenngleich sie kaum Wärme spendet, so bewahrt sie mich doch vor der durchdringenden Kälte, die Nathaniel vereinnahmt. Zwanzig Meilen tief hat er uns in den geschützten Wald hinein gefahren. Noch fehlte mir die Kraft zu hinterfragen, wem diese bescheidene Behausung gehört. Doch gleichgültig, wie sehr die Kälte mein Denken und Fühlen beherrscht, ich weiß klar, dass Nathaniel nach dem erneuten Anschlag eine Möglichkeit gesucht hat, uns in Sicherheit zu bringen.

Meine Lider sind schwer, sodass es mir außerordentliche Mühe bereitet, die Augen geöffnet zu halten. Ich hocke auf der schmalen Pritsche, den Kopf gegen die Wand gelehnt und beobachte Nathaniel. In dem Gewirr meiner Gedanken und Empfindungen ahne ich, wie sehr er leidet. Gleichgültig wie oft er nach Captain gerufen hat, wie verzweifelt seine Stimme die Stille des Sees durchschnitt, der Hund blieb spurlos verschwunden. Aller Wahrscheinlichkeit nach verbrannt in dem Feuer, das auch Nathaniels Heim abgefackelt hat. Der Gedanke an das Tier, seine liebevolle, schützende Art, treibt mir Tränen in die Augen, die in einzelnen Perlen meine Wangen benetzen.

»Tara.« Nathaniels Stimme dringt von weit her zu mir durch. Ich muss eingeschlafen sein. »Hey, nicht einschlafen. Du musst aus den Klamotten raus.« Seine Hand ist so eisig, als er sie an mein Gesicht legt, dass ich wie unter Schock die Augen aufreiße. Behutsam streicht sein Daumen die Tränen von meiner Wange.

»Komm schon, Tara«, er streift die Decke von meinen Schultern und sieht mich herausfordernd an. Ich bin unendlich müde. So müde, dass selbst die klirrende Kälte mir nichts mehr anhaben kann. Ich spüre sie kaum noch. Das Zittern meines Körpers hat sich vollkommen eingestellt.

»Ich friere nicht«, flüstere ich benommen und kann meine verwaschenen Worte selbst kaum entschlüsseln. Nathan beugt sich tiefer über mich und nestelt mit klammen Fingern an dem Reißverschluss der klatschnassen Steppjacke herum.

»Das ist die Gefahr, Sweetheart, du unterkühlst gerade«, raunt er leise. Sein warmer Atem weht über mein Gesicht und verursacht einen angenehmen Schauer. Ich weiß nicht warum, aber die Art, wie er mich Sweetheart nennt gefällt mir, wärmt mich auf eine ganz eigene Weise. Ich fühle mich, als hätte ich eine Flasche Whisky allein geleert, leicht und auf eine angenehme Art enthemmt.

»Das ist mir gleich. Ich … seit einer Ewigkeit habe ich mich nicht so gut gefühlt.«

»Ich weiß, Tara, aber das ist kein Spaß. Wir müssen die nassen Kleider abstreifen und uns dann unter die Decken, vor das Feuer legen. Dicht beieinander. Nur so können wir der Gefahr entgehen, ernsthaften Schaden zu nehmen.« Schwer sinke ich gegen ihn, als er mich hochzieht und seine eisigen Finger ohne jede Vorwarnung unter meinen Pullover schiebt. Ein raues, erschrockenes Aufstöhnen entringt sich meiner Kehle, gefolgt von einem albernen Kichern. Auch wenn mein Verstand mir sagt, dass dies kein zärtliches Beisammensein, sondern Nathaniels körperlicher Übergriff überlebensnotwendig ist, so fühlen sich seine Hände auf meiner Haut, trotz der fehlenden Wärme, unfassbar gut an. Ich wünschte, ich könnte mich in diesen Moment hineinfallen lassen und vergessen, was hinter mir liegt. Nur für ein paar Atemzüge lang Nähe genießen. Ich möchte ausblenden, was uns hierher, an diesen gottverlassenen Ort treibt. Dass es einen weiteren Anschlag gegeben hat, möglicherweise erneut auf mein Leben. Einen Anschlag, der Captain den Tod eingebracht hat.

»Du und ich?«, flüstere ich und schiebe ohne jedes Schamgefühl meine Hände unter seinen nassen Pullover, spüre die Eissplitter auf seiner bloßen Haut, die sich trotz der Kälte unbeschreiblich anfühlt. Meine Finger gleiten höher, bis zu seinen Schultern hinauf. Es fühlt sich so gut an, ihm so nahe zu sein, ihn auf so intime Weise zu berühren. Er fühlt sich gut an.

»Wir beide? Nackt?«

21

Die Nähe zu einem anderen Menschen hat die Macht, dich zu zerstören. Doch zeitgleich besitzt sie auch die größte Heilkraft von allem.

Taraneh

Kurz hält Nathaniel in der Bewegung inne, seine Lider flattern leicht, als er den Blick hebt. Das tiefe Blau seiner Augen erinnert an die Weite des Himmels an einem klaren Sommertag. Auch ihn lässt die erzwungene Nähe zwischen uns nicht unberührt.

»Das ist der Plan, Tara. Anders werden wir unsere Körpertemperatur kaum regulieren können. Bis der Raum sich erwärmt hat, dauert es definitiv zu lange.«

Er ist mindestens so unterkühlt, wie ich selbst es bin. Seine Stimme zittert vor Anspannung, ebenso wie sein Körper. Dennoch ist er von einer Klarheit, die mich kurzzeitig ins Straucheln bringt.

Behutsam umfasst er meine Handgelenke und zieht sie unter seinem Pullover hervor, dann streift er meinen samt Unterhemd ab und lässt ohne Zögern den BH folgen. Erschrocken reiße ich nach Luft in dem Versuch, meine Blöße zu bedecken, doch Nathaniel kommt mir zuvor. Er greift hinter mich und wickelt mich in eine der angestaubten Decken, die er aus den Schränken hervorgeholt hat. Kurz berührt er mit den Fingern den feuchten Verband. Ein leiser Fluch löst sich von seinen Lippen, doch ich bin zu benommen, um darauf einzugehen. Still stehe ich da. Registriere, wie er ohne zu zögern die Knöpfe meiner Jeans öffnet. Den nassen Stoff, einschließlich des Höschens, von den Beinen streift und eine weitere Decke um meine Taille schlingt. Schwerfällig erhebt er sich und kommt schwankend vor mir auf die Füße.

»Leg dich auf das Fell vor dem Feuer. Ich bin in zwei Minuten bei dir.«

Auf das Fell vor dem Feuer. Wie klischeehaft, denke ich und kann das Lachen, das mich in der Kehle kitzelt, nicht unterdrücken. Nathaniels besorgter Blick kriecht mir unter die Haut, direkt ins Herz hinein. Er sorgt sich um meinen Zustand. Er sorgt sich um mich. Unwillkürlich hebe ich mich auf die Zehenspitzen und hauche einen vorsichtigen Kuss auf seinen Mundwinkel.

»Danke«, flüstere ich und wende mich ab.

Schwer sinke ich auf das weiche Fell, kaum fähig, mich zuzudecken. Mittlerweile zittere ich wieder so sehr, dass ich die Decken, die meine nackte Haut verbergen sollen, kaum noch am Körper halten kann. Auch wenn der wärmende Schein des Feuers über meine Gliedmaßen leckt, so steigert sich das Gefühl der Kälte, die meinen Leib vereinnahmt, auf ein fast unerträgliches Maß. Ich falle regelrecht auf die Seite. Ein heftiger Schmerz in der Wunde reißt mich sekundenlang aus der Bewusstseinstrübung. Doch viel zu schnell verebbt die Klarheit wieder. Das Hochgefühl von zuvor weicht einer tiefen Beklemmung und dem qualvollen Bewusstsein, dass wir sterben werden. Hier, in dieser erbärmlichen, kleinen Holzhütte, tief in den Wäldern Nova

Scotias. Fernab jeglicher Zivilisation, und absolut niemand wird uns finden.

Ich spüre, wie Nathaniel weitere Decken über uns breitet und nur einen Atemzug später seinen Körper dicht gegen meinen drängt. Haut an Haut. Doch alles, was ich fühle, ist die eisige Kälte, die uns zu entströmen scheint, die aus den Tiefen unseres Seins dringt und uns zeitgleich in heftige Erschütterung bringt. Ein Schluchzen, das ich nicht beherrsche, löst sich aus meiner Brust. Augenblicklich schließt er seinen Arm um meine Mitte und zieht mich noch näher an sich heran. Jeden Millimeter bin ich mir seiner festen Strukturen bewusst, der Blöße seines Körpers, die aber in diesen Minuten keine Rolle spielt, weil alles, was uns beherrscht, die eisige, verzehrende Kälte ist. Seine Gliedmaßen beben im gleichen Maße wie die meinen. Wir klammern uns aneinander, als wäre der andere unser letzter sicherer Halt in einem gewaltigen Erdbeben.

»Alles ist gut, Tara. Gleich wird es dir besser gehen.«

»Es … ist … so kalt … Mein Körper schmerzt … überall.«

Seine Lippen sind dich an meinem Ohr. Ich spüre sie gleich einer Liebkosung bei jedem Laut, den er von sich gibt.

»Das ist okay. Das Gefühl der Kälte … ebenso wie das Zittern … verstärken sich in dem Moment, da das Blut wieder … zirkuliert.« Seine Worte sind durchbrochen von bebenden Atemzügen, die das Ausmaß seiner Unterkühlung und der Entkräftung preisgeben.

Ich warte, hoffe, dass sein kühnes Versprechen der Wahrheit entspricht. In mir herrscht ein Chaos an Gedanken und Empfindungen vor, das ich kaum zu beherrschen vermag. Ich weiß sicher, ich stehe kurz vor einem emotionalen Zusammenbruch. Plötzlich spüre ich seine Hand in meinem Haar, fühle, wie er die feuchten Strähnen zurückstreicht, wie sein Daumen zärtliche Kreise auf meiner Schläfe zieht. Ein Gefühl, intensiver als seine bloße Haut, an der ich ruhe. Er weiß genau, wie es um meine mentale Festigkeit steht. Ein zusätzlicher Schauer rieselt bei dieser fürsorglichen Geste durch meinen Leib. Mit einem stillen Aufstöhnen löse ich die Anspannung in mir und sinke schwer gegen Nathaniels Körper, der sich allmählich, ebenso wie meiner, erwärmt.

Minutenlang starre ich in die züngelnden Flammen. Spüre die Verbindung zwischen uns, die in den letzten Tagen schon greifbar war. Die sich in diesen Minuten jedoch auf eine Weise verfestigt, die mir Angst bereitet, zeitgleich aber auch ein unabdingbares Gefühl der Sicherheit verleiht. Ich drehe den Kopf so weit zurück, dass ich ihn ansehen kann. Sein Blick ruht in meinem. Tausend unausgesprochene Worte schwingen zwischen uns. Geheimnisse, die zu offenbaren, wir nicht bereit sind. Empfindungen, die in diesen Minuten keinen Raum haben sollten und die doch so präsent, so intensiv sind, dass es unmöglich ist, sie zu ignorieren. Vielleicht ist es der Todesnot geschuldet, in der wir uns die letzten Stunden befunden haben.

Seine Hand gleitet tiefer, streicht behutsam über meine Wange, bis zu den Lippen hin. Ich schlucke mühsam, nicht fähig, den Blick aus seinen tiefblauen Seen zu lösen, in denen Schmerz und Verzweiflung sieden, aber auch ein Verlangen, das mich überwältigt. Als seine kalten Finger mein Kinn umfassen, senke ich die Lider in Erwartung seiner Lippen.

Und er enttäuscht mich nicht. Im Vergleich zu seinem Körper sind seine Lippen unfassbar warm und weich. Zärtlich streicht er über die meinen, neckt mich regelrecht. Ich will mich von dieser Hitze aufsaugen, mich hineinfallen lassen, darin ertrinken. Mit eisigen Fingerspitzen umfasse ich sein Gesicht und ziehe es dicht zu mir heran. Presse meinen Mund fest auf seine Lippen, atme ihn, schmecke ihn, spüre ihn. Und er fühlt sich so verdammt gut an. In der eisigen Kälte, die unsere Körper umklammert, ist er das Feuer, das mich wärmt. Knisternd und rauschend weitet es sich in mir aus, steigt höher, gleich leckender, rotglühender Flammen und verscheucht all die Angst und die Dunkelheit, die mich gefangen hält.

Mein Herz, das in den letzten Stunden wie festgefroren schien, beginnt einen arrhythmischen Tanz, als er meine Lippen behutsam auseinander zwingt und seinen Atem wie glühende Lava in mich fließen lässt. So als sei es sein tiefstes Bestreben, mich zu wärmen. Und wahrhaftig, Hitze durchströmt mich bei der Intensität, in der wir uns begegnen, das erste Mal seit Stunden, heizt meinen Körper und den Puls an. Nathaniel ruht halb über mir. Ich spüre jeden Zoll seiner Haut. Die sehnige Muskulatur, bin mir seiner rauen Männlichkeit überaus bewusst und kann mich nicht erinnern, die Nähe eines Menschen je so intensiv, so berauschend empfunden zu haben. Vielleicht liegt es daran, dass er mir bereits zum zweiten Mal das Leben gerettet hat. Vielleicht an seiner fürsorglichen Art und der Tatsache, dass wir heute nur knapp dem Tode entkommen sind. Aber möglicherweise ist es auch der Mann selbst, der dieses machtvolle, ursprüngliche Verlangen in mir hervorruft. Die Sehnsucht nach Erfüllung.

Seine Hand ruht in meinem Haar, als er dem Kuss eine neue Tiefe verleiht und seine Zunge ins Spiel bringt. Flammen lodern in meinem Leib empor, Hitzeschübe versengen mir die Haut, ein bizarres Gefühl nach den Stunden der Unterkühlung. Wie von selbst schlinge ich meine Arme um seinen Hals, trinke von seinen Lippen, spüre die Intensität, die uns radikal und wortlos aufeinander zutreibt. Alles ist möglich in diesen Minuten, in denen die Nacht sich über das weite Land senkt und den Schmerz des Tages zudeckt. Ein rauer Laut löst sich aus meiner Kehle, den Nathaniel augenblicklich zum Verstummen bringt.

Zärtlich umfasst er meinen Hinterkopf und steigert die Leidenschaft seiner Lippen auf ein fast unerträgliches Maß. Die Behutsamkeit, mit der er vorgeht, treibt mir Tränen in die Augen. Warm und heilsam benetzen sie meine Wangen. Es ist, als berühre er mich überall. In jeglicher empfindsamen Region meines Leibes. Dabei sind es einzig seine Lippen, die mich wärmen, die mich kosten, die mich heilen. Ohne dass unsere Hände den Körper des anderen berühren, ist es, als spürte ich seine Finger an den intimsten Stellen.

Ich weiß sicher, dass dieses Empfinden dem Zirkulieren des Blutes geschuldet ist, welches unsere Körperfunktionen wieder in Gang bringt und die Haut belebt. Und doch wünsche ich mir jede einzelne Sekunde, es wären Nathaniels Hände, die mich berührten, seine Lippen auf meinem Körper, die mich liebkosten. Ein Wimmern steigt in meiner Brust auf, das den Mann über mir innehalten lässt. Erst hebt er die Lider, dann den Kopf. Sein Blick ist verhangen und zutiefst erschöpft. Mit dem Daumen streicht er zärtlich über meine Unterlippe, lässt seinen Mund kurz noch einmal folgen, bevor er zurücksinkt und mich mit sich zieht.

Die Arme fest um mich geschlungen, haucht er einen letzten Kuss auf meine Schläfe und flüstert rau: »Gute Nacht, Sweetheart, versuch ein wenig zu schlafen. Du bist in Sicherheit.«

22

Nur jetzt, nur dieser Augenblick, nur du und ich.

Nathaniel

Ihr Schrei ist es, der mich aus einem ruhelosen Schlaf weckt. Augenblicklich schlage ich die Augen auf. Das Feuer ist noch nicht vollkommen runtergebrannt, aber der kleine Raum beginnt, bereits merklich auszukühlen. Tara liegt in meinen Armen, ihr Körper ist schweißnass. Sämtliche Alarmglocken läuten in mir. Ich richte mich halbwegs auf und betrachte ihr Gesicht im sanften Schein der erlöschenden Flammen. Jeder Muskel in ihren Zügen scheint angespannt, die vollen Lippen bilden nur eine schmale Linie, während salzige Tränen sich mit den Schweißperlen auf ihren Wangen vermischen.

»Tara«, flüstere ich rau, um sie nicht zu erschrecken. Behutsam lege ich meine Hand an ihr Gesicht. Sie glüht. Ihr Atem geht beschleunigt und feuert den Herzschlag, dessen Pulsieren ich an ihrem schlanken Hals wahrnehme, zusätzlich an. Ein leises Wimmern erhebt sich über das verklingende Knistern des Feuers. Sie träumt. Allem Anschein nach kein angenehmer Traum. Vorsichtig drehe ich ihren Kopf in meine Richtung, umfasse ihr Gesicht mit beiden Händen und streiche mit den Daumen sanft über die klamme Haut.

»Tara, komm zu dir. Sieh mich an.« Mit einem Schluchzen, das mir schmerzlich in die Glieder fährt, reißt sie die Augen auf und schnappt nach Luft. Der Schock, der sich auf der dunklen Iris abzeichnet, spricht Bände. Nicht vollends zurückgekehrt, noch verhaftet in der abgründigen Welt des Traumes, ist ihr Blick von wachsender Panik erfüllt.

»Wo ist er? Nathaniel, du … du musst mir sagen, wo er sich versteckt hat. Er will mich töten …« Sie ist gefangen in der Endlosschleife des Attentats, das sie vor wenigen Tagen nur mit knapper Not überlebt hat.

»Alles ist gut, du bist in Sicherheit, Tara. Hier ist niemand, der dein Leben bedroh. Du hast geträumt.« Ihre Augen gleiten hektisch durch die sparsam möblierte Behausung. Huschen in die tiefen Schatten, die in den Ecken verweilen, und ganz allmählich kehrt die Erinnerung zurück. Klingt als erlösender Laut von ihren Lippen, zeichnet sich als Lichtreflex in ihren Augen ab und löst mit einem fast hörbaren Ruck die Spannung, die ihren Körper gefangen hält. Mit einem Aufstöhnen schlingt sie die Arme um meinen Hals und presst ihr tränennasses Gesicht an meine Schulter. Eine Sekunde zögere ich, warte ab, bevor ich behutsam ihren Hinterkopf umfange und sie halte in der tiefen Not, die ihren Körper zu Höchstleistungen anspornt. Gesetzt dem Fall, auch die nächsten Tage ketten uns unfreiwillig aneinander, werden wir nicht daran vorbeikommen, ein klärendes Gespräch zu führen. Auch wenn es mir zutiefst widerstrebt, mich in ihre Angelegenheiten zu mischen, so muss ich doch in Erfahrung bringen, wer der Feind ist, gegen den sie selbst im Schlaf so erbittert kämpft. Um mich zu schützen, aber auch, um sie zu schützen.

Ihr Atem weht über meine bloße Haut hinweg, lässt mich

tief im Innern erschauern, ebenso wie das Bewusstsein, dass wir beide nackt sind. Alles, was vor wenigen Stunden noch der lebensrettenden Maßnahme geschuldet und kaum von Belang war, erfährt in diesen Sekunden eine völlig neue Brisanz. Viel zu lange liegt es zurück, dass ich eine Frau in diesem Ausmaß gespürt habe. Taras Brüste drücken warm, weich und in perfekter Vollendung gegen meinen Leib. So wie ihre Hüften, die sie in unschuldiger Verzweiflung gegen meine schiebt. Auf der innigen Suche nach Sicherheit, die ihr der Albtraum geraubt hat. Jedes Beben ihres schlanken Körpers bringt auch meinen in Erschütterung und spornt den eisernen Willen an, der Ekstase nicht nachzugeben, wenngleich mein Körper deutliche Signale sendet.

»Hey«, flüstere ich rau und bemühe mich um einen neutralen Ton, der nicht preisgibt, wie sehr diese plötzliche Nähe mich vereinnahmt. Beide Hände um ihr Gesicht gelegt, schiebe ich sie ein Stück von mir, sodass sie meinem Blick begegnen muss und ich nicht länger Gefahr laufe, sie ohne jeden Widerstand augenblicklich zu nehmen. Absolut jede Faser meines Körpers verlangt nach dieser Frau. Hier und jetzt. Doch ich weiß selbst, wie fatal ein solcher Schritt wäre.

Ihre Augen glänzen feucht von den Tränen, die ihr die Nachtstunden beschert haben. Die Lippen sind halb geöffnet und beben leicht, laden mich geradezu ein, von ihnen zu kosten. Zärtlich streiche ich mit dem Daumen darüber, spüre die Wärme, die Weichheit und das intensive Gefühl, welches meine Venen allein bei dieser Berührung durchpulst. Dennoch, es wäre nicht richtig, sie jetzt mit meinem körperlichen Verlangen zu konfrontieren. Auch wenn es mir ein Übermaß an Selbstbeherrschung abverlangt, dem nicht nachzugeben. Gleichgültig, dass ihr sehnsuchtsvoller Blick ähnliche Bedürfnisse offenbart, wie ich sie empfinde.

Ihre Verletzlichkeit ist es in diesen Sekunden, die mich ausbremst. Die mich auf eine Weise anrührt, die jeden Gedanken daran, mit ihr zu schlafen, niederknüppelt. Ich schlucke hart und wische ihr die Tränen vom Gesicht.

»Ein Traum, Sweetheart, was kann er dir schon anhaben? Du bist in Sicherheit. Bei mir. Und ich werde nicht zulassen, dass dir irgendjemand auch nur ein Haar krümmt.«

Kurz senkt sie die langen, feuchten Wimpern. Allein dieser Anblick schickt ein neues Brennen durch meine Eingeweide, bringt die eiserne Selbstbeherrschung gefährlich ins Wanken. In diesen Sekunden ist sie atemberaubend schön. Das lange Haar schimmert im Licht des Feuers wie dunkles Kupfer, welches über ihre makellose Haut fließt. Das Zittern ihrer Unterlippe scheint mich geradezu aufzufordern, ihr endlich den Schmerz von den Lippen zu küssen.

Dann hebt sie die Hand an mein Gesicht und zeitgleich den Blick. Angst und Begehren spiegeln zwei Seiten einer Medaille und sie hat keine Ahnung davon, welches Gefühl vehementer in ihr anklingt. Das lässt ihr rauer, unsteter Atem vernehmen.

»Es … war so real … so echt.« Ein zittriger Atemzug löst sich aus ihrer Kehle, streicht warm und verführerisch über meine Lippen, steigert das Begehren nach ihr auf ein fast unerträgliches Maß. Gleichgültig, dass ich eine Distanz zwischen uns geschaffen habe, die Nähe ihres bloßen Körpers ist mir jede verdammte

Sekunde bewusst, versengt mir Haut und Verstand. Ich bin kaum fähig, klar zu denken. Alles, was ich sehe, ist Tara. Ihre Lippen, deren Schönheit mich lockt. Ihren Körper, dessen ganz eigener Duft mich verführt. Die langen, schimmernden Strähnen, welche bis tief über die Schultern herabfallen und ihre Nacktheit nur zum Teil bedecken.

»Wie an jenem Morgen als … als er … mich fast getötet hätte …« Ihre Worte erwecken mich brutal aus dem sinnlichen Rausch. Seufzend ziehe ich sie an mich. Das Gesicht in ihrem Haar bergend, umfasse ich ihren Hinterkopf und flüstere Laute des Trostes, von denen ich nicht weiß, wie viel Bestand sie haben. Doch ich spüre, dass es exakt das ist, was sie in diesen Minuten braucht. Sie klammert sich mit einer Kraft an mich, als sei ich der letzte Halt in ihrer zerrütteten Welt und vermutlich ist es genau so. In all den Tagen, die sie bei mir ist, hat sie nie versucht, Kontakt mit der Außenwelt aufzunehmen, zu Menschen, die ihr wichtig sind, die auf sie warten, die sich sorgen. Scheinbar gibt es niemanden, der sie vermisst, der nach ihr sucht. Ein Gedanke, der mir selbst nur allzu vertraut ist. Einzig John wäre imstande, Berge zu versetzen, wenn es um meine Person geht. Allen anderen bin ich gleichgültig, eher ein Dorn im Auge.

Eine Zeitlang halten wir uns still. Lauschen den Geräuschen der Nacht. Dem Knistern des Feuers. Dem Heulen des Windes und unserem Atem, dessen Intensität sich sekündlich steigert. Als sie den Kopf hebt und mich ansieht, gibt es keine Worte mehr, die die Sehnsucht auf der grün schimmernden Iris eindämmen könnten. Keine Ausflüchte. Keine Entschuldigungen. Sie hebt sich auf die Knie und lässt dabei achtlos die Decke von ihren

Schultern gleiten. Als sie die Hände in meinem Haar vergräbt und ihren Mund mit einem Hunger auf meinen senkt, der mich regelrecht erschüttert, gebe ich der unstillbaren Sehnsucht in mir nach. Die Kälte des frühen Abends, die unsere Körper beherrschte, ist längst einer pulsierenden Wärme gewichen, die sich in exakt diesem Moment in eine verzehrende Hitze steigert, die mich innerlich zerfrisst.

Mit beiden Armen umfange ich ihren Leib und ziehe sie fest an mich. Ich muss sie spüren. Überall. Jetzt. Haut an Haut. Ein leises Seufzen löst sich aus ihrer Brust und erfüllt mich mit einem lieblichen Pulsieren. Sekundenlang verharren wir, die Lippen reglos aneinandergelegt, einer den Atem des anderen kostend, erfüllt von dem Moment, der uns alles abverlangt, in dem Wissen, dass jeder Schritt nach vorn eine Grenze einreißt, die wir nie wieder errichten können. Schon der Kuss am Abend hat Feuer entzündet, die sich mit hoher Wahrscheinlichkeit nicht mehr löschen lassen. Was immer geschieht, wozu wir uns in den nächsten Herzschlägen auch hinreißen lassen, es wird das Miteinander zwischen uns keineswegs erleichtern. Dessen bin ich mir überaus bewusst und doch kann ich mich dieser massiven Anziehungskraft, die uns wie Magneten aneinander schweißt nicht entziehen. Ich will es auch gar nicht.

Als ich dem Drängen in mir endlich nachgebe, schmecke ich sie. Sie ist köstlicher als kühler Wein in schwülen Sommernächten. Belebender als Wasser nach einem Wüstenmarsch. Lieblicher als der Nektar der süßen Früchte, die sommerreif von den schweren Ästen der Bäume hängen. Tara schmeckt nach Vollkommenheit. Nach bittersüßer Nähe aber auch nach Entbehrung und Verzweiflung. Ihre Finger krallen sich haltsuchend in mein Haar, als sie sich rückwärts auf das Fell sinken lässt und mich mit sich zieht. Das Gefühl ihrer Lippen auf meinen kommt der Erfüllung des Verlangens verdammt nah. Ein ursprünglicher Laut löst sich aus meiner Kehle, als ich ihren zarten Körper warm und weich unter meinem spüre. Jede ihrer perfekten Kurven treibt mich in den Wahnsinn. All das, was ich in den vergangenen Tagen mit einer besessenen Vehemenz verdrängt haben, stößt nun mit Macht an die Oberfläche, überflutet mich, drückt mich unter Wasser und löscht jegliche Vorsicht aus. Was bleibt, ist das pure Fühlen. Nichts als sinnliche Begierde.

Ihre Haut an meiner gleicht einem Rausch, den ich mir viel zu lange verboten habe. Ich bin erfüllt von der Berührung ihrer Hände, die über meinen Rücken streichen und auf den Hüften zur Ruhe kommen. Ihre Finger, die sich mit sanftem Druck in das feste Gewebe graben. Von der Art wie sie ihren Unterleib anhebt und gegen meinen drückt. Von den leisen lustvollen Seufzern, die sich zwischen den innigen Küssen immer wieder von ihren Lippen lösen.

Den Kopf hebend, sehe ich sie an, wissend, wie nah wir an dem Punkt sind, da jeder Rückzug zur Unmöglichkeit wird. Ihre Iris schimmert dunkel, fast schwarz. In ihrem Blick ruht ein Vertrauen, das ich nicht verdiene, das mich maßlos beschämt und ins Straucheln bringt. Ich sollte nicht auch noch die letzte Reißleine kappen. Sollte die Notbremse ziehen, jetzt in diesem verdammten Augenblick. Jeglicher Gedanke an das, was Tara sich vielleicht erhofft, was sie hinter dieser leidenschaftlichen

Begegnung vermutet, ist mir absolut fern. Mir geht es einzig darum, mein körperliches Bedürfnis zu stillen.

Ich nehme das Tempo raus, gebe ihr Zeit zu begreifen, dass wir uns auf der Zielgeraden befinden. Träge stütze ich mich auf die Ellbogen, streife ihr das Haar aus der Stirn. Berühre mit den Lippen zärtlich ihre Mundwinkel. Spüre jeden Zoll ihres sinnlichen Körpers, der sich magisch unter mir bewegt und sämtliche Gedanken an Rücksicht ausbremst.

»Tara, ich …« Meine Worte sterben unter ihren Lippen, die ohne jeden Zweifel ein Statement setzen. Sie will mich ebenso wie ich sie. Und was kümmert mich der Morgen, wenn wir diese Nacht haben, die uns eint?

In dem Moment, da sie sich mir öffnet, ertönt ein Geräusch vor der Tür. Leise, verhalten, nicht wirklich wahrnehmbar, doch mein Gehör ist in all den Jahren hier draußen derart geschult, dass ich es selbst in tiefster Ekstase wahrnehme. Augenblicklich bin ich klar. Komme gewaltsam an, in dem Moment, der plötzlich bizarr und fremd anmutet.

Mein Mund erstarrt auf ihrem. Ich hebe den Kopf und lausche in die Stille, die uns nun wieder umgibt. Verstört hebt die Frau unter mir die Lider. Ihr Blick ist verhangen vor Leidenschaft. Zeitgleich erahne ich den Schmerz in ihrem Blick. Schmerz darüber zurückgewiesen zu werden. Ein Gefühl, das sie in den letzten Sekunden unweigerlich befallen haben muss. Ich umfasse ihr Kinn, hauche einen zärtlichen Kuss auf ihren Mundwinkel und erhebe mich abrupt.

»Nathaniel …« Ihre Stimme durchschneidet die Stille und fährt mir scharf in den Magen. Wenn da draußen jemand lauert, dann ist er jetzt gewarnt. Augenblicklich verschließe ich ihre Lippen mit meiner Hand, signalisiere ihr mit einem Kopfschütteln zu schweigen, während ich mit der anderen nach meinem klammen Pullover und der kaum weniger nassen Jeans greife, die ich zum Trocknen vor dem Feuer ausgebreitet habe.

Sie begreift im selben Moment und ich verfolge gequält, wie sich die brennende Leidenschaft von zuvor rasendschnell in pure, rohe Angst wandelt. Die Fragmente ihres Traumes regnen wie Splitter auf sie herab und lassen sie unwillkürlich aufkeuchen.

Ich löse meine Hand von ihrem Mund und raune, mich anziehend: »Streif die Kleidung über und dann versteck dich unter dem Bett.« Ihr Blick gleitet hektisch durch den Raum, als ihr klar wird, dass die winzige Pritsche tatsächlich die einzige Möglichkeit ist, welche annähernd so etwas wie Schutz bietet. Als ich mich der Tür zuwende, greift sie nach meinem Handgelenk.

»Und du, Nathaniel? Wenn es darum geht, mich zu bekommen, wird er nicht zögern, auch dich zu töten.« Ich halte ihren Blick, der den Grad der Panik markiert, in dem sie sich bereits bewegt. Sie geht sicher davon aus, dass es ihr Verfolger ist, der uns draußen in der Finsternis auflauert, möglicherweise auch mein Heim niedergebrannt hat. Und sie zweifelt nicht eine Sekunde daran, dass er ein einziges Ziel verfolgt: sie zu töten. Ich spüre die dringende Frage in mir, wer *er* ist, doch dafür fehlt uns jetzt die Zeit. Meine eigenen Dämonen klettern dunkel und schmerzhaft in mir empor in dem Wissen, dass Marys Tod alte Wunden geöffnet hat bei dem Naturvolk. Ich könnte ebenso im Fokus des Anschlags stehen. Notdürftig greife ich nach der Eisenstange vorm Kamin, die behelfsmäßig als Schürhaken dient.

»Vielleicht ist es lediglich ein Tier, das draußen im gefrorenen Schnee nach Nahrung scharrt«, bemühe ich mich, sie zu beruhigen. Ihr misstrauischer Blick spricht Bände. Nicht eine Sekunde glaubt sie an dieses Märchen. Dennoch erhebt sie sich und kommt schwankend auf die Füße. Einen Herzschlag lang nehme ich mir die Zeit, ihren makellosen Körper zu betrachten. Eine Schönheit, die sie mit einer Natürlichkeit trägt, die mir kurz den Atem raubt. Gleichgültig, dass die Situation dort draußen tödlich zu sein vermag.

Ich schließe die Augen in dem Versuch, meine Gedanken zu klären und die verführerischen Bilder, die mich vereinnahmen, von mir zu schieben. Als ich höre, wie sie leise unter das alte Bettgestell kriecht, lege ich meine Hand auf die Klinke. Sekundenlang ist es mein eigener Herzschlag, der in der Stille dieser Nacht wie ein Donnern die Luft erfüllt. Schmerzhaft hämmert er gegen meinen Brustkorb und vernebelt mir kurzzeitig die Sinne. Ich weiß nicht, wer oder was auf der anderen Seite des Türblatts wartet. Ich weiß nur, dass wir dem Gegner schutzlos ausgeliefert sind.

23

Ob Feind oder Freund, wer weiß das schon so genau. Die Grenzen sind fließend.

Taraneh

Mir ist so übel, dass ich befürchte, mich jeden Augenblick übergeben zu müssen. Meine Hände sind schweißnass und in der Kehle steigt ein unerwünschtes trockenes Husten empor, das mich, sobald ich es freilasse, zwangsläufig verrät. Von meiner Position aus kann ich nur Nathaniels beschuhte Füße sehen. Doch der letzte Blick, den er mir schenkt, bevor mein Kopf unter der Matratze verschwindet, reicht aus, mich das Fürchten zu lehren. In den vergangenen Tagen war die Todesangst mein ständiger Begleiter. Man sollte meinen, dass man sich früher oder später an dieses Gefühl gewöhnt. Dass eine Steigerung nicht mehr möglich ist. Aber weit gefehlt. Gerade fühlt es sich so an, als würde ich allein an dieser Furcht sterben.

Als er die Tür öffnet, weht ein eisiger Luftzug in die kleine Räumlichkeit und lässt das verglühende Feuer kurz aufflackern. Ich bemühe mich, flach zu atmen und das Kratzen in meinem Hals weitestgehend zu ignorieren, doch je mehr ich darum ringe, desto intensiver wird der Hustenreiz. Verdammt Tara, reiß dich zusammen, hier geht es schlimmstenfalls ums nackte Überleben.

Als alles ruhig bleibt, tritt Nathaniel hinaus in die klare Nacht. Mein Herz sackt schmerzhaft in den Magen. Ich will ihn zurückhalten. Ihn anschreien, nicht zu gehen. Ihn bitten, bei mir zu bleiben. Er ist die einzige Konstante, die es derzeit in meinem Leben gibt, der einzige Halt. Lautlos sinkt meine Stirn auf den Arm. Die Augen sind fest geschlossen, während ich angestrengt in die Stille vor der Hütte lausche. Wann ist Nathaniel meine Zuflucht geworden, meine Sicherheit, mein Hafen? Oh Gott, dabei weiß ich nicht einmal, wer er ist, was ihn umtreibt, welche Geister in ihm ringen. Alles was ich sicher weiß, ist, dass Ben ihn als Mörder bezeichnet hat. Die scharfe Erinnerung daran lässt die gelösten Momente von zuvor zersplittern, sodass sie mir schmerzhaft ins Herz schneiden.

Und auch wenn mein Kopf ihn gerade erst verurteilt hat, so sorgt dieses kranke Herz sich um den Mann, der meinem Sichtfeld entschwunden ist. Es hat den Anschein, als suche er das Grundstück ab. Angestrengt lausche ich in die Düsternis hinaus, als ich plötzlich seine Stimme vernehme, dunkel und gefährlich.

Mein erster Impuls ist es, unter dem altersschwachen Bett hervorzukriechen und ihm zur Hilfe zu eilen. Es ist nicht unmöglich, dass ein Bär dort draußen herumlungert. Das allein birgt schon ausreichend Gefahren. Aber im Vergleich zu meinem Verfolger wäre ein wildes Tier definitiv die harmlosere Alternative. Zu Nathaniels tiefer Stimme gesellt sich eine andere, die ich aufgrund meines drängenden Herzschlags, der sich als lautes, ängstliches Pulsieren in den Ohren manifestiert, nicht einzuordnen weiß. Dennoch macht sie eines deutlich: Nathaniel hat sich nicht getäuscht. Dort draußen ist ein Mensch, der uns aufgelauert hat.

Der unangenehme Reiz, der mich in der Kehle kitzelt,

steigert sich auf ein fast unerträgliches Maß. So sehr ich darum ringe, er lässt sich nicht mehr zurückhalten und tönt als Krächzen durch die Hütte. Der Wind trägt den bizarren Laut hinaus in die Finsternis und verrät dem Feind, dass sich eine weitere Person in der bescheidenen Behausung aufhält. *Fuck*, denke ich entsetzt und spüre, wie die nächste Welle aufsteigt. Panik schlägt Flammen in mir, die mir den Verstand vernebelt.

»Leider verloren, dein Husten hat dich verraten.« Ein paar Stiefelspitzen tauchen vor dem Bett auf und lassen mich kurzzeitig erbeben. »Du kannst rauskommen, Sweetheart.« In Nathaniels Stimme klingt ein belustigter Ton an, der mein bleischweres Herz ein wenig hebt. Während ich mich über die Holzdielen schiebe, betritt eine weitere Person den Raum. Vorsichtig hebe ich den Kopf an dem Gestänge vorbei und entdecke John, der blass und mit ernster Miene auf mich herabsieht. Sekundenlang bin ich zu benommen, um zu begreifen, was mein Gehirn mir offenbart.

John. John ist gut, denke ich. Er ist nicht unser Feind. Wie selbstverständlich ergreife ich Nathaniels Hand, um mir aufhelfen zu lassen. Als ich einigermaßen sicher stehe, entgeht mir nicht, dass seine Finger sich einen Moment zu lange um die meinen schließen, dass sein besorgter Blick mir unter die Haut kriecht. Ich löse mich von ihm, streiche das Haar zurück und sehe verwirrt von einem zum anderen.

»John, was … wo kommen Sie her um diese Uhrzeit? Was … was machen Sie hier? Ich dachte … ich dachte, Sie befinden sich mitten im Trauerritus.«

»So ist es auch«, entgegnet Nathaniel an seiner Stelle. Ich

wende mich um und begegne dem Blick des Mannes, mit dem ich nur wenige Augenblicke zuvor noch Haut an Haut lag. Flammende Röte steigt mir in die Wangen bei der Erinnerung daran. Ich ahne, dass er den Weg meiner Gedanken errät, nehme es in dem halben Lächeln wahr, das seinen schöngezeichneten Mund verzieht. Er streicht sich das zerzauste, braune Haar zurück und deutet auf *Running Wolf*.

»John hat seine Trauerzeit eigens für uns unterbrochen. Er hat sich gesorgt. Den Motorschlitten hat er gut zwei Meilen weiter im Westen abgestellt, damit er sich unbehelligt der Hütte nähern kann. Nur für den Fall, dass ihn hier unliebsame Gäste erwarten.« Nathan hebt die Hand und gibt dem großen Mann ein Zeichen, er möge fortfahren.

Erst jetzt bemerke ich den Rucksack, den John dabei hat. Mit einem kräftigen Ruck schließt er die Tür hinter sich und tritt tiefer in die Hütte hinein, die mittlerweile empfindlich ausgekühlt ist und mich erzittern lässt. Nathaniel, dem das keineswegs entgeht, hebt eine der Decken auf, unter der wir uns gegenseitig gewärmt haben und wickelt mich fürsorglich darin ein, bevor er seine Hände auf meinen Schultern ruhen lässt. John beobachtet uns mit Adleraugen. Ich weiß sicher, dass er die Veränderung registriert, die zwischen Nathaniel und mir Einzug gehalten hat. Seine dunkle Iris streicht über mich hinweg, dringt tiefer, lässt mein Herz erzittern. Er sieht mehr als andere, er sieht die Gefühle und fühlt die Gedanken.

»Im Reservat erzählt man sich, dass die Mystik bis auf die Unterbauten abgebrannt ist.« Einen Moment lang scheint er mich allein mit seinem intensiven Blick anzuklagen und beschert mir einen Schauer des Missbehagens. Er gibt eindeutig mir die Schuld an diesem Unglück. Dann wendet er sich ab und entpackt demonstrativ die Tasche. Fördert ein paar Dosen Bohnen, trockenes Fleisch, Brot, mehrere Flaschen Wasser und warme Kleidung zutage. Letztlich sieht er Nathaniel und mich aufmerksam an.

»Ich hatte Sorge …« Kurz unterbricht er sich und streift mit einer Bewegung, als Ausdruck seines Kummers, die Fleece-Mütze vom Kopf. »Ich fürchtete, ihr wäret möglicherweise im Feuer umgekommen.« Bei seinen klaren Worten spüre ich Nathaniels Finger, die sich sekundenlang um meine Schultern versteifen. Ich weiß, was in ihm vorgeht, und so, als höre John unsere Gedanken, löst sich fragend ein Name von seinen Lippen.

»Captain?« Nathaniels Körper hinter mir wird starr, bevor seine Hände sich von mir lösen und fast kraftlos an meinen Armen hinabgleiten.

»Er … er hat es nicht geschafft.« Der Mann hinter mir ergreift ohne jedes weitere Wort die Eisenstange, die er auf dem Bett abgelegt hat, wendet sich Richtung Feuer und beginnt, uns den Rücken zugewandt, in den Flammen zu stochern. Ein Versuch, seinen Schmerz vor uns zu verbergen. Johns Blick ist weiterhin fest auf mich gerichtet. Ich spüre, wie das Unbehagen höher steigt, wie es die Freude darüber dämmt, ein vertrautes Gesicht zu sehen. Fröstelnd ziehe ich die Decke enger um meine Schultern und schiebe mutig das Kinn vor.

»Wie haben Sie uns gefunden, John?« Der große Mann knöpft mit unerschütterlicher Ruhe die Lammfelljacke auf und hängt sie über die Lehne von einem der zwei wackeligen Stühle, die das knappe Mobiliar dieser Behausung ausmachen.

»Dies ist meine Jagdhütte. Ich hatte so eine Ahnung. Wenn Nathan nicht dem Feuer zum Opfer gefallen ist, kann er nur hier Zuflucht gesucht haben.« Mein Blick fliegt zu Nathaniel, der vor dem Kamin hockt und das Feuer mit frischen Holzscheiten füttert, bevor er sich langsam zu uns umwendet.

»Danke, John. Ich weiß, was es für dich bedeutet, dass du den Ritus durchbrichst.« Seine Stimme ist so dunkel, dass mich ein Schauer erfasst. Er leidet mehr, als er mich bisher wissen ließ. Seine ganze Körperhaltung drückt Trauer und Verzweiflung aus. Es hat den Anschein, als sei der Korpus des Schocks, der ihn in den letzten Stunden zuverlässig geschützt hat, abgestorben. John nickt knapp bei Nathans Worten und richtet seinen Röntgenblick wieder auf mich. Unwillkürlich weiche ich einen Schritt zurück.

»Wen hast du dir zum Feind gemacht, Mädchen, dass er nicht mal davor zurückschreckt, andere mit in den Tod zu reißen?« Seine Worte sind wie scharfe Geschosse, die mich regelrecht an der Wand in meinem Rücken festnageln. Ich schnappe nach Luft, ringe um Fassung, während mein Geist zu rotieren beginnt. Mühsam rappele ich mich auf, straffe die Schultern und schiebe das Kinn vor.

»Ich … wer sagt, dass es meine Feinde sind?«, entgegne ich. Meine Stimme weist mehr Festigkeit auf, als sich im Innern finden lässt. In mir scheint jegliche Selbstsicherheit unter der Wucht von Johns Blick zu bersten.

»Immerhin hat man mir im Reservat deutlich vor Augen geführt, dass auch Nathaniel Feinde hat. Warum sonst hat Ben …«

»Nathaniels Dämonen habe ich unter Kontrolle.« John fällt mir hart ins Wort, bevor ich Nathaniel einen *Mörder* nennen kann. Er will seinen Freund schützen, das ist mir klar, aber möglicherweise ist aufgrund der Nähe zwischen den beiden, dieses eine Mal Johns Urteilsvermögen getrübt. Vielleicht sieht er nicht, was direkt vor ihm liegt.

»Solange ich lebe, wird kein Mensch es wagen, Nathaniel zu nahe zu treten, dafür lege ich meine Hände ins Feuer.« Die Ernsthaftigkeit seiner Worte macht mich ehrfürchtig. In meinem Leben gibt es niemanden, der mit seinem für mich einsteht. *Eine Zeit lang habe ich geglaubt, ich wäre sicher*, denke ich gequält. *Doch das ist vorbei.* Zitternd sinke ich mit den Schulterblättern tiefer gegen die Holzwand und senke den Kopf, nicht länger fähig, dem steinharten Blick des Mannes, der mir aufrecht und stolz gegenübersteht, standzuhalten.

»Ich denke, dies ist kaum der richtige Zeitpunkt für Schuldzuweisungen. Hinter uns allen liegt ein endlos zermürbender Tag. Die Gemüter sind erhitzt. Lass es für heute gut sein, John. Was passiert ist, können wir nicht ungeschehen machen.« Nathan unterbricht sich kurz. Ich hebe den Kopf und bemerke, wie er sich erschöpft mit der Hand über das Gesicht streicht. Um jeden Preis will er vermeiden, dass wir auch nur ahnen, was in ihm vorgeht, wie sehr Captains Tod ihn vereinnahmt.

»Wir sind müde nach dem, was uns das Leben die letzten Tage abgerungen hat. Allem voran Marys Tod. Mit ein paar Stunden Schlaf und dem nötigen Abstand sieht die Situation wieder anders aus. Streck dich auf dem Bett aus, John«, er deutet auf die Pritsche und winkt mich dann zu sich. Ich folge zögernd seiner Anweisung.

»Und du legst dich vors Feuer, Tara. Deine Kleidung ist noch nicht trocken. Ich werde mit den beiden Stühlen vorliebnehmen.« Einen Moment starre ich ihn irritiert an. Bilder peitschen in mir hoch, die kaum zehn Minuten zurückliegen. Bilder, die die absolute Gewissheit in sich tragen, dass wir miteinander geschlafen hätten, wäre John nur drei Minuten später aufgetaucht. Es fällt mir schwer, ihm jetzt den Enthaltsamen abzunehmen. Von seinen Lippen lösen sich diese Worte, doch seine Augen sprechen eine andere Sprache. Erzählen von dem Bedauern über verpasste Gelegenheiten. Von Sehnsucht und dem Hunger nach Nähe in einer eisigen Nacht wie dieser, in der die Kälte nicht nur ein äußerlicher Bestandteil ist.

Jede Sekunde, die wir im gleichen Rhythmus atmen, die unsere Blicke sich ineinander verkeilen, die danach verlangt, den anderen zu berühren, bin ich mir Johns Anwesenheit überaus bewusst. Ich bin nicht naiv genug, zu glauben, dass ihm auch nur das Geringste entgeht, dennoch gelingt mir nicht, meinen Blick aus Nathaniels zu lösen.

»Geh schlafen, Tara«, raunt er heiser. Der Unterton in seiner Stimme hindert mich daran, mich seinen Worten zu widersetzen. Selbst wenn ich mich in diesem Moment wie ein unartiges Kind fühle, das bestraft und ohne Abendbrot zu Bett geschickt wird. Ich sinke auf die Knie und krieche zwischen die Decken, denen noch unsere Wärme anhaftet. Ein bittersüßes Ziehen weitet sich in meinem Unterleib aus. Als ich mich auf die Seite drehe und den Blick in die züngelnden Flammen richte, spüre ich, wie er das

Wollgewebe fester um mich zieht, um dann, kurz mit den Fingerknöcheln meine Wange zu streifen. So als wolle er mir versichern, dass alles gut wird.

Ach Nathaniel, denke ich schmerzerfüllt, wenn du nur wüsstest. Niemals wieder kann alles gut sein. Und doch ist es exakt diese liebevolle Geste seinerseits, die das Eis in mir schmelzen lässt und einen stummen Strom Tränen in Bewegung setzt. Während das Feuer knisternd seine Kraft entfaltet, höre ich die leisen Stimmen der Männer hinter mir, ohne die Worte entschlüsseln zu können. Aber Johns Misstrauen ist wie eine Regenwolke, die ihre Dunkelheit ausweitet und sich schwer über mich ergießt.

24

Es ist die ewige Geschichte, der ewige Kampf: Gut gegen Böse.

Taraneh

Das helle Licht des Morgens dringt durch jede Fuge und zerrt den Verfall, der in den Ecken dieser kleinen Behausung lauert, wie unter einer Lupe hervor. Einzig die Wärme, die mich von allen Seiten schützend umgibt, vermag das Gesamtbild auszuschmücken. Die lodernden Flammen in dem kleinen Kamin haben den Effekt von wärmenden Sonnenstrahlen auf bloßer Haut. Scheinbar hat Nathaniel die Nacht über das Feuer in Gang gehalten. Ich bin völlig klar und orientiert und mir jede Sekunde bewusst, dass ich im Grunde nichts weiß. Nicht, wer den Anschlag auf die Mystik verübt hat, noch was Mary mit dieser verfluchten Aussage meinte: *Sie ist es*. Geschweige denn wer Nathaniel ist, dem ich mich gestern in einem Moment der Schwäche regelrecht an den Hals geworfen habe.

Ich hätte Nachforschungen über diesen Mann anstellen sollen, solange noch Zeit war. Solange ich sicher auf dem Hausboot unter seinem Schutz stand. Doch wie? Einerseits war ich bis auf die letzten Tage viel zu schwach, um vor Ort in Erfahrung zu bringen, mit wem ich es zutun habe. Und andererseits hat Nathaniel mich nicht eine Sekunde aus den Augen gelassen, vermutlich weil er seine eigenen Leichen sicher vor mir verbergen wollte.

Die einzige Chance wäre gewesen, ihn nicht an Marys Sterbebett zu begleiten. Doch zu genau erinnere ich mich der Angst, die mich wie ein wildes Tier von jetzt auf gleich befiel. Eine sehr reale Angst. Die Angst vor meinem Verfolger, jenem Menschen, der mich lieber tot als lebendig sehen will. Wie berechtig die Sorge war, hat uns der gestrige Tag bitter vor Augen geführt, denke ich mit einem Frösteln. Wäre ich allein auf dem Hausboot zurückgeblieben, wie ursprünglich geplant, würde ich längst im Nirwana weilen.

Neue Furcht legt sich mit schmerzhaftem Druck auf mein Herz. Aufstöhnend drehe ich mich auf die Seite und begegne Nathaniels Blick. Seine tiefblauen Augen kriechen mir bis in die Seele hinein. So sehr ich darum ringe, er reißt ohne Widerstand jeglichen Schutzwall nieder, den ich notdürftig errichtet habe.

Auf dem Stuhl hockend beugt er sich gemächlich vor, die Ellbogen auf die Knie gestützt und raunt leise: »Guten Morgen, Tara. Hast du Schmerzen?« Ich stütze mich auf einen Arm und streiche mir mit der Hand unbeholfen ein paar Strähnen aus der Stirn.

»Nein, ich … ich habe keine Schmerzen.« Mein Blick löst sich aus seinem und gleitet suchend durch den kleinen Raum. »Wo ist John?«

»Schon vor Stunden aufgebrochen.« Er hebt minimal das Kinn und mustert mich weiterhin eindringlich. »Auch wenn du schmerzfrei bist, muss ich mir die Wunde ansehen, das hätte ich schon gestern tun sollen. Aber nach dem unfreiwilligen Eisbad waren wir beide zu erschöpft, um uns darum zu kümmern.« Er greift nach einem Beutel, der auf dem wackeligen Tisch neben ihm bereitsteht. Ich erkenne den Verbandskasten aus dem Motorschlitten. Schwer sinke ich zurück auf das Fell und starre an die Decke.

»Muss das wirklich sein? Ich denke, die Wunde ist längst abgeheilt …« Nach gestern Nacht bin ich nicht sicher, ob ich meinem Körper noch vertrauen kann, wenn es darum geht, dass Nathaniel mich berührt. Selbst wenn die hemmungslose Leidenschaft, die uns fast bis zum Äußersten getrieben hat, eher der bizarren Situation geschuldet war, in der wir und befanden, so hat dieser Mann auch bei klarem Tageslicht nichts von seiner Anziehungskraft verloren.

»Es muss sein«, entgegnet er bestimmt, sinkt neben mir auf die Knie und schlägt ohne jede Vorwarnung die Decken zurück. Erschrocken keuche ich auf, als ein kühler Luftzug mich streift. Kurz mustert er mich mit hochgezogenen Augenbrauen, bevor er leise fragt: »Darf ich?«

Er ist so verdammt höflich. Ein Mann, der sich einerseits nimmt, was er will. Der klar zum Ausdruck bringt, was er begehrt. Der aber andererseits Grenzen zu wahren versteht. Ich nicke knapp und halte, wie so oft schon, die Luft an, als er das enge T-Shirt auf Brusthöhe zurückschiebt.

Warum wird dir jetzt heiß, denke ich ungehalten. Es gibt keinen Millimeter deines Körpers, der Nathaniel nicht vertraut ist. Die ersten Tage nach dem Attentat hat er mich sogar gewaschen. *Es ist die vergangene Nacht*, denke ich. Durch die Innigkeit der letzten Stunden fühlt sich die Berührung seiner Haut auf der meinen anders an als noch vor wenigen Tagen. Sie sendet unerwünschte

Signale in meine Eingeweide und lässt mich von Zeit zu Zeit erzittern, ohne dass ich es kontrollieren kann. *Fuck*, ich verfluche meinen Körper, diesen miesen Verräter.

Während Nathaniel mit höchster Konzentration das Pflaster löst, verrichtet er gänzlich unaufgeregt seine Arbeit. Nichts erweckt den Anschein, als hätte er sich in der vergangenen Nacht verzweifelt nach meinem Körper gesehnt. Weder zittern seine Hände, noch flattern seine Lider. Einzig der Schweißtropfen, der langsam und sexy seine Schläfe hinabrinnt, könnte einen Hauch dessen preisgeben, was auch in seinen Adern schwelt. Möglicherweise ist er aber lediglich der Feuersbrunst direkt vor ihm geschuldet. Unwillig stöhne ich auf.

Augenblicklich reißt er den Kopf hoch und sieht mich besorgt an. Das Haar, welches ihm locker in die Stirn fällt, in Verbindung mit der unrasierten Kinnpartie, lässt ihn fast wild und roh anmuten.

»Habe ich dir wehgetan?« Ich kann nicht sprechen. Diese ganze verdammte Situation überfordert mich maßlos. Der Mann, der mit sanften Händen die größte Wunde meines Lebens versorgt, ist mir völlig fremd. Das Wenige, was ich über ihn weiß, ist einschüchternd genug, um sich von ihm fernzuhalten. Warum fühle ich mich dann zeitgleich magisch von ihm angezogen? Was hat dieser Mensch an sich, dass er mich mit wenigen gezielten Berührungen und eindringlichen Blicken, die bis auf den Grund meiner Seele dringen, immer wieder in seinen Bann zieht? Allein das Wissen darum, dass Ben ihn als Mörder bezeichnet hat, sollte ausreichen, ihn auf Abstand zu halten.

In dem Moment, da er den letzten Klebestreifen auf der

Haut befestigt, erhebe ich mich ruckartig, komme schwankend auf die Füße und löse mich aus seiner verwirrenden Nähe. Nathaniel erstarrt in der Bewegung, hebt den Kopf und sieht mich an.

»Danke, ich … Danke«, stottere ich und weiche bis an die Wand zurück, um so viel Raum wie nur irgend möglich zwischen uns zu schaffen. Wenn er mir so nah ist, wenn ich seinen Duft atme, die Berührung seiner Finger spüre, mögen sie mich auch nur medizinisch versorgen, kann ich keinen klaren Gedanken fassen.

Er erhebt sich ebenfalls, geschmeidig wie eine Raubkatze, ein amüsiertes Lächeln auf den Lippen, das leider nur allzu deutlich preisgibt, dass er genau weiß, was mich umtreibt.

»Die Wundränder sind ein wenig rot, das sollten wir im Auge behalten …«

»Wir?«, entgegne ich rau und sehe, wie er in der Bewegung erstarrt. Langsam hebt er den Kopf und begegnet meinem Blick. Mein Herz feuert automatisch den Puls an. »Ich dachte, ich kehre heute nach Halifax zurück. Zumindest war das der Plan, bevor jemand die Mystik abgefackelt hat.« An der Art, wie sein Kiefer mahlt, erahne ich, dass er längst nicht so entspannt ist, wie er zu sein vorgibt und wie sollte er auch. Er hat alles verloren, einschließlich seines besten Freundes. Der Gedanke zerreißt mir das Herz und lässt mich einen Moment nach Luft ringen.

»Richtig, Tara. Glaubst du wirklich, es ist eine gute Idee, unter diesen Bedingungen nach Halifax zu reisen?« Er tritt näher, nimmt mir den Raum zwischen uns und die Luft zum Atmen. »Solange wir nicht wissen, wem dieser Anschlag galt, sind wir hier am sichersten.« Ich hebe die Augenbrauen und lache spöttisch.

»Und das heißt, du willst hier notfalls bis zum St. Nimmerleinstag ausharren? Bitte, Nathaniel, wenn du nichts Besseres mit deinem Leben anzufangen weißt, kannst du das gerne machen. Ich habe allerdings eine Mission zu erfüllen …«

Die Worte rutschen mir raus, bevor ich sie zurückhalten kann. Interessiert hebt er eine Augenbraue und tritt so nah an mich heran, dass ich seine Wärme spüre, die mich augenblicklich zu verzehren beginnt. Er trägt ein enges weißes T-Shirt und die Jeans vom Vortag. Aber er könnte ebenso nackt sein, so intensiv empfinde ich jede Faser seines Körpers. Mit einem Arm stützt er sich an der Wand direkt neben mir ab, bevor er den Kopf senkt und sein Gesicht so dicht an meines bringt, dass ich die silbrigen Sprenkel auf der lichtblauen Iris sehe.

»Vielleicht sollten wir genau da ansetzen, Tara. Vielleicht ist es an der Zeit, endlich die Karten auf den Tisch zu legen.« Ich schlucke schwer, bemüht, meinen Körper tiefer in die Wand zu schieben, doch zwecklos, die verdammten Bretter geben keinen Millimeter nach. Die einzige Fluchtmöglichkeit wäre, unter seinem Arm hindurchzuschlüpfen und auf direktem Weg durch die Haustür … Aber was hätte ich dann gewonnen? Wo könnte ich schon hin? Immerhin befinden wir uns hier irgendwo in den tiefen Wäldern Nova Scotias. Ohne Handy, ohne winterfeste Kleidung, ohne Transportmittel bin ich schutzlos der Kälte und den Tieren ausgesetzt. Dennoch huscht mein Blick hinter ihn, lotet mein Geist die Möglichkeiten aus. Er tritt näher an mich heran, sodass ich seine Oberschenkel spüre, die meine Beine gefangen halten. Sein Becken, das sich fest gegen meines schiebt.

Noch tiefer senkt er den Kopf. Sein Atem weht warm über meine Lippen, während mein Herzschlag sich in schwindelerregende Höhen steigert.

»Denk nicht mal darüber nach, Sweetheart«, raunt er heiser und ich bin sicher, dass sein Mund bei jeder verdammten Silbe den meinen streift. Er hält mich gefangen, allein mit seinem Körper, ohne mich auch nur anzufassen, und doch fühlt es sich so an, als ob seine Hände mich überall berühren.

Flatternd schließen sich meine Lider, als ich leise flüstere: »Ich habe dir nichts zu sagen, Nathaniel, und ich bin dir zu nichts verpflichtet. Wir beide spielen in unterschiedlichen Ligen …«

»Exakt das gilt es herauszufinden, Tara. Bist du dir da so sicher?« Seine Lippen schmecken nach Kaffee und Feuerholz. Er küsst mich nicht, doch jede Bewegung seines Mundes auf meinem gleicht einer Liebkosung. Ich ringe um Ruhe und im gleichen Maße nach Atem, der mir polternd die Brust füllt. Nathaniel weiß um seine körperliche Macht über mich. Er spielt dieses Spiel bewusst und auch wenn ich mir völlig im Klaren darüber bin, fehlt mir die Kraft, mich seiner Nähe zu entziehen. Vielmehr möchte ich darin baden, ertrinken und nie wieder auftauchen. Dieser Mann hat etwas in mir entfacht, das viel zu lange in einem dunklen Kellerverlies ausgeharrt hat, verschlafen und träge. Doch seit die Bestie sich losgerissen hat, gelingt es mir nicht, sie in Ketten zu legen.

Ich spüre seine Hand, die sich zwischen unsere Körper schiebt und bin überzeugt, dass er nun auch die letzte Grenze überschreiten wird. Den Kopf zurückgelegt gegen die Bretterwand, die Lider fest geschlossen, harre ich mit zitterndem

Atem dem, was er quälend in mir erweckt. Was ich so verzweifelt ersehne und von dem ich hoffe, dass er mich innerhalb der nächsten Sekunden daraus erlösen wird. Stumm bettele ich regelrecht darum.

»Vielleicht fangen wir damit an«, flüstert er an meinem Ohr. Doch seine Hände bleiben ruhig, nur sein Atem erfüllt mich nach wie vor. Ich spüre meinen Puls in den Ohren. Den unangenehmen Druck, den er verursacht und den begleitenden Schwindel. Als ich widerstrebend die Augen öffne, sehe ich, dass Nathaniel etwas zwischen den Fingern hält, so dicht vor mein Gesicht, dass meine Iris einen Moment braucht, um den Gegenstand zu fokussieren. Mein Herz sackt augenblicklich schwer in den Magen und raubt der Situation jegliche Sinnlichkeit. Eine SD-Karte.

Meine SD-Karte.

25

Kein Freund, kein Feind. Aber vielleicht der einzige Verbündete im Kampf gegen die Geister, die dich bedrängen.

Nathaniel

Viel zu schnell erlöscht der bezaubernde, fast fiebrige Glanz in ihren außergewöhnlichen Augen, als sie erkennt, was ich in den Händen halte. Die Iris verdunkelt sich auf eine Weise, als hätte jemand das Licht ausgeknipst. Sie ringt sichtlich um Worte.

»Wo … woher hast du die?« Fassungslosigkeit, Entsetzen und ein Hauch Angst heben ihre Stimme in ungewohnte Schwingungen.

Ohne den Blick von ihr zu nehmen oder auch nur einen Schritt zurückzuweichen, hebe ich die Augenbrauen und flüstere rau: »Sag du es mir, Tara.«

Es schmerzt mich, zu sehen, mit welcher Kraft sie ihre Unterlippe malträtiert. Sie ist angespannt bis in die Haarspitzen. Ich erahne, dass ihr Hirn auf Hochtouren arbeitet, um sich schnellstmöglich aus dieser Situation und somit auch von mir zu befreien.

Blitzschnell schießt ihre Hand nach oben. Ein magerer Versuch in den Besitz der Speicherkarte zu gelangen. Doch ich habe die Reaktion kommen sehen, habe fest damit gerechnet und befördere die winzige Karte mit einer schnellen Bewegung auf den wackeligen Tisch hinter uns. Ein unwilliger, enttäuschter Laut entweicht ihren hübschen Lippen.

»Sie gehört mir. Das ist Diebstahl. Du hast nicht das Recht … «

»Bullshit, hätte ich sie nicht aus dieser verfluchten Daunenjacke gerettet, wäre sie längst verloren. Denkst du nicht, das allein ist Grund genug, Dankbarkeit zu zeigen?« Sie öffnet den Mund, um etwas zu sagen, scheint aber jeglicher Worte beraubt. Noch immer stehen wir so dicht beieinander, dass ich ihren Atem warm auf meinen Zügen spüre, ihren zarten Brustkorb, der bei jedem einzelnen Zug an meinem erbebt.

»Oder wäre es dir lieber, sie wäre deinem Verfolger in die Hände gefallen?« Herausfordernd sehe ich sie an. Sie schluckt mühsam, ohne den Blick aus meinem zu lösen.

»Ich weiß nicht, was das größere Übel ist«, flüstert sie heiser. »Das war es, was dich gestern Morgen im Reservat so gefesselt hat, richtig? Du hast die Dateien auf der Karte gesichtet.« Der letzte Satz ist keine Frage, sondern eine Feststellung. Ihre Augen sind unnatürlich geweitet. Die Atmung schnell und stoßweise. Ein sicheres Zeichen dafür, dass diese Situation sie überfordert.

»Ich wollte wissen, mit wem ich es zu tun habe«, entgegne ich ebenso leise. »Hast du eine Ahnung, mit wem du dich da angelegt hast, Tara?« Sie schluckt mühsam, ihre Wimpern flattern leicht. Zwanghaft bemüht sie sich darum, die Angst, die in ihr schwelt wie ein rußendes Feuer, vor mir zu verbergen. Ich hebe die Hand und streiche ihr behutsam eine schimmernde Strähne aus dem Gesicht.

»Du hast Geister in dein Leben gerufen, die du nie wieder

loswerden wirst.«

Ihre Unterlippe bebt, als sie zaghaft die Schulter hebt und tapfer erwidert: »Möglich, aber wenn ich untergehe, reiße ich sie mit.« Auch wenn Furcht sich wie ein Mahnmal in ihre Züge zeichnet, so ist die Kampfbereitschaft um ein Vielfaches stärker. Sie hat einen Grund, der sie antreibt, eine Bestimmung. Das zeigt sich in dem Glitzern auf ihrer schimmernden Iris. Sie legt ihre Hände auf meine Brust und lässt mich ich die bittersüße Wärme ihrer Finger durch den dünnen Stoff des T-Shirts, bevor sie mich mit einer Kraft von sich schiebt, die von der Wut zeugt, welche in ihr gärt.

»Und solltest du Teil dieses Bundes sein, Nathaniel Leblanc, wirst auch du absaufen.« Blitzschnell umfasse ich mit einer Hand ihre Gelenke und hindere sie daran, in den Besitz der Karte zu gelangen. Mit einem Ruck ziehe ich sie wieder näher an mich heran.

»Was lässt dich annehmen, dass ich mit solchen Menschen zusammenarbeite?« Mein Gesicht schwebt so dicht über ihrem, dass ich die Unsicherheit, die meine Äußerung hervorruft, deutlich wahrnehme. Alles, was bis eben nur eine lockere Vermutung war, formt sich plötzlich zu einer stillen Befürchtung. Ich ahne, dass ihr Geist gewisse Fakten zueinander bringt. Fakten, die sich meiner Kenntnis entziehen. Ich kann das Aufflackern in ihrem Blick wahrnehmen, bevor sie die Lider senkt und sich meinem entzieht. Behutsam umfasse ich mit der anderen Hand ihr Kinn und hebe es an.

»Was ist es, Tara, dass dich glauben lässt, mir nicht vertrauen zu können?« Wütend stößt sie den Atem aus und müht sich beharrlich darum, sich aus meinem festen Griff zu befreien.

»Welchen Grund hätte ich, dir zu trauen, wenn du mich hinter meinem Rücken ausspionierst, wenn du … «

Ich unterbreche sie mit einem vehementen Kopfnicken. »Schwachsinn. Du hättest unter den gegebenen Bedingungen exakt so gehandelt. Gerade als Journalistin hättest du dir diese Chance niemals entgehen lassen.« Ich senke den Kopf tiefer, meine Hand umschließt weiterhin ihr Kinn, sodass sie mir nicht ausweichen kann. »Was also ist es, dass diese Unsicherheit und das Misstrauen in deinen schönen Augen hervorruft?«

Sie hadert. Ich spüre deutlich, dass etwas unter der Oberfläche glüht, Millimeter von der Wahrheit entfernt. Einen endlos langen Moment führen wir diesen stummen Kampf, bevor ihrem Körper die Spannung entweicht und sie erschöpft gegen meinen sinkt.

»Nichts … es ist nichts, nur ein … ein Gefühl. Ich habe schlicht … zu vielen Menschen vertraut und daraus meine Lehren gezogen.« In dem sicheren Wissen, dass sie lügt, löse ich dennoch meine Finger von ihrem Gesicht und gebe sie frei. Tara sinkt mit einem leisen Aufstöhnen gegen die Wand und schließt die Lider. Die SD-Karte scheint für den Moment nicht von Interesse zu sein. Ich drehe mich um, nehme das kostbare Gut wieder in Besitz und versenke es kurzerhand in meiner Hosentasche.

»Hast du Hunger? Auf dem Herd steht eine Kanne Kaffee und in der Tasche daneben sind ein paar Kräcker, Brot und trockenes Fleisch.«

»Ich habe keinen Hunger.« Ihre Stimme ist leise, genervt und erfüllt von tiefer Frustration. Ich wende mich um und sehe sie an.

Noch immer sind ihre Lider geschlossen. Den Kopf hält sie zurückgelehnt gegen die Wand, sodass der Blick auf ihre ebenmäßigen Züge freigegeben ist, aus denen die Anspannung keineswegs weicht. Sie befindet sich nach wie vor im Kampfmodus, selbst wenn ihr Körper andere Signale aussendet.

»Du musst etwas essen, Tara. Es liegt mehr als vierundzwanzig Stunden zurück, dass du das letzte Mal feste Nahrung zu dir genommen hast.« Ohne auf ihr deutliches Missfallen zu achten, schenke ich ihr eine Tasse Kaffee ein und stelle sie, samt der Kräcker und einer trockenen Scheibe Brot, auf den Tisch. Dann lasse ich mich demonstrativ auf einen der Stühle fallen und deute schweigend auf den Platz gegenüber. Tara betrachtet mich unter dem dichten Kranz ihrer Wimpern hindurch. Stille Wut strahlt aus jeder Pore und scheint mich zu versengen. Ich kann es ihr nicht verübeln.

»Gedenkst du, mir diese Speicherkarte je zurückzugeben?«

Ich hebe die Schultern und schenke ihr ein Lächeln. »Kommt darauf an, was du damit vorhast.«

Ein Laut des Missbehagens löst sich aus ihrer Kehle. Sie wirft das Haar zurück, kreuzt die Arme unter der Brust und sieht mich herausfordernd an. »Du kannst nicht wirklich erwarten, dass ich dich in meine Pläne einweihe. Wir sind Fremde …«

»So fremd nun auch wieder nicht«, entgegne ich anzüglich und lasse meinen Blick schamlos über sie gleiten. Die engen Jeans umschmeicheln Beine und Hüften ebenso wie das schwarze, tiefausgeschnittene T-Shirt. Gleich einer zweiten Haut. Heben ihren wohlgeformten Körper an den richtigen Stellen hervor. Ich erinnere mich jeder verdammten Kurve, die sich formvollendet an meinen Leib schmiegte. An jeden Kuss, den ich noch immer bittersüß auf den Lippen spüre. An ihren unglaublichen Geschmack. Fast verlegen senkt sie unter meinem eindringlichen Blick den Kopf.

»Wenn du dich dazu durchringst, etwas zu essen, finden wir vielleicht einen Weg, der uns beide zufriedenstellt.« Schnaubend tritt sie vor und sinkt widerwillig auf den äußerst wackeligen Stuhl.

»Warum heute, Nathaniel?« Ich hebe die Augenbrauen und sehe sie fragend an. »Wenn du schon seit dem Tag des Attentates im Besitz dieser verfluchten Karte bist, warum konfrontierst du mich erst jetzt damit?« Ohne es zu merken, greift sie nach den Kräckern und schiebt sich einen in den Mund.

»Ich hatte nicht vor, dich überhaupt auf die SD-Karte anzusprechen, Tara.«

Erstaunt reißt sie die Augen auf. »Nicht? Du hättest sie einfach behalten, um … Um was damit zu machen?« Ich richte mich auf, hebe die Schultern und lasse mich schwer gegen die Lehne sinken.

»Um zu vergessen, dass ich im Besitz dieser verfluchten Karte bin.«

Ihre Augen verengen sich zu schmalen Schlitzen. »Hast du auch nur den Hauch einer Ahnung davon, wie wertvoll sie ist? Kannst du dir nur im Geringsten vorstellen, was ich damit bewirken kann?«

Ich nicke träge. »Deinen eigenen Tod«, entgegne ich hart. Blässe zeichnet ihre Züge. Die Hand, die gerade den nächsten Kräcker an die Lippen führt, sinkt herab und kommt zitternd auf der Tischplatte zur Ruhe.

»Was weißt du über Smith & Son?« Die Art ihrer Fragestellung, impliziert, dass ich genau weiß, von wem sie redet.

»Nicht viel, nur, dass es sich um das größte Müllentsorgungsunternehmen Kanadas handelt. Die Medien sind reichlich gefüllt mit Arthur Smiths humanitärem Wirken.« Ähnlich wie ich selbst, trägt sie ihr Pokerface und das verdammt gut. Dennoch entgeht mir nicht der unwillige Zug, der sich bei meinen Worten um ihre Lippen bildet. Keiner ist bereit, zu viel preiszugeben, aus Sorge, dem Falschen in die Hände zu spielen. Das weiß ich von Tara, aber sie ebenso von mir. Längst sind wir über den Zustand der Vermutungen hinaus.

»Nochmal, Nathaniel, warum heute?«

»Weil der Tag gestern uns beide fast das Leben gekostet hätte. Weil er Captain … das Leben gekostet hat«, füge ich bitter hinzu und spüre im selben Atemzug, was das Aussprechen dieser Tatsache mit mir macht. Ein Eisschauer überläuft meine Haut und lässt mich direkt vor ihren Augen erbeben. Bis eben, bis ich die vernichtenden Worte ausgesprochen habe, glühte noch ein winziger Funke Hoffnung in meiner Brust, mein treuer Freund hätte möglicherweise diese Feuersbrunst überlebt. Doch mit jeder Stunde, die verstreicht, ohne dass er hier auftaucht, wird die Chance geringer.

Captain ist ein Kämpfer. Selbst ein Überlebender. Doch auf der Mystik saß er vermutlich in der Falle. Er hatte von Anfang an keine Chance, dem feigen Anschlag zu entkommen. Bei den Erinnerungen an den Hund, dessen tiefblaue Augen mich bis in den Schlaf hinein verfolgen, spüre ich eine kalte Hand, die schmerzhaft nach meinem Herzen greift und die Blutzufuhr abdrückt. Bis gestern lebte ich ein Leben, in dem nicht mehr viel von Bedeutung war, aber ich hatte Cap an meiner Seite. Die treuste Seele, die mir das Leben je beschert hat. Bedingungslose Liebe und Loyalität war seine oberste Priorität. Heute sehe ich mich damit konfrontiert, dass nichts geblieben ist von dem, was einst mein war.

»Ich … es tut mir leid, Nathan. Ich weiß, was Captain dir bedeutet.« Ihre Finger schließen sich um meine, drücken sie leicht, während ihr Blick sich schuldbewusst in meinem verankert. Kurz ruhen die Waffen, halten wir ein, zwei Minuten Frieden in Gedenken an den Husky, der kaum drei Lebensjahre hatte.

»Wie lange hat Captain bei dir gelebt?« Ich senke den Blick auf unsere ineinander verschränkten Hände, um die Tiefe der Emotionen, die wie ein scharfes Tranchiermesser in mir rumoren, vor ihr zu verbergen.

»Von Anfang an«, entgegne ich rau. Ein überraschter Laut löst sich aus ihrer Kehle.

»Als Welpe?«

Mit einem tiefen Atemstoß sehe ich sie an. »Der Besitzer hat die Jungtiere kurz nach der Geburt in der Wildnis ausgesetzt. Als ich sie fand, waren bis auf Captain alle tot und auch das Leben des kleine Kerls hing am seidenen Faden. Ich habe ihn mit der Flasche aufgezogen. Er war von Anfang an ein Kämpfer mit starkem Willen und Durchsetzungsvermögen.« Ihr Daumen streicht selbstvergessen über meinen Handrücken, erzeugt unwillkommenerweise ein Gefühl des Wohlbehagens.

»Das erklärt die wortlose Verbindung zwischen euch. Ich habe nie erlebt, dass Mensch und Tier allein mit Blicken kommunizieren.«

Ich schlucke schwer bei ihrer liebevollen Beschreibung. »Wir haben dieselbe Sprache gesprochen.« Sie nickt schweigend, ihren Gedanken nachhängend. Mit einem Seufzen richte ich mich auf und entziehe ihr meine Hand. Überrascht hebt sie den Kopf und begreift sofort, dass der Augenblick der Sentimentalität vorbei ist.

»Der Mensch, der die Mystik niedergebrannt hat, ist bereit, über Leichen zu gehen, Tara.« Ich beobachte, wie sich ihre Schultern verspannen, wie ihre Finger sich zu Fäusten schließen. »Ebenso wie der Mann, der auf dich geschossen hat.« Aufgebracht wirft sie das Haar zurück, eine scharfe Erwiderung auf den Lippen, als ich ihr zuvorkomme. »Was glaubst du, wie groß die Wahrscheinlichkeit ist, dass es sich um ein und dieselbe Person handelt?«

26

Auch ein Blick kann ein lauter Schrei sein.

Taraneh

Nathaniels Worte sind leise, aber so scharf wie die Blätter einer Kreissäge. Ich lasse den Kaffeebecher, den ich gerade an die Lippen führe, sinken und streiche mit den Fingern nachdenklich über das gesprungene Porzellan.

»Auch du hast Feinde, Nathaniel. Es braucht nur wenige Stunden im Reservat, um dies zu offenbaren.« Ich hebe den Kopf und sehe ihn herausfordernd an. »Was lässt dich glauben, dass es die meinen sind, die den Anschlag auf die Mystik verübt haben?« Sein Blick ist so eindringlich, dass ich einen Moment versucht bin, mich ihm zu entziehen, doch ich weiß, jetzt den Kopf zu senken, käme einem Schuldeingeständnis gleich.

»Eine einzige Tatsache, Tara. Ich kenne meine Feinde nicht erst seit gestern und ginge es ihnen wirklich darum, mich zu beseitigen, hätten sie dies längst getan und nicht jahrelang gewartet, um den richtigen Moment abzupassen.«

Verflucht, er hat recht.

»Und vor allem würden diese Menschen es nicht billigend in Kauf nehmen, eine unschuldige Person in die Fehde mit hineinzuziehen.« Eins zu Null für ihn. Erschöpft sinke ich gegen die Stuhllehne. Die starre Anspannung, in der ich mich in der letzten Stunde befunden habe, löst einen brennenden Schmerz in der Wunde aus und erinnert mich ungnädig daran, dass ich längst nicht wieder vollständig hergestellt bin.

»Und jetzt befinden wir uns in einer Sackgasse«, flüstere ich und folge mit den Augen meinem Finger, der über die Kekskrümel streicht, die sich auf der Tischoberfläche verteilen. Aus dem Augenwinkel erahne ich, wie Nathaniel sich aufrichtet, vorbeugt und behutsam mein Handgelenk umschließt. Als ich ihn ansehe, erkenne ich, dass jegliche Härte aus seinen Zügen gewichen ist. Er fühlt meine Zerrissenheit. Die Sorge, mich dem Falschen anzuvertrauen, zu viel preiszugeben. Das Wissen, dass ich mir eine Bürde auferlegt habe, die ich kaum zu bewältigen weiß. Ein leises Seufzen löst sich aus meiner Brust und gibt ungewollt das Maß der Verzweiflung preis.

»Nur wenn du es zulässt, dass es eine Sackgasse bleibt.« Er neigt den Kopf tiefer. Das Haar fällt ihm lose in die Stirn, während sein Daumen zärtliche Kreise zieht, an exakt jener Stelle, an der mein Puls einen unruhigen Takt vorgibt. Bilder der vergangenen Nacht drängen in mir hoch. Einen Moment lang bin ich versucht, ihm meine Hand zu entziehen, doch die Zärtlichkeit dieser Berührung hat etwas zutiefst Tröstliches in meiner zerrissenen Welt. Flatternd schließen sich meine Lider unter der intensiven Hitze seiner blauen Augen, sperren ihn aus. Der einzige Schutzraum, in den ich in dieser verfluchten Enge hier fliehen kann.

»Sprich mit mir, Tara. Was ist es, das dich bis hier hinaus in die Wildnis treibt. Das dich dein Leben riskieren lässt?«

Ich reiße die Augen auf und starre ihn an. »Mein Job«, entgegne ich schlicht. Nathaniels Daumen kommt zur Ruhe. Ich kann mich des Gefühls nicht erwehren, dass er nicht gewillt ist, diese zarte, zerbrechliche Nähe zwischen uns zu lösen.

»Und doch ist da so viel mehr, was ich in deinen Augen lese. Tiefe Verzweiflung, Trauer, Schmerz. Aber allem voran Wut. Maßlose Wut. Weißt du, wie gefährlich dieses Gefühl ist, Tara?«, flüstert er und ich spüre, wie jede einzelne Silbe mir eine Gänsehaut verursacht. »Dieses Gefühl lässt dich blind agieren. Ohne Rückendeckung. Bis du dich chancenlos dem Feind auslieferst, der jeden seiner Schritte mit Kalkül durchdenkt. Er fühlt nicht deinen Schmerz. Vermutlich befindet er sich sogar am entgegengesetzten Ende dieses Gefühls. Aber er weiß um deine Wut, die dich blind macht. Die dich zu Handlungen drängt, welche fatal enden. Im schlimmsten Falle mit deinem Tod.« Seine leisen, eindringlichen Worte umschließen meinen Brustkorb wie eine Stahlklammer. Ich kann kaum atmen. Nathaniel scheint dies nicht zu entgehen. Augenblicklich setzt er seine Zärtlichkeit fort. Sein Daumen streicht sanft über die empfindsame Haut der Handinnenfläche und tatsächlich spüre ich, wie das feste Band nachgibt und der Atemfluss wieder in Bewegung gerät. Ein leises Husten löst sich aus meiner Brust, so als habe sich ein festgezurrter Knoten gelöst.

Doch bei seinen intensiven Worten ist mir noch etwas klargeworden: Er spricht von sich, von seinen Empfindungen. Seine Worte offenbaren die tiefe Wut, die in ihm einst gärte, die ihm möglicherweise alles genommen hat. Aber ein Blick in seine Züge macht deutlich, dass er mich zwar bis an diese Grenze führt, dass er aber keinesfalls den Schlagbaum, der das Grenzland markiert, anheben und mich eintreten lassen wird. Ich schlucke mühsam, fühle mich in die Ecke gedrängt und weiß doch nicht, warum ich ihn nicht einweihe in meine Pläne. Ohnehin ist er allein durch das Sichten der Dateien schon viel zu tief in die Materie eingestiegen. Ich räuspere mich verlegen, während ich mühsam darum ringe, einen Einstieg zu finden.

»Du … du weißt doch längst, worum es geht, Nathaniel …«

»Vielleicht. Aber ich kenne *deine* Geschichte nicht, die sich hinter diesem Drama verbirgt.« Die Sanftheit seiner Stimme lässt die kaum verschlossenen Wunden in mir von Neuem aufbrechen. Nathaniel versteht es bestens, seine Geheimnisse zu wahren, und das werde ich auch. Ich richte mich mit einem Seufzen auf und entziehe ihm behutsam meine Hand.

»Sie liegen überall, diese verfluchten Giftmüllfässer. Meist versenkt in einem der zahllosen Seen Nova Scotias. Dass man Smith & Son bisher nicht auf die Schliche gekommen ist, ist allein der endlosen Einsamkeit und Weite dieses Landes geschuldet. Aber die größte Dichte findet sich eindeutig am *First Nation Lake*, nahe dem Reservat. Ein Schelm, wer Böses dabei denkt«, füge ich bitter hinzu. Nathaniels intensive blaue Augen verändern den Farbton. Nur minimal, doch ausreichend, dass ich erahne, was meine Äußerung in ihm anrührt.

»Wenn du genug Zeit hattest, die Dateien zu sichten, und davon gehe ich aus, dann weißt du, dass sich eine zahllose Fülle an Chemikalien in den Gewässern befindet. *Chlor* ist noch das harmloseste von allen, es greift die Schleimhäute an, aber vor allem reizt es die Atemwege. Langfristiger Kontakt schädigt die Lunge. *Phosphor* dagegen verändert die Blutgefäße, führt zu Herzversagen und Schlaganfall.« Ich beuge mich vor und stütze mich mit den Ellbogen auf dem Tisch ab. Nathaniels Blick ruht auf meinen Lippen. Jedes Wort nimmt er in sich auf und jedes einzelne verändert die Farbe seiner Augen, verdunkelt sie zusehends. Ich bin nicht sicher, was das bedeutet. Ob ich tatsächlich einen neuen Verbündeten habe oder mir gerade einen weiteren Feind schaffe. So oder so habe ich jetzt jenen magischen Punkt überschritten, von dem es kein Zurück gibt.

»Aber das schlimmste Gift von allen, jenes Gift, das im Reservat bereits das Grundwasser kontaminiert hat, ist *Vinylchlorid*. Eine Substanz, die bei der Herstellung von PVC entsteht. Im besten Falle führt sie zu Müdigkeit, Schwäche, Gewichtsverlust.« Ich schließe ein, zwei Sekunden die Augen, um nicht die Kontrolle über meine Gefühle zu verlieren. »Im schlimmsten Falle, Nathaniel, führt sie zu irreversibler Leberzirrhose. Die Menschen gehen elendig zugrunde an dieser Erkrankung. Wenn es gut läuft, fallen sie ins Koma. Wenn es schlecht läuft, ersticken sie an ihrem eigenen Blut.«

27

Der Tag der Abrechnung naht. Nur der Zeitpunkt ist noch ungewiss.

Taraneh

Eine unheilvolle Stille zieht nach meinem Plädoyer ein. Nur das Säuseln des Windes erfüllt die winzige Behausung und fährt uns, trotz des wärmenden Feuers, eisig in die Glieder. Nathaniel schweigt. Sein Blick ruht weiterhin auf mir. Fast ist es, als gebe es eine unüberwindbare Hürde, die er nicht nehmen kann.

»Mary ist eines dieser Opfer, Nathan. Das weißt du. Ich bin sicher, du weißt so viel mehr als ich über die Zusammenhänge. Über Wechselwirkung und Vergiftung. Über irreparable Schäden. Auch wenn du beharrlich über deinen Berufsstand schweigst. Ebenso sicher glaube ich, dass du diese seit Jahren herrschenden Missstände im Reservat genauestens beobachtest. Ich weiß nur nicht, welche Rolle du in dieser Geschichte spielst. Bist du der Gute oder der Böse? Möglicherweise hast du lange auf der anderen Seite gestanden, zu lange. Vielleicht hast du für einen großen Pharmakonzern gearbeitet. Und dann sind dir eines Tages Gewissensbisse gekommen. Du hast dich entschieden, für die Menschen zu streiten, die von Anfang an auf ganzer Linie die Verlierer waren, auch wenn diese Entscheidung reichlich spät kam …«

»Es reicht.« Er erhebt sich ruckartig und ich folge ihm

unwillkürlich. Nathaniel tritt an den Kamin und wendet mir demonstrativ den Rücken zu. Eindeutig habe ich einen Nerv getroffen. Die Art, wie seine Rückenmuskulatur sich verspannt, wie er die Schultern anhebt, drückt Schmerz aus, Verzweiflung, aber auch Wut. Eine Emotion, vor der er mich eben erst gewarnt hat.

»Du hast absolut keine Ahnung, wovon du sprichst.« Er dreht sich halb zu mir, sieht mich über die Schulter hinweg an. Das sanfte Tageslicht zeichnet sein Profil mit goldenen Fingern nach, die langen, tiefschwarzen Wimpern, die bei jedem Lidschlag die Wangenknochen berühren, die gerade Nase, das markante, mittlerweile vom dunklen Bartwuchs überwucherte Kinn. Einen Moment setzt mein Herzschlag aus in dem Bewusstsein, dass ich in der gestrigen Nacht um ein Haar mit diesem Mann geschlafen hätte. Einem äußerst attraktiven Mann. Doch im scharfen Licht des neuen Morgens kristallisiert sich einmal mehr heraus, dass wir einander fremd sind, mögen wir uns auch körperlich zueinander hingezogen fühlen.

»Du weißt nicht, wer die Menschen sind, mit denen du dich angelegt hast, Tara. Wo ist deine Armee, wo sind deine Soldaten? Man zieht nicht allein in den Krieg gegen einen so mächtigen Feind.«

Ich schnappe nach Luft bei seinen eindringlichen Worten. Sorgt er sich? Um mich? Vielleicht ist es auch lediglich die Schuld, die an ihm nagt. Das Wissen, dass er diese Geister ein Stück weit mit erschaffen hat. Auch wenn mein Wissen nur auf Vermutungen basiert, so habe ich instinktiv das Gefühl, mich sehr nahe an seiner persönlichen Grenze zu bewegen. Ähnlich nah, wie auch er mir und meinem Geheimnis gekommen ist.

»Wie viele Menschen hast du an deiner Seite, die mit dir streiten?« Seine Frage drängt mich in die Ecke. Unwillkürlich bricht mir der Schweiß aus, nervös versenke ich meine zitternden Hände in die Taschen der Jeans.

Nathaniel tritt an mich heran. Mit beiden Händen stützt er sich links und rechts des Tisches ab und kesselt mich ein, drückt mich mit seinem Körper fest gegen die Tischplatte, sodass ich ihren Druck schmerzhaft an der Hüfte spüre.

»Niemand, richtig? Es gibt niemanden, der mit dir streitet. Du kämpfst allein.« Auch wenn ich versuchen wollte, mich seiner eindrücklichen Körpernähe zu entziehen, ich habe keine Chance. Nathaniel hält mich wie in einem Schraubstock. Sein Atem streicht warm und weich, fast tröstlich über meine Lippen. Bizarr, angesichts der angespannten Situation, in der wir uns befinden.

Er hat recht, sämtlichen Journalisten war dieses Eisen zu heiß. Mein Redakteur hat sich regelrecht gesträubt, mich auch nur finanziell zu unterstützen. Arthur Smith ist ein mächtiger Mann, man möchte meinen fast ein Gott.

»Verdammt Tara, das ist Selbstmord. Du musst aufhören dem nachzujagen, dich zurückziehen und sichtbar die weiße Fahne schwenken, andernfalls … «

»Dafür ist es zu spät«, flüstere ich tonlos. Seine Augenbrauen ziehen sich zusammen, sodass eine steile Falte direkt über der Nasenwurzel entsteht.

»Was heißt das?«

Ich hebe zaghaft die Schultern. »Das heißt, sie wissen längst wer ich bin und sie haben eine klare Ahnung davon, dass ich mehr weiß, als gut für mich ist.« Er sinkt noch ein Stück tiefer, gegen meinen Körper. Mein Blick streift die winzige Narbe, welche seine rechte Braue teilt, die leuchtenden Augen und kommt auf den vollen Lippen zur Ruhe. Lippen, die mich noch gestern mit Hingabe geküsst haben. Ein Kuss, nachdem ich mich jetzt gerade verzweifelt sehne, um die Angst einzudämmen, die seine eindringlichen Worte wie einen Atompilz in mir anwachsen lassen.

»Welcher Teufel hat dich geritten, dich auf diese Schlacht einzulassen? Eine ganze Armada Krieger ist nicht stark genug, diesen Mann zu Fall zu bringen. Was glaubst du, kann ein einzelnes Mädchen da gegen Arthur Smith ausrichten?«

Der Art, wie er *Mädchen* sagt, haftet etwas Zärtliches an. Die letzten Tage haben uns auf eine eigentümliche Weise aneinander geschweißt. Auch Nathaniel kann sich dieser Anziehung, die ich weder erklären noch analysieren kann, nicht entziehen. Unwillkürlich löst sich ein zittriger Atemzug von meinen Lippen, ohne dass es sich nur im Entferntesten kontrollieren lässt. Das ist der Moment, in dem Nathaniel den Druck rausnimmt. Sein Körper wird weicher, anschmiegsamer. Seine Arme gleichen nicht länger einer Schraubzwinge, sondern halten mich eher aufrecht. Plötzlich hebt er eine Hand und legt sie an mein Gesicht.

»Kehr heim, Sweetheart. Zieh dich aus der Gefechtszone zurück. Setze sichtbare Signale. Mach dem Feind begreiflich, dass du die Segel streichst. Geh deinem Job nach. Ich bin sicher, du bist verdammt gut darin. Finde Mittel und Wege, dich mitzuteilen, aber lass diese unselige Geschichte ruhen. Noch ist es nicht zu spät.« Als ich seinem Blick begegne, gibt es keinen Zweifel darüber, dass er sich um meine Sicherheit sorgt. Ebenso wenig darüber, dass er meinen persönlichen Feind kennt, besser als mir lieb sein kann. Auch wenn jeder Herzschlag offenbart, dass es sicherer wäre, auf Abstand zu Nathaniel zu gehen, es gelingt mir nicht.

»Ich kann nicht«, hauche ich und spüre, wie meine Entschlossenheit zurückkehrt. Sein Daumen streicht sanft meine Wange hinab bis zur Kinnpartie und erweckt ein Sehnen in mir, das unter den gegebenen Umständen absolut verboten sein sollte.

»Warum nicht?«, raunt er dicht an meinen Lippen. Mit einem Seufzen hebe ich den Kopf und lasse den magischen Moment zwischen uns lautstark bersten.

»Bevor ich diese Reise antrat, habe ich gekündigt.«

28

Mut ist die stärkste Waffe.

Nathaniel

Wir brauchen geschlagene zwei Stunden mit dem Schneeschlitten bis nach Jakes Landing. Nach den letzten milden Tagen hat der Frost wieder angezogen und kriecht uns mit eisiger Kraft unter die Kleidung. Als wir den winzigen Ort, der im Osten des Kejimkujik Lakes liegt, erreichen, zittert Tara hinter mir besorgniserregend. Ich parke den Viertakter in der Bucht vor dem kleinen Gemischtwarenladen und wende mich zu ihr um.

»Alles in Ordnung?« Ihre Augen sind glasig, aber sie nickt tapfer. Dennoch entgeht mir nicht, dass ihre Zähne geräuschvoll aufeinander schlagen.

»Bei Joy bekommst du einen heißen Tee, der dich durchwärmen wird«, versichere ich, steige ab und helfe ihr vorsichtig von dem Mobil. Tara braucht ein paar Sekunden, um in den sicheren Stand zu finden. Ich rufe mir in Erinnerung, dass sie erst vor wenigen Tagen mit knapper Not einen tödlichen Anschlag überlebt hat. Da ist es nicht ungewöhnlich, dass sie immer mal wieder einen Schwächeanfall erleidet. Hinzu kommt das Verhör, welchem ich sie vor wenigen Stunden ausgesetzt habe. Auch wenn ich noch immer nicht weiß, warum sie sich auf dieses Selbstmordkommando eingelassen hat, so hat sie doch begonnen, sich mir zu öffnen. Wenn auch mit größtem

Widerwillen und Misstrauen. Aber in einer Welt, in der man ganz allein streitet, kann auch der Feind zum Verbündeten werden.

Joy Bishop steht schon in der Tür und erwartet uns, als ich den Kopf hebe. Ihr Lächeln wärmt mich einen Moment lang wie eine innere Sonne.

»Joy, schön dich zu sehen. Das ist Tara. Sie ist für ein paar Tage mein … Gast.« Ich zögere weniger als eine Sekunde bei der Überlegung, wie ich Tara vorstelle, doch Joy reicht dieser Moment. Ein wissendes, fast trauriges Lächeln umspielt ihre Lippen.

»Ein Gast«, fügt sie mit leisem Spott hinzu und öffnet uns die Tür ins behagliche Innere. Ein farbenfrohes Sammelsurium an Waren drängt sich dicht an dicht in den Regalen. Von Toilettenpapier über Schreibwaren und warmer Kleidung, bis hin zu einer großen Auswahl an Lebensmitteln und Arznei ist alles dabei.

Tara ist außergewöhnlich still an meiner Seite. Ich spüre ihre Unsicherheit, ihre stumme Verzweiflung und die tiefe Furcht, welche die hitzige Diskussion zwischen uns angeheizt hat. Die durchgewärmte Räumlichkeit lässt sie noch heftiger erzittern, sodass ich mich an Joy wende, die Tara ebenfalls besorgt mustert.

»Hättest du einen Tee zum Aufwärmen? Die Temperaturen draußen sind merklich gesunken und Tara ist auf dem Schneemobil völlig ausgekühlt.« Die Frau an meiner Seite will gerade Einwände erheben, als Joy, die kaum älter ist als Tara selbst, ihr einen Arm um die Schulter legt und sie bis direkt vor den Holzofen führt, indem das Feuer prasselt.

»Klar habe ich einen Tee, extra stark und extra heiß, damit

die Lebensgeister erwachen«, fügt sie augenzwinkernd hinzu und drückt meine Begleitung sanft in einen der abgewetzten Sessel. Tara wirft mir einen zweifelnden Blick zu, doch als ich beruhigend nicke, löst sich die Anspannung in ihr und sie sinkt tiefer in die Polster.

»Deine Post liegt drüben auf dem Tresen, ebenso wie die Liste der Anmeldungen und die Wundertüte.« Ich kann mir ein Grinsen nicht verkneifen bei ihrer lapidaren Äußerung. Wundertüte ist unser Codewort für die Medikamententasche. Ich habe keine Ahnung, wie Joy es schafft, die Arzneimittel für mich zu organisieren, mit welchen Unterhändlern sie in Kontakt tritt. Und bei Gott, ich will es auch gar nicht hinterfragen. Alles, was ich wissen muss, ist, wann ich das Zeug abholen kann. Die Menschen hier schätzen meine inoffiziellen Dienste. Vor Ort gibt es keine Ärzte. Die nächstgrößere Praxis findet sich in Halifax.

Ich weiß, dass ich mich auf einem sehr schmalen Grat bewege. Ein einziger unwilliger Patient genügt, um mich dem Verrat preiszugeben, dann bin ich schneller wieder im Gefängnis, als mir lieb sein kann. Aber auch ich kann nicht aus meiner Haut. In mir pulsiert noch immer das, was ich einst als Berufung gelebt habe: anderen Menschen zu helfen und sie im besten Falle zu heilen. Ich trete an den Ladentisch, werfe einen Blick in die besagte Wundertüte und sichte dann die wenigen Briefumschläge.

»Wie geht es deiner Mutter, Joy?« Die junge Frau ist damit beschäftigt, Tee aufzubrühen. Bei meiner Frage verspannen sich ihre Schultern kurz und an der Art, wie sie nach den richtigen Worten sucht, spüre ich deutlich, dass sie um Fassung ringt.

»Nicht gut, Nathaniel. Ich dachte, wo du hier bist, kannst du noch mal nach ihr sehen, obwohl ich sie nicht auf die Liste gesetzt habe. Ich mache mir große Sorgen.« Sie reicht Tara lächelnd einen der Becher und tritt dann mit einem weiteren an mich heran. Tränen schimmern in ihren grauen Augen, als sie mir die Tasse reicht.

»Ich fürchte, der letzte Schlaganfall hat ihr das Genick gebrochen. Seit Monaten stagniert jeglicher Fortschritt.« Bei dem Wort Schlaganfall zuckt Taras Kopf in die Höhe. Plötzlich ist ihre Aufmerksamkeit voll da. Kurz verharrt mein Blick in ihrem, bevor ich mich wieder Joy zuwende.

»Sie bräuchte regelmäßige Therapien, die hier draußen einfach nicht gewährleistet werden können. Nur dann besteht die Chance, dass sich ihr Zustand verbessert.« Joy streicht sich das glänzende, schwarze Haar aus dem Gesicht und lehnt sich mit der Hüfte gegen den Ladentresen.

»Sie ist gerade erst fünfzig geworden. Da kann das doch nicht schon alles gewesen sein im Leben. Einseitig gelähmt, kaum fähig, einen ganzen Satz zu sprechen. Es bricht mir das Herz, sie so zu sehen und ich weiß nicht, wie ich ihr helfen kann.« Nun kann sie die Tränen nicht mehr zurückhalten. Ich schiebe den Becher auf die abgestoßene Holzplatte, trete näher an die Frau heran, die das indigene Erbgut ihrer Mutter nicht verleugnen kann, und ziehe sie in meine Arme. Joy, die ebenso wie Tara und auch ich vermutet, dass die Krankheit ihrer Mutter auf die Vergiftungen im Reservat zurückzuführen ist, klammert sich haltsuchend an mich. Jede einzelne Sekunde, in der ihr Schluchzen erklingt, bin ich mir Taras Blicken bewusst. Ich kann ihre Gedanken hören, dennoch halte ich die junge Frau weiter in den Armen, streiche ihr zärtlich über das Haar und spreche ihr leise Mut zu.

»Du tust, was du kannst. Allein, dass du sie aus dem Reservat hierher geholt hast, ist schon eine große Hilfe.« Schniefend löst sie sich von mir und wischt sich ungehalten die Tränen vom Gesicht.

»Da bin ich mir nicht so sicher. Mutter vermisst die Menschen aus dem Dorf. Kaum jemand findet den Weg zu uns.« Mit einem schüchternen Lächeln wendet sie sich an Tara. »Verzeih, dass ich die Fassung verloren habe, aber diese ganze verfluchte Situation macht mich fertig.« Leise schluchzend richtet sie sich auf und streicht den Zopf über die schmale Schulter.

»Ich habe gehört, Mary ist gestorben?«, fragt sie, den Blick auf mich gerichtet.

»Ja, vor wenigen Tagen erst«, entgegne ich und mache mich daran, die Wundertüte zu entpacken.

»Wie viele noch, Nathaniel? Wie viele sollen noch folgen? Anuk ist schon sechs Jahre tot und noch immer sterben die Menschen wie die Fliegen. Niemand scheint sich dazu berufen zu fühlen, für uns zu streiten.«

Als *ihr* Namen erklingt, zucke ich reflexartig zusammen. So heftig, dass meine Körperreaktion auch Tara nicht entgangen sein kann. Ich hebe den Blick und sehe sie über Joys Kopf hinweg an. In ihren außergewöhnlich hellen Augen erahne ich tausend Fragen. Die lauteste davon: *Wer war Anuk*? Ich bin sicher, dass sich die einzelnen Puzzleteile allmählich zu einem Ganzen fügen. Dass die Steine fallen, einer auf den anderen. Langsam aber beständig.

Abrupt wende ich mich wieder den Medikamenten zu.

»Joy, du weiß ebenso wie ich …«

»Darf ich deine Mutter kennenlernen, Joy?« Taras Stimme vibriert leicht. Noch immer klingt eine befremdliche Schwäche darin an, die mich alarmiert den Kopf heben lässt. Doch sie schenkt mir lediglich ein beruhigendes Lächeln. Joy dagegen mustert Tara plötzlich mit anderen Augen. Ich weiß nicht, was sie sucht, noch was sie in Tara sieht, doch ich fürchte, dass sie mehr erwartet, als Tara geben kann.

»Warum könntest du Interesse an meiner Mutter haben?«, fragt sie misstrauisch und auch ein wenig neugierig. Tara richtet sich in dem abgewetzten roten Samtsessel auf und hebt mutig das Kinn.

»Ich bin Journalistin. Vielleicht besteht die Möglichkeit, sich ein Bild zu machen …«

»Die besteht nicht«, unterbreche ich sie hart und werfe ihr einen warnenden Blick zu, den Tara jedoch geflissentlich übersieht.

»Ich kann dir nichts versprechen, Joy. Ich bin nur ein kleines Licht. Aber wenn es möglich ist, meinen Teil dazu beizutragen, dann werde ich das tun.«

Bedeutungslos was wir in den Morgenstunden besprochen haben, gleichgültig, dass ich noch immer die Angst wie eine dunkle Flutwelle in ihren Augen schimmern sehe, belanglos, dass sie ihren Einsatz fast mit dem Leben bezahlt hätte, Tara hält an ihren Plänen fest. Daran lässt sie keinen Zweifel.

»Das würdest du tun? Für welche Zeitung arbeitest du?« Joy hat Blut geleckt und ich fürchte, sie wird jedes verdammte Detail ausplaudern, um endlich ans Ziel zu gelangen. Ein Ziel, dass einige Natives schon lange verfolgen, andere dagegen verschließen sich völlig vor dem Thema. Ich schüttele warnend den Kopf, um Tara, die bei dieser Begegnung selbst euphorisch wird, auszubremsen. Doch der Blick, den sie mir schenkt, ist nichtssagend.

»Ich bin freischaffend. Mir stehen also alle Möglichkeiten offen.« Oder gar keine, denke ich bitter, weil du die Veröffentlichung deiner Texte nicht mehr erleben wirst.

»Oh Tara, das wäre wunderbar. Bisher hat uns niemand erhört. So viele Menschen sind gestorben, ohne dass die Politiker es für nötig halten einzugreifen. Es wird Zeit, dass …«

»Vor allem wird es Zeit, dass ich beginne, die Liste abzuarbeiten. Es wird schneller dunkel hier draußen, als uns lieb ist. Dann möchte ich wieder zuhause sein.« Entschlossen trete ich zwischen die beiden und wende mich lächelnd an Joy.

»Apropos Zuhause, stimmt es, dass die Mystik abgebrannt ist?«, hakt sie sorgenvoll nach. Aufstöhnend hebe ich die Schultern. Selbst wenn der Nachbar in dieser Wildnis hunderte Meilen entfernt ist, so bleibt der Nationalpark ein Dorf. Neuigkeiten verbreiten sich wie ein Lauffeuer.

»Leider ja«, entgegne ich und wende mich Richtung Tür, die in die oberen Räume führt, in denen mich Joys Mutter erwartet.

»Oh Gott Nathaniel, das tut mir leid. Wenn du etwas brauchst«, mit einer Handbewegung fasst sie das komplette Sortiment ein. »Bediene dich. Ich bin dankbar, wenn ich mal ein wenig von dem zurückgeben kann, was du uns zukommen lässt.« Bei ihren Worten hebt Tara wissend die Augenbrauen. Ich hätte sie verflucht noch mal in der Hütte lassen sollen, aber sie hat sich strikt geweigert. Die Angst in ihren Augen, die Sorge um ihr Leben und das Wissen um ihren mächtigen Feind haben mich schließlich davon überzeugt, sie mitzunehmen.

»Danke Joy, ich weiß das zu schätzen und komme später gerne darauf zurück, aber jetzt möchte ich mich um deine Mutter kümmern. Kommst du?« Doch statt mich zu begleiten, lässt sie sich in den Sessel neben Tara sinken und zwinkert mir zu.

»Du kennst den Weg, Nathaniel. Geh schon mal vor, Tara und ich folgen dir gleich.« Demonstrativ wenden die beiden Frauen sich einander zu und damit bin ich raus. Was ab jetzt geschieht, lässt sich nicht mehr steuern Ich kann nur versuchen, den Schaden, den Joy unweigerlich anrichten wird, später zu begrenzen. Bevor ich mich abwende, hebt Tara den Kopf und sieht mich an. *Ich sehe dich*, scheinen ihre Augen zu sagen, ich sehe all die Facetten, *die du verkörperst und ich werde einen Weg finden, tiefer zu schauen.* Die Frage ist nur, ob dieser Blick in die Tiefe nicht ihre schlimmsten Albträume zum Leben erweckt.

29

Die Realität ist nicht immer, was sie scheint.

Taraneh

»Woher kommst du, Tara?«

»Aus Halifax.« Erstaunt hebt die junge Frau, die in etwa mein Alter hat, die feingeschwungenen Augenbrauen. Joy ist eine echte Schönheit. Ebenholzschwarzes Haar, von Natur aus einen dunklen Hautton und außergewöhnliche, hellgraue Augen. Aus jedem Blick, den sie Nathaniel schenkt, spricht die tiefe Zuneigung, die sie für ihn empfindet.

»Und was treibt dich hierher? Aber vor allem, wie hast du Nathan kennengelernt? Er ist nicht unbedingt der Typ, der sich unter Menschen bewegt und vor allem ist er nicht der Mann, der mal eben mit einer Frau hier auftaucht.« Ihr nervöses Lachen gibt das Maß ihres Verliebtheitsgrades preis. Sie erhofft sich mehr von Nathaniel. Immer dann, wenn sie seinen Namen ausspricht, beginnen ihre Augen auf eigentümliche Weise zu leuchten. Ich schüttele den Kopf und lächle bei ihrer unmissverständlichen Aussage.

»Nein, das ist er nicht. Ich würde ihn eher als menschenscheu bezeichnen. Wir sind einander zufällig begegnet und er hat … mir angeboten, mich tiefer in die Geschichte des Naturvolkes einzuweisen«, druckse ich herum. Joy entgeht mein Zögern nicht. Nachdenklich legt sie den Kopf auf die Seite.

»Ich bin hier, um mich mit der indigenen Bevölkerung zu befassen«, antworte ich ausweichend. »Wenn du vom Sterben im Reservat sprichst, dann gehört dieser Teil natürlich genauso dazu wie die Lebensweise der Menschen dort und all der Missstände, unter denen sie leiden.« Joy hebt wissend das Kinn.

»Du hast ernsthaft vor, etwas über das Reservat zu schreiben?«

Ich hebe kurz die Schultern. »Das ist der Plan, sobald ich genug Material und Fakten zusammengetragen habe.«

Sie nickt nachdenklich, legt die Hände gegeneinander und senkt den Blick darauf.

»Ich kann dir nicht sagen, wann das Sterben angefangen hat. Vielleicht liegt es zehn Jahre zurück, vielleicht auch zwanzig. Menschen sterben immer. An jedem Tag des Jahres, darum lag anfangs nicht so viel Gewicht auf dem Wie und Warum. Erst als verschiedene Krankheitsbilder sich wiederholten, immer zahlreicher auftraten und auch vor der Jugend keinen Halt mehr machten, begann ein Teil der Ureinwohner, dies zu hinterfragen.« Sie hebt den Blick und ich sehe die Verzweiflung als Tränenschleier auf ihrer Iris schimmern. Eine Verzweiflung, die an dem eigenen Kummer in meinem Herzen rüttelt.

»Doch wo sucht man, wenn man keine Anhaltspunkte hat? Die Vermutung lag nahe, dass das Grundwasser verseucht ist. Aber den Menschen in der Wildnis fehlen schlicht die finanziellen Mittel, Nachforschungen anzustellen, um zum Beispiel Bodenproben zu entnehmen.«

»Was glaubst du, warum das Grundwasser verseucht ist, Joy?« Ich kenne die Antworten. Alle. Ich kann die Daten, die sich auf der Speicherkarte in Nathaniels Hosentasche befinden, auswendig im Schlaf benennen. Blind und im Dunklen. Aber ich will hören, ob die Bewohner des Reservats nur den Hauch einer Ahnung haben, warum das Grundwasser sie krank macht.

»Der See«, flüstert sie. »In den Tiefen lagern Fässer, vielleicht seit Jahrzehnten, die durchlässig geworden sind. Das Gift tritt aus, sickert in den Boden und tötet nach und nach die Menschen.« Bei ihrer plastischen Schilderung wird mir eiskalt.

»Und deine Mutter …«

»Mutter hat von je her dort gelebt, am First Nation Lake. Vor fünf Jahren, mit gerade mal Mitte Vierzig erlitt sie den ersten schweren Schlaganfall. Nathan sagt, es gibt Gifte, die die Gefäße verändern und sogar verschließen …«

»Phosphor«, raune ich leise. Erstaunt hebt sie den Blick.

»Du kennst dich aus.« Das ist keine Frage, sondern eine Feststellung.

»Nicht wirklich«, breche ich die Tatsachen herunter und ermuntere Joy weiterzusprechen. Sie streicht sich eine Haarsträhne zurück und sieht mich bedauernd an.

»Mary litt unter Leberzirrhose. So wie auch Anuk. John wird am Boden zerstört sein. Mary war sein ein und alles.« Als der Name Anuk ein weiteres Mal fällt, weiß ich, ich muss nachhaken wer sie war, doch Joy fährt fort, bevor ich die Gelegenheit bekomme.

»Ich weiß nicht, wie viele Fälle dieser schweren Lebererkrankung in den letzten Jahren aufgetreten sind. Den Wenigsten konnte geholfen werden. Hast du eine Vorstellung davon, wie elendig diese Menschen zugrunde gehen?«

Ich senke den Kopf, weil meine eigenen Gefühle mich überrollen. Gleich eines Tornados fegen sie durch meinen Geist und scheuchen Bilder auf, die ich tief in mir vergraben habe. Ich darf jetzt nicht an Vivi denken. Nicht daran, wie sie gestorben ist. Nicht an das verzweifelte, kleine Gesicht, an die Todesnot, den Kampf …

»Tara?« Erschrocken fahre ich hoch und begegne Joys intensivem Blick. Sie beugt sich vor und berührt sanft meine Hand.

»Geht es dir nicht gut? Du zitterst und deine Finger sind eiskalt.« Ich streiche mir mit zittriger Hand über die Augen in dem Versuch, all die grausamen Reflektionen, die Vivis letzte Stunde begleitet haben, einzudämmen.

»Alles gut, nur der Kreislauf«, flüchte ich mich in Ausreden und schenke ihr ein unsicheres Lächeln. »Geht gleich wieder.«

»Wenn du magst, nehme ich dich irgendwann mal mit ins Reservat und stelle dich den Menschen vor. Längst nicht alle sind offen für den Giftmüllskandal. Es gibt ausreichend Anwohner, die die Augen vor den Tatsachen verschließen aus Angst vor den Konsequenzen. Dabei haben die Konsequenzen uns längst eingeholt. Du solltest unbedingt John kennenlernen. Er und Nathaniel wissen mehr über diese Schweinerei als wir alle. Sie sind sich nur unschlüssig, wie sie dieses Wissen einsetzen können, ohne der Bevölkerung noch größeren Schaden zuzufügen. Und Nathaniel …«, fügt sie widerstrebend hinzu, »genießt nicht das größte Vertrauen unter dem indigenen Volk.« Das ist mir keineswegs entgangen.

»Ich kenne John bereits. Er ist ein … besonderer Mann.«

Mein Zögern weckt Joys Aufmerksamkeit. Nachdenklich legt sie die Stirn in Falten.

»Du magst ihn nicht?«

Vehement schüttele ich den Kopf. »Nein, so kann man das nicht sagen, Joy. Ich bin lediglich vorsichtig und ich denke, John agiert ähnlich.« Ein Lächeln zeichnet ihre Lippen, bevor sie zustimmend nickt.

»Da hast du recht. Obwohl John in den Menschen liest wie in einem Buch, dauert es lange, bis man sein Vertrauen gewinnt. Man muss es sich erarbeiten.«

»Um nochmal auf das Sterben im Reservat zurückzukommen. Du sagtest, Mary sei an Leberzirrhose erkrankt, ebenso wie Anuk …« Aufmerksam sieht sie mich an. »Wer war Anuk?«

»Das weißt du nicht?« Überrascht richtet sie sich auf. »Ich hatte den Eindruck, du und Nathaniel, ihr seid so.« Sie hebt die Hand und legt Mittel- und Zeigefinger übereinander, das Zeichen einer tiefen Verbindung. Eine Spur Eifersucht bringt ihre Stimme in seltsame Schwingungen. Der Aussage nach muss ich mit meiner Vermutung, dass Nathaniel Anuk nahestand, richtig liegen.

»Eigentlich kennen wir uns kaum«, entgegne ich leise und bemerke zeitgleich, wie mir heiße Röte die Gesichtshaut versengt. Fast als liefere meine Stirn meinem Gegenüber eine gut sichtbare Diashow all der sinnlichen Szenen die wir geteilt haben. Und Joy spürt zielsicher auf, was mich umtreibt.

»Ja klar«, entgegnet sie mit einem zutiefst bedauernden Seufzen, das sich als Schatten über ihre Augen legt. Sie liebt diesen Mann. Vielleicht schon eine halbe Ewigkeit und ich bin mir sicher, dass Nathan nicht die geringste Ahnung von Joys Gefühlen hat.

»Anuk war Nathans Frau. Ihretwegen ist er damals ins Reservat gezogen. Anfangs mochten die Menschen ihn sehr … Und wie kann man ihn auch nicht mögen?« Der letzte Teil des Satzes ist kaum für meine Ohren bestimmt. Ohnehin hat die Tatsache, dass Nathaniel verheiratet war und dass diese Frau gestorben ist, mich regelrecht betäubt. Dabei wusste ich, dass es diese Fehde um ein und dieselbe Frau gab zwischen Ben und Nathaniel. Ben hat an jenem Morgen nach Marys Tod nicht gezögert, mir die Geschichte brühwarm unter die Nase zu reiben. Aber irgendwie war ich davon ausgegangen, dass sie letztlich keiner von beiden bekommen hat. Ist Anuk der Grund dafür, dass Nathaniel so zurückgezogen lebt? Hat ihr Tod ihn zum Einsiedler gemacht? Wie lange war er verheiratet und wie sehr hat er diese Frau, für die er scheinbar alles aufgegeben hat und in die Wildnis gezogen ist, geliebt?

In dem Moment, da ich bereit bin, die Fragen auf Joy abzufeuern, weckt eine Bewegung im Augenwinkel meine Aufmerksamkeit.

Nathaniel steht aufrecht und sicher wie ein Baum im Rahmen der Tür. Seine blauen Augen vereinnahmen mich in dem Moment, da ich ihnen begegne. Ich weiß nicht, wie viel er von dem Gespräch zwischen Joy und mir mitbekommen hat. Doch an dem Mahlen seines Kiefers erahne ich, mehr als mir lieb ist.

Nathaniel

Nachdem Tara ihren Willen durchgesetzt hat und Joys Mutter begegnet ist, ließ sie sich auch nicht davon abbringen, mich auf meinem Weg durch den Ort zu begleiten. Und das, obwohl ich die Schwäche, die sie nach wie vor umgibt, wie ein unsichtbares Schild, fast am eigenen Leib spüre. Insbesondere heute weisen ihre Züge eine Blässe auf, die mir ernsthaft Sorgen bereitet. Das Zittern ihrer Gliedmaßen ist in der konstanten Wärme des Gemischtwarenladens nicht gänzlich verklungen. Meine vorsichtige Bitte, sie möge bei Joy auf mich warten und sich ausruhen, hat sie postwendend, mit einer lapidaren Handbewegung in den Wind geschlagen.

Und wenn ich ehrlich bin, so bin ich fast erleichtert darüber. Ich habe keine Ahnung, inwieweit Joy Tara mittlerweile auf die Leichen in meinem Keller aufmerksam gemacht hat. Gegebenenfalls habe ich mit meiner abrupten Rückkehr das Schlimmste verhindert. Vielleicht. Aber ich zweifele nicht daran, dass Tara mich bei nächster Gelegenheit mit Fragen bombardieren wird. Das äußert jeder Blick, jedes Stirnrunzeln, jeder ungehaltene Atemzug, der sich von ihren hübschen Lippen löst.

Jakes Landing besteht im Grunde nur aus einer einzigen langgezogenen Straße, an der sich links und rechts meist zweigeschossige Holzhäuser entlangziehen, die in bunter Farbenvielfalt aneinandergereiht stehen, aufgezogen wie Perlen an eine Schnur. Nur wenige Einheimische sind zu dieser Stunde unterwegs. Ein schiefergrauer, wolkenschwerer Himmel spannt sich über die Schindeldächer und droht mit reichlich Neuschnee. Bevor der Abend dämmert, sollte ich die letzten Patienten auf meiner Liste abgearbeitet haben und mich dann mit Tara schnellstmöglich auf den Heimweg begeben. *Heimweg*, denke ich bitter. Welches Heim, und hebe den Blick, als von der gegenüberliegenden Straßenseite eine raue Stimme meinen Namen ruft. Ich kann Bens hochgewachsene Gestalt ausmachen, der geradewegs auf uns zusteuert und frage mich, was er hier verloren hat, fernab des Reservats, in dem noch immer der Trauerritus um Mary abgehalten wird. Die Drei-Tages-Frist läuft erst Morgenabend ab.

»Salut Ben, Tara«, begrüßt er uns und obwohl ein Lächeln seine Lippen verzieht, erahne ich die Verschlagenheit in dem durchdringenden Blick, welchen er intensiv über die junge Frau an meiner Seite gleiten lässt. Ich spüre, wie Tara näher an mich herantritt. Sie mag mir misstrauen, aber dieser Argwohn steht in keinem Verhältnis zu jenem, den sie Ben entgegenbringt. Das Zittern ihres Körpers dicht an meinem überträgt sich rasendschnell auf mich. Und doch bin ich nicht sicher, dass es einzig der Begegnung mit Ben geschuldet ist.

»Hab gehört, die haben dir dein Boot abgefackelt. Verdammte Schande, Nathan. Hast du eine Ahnung, wer so etwas tut?« Auch wenn jedes seiner Worte Bedauern ausdrücken soll, so entnehme ich seiner Stimme lediglich beißenden Spott. Es ist ein offenes Geheimnis, dass Ben mich hasst, seit jenem Tag, da ich ihm die Frau genommen habe. Ich richte mich auf, straffe die Schultern und hebe streitlustig das Kinn.

»Bisher ist nicht mal klar, ob es Brandstiftung war, Ben. Möglicherweise hat es einen Kurzschluss gegeben«, lüge ich gekonnt, ohne den Blick aus seinem zu nehmen, und spüre, wie Tara neben mir zusammenzuckt. Auch Ben scheint die Körperreaktion meiner Begleitung keineswegs verborgen zu bleiben. Wissend hebt er die Augenbrauen in dem sicheren Glauben, mich allein durch Taras spontane Reaktion enttarnt zu haben. Dabei würde es mich nicht wundern, wenn Ben selbst Hand an die Mystik gelegt hat.

»Was machst du hier«, bemühe ich mich, das Gespräch in eine andere Richtung zu lenken. »Solltest du nicht im Reservat sein und dich um deinen Vater kümmern? Soweit ich weiß, befindet ihr euch im Trauerritus. Er wird nicht glücklich darüber sein, dass du dich in Jakes Landing herumtreibst.« Meine Worte treffen ihn, das zeigt sich an dem Schatten, der kurzzeitig seine Züge verdunkelt. Das war das Ziel meiner Aussage. Ben und ich waren einer Feindschaft immer näher als einer Freundschaft.

Er fängt sich schnell wieder und zahlt mit gleicher Münze zurück.

»So wie du es bei Anuk getan hast, Nathan, richtig?«, fragt er spöttisch.

Das sitzt. Ich brauche ein, zwei Sekunden, um mich von diesem Schlag, der bis tief in die Eingeweide dringt, zu erholen. Dennoch bin ich mir Taras Aufmerksamkeit jeden verdammten Herzschlag lang bewusst. Doch bevor ich ihn ausbremsen kann, fährt er erbarmungslos fort.

»Wenn ich mich recht erinnere, hast du es nicht mal drei Stunden im Reservat ausgehalten, geschweige denn drei Tage.«

Sein verschlagener Blick gleitet zu Tara, um zu überprüfen, ob sie auch jedes seiner Worte registriert. Und Tara enttäuscht ihn nicht. »Und zurückgekommen bist du erst am Tag der Beerdigung. Noch heute spricht man im Ort davon.« Er schnalzt mit der Zunge und hebt arrogant die Augenbrauen in die Höhe. »Ein weiterer Fauxpas, Nathaniel, neben all den anderen, die du dir geleistet hast. Du weißt, dass dir die Ureinwohner solch gravierende Fehler niemals verzeihen werden.« Seine Worte gleichen massiven Faustschlägen in die Magengrube. Innerlich wanke ich und auch äußerlich habe ich Mühe, mich aufrecht zu halten. Mühe, nicht augenblicklich sofort verbal zurückzuschlagen. Nur das Wissen darum, dass er sich einzig so gebärdet, um Tara zu imponieren, um mich vor ihren Augen niederzuknüppeln und die Tatsache, dass sie jedes gesprochene Wort zu inhalieren scheint, bremsen mich aus.

Dennoch entgegne ich leise: »Sie werden dir noch viel weniger verzeihen, dass du als einer der ihren die Totenruhe der eigenen Mutter durch deine Abwesenheit derart aus dem Gleichgewicht bringst, Ben. Aber allem voran geht es um John. Er sollte in diesen Stunden nicht allein dort draußen sein.«

»Warum bist du nicht bei ihm, Nathan? Du bist offensichtlich der Sohn, den er sich immer erhofft hat. Jener Sohn, den er vergeblich in mir sucht. Ich werde nie sein können, was er sich wünscht, und verflucht nochmal, ich will es auch nicht. Ich hasse dieses Leben dort draußen, die Menschen mit ihrem kleinkarierten Denken, die Armut …«

Während Ben sich in erbitterten Vorwürfen ergeht, schreit Tara neben mir erschrocken auf.

30

Angst lähmt Geist und Körper. Aber genau diese Angst kann dich auch zu Höchstleistungen antreiben.

Nathaniel

Zeitgleich krallen sich ihre Finger schmerzhaft in meinen Arm. Sie rückt nah an mich heran, sodass mein Körper sie fast gänzlich vor fremden Blicken verdeckt. Ihr Schrei ist leise. Er bleibt allein Ben und mir vorbehalten. Gleichwohl so eindringlich, dass er mir unter die Haut kriecht und sich eiskalt und sämig in den Blutbahnen ausweitet. Er trägt den Klang der Todesnot mit sich. Im selben Atemzug bin ich alarmiert. Ihr Zittern steigert sich von jetzt auf gleich in rasantem Tempo, sodass ich den Kopf drehe und sie mustere. Eine beängstigende Blässe hat sich auf ihre Wangen gelegt, der jegliche Natürlichkeit fehlt. Ihr Blick ist starr und ohne jeden Lidschlag. Alles deutet auf einen handfesten Schock hin, doch es ist auch nicht auszuschließen, dass sie körperlichen Schmerz leidet.

»Tara?« Behutsam berühre ich ihre Schulter und bemühe mich darum, ihren Blick auf mich zu lenken, der erstarrt auf einen Punkt hinter Ben gerichtet ist. Ihren Augen folgend, mache ich in einiger Entfernung einen Mann aus, der gerade aus der Tür des einzigen Schnellrestaurants des Ortes auf den verschneiten Gehweg tritt. Mit einer selbstbewussten Geste schiebt er sich die graue Wollmütze über das blonde Haar. Ohne das geringste

Interesse an der kleinen Menschenansammlung, nur wenige hundert Meter entfernt, lässt er den Blick die Straße hinunterschweifen. Im nächsten Augenblick schiebt er die Hände tief in die Taschen der eleganten schwarzen Wolljacke, wendet sich in entgegengesetzte Richtung um und marschiert mit ausholenden Schritten davon.

Allein seine Kleidung spiegelt die Herkunft. Kein Einheimischer, sondern ein Stadtmensch. Tara gelingt es nicht, ihren Blick abzuwenden. Ebenso wenig kann sie ihre Gliedmaßen kontrollieren. Ihr Verhalten erinnert mich unliebsam an den Albtraum der vergangenen Nacht, aus dem ich sie nur mühsam zurückgeholt habe. Für mich steht außer Zweifel, dass diese massive körperliche Reaktion in direktem Zusammenhang mit der männlichen Erscheinung steht. Auch als der Mann längst aus unserem Sichtfeld verschwunden ist, gelingt es ihr nicht, den Blick abzuwenden. Schwer und atemlos lehnt sie gegen meinem Körper, ohne sich dessen überhaupt bewusst ist.

»Tara?« Als ich sie erneut anspreche, wendet sie den Kopf und sieht mich an. Die Angst in ihren Augen offenbart, dass sie kurz davor ist, in Panik zu verfallen. Mein Blick streift Ben, der dieser bizarren Szene äußerst interessiert beiwohnt. Auch wenn es mir zutiefst widerstrebt, ihn um einen Gefallen zu bitten, so weiß ich doch, dass er derzeit die einzige Möglichkeit bietet, Tara in Sicherheit zu bringen und aus der Schusslinie zu nehmen. Ich bin überzeugt, dass sie soeben ihrem Mörder begegnet ist.

»Die Wunde?«, frage ich eindringlich und hoffe, dass sie nach dem Köder schnappt, den ich ihr hinwerfe. In ihren Augen steht eine Furcht, die mich frösteln lässt. Behutsam drücke ich ihre

Schulter, in dem verzweifelten Versuch, sie aus dem Schock zurück an die Oberfläche zu zerren. Und endlich blinzelt sie ein paarmal. Dann klärt sich der Schleier auf ihrer Iris und sie schnappt, wie eine Ertrinkende, nach Luft.

Holprig fließen die Worte über ihre Lippen, als sie flüstert: »Ja, die … die Wunde.« Das war das Stichwort, auf das ich gewartet habe. Mit einem gewissen Maß an Widerwillen, das auch Ben nicht entgeht, richte ich das Wort erneut an ihn.

»Ich hab hier noch zu tun, aber Tara kann auf keinen Fall länger durchhalten. Du siehst ja, wie erschöpft sie ist. Sie hat sich vor wenigen Tagen bei einem Sturz eine größere Wunde zugefügt, die ihr nach wie vor zu schaffen macht«, füge ich hinzu, um unbequemen Fragen vorzubeugen. »Besteht die Möglichkeit, dass du sie auf dem Rückweg an der Jagdhütte deines Vaters absetzt?«

Ben hebt wissend die Augenbrauen und lächelt beißend. »Ach, da seid ihr untergekrochen.« Ich verkneife mir jeden Kommentar und warte darauf, dass er fortfährt. »Also gut, ich bin hier ohnehin fertig. Soll ich mir die Wunde ansehen, wenn wir vor Ort sind? Nur vorsichtshalber?« Seine Stimme trieft vor Ironie. Ich spüre, wie eine neue Welle des Bebens Taras Körper durchrüttelt. Ein schmerzhafter Stich fährt mir ins Herz. Sie Ben anzuvertrauen, ist nicht viel besser, als sie dem Feind direkt auszuliefern, aber derzeit sind mir die Hände gebunden. Die Menschen hier im Ort vertrauen mir. Sie warten auf mich und sehnen die wenigen Besuche regelrecht herbei. Ich kann nicht eher zurück, bis ich die verdammte Liste abgearbeitet habe.

»Dazu besteht keine Notwendigkeit, Ben«, entgegne ich scharf. »Ich bin in den Abendstunden zurück und kümmere mich selbst darum. Wo steht dein Schneemobil?«, frage ich bemüht ruhig, während mein Blick die Straße scannt.

Der Mann ist fort. Aber seine Aura umweht uns geisterhaft. Des Weiteren wissen wir weder, ob er allein unterwegs ist, noch ob er uns nicht doch von einem sicheren Standort aus beobachtet. Unbehagen weitet sich in mir aus und treibt eine Hitze durch meinen Leib, dass mir der Schweiß ausbricht. Alles, was ich will, ist, Tara vor ihrem Verfolger zu schützen. Ihr die massive Angst nehmen, die sie zerbrechlich und schutzlos anmuten lässt und ihr versichern, dass es gut wird. Irgendwie. Dass ich da bin und sie beschütze. Aber ich weiß selbst, dass meine Möglichkeiten verflucht begrenzt sind, hinsichtlich eines so mächtigen Gegners, wie Arthur Smith es ist.

Ben nickt die Straße hinunter, südlich, in die entgegengesetzte Richtung, in welche der Fremde marschiert ist. Gut. Das ist sehr gut. Erleichterung nimmt der Anspannung die Schärfe.

»Gleich hinter Meyers Backshop. Meinst du, du schaffst es bis dahin?«, richtet er das Wort an Tara. Ihr knappes Nicken drückt das Maß der Not aus, die in ihr schwelt.

»Ist das okay für dich, Tara?« Die Art, wie sie mich ansieht, zwanghaft darum bemüht, die Verzweiflung, die zunehmend die Oberhand gewinnt, einzudämmen, zerreißt mir schier das Herz und einen Moment lang bin ich versucht, augenblicklich aufzubrechen und sie selbst zu begleiten. Sie in Sicherheit zu bringen. Raus aus der Gefahrenzone.

»Nathaniel? Du stehst jetzt schon eine geschlagene Stunde in der verfluchten Kälte dort draußen. Bei mir bekommst du einen frischen Kaffee, direkt am Kamin. Ist das ein Angebot, um dich endlich hereinzulocken?«

Ezra Johnston tritt auf die Veranda seines Hauses und schenkt mir ein zerknittertes Lächeln. Auch wenn er immer einen Spruch auf den Lippen hat, so weiß ich doch, wie sehr er unter der schweren MS-Erkrankung seiner Frau leidet. Alles in mir verlangt danach, Tara selbst in die Jagdhütte zu geleiten. Jetzt und sofort. Das ist nun, nachdem Ezra mich entdeckt hat, fast unmöglich. Ich kann weder ihn und noch viel weniger Eliza enttäuschen, indem ich sie versetze.

»Ich bin in zwei Minuten bei euch Ezra«, rufe ich und hebe die Hand, bevor ich mich wieder an Tara wende, deren Blick mir wie glühende Nägel unter die Haut fährt. Sie hat Todesangst. Behutsam umfasse ich ihre eiskalten Finger, um mir ihrer vollen Aufmerksamkeit sicher zu sein.

»Ich werde die Besuche zu Ende bringen und so schnell wie möglich nachkommen.«

»Okay.« Das ist es, was sie sagt. Doch ihre Augen flehen mich an, sie jetzt nicht allein zu lassen. Ihre Stimme bebt, ebenso wie ihr ganzer Leib. Ihr ängstlicher Blick gleitet ruhelos die Straße hinunter, aber der Fremde taucht nicht wieder auf.

»Wenn dir der Schneesturm nicht zuvorkommt, Nathaniel.« Ben deutet in den sich verdunkelnden Himmel und umfasst dann Taras Arm. Allein diese Geste erweckt einen Widerwillen, der mir die Magenwände verätzt. Doch mir bleibt keine Wahl. Ben ist zu diesem Zeitpunkt die einzige Chance, Tara sicher aus der Stadt zu bringen.

»Ich fürchte, selbst wir zwei Hübschen werden uns einen

nassen Hintern holen, bevor wir in der Hütte ankommen.« Der zweideutige Klang seiner Stimme schürt die Wut in meinem Innern.

Ich beuge mich vor und raune warnend, sodass Tara die Worte nicht entschlüsseln kann: »Solltest du deine Finger nicht bei dir behalten, Ben, dann gnade dir Gott.«

Ein schmutziges Grinsen verzieht die Lippen des Mannes vor mir. »Tja, wie heißt es in deiner Bibel doch so schön, Nathan: Auge um Auge, wenn ich mich recht entsinne …«

Er provoziert mich, das ist mir klar. Ben hat nie verwunden, dass Anuk sich gegen ihn und für mich entschieden hat. Sein ganzes Verhalten zeugt von einer billigen Retourkutsche, die aber keinesfalls zu Taras Lasten gehen darf. Mir bleibt nur zu hoffen, dass er seine Intention nicht vorantreibt und bis zum Äußersten geht. Amüsiert hebt Johns Sohn die Augenbrauen und mustert mich herablassend.

»Was ist nun? Vertraust du mir, dass ich dein Mädchen sicher nach Hause bringe, oder nicht?« Seine Worte schüren die lodernden Flammen an. Ich ringe darum, hier, auf offener Straße und vor Taras Augen, nicht die Fassung zu verlieren. Selbst wenn ihr der letzte Teil unserer Unterhaltung entgangen ist, so scheint sie doch sicher zu spüren, welcher Brand zwischen Ben und mir schwelt. Ein Feuer, das jeden Moment außer Kontrolle zu geraten droht.

»Vertrauen ist ein großes Wort, Ben. Ich weiß, dass es Tara nicht gut geht, das ist der einzige Grund, warum ich sie dir anvertraue. Ich baue darauf, dass du erwachsen genug bist, diesen Umstand nicht auszunutzen. Des Weiteren ist Tara *mein* Gast und ich erwarte von dir, dass du sie exakt so behandelst.« An Tara gewandt fahre ich fort: »Ich werde in den Abendstunden zurück sein. Ruh dich aus.« Im nächsten Moment wende ich mich ab und steige die Stufen zur Veranda der Johnstons hinauf. Nur mit allergrößter Beherrschung halte ich mich davon ab, auf dem Absatz kehrtzumachen und Tara aus der fragwürdigen Obhut dieses zwielichtigen Mannes zu erlösen.

Ich kann nur hoffen, dass Ben lediglich mit den Säbeln rasselt, und unter seiner Haut auch ein Teil der gutmütigen Herzen seiner Eltern schlägt. Andernfalls muss ich darauf vertrauen, dass Tara im schlimmsten Falle alles andere als hilflos ist und sich in der Not zur Wehr zu setzen weiß. Wenn der erste Schock nach der seltsamen Begegnung mit dem Fremden auf der Straße verklingt, wird sie zu ihrer alten Form zurückfinden. Tara ist stark. Vielleicht zu stark, um den Kampf, den sie kämpft, zum eigenen Wohl aufzugeben.

31

Jedes Geheimnis bleibt nur so lange im Verborgenen, bis wir den Mut aufbringen, tiefer zu graben.

Taraneh

Erstes Schneetreiben setzt ein, als wir die letzten Kilometer auf dem Weg zur Hütte zurücklegen. Mein Körper schmerzt in Regionen, von denen ich nicht wusste, dass sie schmerzen können. Im Gegensatz zu den Fahrten auf dem Schneemobil, die ich bisher mit Nathaniel zurückgelegt habe, ist jene mit Ben ein einziger Krampf. Jedes Mal, wenn eine Unebenheit auf dem Weg mich dichter gegen seinen Körper schiebt, bemühe ich mich zwanghaft darum, den Abstand zwischen uns zu vergrößern. Seine Nähe ist mir zuwider. Der ganze Mensch ist mir zuwider. Seine Blicke, seine Berührungen setzen Signale, die mir alles andere als willkommen sind. Ich fürchte mich vor dem Moment, da wir allein in der Hütte sind und ringe schon jetzt um Ausflüchte, wie ich ihn schnellstmöglich loswerde. Einzig das Wissen darum, dass die Gefahr, die in Jakes Landing lauert, um ein Vielfaches größer ist, lässt mich meinen kurzzeitigen Frieden mit der Situation schließen.

Ben bringt das Mobil direkt vor der Hütte zum Stillstand und wendet sich überrascht um, als ich mich anschicke, von der Bank zu klettern.

»Du brauchst dich nicht aufhalten, Ben.« Ich deute in den

Himmel, aus dem die Flocken reich, wie ein dichtgewebter, weißer Vorhang, auf die Erde hinabfallen. Ein erster beißender Wind kommt auf, der einen nahenden Sturm ankündigt. »Besser du machst dich gleich auf den Weg ins Reservat, bevor die Hölle losbricht und du hier festsitzt.« Sein Grinsen offenbart seine Gedanken und rinnt mir als kalter Schauer den Rücken hinab.

»Ach, ich wüsste schon, wie wir uns die Zeit vertreiben könnten, Tara …«

»Ich bin sicher, John braucht dich an seiner Seite«, unterbreche ich ihn scharf, die ungehobelten Worte ignorierend. Die Erwähnung seines Vaters meißelt einen steinernen Ausdruck in seine Züge und wischt ihm das dreckige Grinsen aus dem Gesicht. Doch entgegen meiner Hoffnung gleitet er ebenfalls vom Sitz und kommt direkt vor mir auf die Füße. Viel zu nah. Unwillkürlich halte ich die Luft an, während mein Herzschlag sich polternd in schwindelerregende Höhen erhebt. Ich glaube nicht, dass ich an diesem verfluchten Tag noch mehr verkraften kann.

»Du zitterst wie Espenlaub, Tara. Was wäre ich für ein Gentleman, wenn ich dir nicht wenigstens ein Feuer in der Hütte entzündete.«

»Ach, das ist nicht …«

»Papperlapapp. Nathan dreht mir den Hals um, sollte er erfahren, dass ich dich hier lediglich abgesetzt habe.« Im nächsten Atemzug betritt er den winzigen Raum, in dem es keinerlei Rückzugsmöglichkeiten gibt. Selbst die Notdurft muss draußen, im dichten Wald, verrichtet werden.

Ich bleibe zur Salzsäule erstarrt auf der Schwelle stehen und starre den Mann an, der bereits vor dem Kamin niederkniet und

Holzscheite stapelt. Ein verbliebener Rest Wärme, der noch von den Morgenstunden im Raum fest haftet, umfängt mich und lässt mich unweigerlich erschauern. Ben spürt mein Zögern. Einen Blick über die Schulter werfend, schüttelt er amüsiert den Kopf.

»Nun komm schon rein. Ich beiße nicht. Du wirst eiskalt da draußen.« Er hat recht. Die Kälte frisst sich durch alle Hautschichten, bis tief ins Herz hinein. Zögernd trete ich ein und schließe die Tür hinter mir. Das Aussperren des Schneetreibens, lässt mich die Wärme im Innern intensiver empfinden. Das hat zur Folge, dass sich das Zittern, wie schon am Morgen in dem Gemischtwarenladen, verstärkt. Je wärmer ich werde, desto stärker spüre ich den brennenden Schmerz unter meiner Brust. Wenn Ben weg ist, muss ich mich dringend mit der Wunde auseinandersetzen. Irgendetwas scheint da nicht zu stimmen. Und so als hätte er seinen Namen gehört, erhebt er sich und sieht mich an. Jegliches Missempfinden, das meinen Körper vereinnahmt, registriert er mit einer Schärfe, die mir brennend in die Eingeweide fährt. Er bückt sich wortlos, greift eine der Decken auf, die auf dem Fell vor dem Kamin liegen, und legt sie mir um die Schultern. Unwillkürlich zucke ich unter seiner Berührung zusammen.

Wissend, mit einem seltsamen Lächeln auf den Lippen, hebt er die Augenbrauen und tritt einen Schritt zurück. »Ich ahne es, Tara, ich bin nicht Nathaniel.« Er zieht sich mit einem Seufzen die Mütze vom Kopf und streicht sich das lange, dunkle Haar aus der Stirn. »Ich weiß beim besten Willen nicht, was ihn in den Augen der Frauen so außergewöhnlich macht. Sie fressen ihm buchstäblich aus der Hand. Du bist da keine Ausnahme. Anuk war ihm verfallen, von dem Moment an, da sie ihm zum ersten Mal begegnete.« Als der Name zum dritten Mal an diesem Tag fällt, folgt eine Stille, die mich geradezu versteinert. Nur das Knistern des Feuers und das Heulen des Windes, der durch die winzigen Fugen der Bretterwände fegt, erfüllt sekundenlang die Atmosphäre zwischen dem Mann und mir.

Unbehaglich wickele ich mich fester in die Decke und frage, nachdem ich meinen ganzen Mut zusammengenommen habe: »Anuk war … deine Freundin?« Ben hebt den Kopf und sieht mich an. Wut und Trauer mischen sich zu einer dunklen Farbe in seinen Augen.

»Richtig. Anuk war mit mir zusammen, seit wir sechzehn Jahre alt waren. Wir hatten Pläne, große Pläne. Wir wollten eine Familie gründen, vielleicht das Reservat verlassen. Als Nathaniel eines Tages auftauchte, verblasste ich regelrecht neben dieser Lichtgestalt. Anuk hatte nur noch Augen für ihn. Sie hing an seinen Lippen. Alles, was er sagte, schien sie zu beeindrucken, so wie einen Großteil des Volkes auch.« Er spuckt die Wörter aus, als würden sie ihn vergiften, wenn er sie zurückhält.

»Wie … warum hat Nathaniel das Reservat überhaupt aufgesucht? Soweit ich weiß, kommt er ursprünglich aus Québec.« Schnaubend lehnt der große Mann sich mit der Schulter gegen die Wand und verschränkt die Arme vor der Brust.

»*Running Wolf*. Das war allein das Werk meines Vaters. Nathans Mutter lebt im National Park, nicht weit entfernt vom Reservat. Sie hat den Kontakt zu Nathaniel hergestellt, weil sie der Annahme war, er könne den Mik'Mac' Vielleich helfen. John ist kurzerhand nach Québec gereist und hat ihn eingeladen, sich ein Bild von der Situation vor Ort zu machen.«

»Welcher Situation?« Alarmiert hebt Ben das Kinn. Er mustert mich kurz und winkt dann ab.

»Nicht wichtig, allgemeiner Kram.« Ich kann mich des Gedankens nicht erwehren, dass er lügt. Möglicherweise ging es schon damals um den Giftmüllskandal. Ein weiteres Mal überlege ich, welcher Tätigkeit Nathaniel nachgeht. Welchen Job er einst ausgeübt hat. Gerade als ich Ben fragen will, fährt dieser fort.

»Vom ersten Tag an bestand diese außergewöhnliche Verbindung zwischen *Running Wolf* und Nathan. Auch wenn John es nie ausgesprochen hat, so weiß ich doch, dass Nathaniel so viel mehr dem Bild des perfekten Sohnes entspricht, als ich es tue.«

»Das glaube ich nicht«, werfe ich ein. »Er liebt dich, Ben. Du bist sein Kind. Das Einzige, was ihm von Mary geblieben ist.« Ruckartig fliegt sein Kopf hoch bei meinen Worten. Einen Moment lang scheinen ihn diese völlig aus der Bahn zu werfen.

»Warum sagst du das?«

»Weil es meine feste Überzeugung ist.«

»Weil du der Illusion unterliegst, dass Eltern ihre Kinder lieben, immer und bedingungslos?«, fragt er spöttisch. Er hat keine Ahnung, wie sehr diese Äußerung mich schmerzt, welche Wunden sie aufreißt. Schwer sinke ich auf den wackeligen Stuhl neben mir. Die Schwäche, die sich plötzlich in mir ausweitet, gibt das Maß der Erschöpfung preis, die an mir zerrt.

»Nein, weil ich gesehen habe, wie John dich ansieht. Weil ich weiß, dass du all die Anteile, die ihn ausmachen, in dir trägst, ebenso wie Marys.« Sekundenlang schweigt er. Ich ahne, was diese Feststellung in ihm auslöst. Er schluckt mühsam an den

Gefühlen, die gut sichtbar über seine Züge flackern, wie ein Blitzlichtgewitter. Empfindungen, die er stets unter Verschluss hält. Wut, Trauer, Schmerz und Liebe.

»Ich sollte los, bevor der Schneesturm so dicht wird, dass ich nicht mehr durchkomme«, raunt er leise und streift die Mütze über das Haar. Fast ist er schon an der Tür, als ich ihn noch einmal zurückhalte.

»Ben warte.« Er dreht sich um und mustert mich abwartend.

»Neulich Morgen hast du … Du hast Nathaniel einen Mörder genannt.« Ich spüre, wie meine eigenen Worte mich an eine Grenze führen, die zu überschreiten ich zutiefst fürchte. Ich weiß sicher, ab jetzt führt kein Weg zurück in die namenlose Zweisamkeit, die Nathaniel und ich bisher gelebt haben. Was immer Ben zu sagen hat, er wird es tun und er wird Nathaniel dabei keinesfalls schonen. Noch immer ruht der dunkle Blick, in dem sich ein siegessicheres Glitzern formiert, auf mir.

»Warum?«, flüstere ich tonlos. »Warum hast du ihn einen Mörder genannt?« Ben richtet sich auf, strafft die Schultern und schiebt das Kinn vor.

»Weil er das ist, Tara. Nathan ist ein Mörder. Er hat seine Frau getötet.«

32

Ich werde kämpfen gegen jeden, der dich bekämpft.

Taraneh

Seitdem Ben fort ist, schmerzt meine Wunde auf eine Weise, als wühlten hundert Messer darin. Möglicherweise ist es auch mein Herz selbst. Ich weiß es nicht. Die Eröffnung dessen, dass Nathan seine Frau getötet hat, hat mich einerseits betäubt, sodass ich kaum zu einem klaren Gedanken fähig bin. Andererseits hat es neue, tiefe Zweifel in mir erweckt. Für das Wie und Warum ließ Ben mir keine Zeit und ich bin geneigt zu glauben, dass er bewusst so agiert hat, mich unwissend und ängstlich zurückzulassen.

Während draußen der Sturm zu einem Orkan erwächst, spüre ich, wie die Erschöpfung in mir die Oberhand gewinnt. Ich sollte vorrangig vor allem anderen nach der Wunde sehen, die höllisch beißt. Sollte mir wenigstens einen Tee zubereiten und etwas von dem getrockneten Fleisch essen, das John mitgebracht hat, um wieder zu Kräften zu kommen. Aber ich bin selbst zu erschöpft, um mich zu entkleiden.

Schwankend kämpfe ich mich auf die Füße, streife die Stiefel samt Winterjacke ab und krieche entkräftet zwischen die Decken direkt vor dem Feuer. Während sich eine Schwere auf mich herabsenkt, die jeden klaren Gedanken zudeckt, sinne ich darüber nach, dass ich jetzt nicht einschlafen darf. Bei der Witterung dort draußen ist mancher Schutzsuchende unterwegs. Im schlimmsten Fall begegne ich hier in diesen vier Wänden meinem Mörder. Ausgeliefert und auf mich allein gestellt.

Für ein paar Sekunden wird mein Geist klar, als sich das Bild des Mannes vor mein Auge schiebt, der in Jakes Landing wie aus dem Nichts auf die Straße getreten ist, und den Blick, kurz nur in meine Richtung hat schweifen lassen. Die Erinnerung daran verstärkt das ohnehin massive Zittern meiner Gliedmaßen.

Er hat dich nicht gesehen, Tara. Andernfalls hätte er niemals leichten Schrittes die entgegengesetzte Richtung eingeschlagen. Aber jegliche Bemühung, mich selbst davon zu überzeugen, verklingt in dem Rauschen des eisigen Schneesturms, der dort draußen sein Unwesen treibt. Der mir trotz meines benommenen Zustands vor Augen führt, dass Nathaniel in dieser Nacht unter keinen Umständen in den Wald zurückkehren wird. Ein Blick aus dem Fenster offenbart, dass in dem dichten Schneetreiben kaum die Hand vor Augen erkennbar ist. Mit einem Aufstöhnen drehe ich mich auf die rechte Seite, ein verzweifelter Versuch, die schmerzhafte linke zu entlasten.

Nathaniel ist ein Mörder, rufe ich mir in Erinnerung. Keinen Deut besser als der Mann, der mir so verdammt nah auf den Fersen ist. Noch immer weiß ich nicht, in welcher Liga er spielt. Ist er Freund oder Feind, Verbündeter oder Gegner? Andererseits hat er unfassbar schnell geschaltet in dem kleinen Ort, als ich mich plötzlich mit meinem Attentäter konfrontiert sah. Nicht eine Sekunde hat er an seiner Intuition gezweifelt. Hat blind seinem Gefühl vertraut und umgehend gehandelt. Auch wenn Ben ihn als Mörder bezeichnet, so sehne ich mich in diesen

Minuten zutiefst nach der Nähe dieses Mannes. Nach der Geborgenheit, die er ausstrahlt und den Schutz, den er mir in den letzten Tagen vermittelt hat. Johns Worte kommen mir in den Sinn, die er draußen im Reservat an mich gerichtet hat: Unterschätze nicht die Sicherheit, die dieser Mann dir bieten kann.

Und gleichgültig, welches Vergehen auf seinen Schultern lastet, in meiner zerbrochenen Welt ist Nathaniel derzeit die einzige Zuflucht, die mir das Leben bietet.

Als ich erwache, ist das Feuer weitestgehend runtergebrannt. Der Raum beginnt bereits auszukühlen. Draußen herrscht tiefe Dunkelheit. Ich habe jedes Zeitgefühl verloren. Vielleicht ist der Abend kaum angebrochen. Möglicherweise herrscht aber auch tiefe Nacht. Noch immer tobt ein Orkan von solcher Gewalt, dass er die kleine Holzhütte regelmäßig in Erschütterung bringt. Ein scharfer Wind pfeift mit klagendem Laut durch jede Ritze und kühlt die Temperatur im Innern zusätzlich hinunter.

Doch ich friere nicht. Mir ist so heiß, dass mir der Schweiß auf der Stirn steht und die Kleidung klamm an meinem Körper klebt. Ich sollte aufstehen und sie wechseln, bevor ich mir eine Lungenentzündung zuziehe. Sollte mich bemühen, das Feuer wieder in Gang zu bringen, damit es nicht völlig erlischt und ich bei dem Sturm, der durch den winzigen Schornstein fegt, keine Flamme mehr entzünden kann. Ich weiß das alles. Doch mein Körper gehorcht meinem Willen nicht länger. Das Zittern hat sich nicht gelegt, im Gegenteil. Ebenso wenig ist der grelle

Wundschmerz. Trotz der Ruhepause, die ich über die letzten Stunden eingelegt habe, hat sich das quälende Empfinden eher intensiviert. Mein Hals ist staubtrocken, gleicht einer Wüstenlandschaft. Ich weiß, ich muss dringend etwas trinken, aber mir fehlt schlicht die Kraft, mich auch nur aufzusetzen.

Ich habe keine Ahnung, was das ist. Ob dieser Zustand nur einer maßlosen Erschöpfung geschuldet ist, oder ob sich dahinter eine ernsthafte Krankheit verbirgt. Ich fürchte, wenn Nathaniel nicht zurückkehrt, werde ich hier elendig verrecken. Das würde Arthur Smith in die Hände spielen. Eine tote Gegnerin ist die beste. Mit einem Aufstöhnen schließe ich die Augen und lausche auf das Krachen des Holzes, welches der Wind geräuschvoll in Bewegung hält. Ein Gutes hat dieser verfluchte Wettereinbruch. Niemand, dem sein Leben lieb und teuer ist, wird bei dieser Witterung hier hinausfahren und nach mir suchen. Erst recht nicht der Mann, der mich lieber tot als lebendig sehen will.

33

Zwei Seelen, die zusammengehören, sind untrennbar.

Nathaniel

Licht dämmert schieferfarben zwischen den weißen Baumwipfeln empor, die ihre Häupter majestätisch in den dunklen Himmel recken und kündigt den Morgen an. Noch immer faucht der Wind mir mit eisiger Kälte ins Gesicht, haben sich die Böen kaum gelegt. Doch sobald das dichte Schneetreiben sich ein wenig lichtete, habe ich mich auf den Weg gemacht. Die Tatsache, dass Tara allein in der Jagdhütte ausharrt, gegebenenfalls in Gesellschaft des zwielichtigen Ben, der mit seinen Ambitionen keineswegs hinter dem Berg gehalten hat, hat mir zwischenzeitlich Herz und Verstand geraubt. Ich habe keine Ahnung, was es ist, das diese Frau in mir anrührt, das alle Beschützerinstinkte weckt. Dabei bin ich sicher, dass sie sich im Notfall absolut zur Wehr zu setzen weiß. Ein Mensch, der es mit Arthur Smith aufnimmt, schreckt auch vor dem Teufel höchstpersönlich nicht zurück.

Es ist ihre Zerbrechlichkeit, die mich berührt, das Wissen, dass unter der Oberfläche eine Verletzlichkeit schlummert, die sie mit aller Vehemenz verleugnet. Was auch immer Tara erlebt hat, diese Verletzlichkeit ist der Grund, der sie bis hier hinaus in die Wildnis getrieben hat. Mit dem unabdingbaren Wunsch, dem Elend der Menschen und den Machtspielen des Konzerns ein für allemal ein Ende zu setzen. Das nenne ich tapfer und mutig gleichermaßen. Aber im Hinblick darauf, dass es bereits zwei Anschläge auf ihr Leben gab, die sie nur mit knapper Not überlebt hat, ist es durchaus auch fahrlässig.

Hinter der nächsten Biegung taucht in der Morgendämmerung Johns windschiefe, bescheidene Jagdhütte auf. Der Anblick selbiger gefriert mir das Blut in den Adern. Nicht aufgrund der eisigen Kälte, die mich vereinnahmt und meinen Körper wie ein starres Korsett umfängt. Vielmehr ist es der Tatsache geschuldet, dass kein Rauch aus dem Schornstein aufsteigt, noch lässt sich das Flackern der Flammen durch die winzigen Fenster erahnen. Die Kate liegt in absoluter Dunkelheit da.

Ich bringe den Schlitten zum Stehen und lasse den Motor ersterben, während sich in mir ein Gefühl tiefer Beklemmung ausweitet. Die Nacht habe ich erzwungenermaßen bei Joy verbracht. Sie hat mich regelrecht genötigt, unter den gegebenen Umständen nicht zurückzufahren und mich zahlloser Gefahren auszusetzen. Ihre Argumente waren schlüssig und stichhaltig und doch hat sie eine Ewigkeit gebraucht, mich zu überzeugen. Auch wenn ich Tara mein Wort gegeben habe, spätestens am Abend zurückzusein, so wäre ich bei dem schweren Schneesturm, der in den vergangenen Stunden gewütet hat, vermutlich nicht lebend bei ihr angekommen. Joy hat das Sofa für mich hergerichtet und ich habe versucht, zumindest eine Zeit lang zu ruhen, wenn auch an Schlaf nicht zu denken war.

Mein Geist war erfüllt von den Gedanken und der Sorge um die Frau, die seit Tagen mein Sein, mein ganzes Leben beherrscht.

Als das Schneetreiben sich endlich lichtete, bin ich unter Joys vehementem Protest dennoch aufgebrochen. Jede Stunde, die Tara allein dort draußen verbringt, kann ihren Tod bedeuten, in dem Wissen, dass hier ein Mörder sein Unwesen treibt.

Das Herz schmerzt mir auf fremde Weise, als ich die Hütte verlassen vorfinde. Zumindest erweckt der äußerliche Anschein diesen Eindruck. Möglicherweise hat Ben sie mit ins Reservat genommen, denke ich, als ich vom Schneemobil steige.

Jeder einzelne Muskel in meinem Körper schmerzt. *Das ist der Preis der Übermüdung.*

Aus dem Augenwinkel registriere ich, wie sich im Zwielicht ein grauer Schatten aus einer Schneewehe erhebt. Alarmiert fahre ich blitzschnell, mit rasendem Puls herum. Das Blut rauscht mir in den Ohren und übertönt kurzzeitig das Heulen des Windes. Darauf gefasst, jeden Moment einem Angreifer gegenüberzustehen, scannen meine Augen das Areal ab, als sich ein Tier behäbig aus der Dunkelheit schält und langsam auf mich zukommt. Einen Herzschlag lang bin ich davon überzeugt, zu träumen.

Das kann nicht sein. Es ist unmöglich.

Eine Gänsehaut rinnt von den Haarspitzen bis zu den Zehen meinen Leib hinab. Dann, im nächsten Moment, spüre ich den feuchten Korpus eines Hundes, der sich mit ganzer Kraft, schwanzwedelnd gegen mein Bein drängt. Zu erstarrt, um zu begreifen, was geschieht, stehe ich zitternd vor Ergriffenheit in der Morgendämmerung. Schneerauschen erfüllt noch immer die Luft, das sich nun wieder klar herauskristallisiert. Ich spüre die mit Eis gespickten Flocken gleich Scherben auf der Haut, während ich benommen auf den Husky zu meinen Füßen starre. Trotz des Schnees, der sich in dem dichten Fell eingelagert hat, erahne ich, dass das kurze Haar angesengt ist. Mein Herz eröffnet ein Trommelfeuer, das mir nach den langen Stunden in der eisigen Kälte das Blut heiß durch den Körper jagt. Ich wage es nicht, mich zu bewegen. Nicht einmal zu atmen, aus Furcht davor, dass die wundersame Fata Morgana dieses frühen Morgens sich vor meinen Augen in Rauch auflöst. Ein leises Winseln erhebt sich über das Rauschen in den Baumwipfeln und lässt den Moment real werden.

Das ist kein Traum, denke ich mit einem Aufschluchzen und falle vor Captain auf die Knie. Ich vergrabe mein Gesicht in dem verrußten Fell und spüre seine raue Zunge liebkosend und zutiefst vertraut an meinem Hals. Sekunden, vielleicht Minuten harren wir in dieser stillen Einigkeit aus, unendlich dankbar dafür, diesen wundersamen Augenblick der Zweisamkeit mit allen Sinnen zu erleben. Ich sinke zurück auf die Fersen, umfasse den Kopf meines treuen Freundes und wage einen Blick in die klaren blauen Augen. Die Ernsthaftigkeit und Liebe darin lassen mich tief erschauern.

»Du lebst«, flüstere ich und kann kaum glauben, was meine Worte offenbaren. Die schwere Trauer der letzten Tage weicht zurück und schafft einem Glücksempfinden Raum, dem ich, zumindest für den Moment, vertrauen möchte. Ich lege meine Lippen an die Stirn des Tieres, spüre das pulsierende Leben. Empfinde, wie sehr sich mein treuer Gefährte in diese Nähe hineinfallen lässt, bevor ich mich erhebe und die Tür zur Hütte öffne.

Jakes Landing

Jacob

»Was heißt das, du bist nicht sicher, ob du sie erwischt hast?«

»Na das, was ich sage. Gib mir noch ein paar Tage Zeit, dann habe ich mehr in Erfahrung gebracht und kehre umgehend nach Halifax zurück.«

»Du hast schon viel zu viel Zeit beansprucht. Du kannst nicht mit Bestimmtheit sagen, ob du sie erledigt hast und noch weniger weißt du, wo diese verdammte Speicherkarte ist.«

Arthurs Wut schwappt in einer emotionalen Welle durch die Leitung. Ich verdrehe die Augen und werfe einen Blick aus dem Fenster. Draußen auf der Straße herrscht Stillstand. Nicht, dass hier, in diesem gottverlassenen Ort, überhaupt etwas los ist. Aber bei dem Schneechaos, das durch die kleine Stadt tobt, wagt sich niemand hinaus vor die Tür.

»Hör zu, Arthur …«

»Nein, Jacob. Du hörst mir zu. Ihr Verschwinden schlägt bereits Wellen. Es wird Zeit, dass du Nägel mit Köpfen machst. Vielleicht hat sie die gesammelten Daten inzwischen für viel Geld an die Medien verkauft, die es längst aufbereiten, um es wirksam in Szene zu setzen …«

»Bullshit. Seit sie Halifax verlassen hat, bin ich ihr auf den Fersen. Sie hatte nicht auch nur annähernd die Chance, die Karte loszuwerden, geschweige denn, sie zu versenden. In dieser Einöde gibt es kaum Sendemasten.«

»Dein Wort in Gottes Ohr.« Arthurs dunkle Stimme dröhnt wie ein Brüllen durch die Leitung.

»Vertraust du mir nicht mehr, Arthur?«, frage ich ironisch und beobachte von meinem Fensterplatz aus, wie die junge Frau aus dem Gemischtwarenladen vor die Tür tritt, um die Schneewehen mit einem Besen zu beseitigen. Ein heilloses Unterfangen bei dem Orkan, der ihr die weiße Pracht immer wieder direkt vor die Füße weht.

Sie ist hübsch. Eine Flut schwarzglänzenden Haares quillt unter der weißen Wollmütze hervor. Der schlanke Körper verbirgt sich unter einem gefütterten, warmen Anzug und doch weiß ich genau um ihre Kurven, welche dieses unförmigen Etwas verbirgt. Hole ich mir doch jeden Morgen einen Kaffee und ein Croissant bei ihr.

»Ich habe dir noch nie vertraut, Jacob. Das weißt du.«

»Autsch«, entgegne ich und lege spielerisch die Hand an die Wange. »Das tat weh.« Ich wende mich abrupt ab, trete an den Spiegel und streiche mit den Fingern durch das dichte, dunkle Haar. Es sollte nicht allzu schwer sein, ihre Gunst zu gewinnen. Die junge Halbindigene ist sehr mitteilsam. Nicht oft erscheinen in diesem verlassenen Kaff Fremde, da wird jede Abwechslung begrüßt. Mit meiner charismatischen, aufmerksamen Seite habe ich schnell ihr Vertrauen gewonnen. Sie strahlt über das ganze Gesicht und begrüßt mich überschwänglich, wenn ich den kleinen Laden betrete. Aus ihren Erzählungen höre ich heraus, dass sie regen Kontakt zu den Menschen im Reservat pflegt. Ihre Mutter hat bis vor kurzem sogar dort gelebt.

»Vielleicht vertraust du deinem Sohn mehr«, werfe ich

provokativ ein, in dem sicheren Wissen, das Messer in der Wunde zu drehen und der Tatsache, dass ich für Arthur unersetzlich bin. »Matthew hat durchaus seine Qualitäten.«

»Papperlapapp, Mathew ist ein Taugenichts, das weißt du ebenso wie ich. Andererseits hätte ich dich nie auf die Position gehoben, in der du dich derzeit befindest.«

»Heute Morgen bist du wieder unglaublich charmant, Arthur. Ich weiß gar nicht, womit ich das verdiene. Immerhin habe ich die letzten eineinhalb Jahre ausschließlich Taraneh gewidmet und der Tatsache, sie vom Kurs abzubringen.« Das ungehaltene Schnauben des Mannes am anderen Ende dringt an mein Ohr.

»Leider nicht sehr erfolgreich, Jacob. Oder muss ich dich daran erinnern, warum du dort in der Wildnis bist? Verflucht noch mal, ich kann mir nicht erklären, wie sie dir entwischen konnte und das, bevor du diese verdammte Karte an dich nehmen konntest.« Sein anhaltend ungnädiger Ton trübt allmählich auch meine Stimmung ein.

»Sie hat es nicht bis ins Reservat geschafft. Ich war ihr zu dicht auf den Fersen. Vermutlich ist sie längst tot. Ich bin sicher, dass ich sie direkt ins Herz getroffen habe …«

»Sagtest du nicht gestern erst, dass du ihre Leiche nicht gefunden hast? Erklär mir nochmal, warum du dich nicht gleich vor Ort von ihrem Ableben überzeugt hast.«

Ich atme tief ein, um nicht ausfallend zu werden, und antworte dann, durch zusammengebissene Zähne: »Weil ich das Gefühl hatte, es wäre sicherer, erstmal zu verschwinden, nur für den Fall, dass jemand den Schuss gehört hat.« *Und, weil ich ihr nicht beim Sterben zusehen wollte.* »So oder so, sie hatte die Karte bei sich und wenn Taraneh tot ist, gehören auch die Daten der ewigen Verdammnis an.«

»Und wo ist dann ihre Leiche?« Ich stöhne still auf. Langsam wird der Alte zur Nervensäge.

»Dies ist eine Einöde, Arthur. Hier gibt es jede Menge wilder Tiere. Ich könnte dir aus dem Stegreif eine Hand voll aufzählen, die sich über so eine Mahlzeit freuen.«

»Du bist geschmacklos, Jacob …«

»Na klar, erst erteilst du den Auftrag, sie zu töten und dann bin ich geschmacklos, wenn ich dich in die Details einweihe.«

»Bring in Erfahrung, ob die Kleine da nirgends aufgetaucht ist und unbequeme Fragen gestellt hat und dann komm zurück. Ich brauche dich hier.« Ich salutiere mit einem verschlagenen Grinsen und unterbreche das Gespräch schließlich. Der gute alte Arthur glaubt ernsthaft, dass es damit getan ist.

Ich schlüpfe in die warme schwarze Wolljacke und streife die Mütze über. Die Menschen vor Ort wissen nur allzu gut Bescheid um die Umweltschweinerei, die hier seit Jahrzehnten abläuft. Das ist mir in den Tagen hier draußen mehr als klar geworden. Sie haben eine Vorstellung davon, woher die Krankheiten kommen, die sie nach und nach töten.

»Ach Arthur«, sage ich leise und zwinkere meinem Spiegelbild zu. »Wir müssten die ganze Region ausrotten, wenn wir diese Flutwelle, die schon vor Jahren in Bewegung geriet, eindämmen wollen.« Ein Gesicht schiebt sich vor mein eigenes. Züge eines Mannes, der mir sehr vertraut ist, der mir eine Zeit lang ein Freund war. Ein Gesicht, das ich hier unter den Menschen, die mir täglich begegnen, suche. Und ich zweifle nicht daran, dass ich es früher oder später finden werde.

Ich verlasse das Zimmer der Pension und mache mich auf den Weg zu der schönen Joy, die bereits mit frischem Kaffee auf mich wartet, ein bezauberndes Lächeln auf den Lippen. Nicht ahnend, welches Spiel wir zwei heute spielen.

34

Wenn wir uns entscheiden, diesen einen Weg zu gehen, dann wird uns nichts und niemand davon abhalten können, höchstens der Tod.

Nathaniel

Der winzige Raum ist erfüllt von dem dämmerigen grauen Licht, das von draußen ins Innere sickert und kaum die Ecken auszuleuchten vermag. Meine Augen brauchen endlose Sekunden, bis sich die Konturen herausformieren. Vor dem kalten, runtergebrannten Kamin ruht eine Gestalt auf dem Fell. Auch wenn ich die Silhouette eher schemenhaft erahne, glaube ich, Taras Umrisse darin zu erkennen. Mein Herz setzt ein, zwei Schläge aus.

Sie ist tot.

Der Gedanke sackt schwer wie ein Stein in meinen Magen und verursacht körperlichen und seelischen Schmerz gleichermaßen. Die Erkenntnis raubt mir sekundenlang die Sicht und trübt mein Umfeld schwarz ein.

Sie muss tot sein, andernfalls hätte sie das Feuer in Gang gehalten. Die Hütte ist vollständig ausgekühlt, demnach ist der Kamin schon vor Stunden runtergebrannt. Meine Atmung stockt bei diesem grausamen Gedanken, während mein Puls sich zu Höchstleistungen antreibt. Einen endlos langen Moment bin ich zu erstarrt, um zu handeln, um mich überhaupt zu bewegen.

Schuld peitscht mich aus. Ich hätte sie niemals allein lassen dürfen. Nicht mit Ben und schon gar nicht in dieser Hütte, mitten in der Wildnis. Was lies mich verflucht noch mal glauben, dass ihr Verfolger sie hier nicht findet?

Captain ist achtsamer als ich. Längst ist er an die leblose Person herangetreten und beschnuppert sie. Sein leises, verzweifeltes Winseln reißt mich aus der Apathie. Ich stürze nach vorn, falle auf die Knie und berühre vorsichtig Taras Gesicht. Ihr Körper ist in Schweiß gebadet, sie hat eindeutig Fieber. Hohes Fieber. Aber sie lebt. Flatternd heben sich ihre Lider. Ich spüre eine Welle der Erleichterung, welche meinen Leib durchbrandet, die mich sekundenlang taumeln lässt.

»Nathan«, ihre Stimme ist kraftlos. Sie mutet maßlos erschöpft an, definitiv zu schwach, um das Feuer in Gang zu halten. Zu schwach, um sich auch nur umzukleiden. Aber sie ist bei Bewusstsein und annähernd klar. Das ist alles, was ich wissen muss. Behutsam lege ich meine Hand an ihr Gesicht, streiche mit dem Daumen zärtlich über die heiße Haut.

»Ich bin hier. Ich kümmere mich um dich, Tara. Gleich wird es dir besser gehen.« Sie nickt tapfer, während sich eine einzelne Träne aus ihrem Augenwinkel löst und die Schläfe hinabrinnt.

»Alles wird gut«, flüstere ich, schlage die Decken zurück und schiebe den Pullover so weit hoch, bis die Sicht auf die Wunde freigegeben ist.

»Fuck.« Der Fluch entgleitet mir, bevor ich ihn zurückhalten kann. Trotz des Verbandes erahne ich das Ausmaß der Katastrophe. Erneut öffnet Tara, unter Aufbietung immenser Kraft, flatternd die Lider und sieht mich an.

»Ist es … schlimm?« Selbst das Sprechen bereitet ihr Mühe. Ihre Stimme klingt verwaschen und konturlos, sodass die Worte nicht klar definiert sind. Vermutlich hat sie seit gestern Mittag nichts mehr getrunken und das, obwohl in ihrem Körper hohes Fieber wütet. Ich atme tief durch und schenke ihr ein Lächeln, das mein Herz nicht erreicht. Zärtlich streiche ich ihr eine der schweißnassen Strähnen aus der Stirn, in dem Versuch, sie zu beruhigen.

»Nicht so schlimm, dass wir es nicht wieder hinbekommen. Aber du wirst ein paar Tage brauchen, um dich davon zu erholen.« *In ihrem ohnehin angeschlagenen Zustand alles andere als ein Spaziergang*, denke ich bitter. Zudem habe ich keinerlei Narkotika vor Ort. Alle Restbestände sind mit dem Feuer auf der Mystik in Flammen aufgegangen. Was bedeutet, dass ich den Eiterherd, der sich in der ursprünglichen Wunde gebildet hat, bei vollem Bewusstsein öffnen und Tara massive Schmerzen zufügen muss.

»Was … ist denn?«

»Ein Abszess in der eigentlichen Wunde. Vermutlich haben sich bei dem Sturz in den See Bakterien eingenistet. Ich hätte den verfluchten Verband sofort wechseln sollen. Dann wärst du jetzt nicht … «

»Nathan«, kraftlos greift sie nach meinem Handgelenk. »Es ist nicht deine Schuld. Du kannst nichts dafür. Die … letzten Tage … es war einfach alles … zu viel.«

Ich nicke knapp, richte mich auf und stapele Holzscheite in den Kamin. »Ich werde das Feuer in Gang bringen und wenn die Hütte warm ist, müssen wir deine Kleider wechseln. Durch das Fieber sind sie völlig durchnässt. Und dann«, ich drehe mich zu ihr und sehe sie an. Ihre Augen glänzen trüb. Ich bin nicht sicher, dass sie wirklich jedes Wort, welches ich spreche, aufnimmt. »Dann muss ich mich um die Wunde kümmern. Das wird nicht angenehm, aber wir haben nur diese Wahl.« Tara schluckt schwer bei meiner Offenheit.

»Ich vertraue dir, Nathaniel.« Ihre Worte wärmen mich auf eigentümliche Weise. Ich weiß nicht warum, aber nach den Anfeindungen der letzten Jahre, vor allem im Reservat, sind sie wie der Balsam auf der offenen Wunde, die mich lange schon quält und sich beharrlich weigert, endlich abzuheilen.

Captain, der sich die ganze Zeit eisern zurückgehalten hat, fordert nun sein Recht ein und stupst Tara zärtlich mit der Schnauze gegen den Kopf. Erschrocken reißt sie die Lider auf und dreht mühsam das Gesicht. Ihre Augen weiten sich vor Erstaunen, als sie den Hund entdeckt.

»Captain«, raunt sie ergriffen und hebt die Hand. Augenblicklich leckt das Tier ehrerbietig darüber. »Wie … woher …?«

»Er saß vor der Tür und hat auf mich gewartet, als ich ankam.« Ich kann die Ergriffenheit über das Auftauchen des Hundes in der eigenen Stimme anklingen hören, ebenso wie Tara, die den Blick in meine Richtung lenkt.

»Das grenzt an ein Wunder, Nathan.« Ein zartes Lächeln verzieht ihre schönen Lippen. »Zwei Seelen, die zusammengehören, sind untrennbar.«

Tara ist ohnmächtig geworden, nachdem ich den Eiterherd eröffnet habe. Das ist mir nur recht, so kann ich zügig arbeiten und ihr entgeht ein Großteil der schmerzhaften Behandlung. Ich lasse das Wundsekret ablaufen, wasche die Wunde mit lauwarmem Wasser aus, das ich im Feuer erhitzt habe, und lege dann lediglich eine Kompresse zum Schutz vor neunen Infektionen über die Verletzung.

Während ich still und effizient arbeite, lasse ich sie nicht einen Moment aus den Augen. Über das Tosen des Sturms hinweg, kann ich nur schwer ihrer Atmung lauschen. Doch ihr Puls signalisiert mir, dass sie nicht allzutief in der Bewusstlosigkeit ruht.

Als ich behutsam die Decken über sie breite, sinke ich zurück und betrachte ihre Züge. Ich bin keine Minute zu früh zurückgekehrt. Andernfalls hätte eine Sepsis, unter diesen unwirtlichen Bedingungen, sie vermutlich das Leben gekostet. Es ist mir unerklärlich, wie sich innerhalb des kurzen Zeitraums ein solch gewaltiger Abszess bilden konnte. Aber Tara hat recht, die letzten Tage reichten völlig aus, um das Entstehen eines derartigen Eiterherdes voranzutreiben. Allein der lange Weg nach Jakes Landing hat das Ausbrechen eines eitrigen Geschwürs zusätzlich unterstützt. Ich erinnere mich, dass sie schon gestern ungewöhnlich blass war und von unkontrollierten Zitterschüben heimgesucht wurde. Vorboten des Fiebers, wie sich jetzt klar diagnostizieren lässt.

Mich vorbeugend, streiche ich ihr eine der schweißnassen, dunkelroten Strähnen von der Wange.

»Ist es das wert, Sweetheart?«, frage ich in die Stille und lasse meine Finger den Konturen ihres Gesichts folgen. »Wenn es schlecht läuft, wirst du diesen Einsatz mit dem Leben bezahlen.« Allein der Gedanke löst einen bizarren Schmerz in meinem Herzen aus. Diese Frau ist nach wie vor eine Fremde. Ich weiß praktisch nichts über ihre Beweggründe und doch ist sie mir schon nach den wenigen Tagen seltsam vertraut.

Weil sie dich an dich selbst erinnert, denke ich wehmütig. *An den Menschen, der du einst warst, bevor dein Leben dir um die Ohren flog.*

Marys Worte klingen in mir an, so als stände sie direkt hinter mir und flüsterte leise: Sie ist es.

»Für wen kämpfst du diesen erbitterten Kampf, Tara? Ich hoffe, der Mensch ist diesen hohen Einsatz wert. Ich hoffe, er weiß zu schätzen, um welchen Preis du spielst.«

Es dauert Stunden, bis sie zu sich kommt, doch als sie die Lider hebt, sind ihre Augen eine Spur klarer, wenngleich nach wie vor Schweiß auf ihrer Stirn perlt.

»Du musst trinken.« Vorsichtig hebe ich ihren Kopf an und führe einen Becher an ihre trockenen Lippen und Tara trinkt. Sie trinkt wie eine Verdurstende. Danach ist sie so erschöpft, dass sie augenblicklich wieder einschläft. *Das ist gut*, denke ich. Schlaf ist die beste Medizin auf dem Weg zur Heilung.

Draußen ist die Nacht weit fortgeschritten, als der Sturm allmählich zur Ruhe kommt und der Himmel seine Pforten schließt. Tara ist erst ein Mal kurz zu sich gekommen. Doch ich werte das als gutes Zeichen. Ihre Vitalwerte sind nicht besorgniserregend und alles erweckt den Anschein, als sinke das

Fieber kontinuierlich. In regelmäßigen Abständen schaue ich nach der Wunde, wasche sie aus und verbinde sie locker mit einer Kompresse. Allmählich wird das Wundsekret weniger und klarer.

Captain ruht zu meinen Füßen. Ich vermag kaum zu sagen, was es mit mir macht, dass mein alter Freund bei mir ist. An meiner Seite. Dass er gekämpft hat. Ich beuge mich vor und streiche mit den Fingern durch das kurze, dichte Fell. Vertrauensvoll sinkt er gegen mein Bein, betrachtet mich still aus tiefblauen Augen, so als wisse er genau, was wir fast verloren hätten. Und vermutlich ist es auch so.

»Manchmal glaube ich …, er sieht mehr … als wir.« Ihre Stimme ist leise, zerbrechlich und atemlos, aber klar. So viel klarer als am Morgen. Ich richte mich auf, lehne mich zurück und sehe sie an. Der Feuerschein leckt über ihre Züge, formt sie in Bronze und weist einen ersten rosigen Schimmer auf. Ein seltsam leichtes Gefühl löst die Schwere in meinem Innern ab, die mich die letzten Stunden gefesselt hat.

»Exakt so wird es sein«, entgegne ich ebenso leise, ohne den Blick aus ihrem zu lösen. Ihre Augen weisen eine Erschöpfung auf, die von dem Schweregrad der Erkrankung zeugt, die sie in den vergangenen Stunden gefordert hat.

»War ich … lange bewusstlos?«

»Lange genug, um den intensiven Behandlungsschmerz nicht spüren zu müssen.« Ich beuge mich vor, die Ellenbogen auf die Knie gestützt. »Fast den ganzen Tag.« Sie nickt kaum merklich. »Seit wann ging es dir so schlecht, Tara? Als ich die Wunde gestern Morgen, bevor wir aufbrachen, kontrolliert habe, war eine deutliche Rötung sichtbar. Ich bin sogar davon ausgegangen, dass eine Entzündung vorliegt. Aber mit einem derartig schwerwiegenden Abszess habe ich nicht gerechnet.« Ausgebrannt streiche ich mir mit der Hand über die Augen. Auch in mir weitet sich eine sämige Übermüdung aus, die den Gedanken- und Bewegungsfluss hemmt.

»Ich … kann es nicht genau sagen, aber als wir … in Jakes Landing ankamen, hatte ich plötzlich das Empfinden, als sei … eine schwere Grippe im Anmarsch.«

Ich nicke bedächtig. »Das waren die Vorboten. Schüttelfrost, massive Schwäche, Fieber. Warum hast du nichts gesagt? Unter diesen Umständen hätte ich dich niemals mit Ben gehen lassen … «

»Du weißt, warum du mich fortgeschickt hast, Nathan.« Ihre eindringlichen Worte fahren mir unter die Haut und bescheren mir ein Frösteln. Noch immer spüre ich die Angst, die sie bei der mystischen Begegnung in der Ortschaft umfing.

»Wenn du nicht so vehement darauf bestanden hättest … Vermutlich wäre ich längst tot …« Ihre Stimme bricht. Kurz senkt sie die Lider, entzieht sich mir. »Jakes Landing ist ein verflucht kleiner Ort. Die Möglichkeiten unterzutauchen, quasi unsichtbar zu werden, sind äußerst begrenzt.«

Dem kann ich nichts entgegensetzen. Sie hat absolut recht. Selbst wenn ich mir wünsche, die harten Fakten ein wenig für sie abmildern zu können. Falls sich der Fremde weiterhin dort aufhält, besteht die Gefahr, dass er Nachforschungen anstellt, und das hat zur Folge, dass wir, aber wenigstens Tara, auch hier in Johns Jagdhütte nicht länger sicher sind.

»Er war es, oder?«, frage ich ohne Umschweife, und sehe wie

sich das Licht auf ihrer tiefgrünen Iris in Dunkelheit wandelt. »Er war der Mann, der auf dich geschossen hat, der möglicherweise auch die Mystik in Brand gesetzt hat.« Klare Worte. Hart und gezielt wie der Schuss einer Waffe. Ich weiß das. Ich sehe, was diese Äußerung mit ihr macht und doch hat es keinen Sinn, die Tatsachen zu verleugnen. Hier geht es nicht um weniger als Taras Leben.

Sie fährt sich mit der Zunge über die trockenen Lippen und nickt zögernd. Wachsam greife ich nach dem Becher, sinke vor ihr in die Knie und stütze behutsam ihren Kopf, während sie trinkt. Mit einem erschöpften Atemzug fällt sie zurück in die Kissen, ohne mich aus den Augen zu lassen. Ohne auch nur einen einzigen Lidschlag.

»Woher wusstest du, dass … dass *er* es ist?« Ich hebe die Schultern und sinke auf die Fersen zurück, die Augen nachdenklich in das Feuer gerichtet.

»Deine Reaktion. Das massive Zittern, deine Sprachlosigkeit, der erstarrte Blick. Es war wie ein Schock«, entgegne ich ausweichend.

»Es ist ein *Schock,* seinem eigenen Mörder zu begegnen«, flüstert sie mit belegter Stimme. Bei ihren drastischen Worten wende ich den Kopf und sehe sie an. Angst ist noch immer das vorherrschende Gefühl in ihren Zügen, in ihrer Tonlage.

»Du bist in Sicherheit, Tara. Hier kann dir niemand etwas anhaben, solange ich da bin.«

Meine feste Entgegnung nimmt einen Moment lang die Anspannung von ihr, lässt den Zug um ihren Mund weicher werden, bevor sie leise fragt: »Bin ich das, Nathan? Mir ist zu

Ohren gekommen, dass man auch dich einen Mörder nennt.« Sie verschluckt sich fast an dem Wort, das mich im selben Atemzug ernüchtert. Es gibt nur einen Menschen, der genug Boshaftigkeit für mich empfindet, um solche Dinge auszuplaudern: Ben.

Ich erhebe mich ruckartig, sinke wieder auf den Stuhl zurück und betrachte sie unter halbgesenkten Lidern. Die Müdigkeit, die mich seit Stunden plagt, erreicht einen neuen Höhepunkt, der fatal ist. Der mich möglicherweise dazu hinreißt, etwas preiszugeben, das besser unter Verschluss bleibt. Dies ist keineswegs der richtige Zeitpunkt, derartige Gespräche zu führen.

»Johns Sohn hat gequatscht. Ich bin sicher, dass er nicht ein gutes Haar an mir gelassen hat.« Abgeschlagen reibe ich mir mit den flachen Händen über das Gesicht, in dem Bemühen, den Schauer der Erschöpfung zu vertreiben.

»Es tut mir leid, Sweetheart, aber weder bist du in der körperlichen Verfassung noch ich in der passenden Stimmung, heute Nacht mein Leben vor dir auszubreiten. Du wirst dich wohl oder übel damit abfinden müssen, dass du mit einem Mörder unter einem Dach haust.« Ich schenke ihr ein Lächeln, das alles andere als fröhlich ist und sie im gleichen Atemzug bereuen lässt, das Thema überhaupt angeschnitten zu haben. »Einen Mörder«, raune ich, »der dir in wenigen Tagen bereits zum dritten Mal das Leben gerettet hat.«

35

Wenn dein Gegenüber seinen wahren Schmerz offenbart, sei dankbar.

Taraneh

Als ich zu mir komme, ist Nathaniel damit beschäftigt, Wasser im offenen Feuer zu erwärmen. Von draußen dringt helles Sonnenlicht in das warme Innere der bescheidenen Behausung und verkündet einen kalten, klaren Tag. Der Sturm ist endgültig vorübergezogen. Ich habe keine Ahnung, wie früh oder spät es ist, jegliches Zeitgefühl ist mir entglitten.

Als er sich zu mir umwendet, lese ich in seinen Zügen, dass er nicht eine Minute geschlafen hat. Und das nicht nur in der vergangenen Nacht. Er sieht so maßlos erschöpft aus, wie ich mich fühle. Unter den tiefblauen Augen schimmern dunkle Schatten, die durch den dichten Bartwuchs, der mangels Rasierer mittlerweile seine Wangen markiert, noch hervorgehoben werden. Auf der hellen Iris ruht eine Verletzlichkeit, die mich unweigerlich anrührt. Habe ich sie doch einzig durch meine Aussage in der Nacht hervorgerufen. Und er hat verdammt nochmal jedes Recht dazu, sich derart verwundet zu fühlen. Was weiß ich schon über ihn, außer der Tatsache, die er klar benannt hat: Dass er mir in der wenigen Zeit, die wir miteinander verbracht haben, mehrfach das Leben gerettet hat. Das ist ein unumstößlicher Fakt.

Welchen Anspruch erhebe ich also, diesen Mann an den Pranger zu stellen? Wenn er seine Geheimnisse wahren will, soll er das tun. Nur lässt sich die Tatsache, dass man ihm unterstellt, er habe seine Frau getötet, nur schwer ignorieren.

»Guten Morgen, Tara. Das Fieber ist weiter gesunken, du befindest dich auf dem Weg der Besserung. Ich werde die Wunde nochmals auswaschen und dann sollten wir sie die nächsten Stunden gut belüften, desto eher heilt sie ab.« Seine Stimme klingt kühl, reserviert, ebenso wie seine Finger zwar weiterhin behutsam agieren, aber jede Zärtlichkeit verloren haben. Ich verfluche mich und mein loses Mundwerk.

Möglicherweise ist eine Entschuldigung angebracht. Ich könnte es auf die Verwirrung meines Geistes schieben, welche durch das hohe Fieber hervorgerufen wurde … Doch Nathaniel weiß nur allzu gut, dass ich in den Nachtstunden ähnlich klar war wie gerade jetzt. Stumm, mit angehaltenem Atem beobachte ich ihn, während er wie immer hochkonzentriert arbeitet. Dichte Strähnen des sattbraunen Haares fallen ihm in die Stirn. Nicht eine Sekunde wendet er den Blick von seiner Arbeit ab. Er nimmt sich zwar zurück, dennoch spüre ich deutlich die Behutsamkeit, mit der er vorgeht. Er bemüht sich, jeden unnötigen Schmerz zu vermeiden, und dafür schätze ich ihn umso mehr. Kann ein solcher Mensch, der derart achtsam und um das Wohlergehen eines anderen besorgt ist, sich eines Mordes schuldig gemacht haben?

Als er sich aufrichtet, ergreife ich, ohne nachzudenken seine Hand und flüstere: »Danke. Danke, dass du wieder an meiner Seite warst und für mich gekämpft hast. Im Grunde sind wir

Fremde. Es gibt keine Veranlassung dafür, dass du dich mir in irgendeinerweise verpflichtet fühlst. Ich weiß, dass du mich hier gestern ebenso hättest verrecken lassen können. Aber du hast dich ein weiteres Mal entschieden, mich zu retten.« Ich schlucke mühsam, weil die folgenden Worte mir alles abverlangen. »Es tut mir leid, wenn ich … wenn ich in der Nacht eine Grenze überschritten habe und dir zu nahe getreten bin. Im Grunde geht es mich nichts an, wer du bist oder was du getan hast. Sobald ich wieder annähernd hergestellt bin, werden sich unsere Wege ohnehin trennen.«

Bei meinen letzten Worten verändert sich die Farbe seiner Iris. Nur minimal, doch das Blau verdunkelt sich um ein, zwei Nuancen. Diese Aussage macht etwas mit ihm. Vielleicht dasselbe wie mit mir. Ich spüre, wie mein Herz schwer wird in dem Wissen, dass ich bald auf mich gestellt sein werde, dass ich mich von Nathaniel trennen werde und ihm mit hoher Wahrscheinlichkeit nie wieder begegne. Es gibt nichts, was uns eint, außer die Tage hier draußen, in den Wäldern Nova Scotias, die uns erzwungenermaßen aneinandergebunden haben. Ich wage nicht, darüber nachzusinnen, was ich empfinde, allein bei dem Gedanken, Abschied zu nehmen. Ich weiß nur, dass mein Herz ähnlich höllisch schmerzt wie die Wunde gestern in den Abendstunden.

»Ich bin kein Mörder«, eröffnet er rau und ohne Vorwarnung. »Nicht im eigentlichen Sinne des Wortes.« Überrascht zucke ich unter der Aussage zusammen. Nathaniel hält meinen Blick und in diesem Herzschlag erkenne ich die tiefe Wahrheit in ihm. Was immer ihm diese Bezeichnung eingebracht hat, er ist der Mann, der er zu sein vorgibt. Das spiegelt sich klar in dem Schmerz, den seine fast schon vertrauten Züge offenbaren. Ich bin nicht sicher, ob er weitersprechen wird und letztendlich ist es nicht von Bedeutung, denn alles, was ich wissen muss, finde ich in ihm selbst. In der wortlosen Wahrhaftigkeit, die seine ganze Körperhaltung ausdrückt. Plötzlich schäme ich mich dafür, ihn überhaupt auf diese Art bedrängt zu haben.

»Nathaniel, ich …«, setze ich an, doch da spricht er schon weiter.

»Es gab eine Zeit, da haben die Menschen im Reservat mir vertraut. Sie haben mich sogar als Heilbringer betrachtet.« Er senkt den Kopf und streicht gedankenverloren mit dem Daumen über meinen Handrücken. Ein feiner, lieblicher Schauer weitet sich den Arm hinauf, bis zum Herzen aus. Ich will nicht empfinden, was ich bei jeder dieser winzigen Berührungen, die er mir schenkt, fühle. In meinem Leben ist kein Platz für einen Mann. Erst recht nicht für einen wie Nathaniel, der seine eigenen Narben und Geheimnisse mit sich trägt

»Aber das war ich nie. Ich war nie der, der gesandt war, um sie zu retten.« Seine Worte lassen mich aufhorchen.

»Wie kamen sie darauf, dass du sie retten könntest?« Nathan hebt die Schultern, auf denen der vollständige Schmerz des indigenen Volkes zu lasten scheint, so wie der eigene.

»Prophezeiungen, Tara. Du weißt, wie diese Naturvölker leben. Sie glauben fest an ihre Götter und deren Weissagungen.«

»Und du nicht?«, frage ich leise. Captain, der ebenfalls zu spüren scheint, wie ernsthaft dieses Gespräch ist, erhebt sich und trottet zu uns hinüber, direkt vor das Feuer. Er lässt sich neben

Nathaniel nieder und senkt den Kopf in den Schoß seines Herren. Nathan löst seine Finger aus meinen und krault dem Tier den Nacken. Ein flüchtiges Lächeln, dessen er sich kaum bewusst ist, erhellt kurz seine Züge, bevor er wieder ernst wird.

»Einst wollte ich so sehr daran glauben. Aber das Leben hat mich eines Besseren belehrt. Es hat mir viel genommen. Alles. Letztlich auch die Gunst der Menschen, denen ich mich in den Dienst gestellt habe.« Ich entnehme seinen Worten, wie sehr es ihn weiterhin verletzt, dass die Mehrheit der Bewohner im Reservat, ihm nicht länger wohlgesonnen ist.

»Was ist passiert?«, hake ich leise nach und glaube doch keine Sekunde daran, dass er sich öffnen wird. Schweigend, den Blick gesenkt, streicht er dem Tier durch das Fell. Captain schließt die schweren Lider, lässt sich fallen in diese Zärtlichkeit und einen kurzen Moment lang wünsche ich mir, Nathan hielte mich in den Armen anstelle des Hundes. Das Krachen eines Holzscheites schreckt uns beide so heftig auf, dass wir zeitgleich die Köpfe heben und unsere Blicke einander begegnen.

36

Das Leben ringt uns Handlungen ab, auf die uns niemand vorbereitet.

Taraneh

»Ich war knapp sechsundzwanzig Jahre alt, als ich John kennenlernte, kaum mit dem Studium fertig. Er war es damals, der mich ins Reservat einlud und bat, mir ein Bild von den Umständen zu machen, die vor Ort herrschten.«

»Du bist Arzt«, stelle ich fest. Einen Moment zögert er und nickt schließlich.

»Sagen wir, ich war es, wenige Jahre lang.« In seiner Stimme ringen Wut und Schmerz miteinander. Empfindungen, die sich wie winzige Messer unter meine Haut schieben und widersinnigerweise mein Herz weiter für ihn öffnen. Vielleicht gehört er doch zu den Guten. Möglicherweise kämpfen wir auf derselben Seite.

»Ich weiß nicht, warum John ausgerechnet mich ausgewählt hat. Vermutlich ist es jenen verdammten Weissagungen geschuldet und man hat mich, allein aufgrund meines Berufsstandes, für so etwas wie den Erlöser gehalten.« Er senkt den Blick wieder auf den Hund und schweigt. So lange, dass ich befürchte, er wird nicht fortfahren.

Leise werfe ich ein: »Aber das warst du nicht?« Ein tiefer, fast schmerzhafter Atemzug löst sich aus seiner Brust.

»Nein, verflucht, das war ich nicht. Wenn sie auch nur geahnt hätten, wozu ich fähig bin, hätten sie mich die Grenze zu ihrem heiligen Land nie überschreiten lassen.« Seine harten Worte verursachen mir eine Gänsehaut, die Nathaniel nicht entgeht. Stirnrunzelnd betrachtet er mich, ohne die Schärfe seiner Äußerung jedoch zurückzunehmen.

»Als ich damals hierher kam, war Anuk, ein Mädchen des indigenen Volkes, mit Ben verlobt. Die beiden standen kurz vor der Hochzeit. Ihre Leute nannten sie *Graceful Flower*«. Das erklärt immerhin den massiven Groll, den Ben gegen Nathaniel hegt.

»Der Name passte unfassbar gut zu ihr. Sie war anmutig, zerbrechlich und doch stark genug, allen Stürmen zu trotzen.« Seine Worte kriechen mir schmerzhaft unter die Haut, ins Herz hinein. Er muss sie sehr geliebt haben, seine Frau. »Für die Krankenbesuche stellte man mir Anuk an die Seite, so geschah es unweigerlich, dass wir einander näherkamen, dass wir uns verliebten. Ben hat mir nie verziehen, dass ich ihm sein Mädchen genommen habe.« Ich denke darüber nach, wie unterschiedlich die Männer sind. Nathaniel, einerseits verschlossen und geheimnisvoll, andererseits sanftmütig und hilfsbereit. Dagegen der hitzige Ben, der neben Nathans maskulinem Wesen eher blass anmutet.

»Meines Erachtens braucht es immer zwei, um eine Beziehung zu zerstören. Wenn Ben schon damals so impulsiv war wie heute, wundert es mich nicht, das Anuk sich für dich entschieden hat«, gebe ich zu bedenken. Meine Worte glätten die tiefen Falten auf seiner Stirn. Einen Moment lang mustert er mich still, bevor er den Blick erneut auf Cap senkt und leise fortfährt.

»Als wir heirateten, war Anuk bereits krank, aber wir hatten nicht die geringste Ahnung davon. Die Symptome traten erst fünf, sechs Monate nach unserer Hochzeit auf.« Er schluckt schwer. An der Art, wie sein Kehlkopf sich bewegt, wird deutlich, was diese Erzählung ihm abverlangt. Was sie an die Oberfläche zerrt und wie sehr ihm jene Geschehnisse heute noch zusetzen.

»Anfangs war es nur eine namenlose Erschöpfung, die sich einstellte, dann gesellten sich Bauchschmerzen und Übelkeit hinzu.« Mit einem rauen Aufstöhnen schließt er die Augen und presst Daumen und Zeigefinger auf die Lider. »Das klassische Erscheinungsbild einer frühen Schwangerschaft.« Anhand der Symptomatik, die er beschreibt, ahne ich, was kommt. Mein Herzschlag beschleunigt sich rasant, in diesem beklemmenden Wissen.

»Statt einer Schwangerschaft diagnostizierten sie in der Klinik, in Halifax, eine schwere, irreparable Lebervergiftung.« Er würgt die Worte hinauf, als müsste er jeden Moment daran ersticken. Und vielleicht ist es so. Vielleicht ist jegliche Silbe über diesen maßlosen Verlust gleichzusetzen mit dem Stoß einer tödlichen Waffe. Wie entsetzlich muss es sein, zu glauben, dass die Beschwerden daher rühren, dass man ein Kind erwartet, und im nächsten Atemzug erfährt, dass man ein Todgeweihter ist? Unwillkürlich ergreife ich wieder seine Hand, lege meine Finger um seine. Er hebt den Blick und sieht mich an, tastet sich vor, bis auf den Grund meiner Seele und erspürt dort einen ähnlich scharfen Schmerz wie den eigenen. Sekundenlang ertrinken wir gegenseitig in der Qual, die uns ausweidet, die uns zu dem macht, was wir heute sind, die uns bis zum Äußersten treibt. Den einen eher, den anderen später.

»Sie … sie quälte sich ein ganzes Jahr. Ein Jahr Siechtum. Für einen Menschen wie Anuk, der das Leben geliebt hat, jeden Atemzug lang, war das die Hölle. Immer mit dem Wissen im Herzen, dass alles, was eine Veränderung brachte, nur der Tod war.« Ich wage kaum zu atmen bei seinen eindringlichen, so schmerzerfüllten Worten, wenngleich ich das Gefühl habe, dass die Enge, die seine Erzählung in meiner Brust auslöst, mich fast ersticken lässt. Nathaniel senkt die Lider. Selbstvergessen gleitet sein Daumen über mein Handgelenk.

»Als ich sie kennenlernte, war sie voller Wünsche und Ideen. Jung, schön und vital. Wir hatten Pläne, wollten Kinder, ein Haus.« Er nimmt einen tiefen Atemzug. »Ein gemeinsames Leben.« Nathaniel schweigt und ich ahne, dass alles, was er jetzt sagen wird, ihn an eine emotionale Grenze führt. Ich spüre, wie der Druck seiner Finger sich auf die meinen intensiviert, wie seine Atmung beschwerlicher wird, seine Worte zäher.

»In den letzten zehrenden Wochen war ihre Kraft nur noch an wenigen Tagen ausreichend genug, um das Bett zu verlassen. Ähnlich wie bei Mary. Nur Anuk hatte durch die schwere Leberzirrhose auch Varizen im Hals. Krampfadern, die es ihr unmöglich machten, weiterhin ihre Stimme zu gebrauchen. Sie verstummte von einem Tag auf den anderen.« Ein Zittern durchläuft seinen Körper, das Ausdruck des Schmerzes ist, der ihn auch heute noch beherrscht bei den Erinnerungen, die ihn regelrecht auspeitschen. Ein sichtbares Gefühl für den Menschen, den er einst über alles geliebt hat. Als er mich ansieht, steht brennende Qual in seinen Augen, lässt die tiefblaue Iris silbrig schimmern. Ich bin sicher, er wird diesen Weg bis zum Ende gehen und mich in sein dunkles Geheimnis einweihen. Er wird sich vollständig entblößen und nichts zurückhalten. Einen winzigen Schreckensmoment frage ich mich, was er im Gegenzug dafür von mir fordert? Ohnehin habe ich ihn schon viel zu tief unter meinen Tarnmantel schauen lassen.

»Alles, worum sie mich bat, war, in Würde sterben zu dürfen. Krampfadern im Hals bedeuten fast immer, dass die Menschen in letzter Konsequenz am eigenen Blut ersticken. Es ist einer der qualvollsten Tode, die es gibt.« Seine klaren Worte reißen mir den Boden unter den Füßen weg und lassen mich schwindeln. Zum einen habe ich eine Vorstellung davon, wo der Weg hinführen, was er mir offenbaren wird, warum ihn das Naturvolk einen Mörder schimpft. Und zum anderen weiß ich genau, wovon er redet. Bilder fluten meinen Geist, die an Grausamkeit kaum zu überbieten sind. Die ich mit aller Vehemenz fortzuschieben versuche und die mich doch in regelmäßiger Wiederkehr nachts aus dem Schlaf reißen. Exakt diese Bilder sind es, die mich bis hierher geführt haben, in die Einsamkeit der Wälder Nova Scotias. Übelkeit brandet in mir auf, die ich tapfer niederkämpfe, in dem Wissen, dass wir das gleiche Schicksal teilen.

»Ich musste ihr versprechen, Sterbehilfe zu leisten, solange sie noch klar genug war, um selbst über alles verfügen zu können …« Seine Stimme bricht. Sekundenlang fürchte ich, dass er nicht weitersprechen kann, weil der Schmerz zu groß ist. Doch dann dringt sie erneut an mein Ohr, leise, rau und auch nach all der Zeit zutiefst verzweifelt.

»Ich habe versucht, es ihr auszureden, Tara. Dabei ging es

nie darum, ob ich möglicherweise durch dieses Handeln meine Approbation verliere. Mir war klar, sollte jemals rauskommen, dass ich mich zu einem derartigen Schritt habe hinreißen lassen, wäre ich die längste Zeit Arzt gewesen. Aber das war es wert. Das war Anuk wert.« Er senkt die Lider und streicht sich erschöpft mit der Hand über Mund und Kinn. »Es ging darum, dass ich mich außer Stande sah, meine eigene Frau zu töten. Den Menschen, den ich am meisten auf der Welt liebte.« Seine Worte lassen etwas in mir zersplittern. Lautlos, aber zutiefst schmerzhaft. Mein Herz blutet für diesen Mann, der den schwersten Zwiespalt durchlebt hat, der einem Menschen möglich ist. Ich habe das dringende Bedürfnis, etwas zu sagen, ihn zu trösten, und fühle mich doch jeglicher Intonation beraubt angesichts der Grausamkeiten, vor die uns das Leben stellt.

Dennoch bringe ich mühsam hervor: »Es war ein Akt der Liebe, Nathan.«

Ein trauriges Lächeln verzieht seine Lippen. »War es das, Tara? Oder war es der pure Egoismus, nicht mit ansehen zu müssen, wie die eigene Partnerin verblutet?«

37

Der Tod ist nicht das Ende.

Taraneh

Seine Worte sind beißend, richten sich mit scharfer Waffe gegen ihn selbst. Er fühlt sich schuldig, einerseits. Eine Schuld, die ihm die Menschen eingeredet haben. Andererseits weiß er als Arzt, der sich mit dem Verlauf dieser Krankheit nur zu gut auskennt, dass er absolut richtig gehandelt hat. Dass eine Rettung nicht möglich war, zu keinem Zeitpunkt. Ich wünschte, wir hätten Vivi einen ähnlich würdigen Tod bereiten können. Schwerfällig schlucke ich an den Tränen, die mich in der Kehle quälen. Tränen für das kleine Mädchen, das bis zum letzten Atemzug so viel tapferer war als die Erwachsenen. Als die Menschen, die es liebten. Und Tränen für den Mann vor mir, der mit seiner selbstlosen Tat nicht nur seine Frau verloren hat, sondern auch die Gunst des Naturvolkes und das Ansehen in seinem Berufsstand.

»Du hast dich darauf eingelassen, um sie davor zu bewahren, mit Angst in den Tod zu gehen. Dafür hast du alle Konsequenzen, die dieses Handeln mit sich bringt, in Kauf genommen. Deine Frau ist gegangen, lange vor dem eigentlichen Tag. Somit hast du dich auch selbst ihrer Nähe beraubt. Für mich gibt es keinen größeren Liebesbeweis«, flüstere ich ergriffen. Nathan hält meinen Blick, taucht tief darin ein und streicht über den Grund meines Herzens. Von Anfang an habe ich gespürt, dass er anders ist, als all die Männer, die mir bisher begegnet sind. Anders als der Mann, mit dem ich die letzten eineinhalb Jahre verlobt war. Achtsam, fürsorglich, selbstlos. Ich habe mich geborgen und beschützt gefühlt in seiner Nähe.

Erst Bens Worte, die Nathan zum Mörder abstempelten, haben diese Sicherheit ins Wanken gebracht. Und doch war die Erschütterung nicht stark genug, um das Fundament zum Einsturz zu bringen. Nathans beständige Art, seine Zuverlässigkeit, das natürliche Bedürfnis in ihm, Schutz zu gewähren, haben die Befangenheit schnell verblassen lassen. Dennoch spüre ich nun, dass er weiterhin etwas zurückhält, dass ich noch immer Meilen davon entfernt bin, die ganze Wahrheit zu kennen. Eine Wahrheit, die möglicherweise das Konstrukt, welches ich mir selbst von diesem Mann gezimmert habe, zum Einsturz bringt. Eine Wahrheit, die mich ohne jeden Zweifel näher an Arthur Smith heranführt. Wie ließe sich sonst erklären, dass er um die Boshaftigkeit desselben so genau Bescheid weiß?

Ich fürchte, dass er jeglichen dieser Gedanken eins zu eins in meinen Zügen lesen kann. Ich erkenne es daran, wie sein Kiefer mahlt, minimal, aber sichtbar.

»Du bist Arzt, Nathaniel. Für dich gab es sicher zahllose Möglichkeiten, deine Frau aus ihrem Leiden zu erlösen, ohne dass jemand von außen die Natürlichkeit des Todes anzweifelt«, hinterfrage ich vorsichtig. Ein Schatten legt sich auf seine Iris, lässt seine Lider flattern. Die Frage führt ihn an eine neue Grenze. Er löst seine Finger aus meinen und presst sekundenlang die Handballen in die Augenhöhlen. Die Erschöpfung, die ihn umgibt, ist so massiv, dass ich das Gefühl habe, sie mit den

Händen greifen zu können.

»Ich habe sie geliebt, Tara.« Allein diese wenigen Worte erschüttern mich in einer Tiefe, die mir erneut vor Augen führt, was ihm abverlangt wurde. Der Zwiespalt, die Ambivalenz, die Not. Ein eiskalter Schauer erfasst mich. Ich erzittere spürbar. Nathan hebt den Kopf und sieht mich an. Der Schmerz in seinen Augen raubt mir den Atem.

Ich habe Vivi geliebt. Ich hätte alles dafür gegeben, sie zu retten. Sie war ein Teil meines Lebens, aber eben nur in Auszügen. Auch wenn ich Grace unendlich nahe bin, wenn ich die Tochter meiner Schwester in den Jahren, da sie bei ihr lebte, ein gutes Stück des Weges begleiten durfte, so war sie nicht mein Kind. Nathaniel dagegen hat die Liebe seines Lebens verloren. Und als wäre dies alles nicht schlimm genug, war er es, der Anuk in den Tod geführt hat. Ein Akt unter Liebenden, der an Grausamkeit kaum zu überbieten ist.

Ich weiß, dass er meine Tränen sieht, die die Wangen benetzen. Dass er ahnt, dass sie ihm allein gebühren, doch ich schäme mich ihrer nicht. Tapfer hebe ich das Kinn und begegne ihm. Ein zutiefst trauriges Lächeln verzieht seine Lippen. Er hebt die Hand und wischt die silbrigen Perlen behutsam von meinen Zügen.

»Ich wollte, dass sie keinerlei Schmerzen leidet. Nicht im Leben, nicht in der Krankheit und schon gar nicht im Tod. Ich … ich wollte …« Seine Hand sinkt schwer herab. Ein tiefer, zittriger Atemzug erschüttert seinen Brustkorb. »Ich wollte ihr ermöglichen, dass sie einschläft, so wie in zahlreichen Nächten zuvor, auch wenn wir die Gewissheit in uns trugen, dass es diesmal keinen Morgen gab. Nicht für Anuk.« Seine leidvollen Erzählungen führen mich an einen Abgrund. Ich verspüre das dringende Bedürfnis, ihn an mich zu ziehen und zu halten. Aber bin ich überhaupt befähigt dazu? In jedem Wort, das Nathaniel spricht, klingt Liebe an. Die Liebe zu einer Frau, die nicht mehr Teil seines Lebens ist, der er sich aber auch über den Tod hinaus verbunden fühlt. Ich erinnere mich vage, ihn vor Tagen gefragt zu haben, ob die Liebe ihn entwurzelt habe. Mit erschreckender Klarheit wird mir bewusst, wie nah ich dieser grausamen Wahrheit schon damals gekommen bin. Die Liebe hat Nathaniel nicht nur entwurzelt, sie hat ihn seiner ganzen Existenz beraubt.

»Gab es niemanden, der diese Aufgabe für dich übernommen, der dir Beistand in einer solch schweren Situation geleistet hätte?«, frage ich behutsam? »John vielleicht?«

Er schüttelt den Kopf, dabei fällt ihm eine Strähne seines Haares in die Stirn und lässt ihn zutiefst verletzlich erscheinen.

»Nein, niemand. Anuk wollte nicht, dass jemand davon erfährt. Es ging ihr darum, mich zu schützen. Meine Tätigkeit als Arzt, aber vor allem vor ihrem Volk.«

»Scheinbar ist das kläglich misslungen.«

»Die Menschen sind voller Misstrauen, Tara. Das ist bei der indigenen Bevölkerung so wie bei jedem anderen Volk auch. Ben war damals hasserfüllt. Das hat sich bis heute kaum verändert. Er war es, der Anuks Vater auf den schnellen Tod seiner Tochter aufmerksam machte. Am Tag zuvor war *Black Hawk* oder Jim, wie er mit weltlichem Namen gerufen wird, noch bei ihr. Es ging Anuk in diesen Stunden den Umständen entsprechend gut. Als ich nach ihrem Tod die Familie informierte, stellte man mir zwar

Fragen, doch die Zweifel darüber tauchten erst ein, zwei Tage später auf. Jim wandte sich an einen Arzt in der Stadt und strengte eine forensische Untersuchung an.«

»Aber deine Frau war todkrank. Wer zur Hölle hat sich darauf eingelassen, deine Aussage auch nur in Zweifel zu ziehen?«

»Menschen, die mir nicht gutgesinnt sind und davon gibt es einige, nicht nur im Reservat. *Black Hawk* hatte einen mächtigen Streiter an der Seite, der es verstand meinen Leumund in den Dreck zu ziehen. Danach war eine Obduktion unumgänglich.«

»Wer?«, frage ich tonlos und spüre, wie ein unangenehmes Kribbeln meine Glieder befällt. Einige Atemzüge lang verharrt sein Blick in meinem und für einen winzigen Herzschlag bin ich sicher, er wird sich vollends öffnen. Dann presst er die Lippen aufeinander und schüttelt den Kopf.

»Unwichtig«, entgegnet er rau und doch fühle ich, dass unter dem Namen dieser mächtigen Persönlichkeit die ganze unschöne Wahrheit begraben liegt. Auch wenn ich das dringende Bedürfnis spüre, tiefer zu schürfen, den Grund dieser Geschichte zu erforschen, so empfinde ich ebenso sicher, dass Nathaniel sich zurückziehen wird, in dem Augenblick, da ich ihm Dinge abverlange, die er nicht bereit ist preiszugeben. Also schlucke ich all die brennenden Fragen schmerzhaft hinunter. Verschlucke mich fast daran und harre still aus, in der Gewissheit, dass das, was er mir mitzuteilen versucht, hier nicht endet. Und Nathan enttäuscht mich nicht. Nach ein, zwei Minuten Pause, Momente die er sich nimmt, um dem inneren Druck, den diese Geschichte nach wie vor auf ihn ausübt, überhaupt standhalten zu können, spricht er weiter.

»Ich habe ihr Morphin gespritzt. Der Tod trat schnell ein, aber auch äußerst sanft. Ich wusste, dass Anuk gut auf dieses Opiat ansprach. Im Gegensatz zu dem, was es bei manch anderen Menschen auslöst; Ängste, Albträume und sonstige schwere Nebenwirkungen, verursachte es bei ihr ein Glücksgefühl …« Erneut bricht seine Stimme. Er senkt die Lider und schluckt den Schmerz, der sichtbar in ihm rumort, hinunter. Ein Schmerz, der so ergreifend ist, dass ich ihn am eigenen Leib erfahre.

»Ich … ich wollte sicher gehen, dass sie glücklich stirbt, Tara. Das war das Einzige, was ich gewährleisten konnte. Das und die Tatsache, bei ihr zu sein. Sie zu halten bis zum letzten Atemzug und weit darüber hinaus.«

Seine tiefen, so traurigen Worte entfesseln in mir ein Gefühl, das ich nicht definieren kann, welches mir dennoch massiv die Atemwege verengt. Nathaniel hat aus der tiefempfundenen Liebe zu seiner Frau gehandelt. Mögen auch verschiedene Menschen daran zweifeln, so hat er doch absolut alles aufs Spiel gesetzt, um ihr diesen letzten Wunsch zu erfüllen.

Unwillkürlich erinnere ich mich bei der Erzählung des Mannes, der vorgegeben hat, mich zu lieben. Der Mann, der mich vor wenigen Wochen erst gnadenlos im Stich ließ. *Glückliche Anuk*, denke ich und spüre die Zerrissenheit in mir, die diese Gedanken mit sich tragen. Wie wunderbar muss es sein, so geliebt zu werden, dass ein Mann bereit ist, für diese Liebe alles zu opfern. Wie reich ist dann ein Jahr an der Seite eines solchen Menschen, im Vergleich zu zehn Jahren, die geprägt sind von Egoismus und Lieblosigkeit?

»Konnte man dir nachweisen, dass du Sterbehilfe geleistet

hast?« Müde fährt er sich mit den Fingern durch das Haar und legt den Kopf in den Nacken. Ich spüre das Bedürfnis, ihm wenigstens einen Teil dieser Last von den Schultern zu nehmen, doch ich weiß, dass ich dazu keinerlei Handhabe besitze. Was ihn quält, ist in der Vergangenheit verhaftet. Nur er allein kann den Weg in die Gegenwart finden.

»Ich habe die Nadel intramuskulär gesetzt, in die Bauchdecke, direkt neben dem Bauchnabel. Das gab uns zum einen mehr Zeit miteinander. Die Wirkung des Opiates setzt nicht unmittelbar ein, sondern erst zehn bis fünfzehn Minuten versetzt.« Allein das Aussprechen dieser Worte führt ihn zurück in die Situation. Roh und ungefiltert ruht die Erinnerung leidvoll auf seinen Zügen. Ich möchte etwas sagen, doch da sind keine Laute in mir, die auch nur annähernd Trost spenden könnten. Alles, was ich spüre, sind Tränen für Nathan, die vehement ihr Recht einfordern, gleichgültig, wie sehr ich darum ringe, sie zurückzuhalten.

»Zum anderen glaubte ich, es würde mich vor unliebsamen Fragen schützen. Die Stelle am Bauch war für Laien nicht ersichtlich. Lediglich für die Familie, die die Totenwaschung vornahm. Doch wer wollte schon in Zweifel ziehen, dass ich Anuk in den zurückliegenden Stunden die Schmerzen gelindert habe?«

»Aber sie haben gezweifelt?«

38

Du blutest, um zu spüren, dass du lebst.

Taraneh

Entkräftet nach der quälenden Erzählung hebt er die Schultern.

»Anfangs nicht. Aber als Ben und *Black Hawk* gezielt ihre Zweifel streuten, wurden die Stimmen des Volkes lauter und drängender. Als sie Anuk abholten, um sie zu obduzieren, wusste ich, dass sie mich überführen würden.« Sein Blick findet meinen erneut. All das Leid, das ihn seit jenem Tag umtreibt, ist darin zu finden. Der Schmerz und die tiefe Verzweiflung. An den guten Tagen hat er sich in der Gewalt. Da dringt nichts von der Düsternis, die ihn beherrscht, an die Oberfläche. An den schwarzen Tagen, jener an dem Mary starb und auch als Captain vermeintlich sein Leben lassen musste, drängt diese Dunkelheit mit einer Vehemenz in ihm auf, die erschreckend ist.

»Es gab ein Gerichtsverfahren. Man beschuldigte mich der aktiven Sterbehilfe. Die Obduktion ergab, dass rechtlich ein Tötungsdelikt vorlag. Der Richter war gnädig, nur deshalb waren es lediglich drei statt fünf Jahre Haft, zu denen man mich verurteilte. Die letzten zwei auf Bewährung. Aber das Schlimmste an all dem ist, dass ich mein Versprechen nicht halten konnte. Ich hatte Anuk einen friedlichen Tod versprochen. Eine feierliche Zeit der Trauer. Doch stattdessen kamen die Menschen und störten ihre Totenruhe. Schnitten sie auf und nahmen ihr den letzten Rest an Würde, den sie noch besaß. Menschen, die vorgaben, sie zu lieben. Ein Volk, dem der Sterberitus stets wichtiger war als das Leben selbst.« Auf seiner Iris liegt ein seltsamer Schimmer. Ich ahne, dass auch er mit den Tränen kämpft, vermutlich aus Trauer, Hilflosigkeit und Wut. Meine dagegen sind erfüllt von tiefem Mitgefühl, das allein für Nathaniel in meiner Brust glüht.

Angestrengt richte ich mich auf, sodass ich mit ihm auf Augenhöhe bin.

»Bereust du es?« Ohne Zögern verneint er. Seine Klarheit und das Wissen darum, dass er zu jedem Zeitpunkt richtig gehandelt hat, ist beeindruckend.

»Nein, nicht eine Sekunde. Auch im Hinblick darauf, dass es mich meine Approbation gekostet hat. Wenn ich heute vor den gleichen Anforderungen stünde, so würde ich sie ohne Zögern wieder erfüllen. Ich habe keinen Fehler gemacht. Den Fehler haben die begangen, die vorgaben, Anuk zu lieben. Ben, *Black Hawk* …« In dem tiefen Atemzug, der seine Brust erbeben lässt, erahne ich die Verzweiflung über das Handeln dieser Menschen, die einst Teil seiner Familie waren.

»Vielleicht erinnerst du dich an ihn, an *Black Hawk?* An jenem Morgen nach Marys Tod, fing er mich vor Johns Tür ab und erhob schwere Vorwürfe, dass ich auch Mary getötet hätte.« Erstaunt sehe ich ihn an. Und ob ich mich erinnere. Ich sehe den Mann, der eine gewisse Ähnlichkeit zu John aufwies, regelrecht vor mir.

»Ich entsinne mich«, entgegne ich nachdenklich. »Ich hatte geglaubt, dass er vielleicht Johns Bruder sei.«

»Das nicht, aber ein gewisser Verwandtschaftsgrad lässt sich nicht von der Hand weisen.«

Ich nicke. »Aber das hast du nicht?«, flüstere ich. Nathaniel hebt die Augenbrauen und sieht mich fragend an. »Du hast bei Mary keine Sterbehilfe geleistet, oder?«

Eine lange Zeit schweigt er, den Blick auf das schlafende Tier zu seinen Füßen gerichtet, bevor er entgegnet: »Nein, das habe ich nicht. John hat mich darum gebeten, im Notfall einzugreifen. Er …er hat mir sogar das Versprechen abgerungen.«

»Obwohl du vorbestraft bist? Ich verstehe John nicht, ich dachte, er sei dein Freund. Wie kann er dich um einen derartigen Gefallen bitten, wenn er weiß, dass es dich im schlimmsten Fall erneut die Freiheit kostet?«

Zum ersten Mal in diesem ernsten Gespräch verzieht sich Nathaniels Mund zu einem halben Lächeln. Ein Lächeln, das immerhin die untere Gesichtshälfte erleuchtet.

»Schön, dass du dich um meine Ehre sorgst, obwohl du mich vor wenigen Augenblicken noch einen Mörder genannt hast«, lässt er mich mit einem Zwinkern wissen. schmerzen seine Worte. Verletzen so hart, dass ich nach Luft schnappe. Doch als er fortfährt, begreife ich, warum er mir das eigene Verhalten vor Augen führt. Er will mir aufzeigen, dass auch John aus ehrbaren Gründen diese Forderungen an ihn gestellt hat. Dass es nie in seinem Sinn stand, den Freund in dunkle Abgründe zu locken.

»John hat Mary geliebt. Die beiden waren über vierzig Jahre verheiratet. Längst wusste er nicht mehr, wo sie beginnt und er endet. Sie waren zu einer Person verwachsen. Ein Leben ohne Mary war für John undenkbar. Aber Mary leiden zu sehen, war für ihn um ein Vielfaches schlimmer. Die Hölle. Er wollte um jeden Preis verhindern, dass sie Schmerzen litt.«

»Und dafür hast du gesorgt?«

»In dem Maße, wie ich es konnte, Tara. Dadurch dass meine Approbation auf Eis liegt, sind mir die Hände gebunden. Allein Joy, das Mädchen aus dem Gemischtwarenladen, sorgt dafür, dass ich meiner ursprünglichen Tätigkeit eingeschränkt nachgehen und den Menschen hier vor Ort helfen kann. Allerdings mit absolut begrenzten Mitteln.«

»Aber wenn du zur Zeit keine Zulassung hast, dann ist doch jeder deiner Krankenbesuche ein Spiel mit dem Feuer.«

Er nickt bedächtig. »Wenn nur ein einziger dieser Menschen mich an die Behörden verrät, wandere ich augenblicklich zurück in den Bau.«

Erschrocken stoße ich die Luft aus. »Ist es das wert, Nathaniel?«

Er senkt bei meinen Worten den Blick und reibt nachdenklich die Handflächen gegeneinander. »Jedes Menschenleben ist es wert, Tara. Ich bin der einzige hier draußen, der sich um die gesundheitlichen Belange kümmert. Das allein bietet einen gewissen Schutz. In dem Moment, wo sie mich ausliefern, stehen sie ohne medizinische Versorgung da. Das Risiko will niemand eingehen.«

»Nicht einmal *Black Hawk* oder Ben?«

»Nicht einmal die beiden. Bens Mutter war bis vor kurzem auf meine Hilfe angewiesen, so wie viele andere im Reservat. Ben buhlt mit jedem verdammten Atemzug um Johns Gunst. In dem Moment, da er mich verrät, würde John ihn des Dorfes verweisen.

So wie alle anderen auch, die sich gegen mich stellen.« Das ist eine Erklärung, aber ganz sicher keine Garantie.

»Und obwohl deine Approbation auf Eis liegt, obwohl die Möglichkeit besteht, sie völlig zu verlieren und die Gefahr, erneut im Gefängnis zu landen, warst du bereit, bei Mary Sterbehilfe zu leisten. Warum Nathan? Irgendwann einmal geht es doch auch um dich, oder nicht?« Er streicht sich müde über die Lider, bevor er mich wieder ansieht. Dieses intensive Gespräch beraubt ihn seiner letzten Kraftreserven. Ein Blick in die tiefblauen Seen seiner Augen offenbart mir die Wahrheit, die schmerzlich schön ist.

»Es gibt nicht mehr viel in meinem Leben, für das es sich zu kämpfen lohnt. Aber die wenigen Menschen, die mir etwas bedeuten, für die bin ich bereit, jegliches Risiko einzugehen. John hat in der Zeit nach Anuks Tod unermüdlich an meiner Seite gekämpft. Mit jedem Herzschlag hat er sich zu mir bekannt und nie an der Wahrhaftigkeit meiner Tat gezweifelt. Wie könnte ich diesem Mann, der mir Freund und Vater in einer Person ist, einen solchen Wunsch ausschlagen?«

Seine bedingungslose Liebe zu *Running Wolf* ist beängstigend und bezaubernd gleichermaßen. Ich denke an Grace, die mich liebt, wie man eine Schwester liebt.

An meine Mutter, die vor wenigen Monaten erst gestorben ist. Daran, was für Kämpfe wir ausgetragen haben, und dass sie ihre Geheimnisse um ein Haar mit ins Grab genommen hätte.

Ich denke an den Mann, der behauptet hat, mich zu lieben. Der mich einen kleinen Zeitraum lang in der Überzeugung leben ließ, für ihn das Wichtigste auf der Welt zu sein. Keiner dieser

Menschen hat mir auch nur annähernd ein derart tiefes und selbstloses Gefühl entgegengebracht, wie Nathaniel es offenbart. Ein Zittern durchläuft meinen Körper, als er weiterspricht.

»Mary, die ihren Mann nur allzu gut kannte und wusste, wie sehr er sie vor allem Leid bewahren wollte, rang mir im Gegenzug das Versprechen ab, mich keinesfalls zu solchen Schritten hinreißen zu lassen. Sie beteuerte immer wieder, dass sie den Weg bis zum Ende allein gehen wolle und das hat sie getan, Tara. Alles, was ich dazu beigetragen habe, war, ihre Schmerzen so gut es ging zu lindern.« Mit einem rauen Laut fährt er sich durch das Haar. »Nun weißt du, warum man mich im Reservat einen Mörder nennt.«

Er erhebt sich ruckartig, sodass ich überrascht zusammenzucke. An dem kleinen Tisch füllt er konzentriert Wasser in einen Topf.

Ein sicheres Zeichen dafür, dass seine Erzählung hier endet. Für mich viel zu früh, zu abrupt. Ich ahne, dass es mehr gibt, was unter der Oberfläche schwelt. Geschichten, die uns verbinden, die uns einen, aber auch gegebenenfalls entzweien. Doch ich weiß zu diesem Zeitpunkt sicher, dass er mich keinesfalls tiefer schauen lassen wird in die Schlucht, die sein Herz entzweit.

Mit einem frustrierten Aufstöhnen sinke ich zurück in die Kissen und halte die Lider geschlossen. Tausend Gedanken und Gefühle fluten meinen Geist.

Das Vorherrschendste ist das Bewusstsein darüber, zu welch tiefen Empfindungen der Mann fähig ist, der mich seit Tagen versorgt. Auch wenn er es gut zu verbergen sucht, so spüre ich deutlich, dass er die Tür einen Spalt weit aufgestoßen hat. Ganz bewusst, um mich tiefer schauen zu lassen, um mir verständlich zu machen, dass unter seiner Brust ein lebendiges, empfindsames Herz schlägt.

39

Ich hoffe, du gewinnst den Krieg, über den du so beharrlich schweigst.

Nathaniel

Nach dem intensiven Gespräch schweigt Tara. Vielleicht ist sie auch längst wieder eingeschlafen. Ihre Gesichtszüge weisen zwar eine gewisse Farbe auf, aber die schwere Entzündung, die ihren Leib beherrschte, ist nach wie vor, gleich einer Aura, spürbar. In ihren Augen erahne ich zeitweise eine körperliche und mentale Schwäche, die meiner eigenen in nichts nachsteht. Die vergangenen Tage waren fordernd und kraftzehrend.

Ich sinke tiefer gegen die Lehne und schließe die Lider, spüre, wie mich die Müdigkeit umfängt. Betäubungsgleich. Mit allen Sinnen kämpfe ich dagegen an. Nicht eine Sekunde lasse ich außer acht, wen Tara in der Stadt gesehen hat. Wir haben absolut keine Ahnung davon, was diesen Mann länger als zwingend nötig vor Ort hält. Ob es Tara selbst ist, der er weiterhin nach dem Leben trachtet. Möglicherweise will er sich lediglich vergewissern, dass sie tot ist.

Allein diese Gedanken bringen meinen Puls aus dem Gleichgewicht und lassen ihn in die Höhe schnellen. Ich hebe die Lider und betrachte die Frau, die mir eben einen Großteil meiner Dämonen abgerungen hat. Sie liegt ruhig zwischen den Decken. Das Fieber scheint abgeklungen.

Entgegen der Befürchtung, sie könne mich, wie all die anderen auch, für meine Tat verurteilen, habe ich etwas in ihren Augen gesehen, das mich zutiefst anrührte.

Verstehen.

Auch wenn sie nicht ahnt, was es bedeutet, einen Menschen auf solch grausame Art zu verlieren, so scheint sie sich immerhin ein Bild davon gemacht zu haben, was diese schweren Erkrankungen, die der Giftmüll mit sich bringt, in letzter Konsequenz hervorruft. Das nimmt mir die Zweifel über die Ernsthaftigkeit ihres Kampfes. Tara kämpft, um zu helfen. Wer immer sie zu diesem Kampf herausgefordert hat, er hat ganze Arbeit geleistet und sie von der Notwendigkeit desselben in einer Tiefe überzeugt, die sie vor nichts zurückschrecken lässt. Nicht einmal vor dem eigenen Tod.

Ihr gebührt mein höchster Respekt, auch wenn ich ihr den weder zeigen kann, noch will. Ich werde weiterhin darum ringen, sie von ihrem angestrebten Ziel abzubringen, aus verdammt guten, mir bekannten Gründen. Wer wüsste besser als ich, mit welch gezinkten Karten Arthur Smith spielt? Das Spiel hat kaum begonnen, da geht Tara schon haushoch als Verliererin daraus hervor.

Ich ahne, dass es nur einen Weg gibt, sie von ihren Plänen abzubringen. Ich muss ihr die ganze Wahrheit anvertrauen. Eine Wahrheit, die den Glanz aus ihren Augen löschen und mich in ein anderes Licht rücken wird. Doch jetzt, zu diesem Zeitpunkt bin ich nicht bereit dazu. Noch gebe ich mich der Illusion hin, dass sie in mir sieht, was ich sein könnte. Will dem Irrglauben unterliegen, dass es neben John einen einzigen weiteren

Menschen gibt, der mein Handeln versteht. Aber John hat mein Tun nie hinterfragt, er hat mir stets blind vertraut. Etwas, auf das Tara sich niemals einlassen wird. Dafür ist sie zu tief vorgedrungen in die Materie.

Captain erhebt sich schwerfällig von meinen Füßen und trottet zur Tür. Ein sicheres Zeichen dafür, dass er seinen Bedürfnissen nachgehen muss. Mein Blick ruht weiterhin auf den schlafenden Zügen dieser ungewöhnlichen Frau, die sowohl Stärke als auch sinnliche Weiblichkeit zu gleichen Teilen verkörpert. Einen Moment zu lang bleibt er an ihren schöngeschwungenen Lippen haften, deren Süße ich auf meinen schmecke, so als hätte ich eben erst von ihnen gekostet. Mein Verlangen ist von unveränderter Intensität und ebenso unerfüllt, gleichgültig, mit welcher Vehemenz ich es niederringe. Jede Berührung zwischen uns, und mag sie noch so zart sein, sendet Feuerschübe durch meinen Leib, lässt mich in Flammen aufgehen. Setzt Empfindungen und Wünsche frei, die tief verschlossen am Boden meines Herzens ruhen. In einer alten, verstaubten Kiste, in die ich sie selbst vor Jahren gesperrt habe.

Mit einem deutlich ungehaltenen Geräusch tippt Captain gegen das hölzerne Türblatt und reißt mich aus der stummen Betrachtung. Müde reibe ich mir mit beiden Händen über das Gesicht. *Du leidest eindeutig unter Schlafmangel, Nathan. Andernfalls würdest du dir derartige Gedanken nicht einmal im Ansatz gestatten.* Zumal ich weiß, dass mich die Bilder, die meinen Geist fluten, früher oder später ins Verderben führen.

»Vivian ist exakt so gestorben, wie es bei Anuk zu befürchten stand.« Ihre Worte sind leise, sodass ich Mühe habe, sie zu entschlüsseln.

Der Abend ist weit fortgeschritten, die ersten Sterne sind vor Stunden aufgegangen. Draußen herrscht eine klare, klirrendkalte Nacht, doch hier im Innern ist es warm und trotz der spärlichen Möblierung fast behaglich, was nicht zuletzt an der Frau liegt, die mir gegenüber sitzt. Noch immer ein wenig blass um die Nase, aber aufrecht und mit angemessenem Appetit, hat sie die Dosensuppe verspeist, die ich im Feuer erwärmt habe. Ein milde Gabe Joys, die sie mir am Vortag in den gut gefüllten Rucksack gepackt hat.

Für Tara ist es das erste Mal seit meiner Rückkehr aus Jakes Landing, dass sie aufrecht sitzt. Die Wunde ist locker verbunden, sodass sie gut belüftet wird, aber vor dem Eindringen weiterer Bakterien sicher geschützt ist. Nachdem ich sie hinaus in die Kälte geleitet habe, damit sie dort ihre Notdurft verrichten konnte, hat sie sich strikt geweigert, sich wieder hinzulegen. Und so gab ich ihrem Drängen, sich auf einem der wackeligen Stühle setzen zu dürfen, eher widerwillig nach. Mittlerweile weiß ich nur allzu gut um die Starrköpfigkeit dieser Frau.

Bei ihren verhaltenen, aber umso schmerzlicheren Worten senke ich den Löffel auf den Teller und hebe den Kopf.

»Wer war Vivian?« Tara ringt um Fassung bei dieser Frage. Ich ahne, dass meine eigene Geschichte am Morgen, sie an Grenzen geführt hat, die sie nur mühsam aufrecht erhält und die gerade jetzt einzustürzen beginnen.

»Vivian war meine Nichte. Sie war acht Jahre alt, als sie

starb.« Ich sinke schwer gegen die Lehne und betrachte sie schweigend. Ein Mantel aus Trauer und Schmerz ruht auf ihren Schultern, drückt sie erbarmungslos nieder. Während ich darauf warte, dass sie fortfährt, frage ich mich still, ob ich jetzt den Grund erfahre, warum sie diesen aussichtslosen Kampf führt.

»Meine Schwester konnte keine eigenen Kinder bekommen. Ich … ich weiß nicht wie viele Fehlgeburten sie erlitt. Doch der Gedanke, ein Leben ohne Kinder führen zu müssen, schien ihr unerträglich.« Tara richtet sich auf. Ein kaum hörbares Seufzen löst sich von ihren Lippen, als sie die Schultern strafft. Einen Moment lang verzieht sich ihr hübsches Gesicht schmerzhaft. Ob es der körperlichen Qual oder der seelischen geschuldet ist, lässt sich nicht klar definieren.

»Als ihre Ehe fast daran zerbrach, entschieden die beiden sich, ein Kind zu adoptieren.« Reglos lausche ich ihren Worten, spüre zeitgleich, wie die Befürchtung über das, was sie mir erzählen wird, langsam zur schmerzhaften Gewissheit wird.

»Vivi war vier, als ihre Eltern bei einem Autounfall starben und man sie vorläufig bei Grace und ihrem Mann zur Pflege unterbrachte.« Sie hält den Kopf gesenkt, den Blick auf ihren Teller fixiert. Mit dem Löffel zeichnet sie Muster in die verbliebenen Suppenreste, die sich in der Schale gebildet haben. Ein deutliches Zeichen tiefer Unruhe, die in ihr gärt. Auch wenn ich mich am Morgen entblößt und sie tief in meine eigene Geschichte geführt habe, so ist sie in diesem Augenblick doch voller Zweifel darüber, ob es richtig ist, sich mir auf diese Weise zu öffnen. Das drückt ihre starre Haltung mehr als deutlich aus.

»Sie ist nahe dem Reservat groß geworden. Ihre Eltern lebten fernab der Zivilisation, irgendwo in der Wildnis hier draußen.« Vorsichtig hebt sie die Lider und sieht mich unter dem dichten Kranz der Wimpern an. Unsicherheit, Verzweiflung und Trauer schimmern dunkel auf dem Grün ihrer Iris hervor.

»Diese Begegnung war … sie war für beide Seiten ein Glücksfall. Grace, die sich nichts mehr auf der Welt wünschte, als für ein Kind sorgen zu dürfen und Vivian, die ausgehungert war nach Liebe. Vom ersten Moment an waren die beiden unzertrennlich. Alles erweckte den Anschein, als hätte das Universum exakt diesen Plan gehabt. Als sei all der Schmerz vorher nur eine Vorbereitung gewesen auf das Glück, das fortan auf die kleine Familie wartete.« Tränen schimmern in ihren Augen. Ich spüre den Drang aufzustehen und sie in die Arme zu schließen. Tara hat dieses Mädchen geliebt. Das klingt in den leisen Schluchzern an, die sich von ihren Lippen lösen. Es spricht aus jedem ihrer verzweifelten Blicke, die sie mir schenkt. Allein die Tatsache, dass ihre Nichte die ersten Jahre ihres Lebens nahe des Reservats verbracht hat, offenbart, welches Ende diese Geschichte nehmen wird. Ich spüre, wie mein eigenes Leid erneut zu sieden beginnt.

»Als klar wurde, dass Vivi krank ist, war es längst zu spät, um noch eingreifen zu können, ähnlich wie bei Anuk. Grace …« Mit einem Aufstöhnen stützt sie die Ellbogen auf die Tischkante und birgt das Gesicht in den Händen. Ihre Trauer ist raumgreifend, marternd und schwappt wie eine nasse, eiskalte Welle zu mir herüber. Sekundenlang habe ich Mühe zu atmen. Sie kämpft - gegen ihre eigenen Emotionen, ebenso wie gegen die meinen, in die sie am Morgen kopfüber eingetaucht ist. Die immer noch mahnend an den Wänden haften. Und sie kämpft gegen das Bedürfnis, sich dem Schmerz hinzugeben. Ich sage kein Wort. Warte still, bis sie die Kraft findet, den Kopf zu heben und mich anzusehen. Ihre Wangen sind tränennass. Allein dieser Anblick fährt mir sengend in den Magen.

»Grace wollte lange nicht wahrhaben, wie schlecht es um ihr kleines Mädchen stand. Anfangs sprachen die Ärzte davon, dass eine Lebertransplantation das Leben des Kindes retten könnte, aber je mehr Zeit verstrich, desto geringer wurden die Chancen.« Ungehalten wischt sie sich mit zitternden Fingern die Spuren ihrer Emotionen vom Gesicht.

Ich wünschte, es wären die meinen, die das tun. Meine Lippen, die den Schmerz von ihren Zügen küssen. Meine Worte, die sie trösten und heilbringend die Verzweiflung von ihr nehmen. Doch ich bin zu gefangen in mir und dem, was die Vergangenheit birgt, als dass ich nur annähernd die richtigen Worte finde. Ich bin zu erstarrt von ihrer Erzählung und dem Ausmaß, welche Kreise diese Geschichte zieht und wie viele Opfer sie immer wieder aufs Neue fordert.

»Und auch ich … ich habe nicht sehen wollen, wie schlecht es um Vivi steht, Nathan. Ich habe mir eingeredet, dass wir alle Zeit der Welt haben. Dass schon rechtzeitig ein Spenderorgan kommen wird. Dass sie diese tödliche Krankheit irgendwie überlebt.« Ihre raumgreifende Verzweiflung fordert mich geradezu auf, etwas zu sagen. Ich schlucke an dem tiefverankerten Schmerz in mir und hebe das Kinn, um ein Mindestmaß an Selbstsicherheit zu wahren.

»Das ist die Hoffnung, Sweetheart. Was wären wir ohne sie?

Ohne Hoffnung sind wir von Beginn an verloren. Dieses Gefühl hat Vivi durch die Zeit getragen. Geh nicht so hart mit dir ins Gericht. Hoffnung kann im Zweifelsfall Leben retten.« Der Löffel kommt zur Ruhe. Sekundenlang starrt sie mich an, den Mund halb geöffnet, so als wolle sie etwas sagen, und schweigt doch. In diesem Moment möchte ich sie bis zur Besinnungslosigkeit küssen. Sie schmecken, atmen spüren und vergessen, was uns hierher, in die verfluchte Einöde, tief in die Wildnis geführt hat. Ich will sie fühlen lassen, dass es neben all dem Schmerz noch so vieles gibt, wofür es sich zu leben lohnt. Vor allem aber verlangt es mich danach, es verdammt nochmal selbst zu spüren.

»Vielleicht hast du recht«, flüstert sie, ohne den Blick aus meinem zu nehmen. »In dem Moment, in dem mir bewusst wurde, dass sie es nicht schaffen wird, brach alles zusammen. Graces Mann ging zu einem Zeitpunkt, an dem wir nur noch um jeden einzelnen Tag kämpften. Er sagte, er ertrage das nicht mehr. Er … er ist nicht mal zu Vivans Beerdigung aufgetaucht.« Ein lautes Schluchzen löst sich aus ihrer Kehle, das mir messerscharf ins Herz fährt. Was immer diese Frau in mir auslöst, warum ihr Schmerz die Macht besitzt, meinen zu triggern und umgekehrt, weiß ich nicht. Ich weiß nicht einmal, ob ich es herausfinden möchte. Doch alles in mir verlangt danach, diesem intensiven Gefühl, das mich bittersüß quält, endlich nachzugeben.

Um die massive Spannung in mir zu brechen, nehme ich einen tiefen Atemzug und richte mich auf.

»Was ist passiert, Tara?« Auch wenn ich exakt weiß, was sie mir gleich berichten wird, so ahne ich, wie wichtig es für sie ist, diese Worte freizulassen und die quälenden Bilder in ihr endlich zu erlösen.

»Es … es war exakt der Albtraum, den … den du heute Morgen beschrieben hast. Vivi war … sie war voller Blut, überall. Es sprudelte regelrecht aus ihrem Mund. Die Ärzte … sie … sie haben versucht, das zu stoppen. Aber es ging nicht, Nathan. Egal, was sie taten … es wurde immer schlimmer.« Unzählige Tränen rinnen über ihr Gesicht, tropfen von ihrem Kinn, während der Schock, welcher sich auf der grünen Iris schon vor einer kleinen Ewigkeit manifestiert hat, von Neuem entzündet.

»Nie wieder werde ich den Ausdruck ihrer Augen vergessen«, flüstert sie und allein ihre Stimme, die tiefe Verzweiflung darin, verursacht mir eine Gänsehaut. »Sie wusste genau, was in diesem Moment geschieht. Sie wusste, dass sie sterben wird, innerhalb der nächsten Minuten und es gab … es gab einfach keine Worte, die ihr die Angst hätten nehmen können. Keinen Trost mehr. Nur das Wissen, dass es vorbei ist und dass wir, Grace und ich … dass wir absolut ohnmächtig zusehen mussten, wie Vivi … wie sie starb … wie sie verblutete …«

Ihre Stimme zersplittert. Tara zittert am ganzen Körper so sehr, dass ihre Hände mit leisem Klopfen in regelmäßigem Rhythmus auf der Tischkante aufschlagen. Ihr erschütterter Anblick reißt mich aus der Erstarrung. Ein Kind so sterben zu sehen, toppt alles nur Vorstellbare.

Ruckartig erhebe ich mich, trete zu ihr und ziehe sie vom Stuhl hoch. Taras Schluchzen ist einen Moment lang das Einzige, was den noch verbliebenen Raum zwischen uns füllt. Mit einem rauen Aufstöhnen schließe ich die Arme fester um sie und halte sie. Schwer sinkt sie gegen meinen Körper, gefangen in den grausamen Erinnerungen, die sie heimsuchen und niederbrennen, gleich einem Flächenbrand. Ihre Stirn ruht an meiner Schulter. Behutsam umfasse ich ihren Hinterkopf und presse meine Lippen in ihr Haar.

»Schscht, es ist gut Tara. Lass es frei. Lass los. Erst dann kannst du heilen.« Intuitiv ahne ich, dass sie bisher mit niemandem diesen intensiven Schmerz, der sie schier zerreißt, geteilt hat. Ihre Finger krallen sich in dem Stoff meines Shirts fest, den ihre Tränen bereits nachhaltig durchnässen. Sie bebt am ganzen Körper. Noch enger ziehe ich sie an meinen, in dem Versuch, das gewaltige Zittern einzudämmen. Ihre Schluchzer entzweien die Stille dieser Nacht und fahren mir ungebremst und scharfkantig in den Magen hinein. Selbst für einen Arzt, der täglich mit ähnlichen Bildern konfrontiert ist, ist es fast unerträglich, einen Menschen auf diese Weise sterben zu sehen. Der Gedanke, ich hätte Anuk so gehen lassen müssen, lässt meine Gliedmaßen auch jetzt noch taub werden vor Verzweiflung. Was mögen diese grausamen Bilder mit einem Menschen machen, der nie zuvor mit derartigen Ereignissen konfrontiert wurde? Was lösen sie in ihm aus? Was reißen sie auf und vor allem, wie soll dieser Mensch je lernen, mit solchen Bildern zu leben? Noch dazu wenn der Sterbende ein naher Angehöriger ist, ein Kind?

Ihr Herz hämmert mit besorgniserregender Geschwindigkeit gegen meinen Brustkorb. Signalisiert, dass sie sich mitten in dem Tornado des Schmerzes befindet. Ich schiebe meine Finger in ihr dichtes Haar, lasse meine Lippen behutsam über ihre Schläfe gleiten.

»Es ist gut, Sweetheart, alles ist gut. Ich bin hier. Ich halte dich.« Und so, als wäre meine Stimme das Löschwasser auf der Stichflamme, verklingen ihre Schluchzer allmählich. Sie hält den Kopf gesenkt, klammert sich mit einer Kraft an mich, als befürchte sie, dass der nächste Windstoß sie fortreißt. Nach wie vor fallen heiße Tränen von ihren Wangen auf mein Shirt. Ich halte sie eine Ewigkeit, in der ich einzig auf unseren Herzschlag lausche, der allmählich wieder eine langsamere Gangart anschlägt und im selben Takt das Blut durch die Adern pumpt.

Nach endlosen, stillen Minuten rahme ich ihr Gesicht mit den Händen ein und hebe es an. Sie verschließt sich mir nicht. In den waldgrünen Augen liegt ein roher, gewaltiger Schmerz, der weit davon entfernt ist abzuheilen. Zärtlich wische ich mit dem Daumen die glasigen Perlen von ihren Wangen. Endlich begreife ich, warum sie sich auf diese tödliche Mission begeben hat. Der Grund liegt offen vor mir, auf der dunkel schimmernden Iris. Sie ist der festen Überzeugung, dass sie nur loslassen kann, wenn sie diese verfluchte Geschichte zu einem Ende bringt. Ein Ende, mit dem sie leben kann. *Falls sie es überlebt.* Ich glaube zu erahnen, dass es nichts und niemanden gibt, der sie von dieser Aufgabe abbringen wird. Behutsam lasse ich meinen Daumen ihre Wange hinabgleiten, spüre die erhitzte Haut, bis hin zu ihren Lippen, deren Weichheit ich nur zu genau erinnere. Ein süßes Ziehen fährt mir durch den Leib, ruft mir in Erinnerung, wie nah wir einander bereits waren.

»Tara, ich …«

40

Lass deine Arme ein Ort sein, in denen sie sich sicher fühlen kann.

Nathaniel

Was auch immer ich sagen will, erstirbt unter ihrem Mund. Sie küsst mich mit einer Vehemenz, welche die tiefe Not, die sie damals empfunden hat, heute noch preisgibt. Ich bin fast sicher, dass es die schwere innere Qual ist, die sie zu diesem Schritt hinreißt. Der Versuch, das Leid mit der Leidenschaft, die uns verbindet, zumindest für den Augenblick zu löschen.

Und verflucht noch mal, das kann mir nur recht sein. Wenn eine Stunde des Begehrens uns beide kurzzeitig vergessen lässt, warum wir hier ausharren, dann nehme ich ihr Geschenk dankend an.

Als ihre Zunge hungrig über meine Unterlippe streicht, lasse ich endgültig alle Schranken fallen. Ich grabe meine Finger in ihre Hüften und presse ihren Leib fest gegen mein Becken. Spüre sie mit jeder Faser in einer Intensität, die mir das Blut rauschend durch die Adern treibt. Ein winziger erschrockener Laut löst sich dabei aus ihrer Kehle. Sie reißt die Lider auf und alles, was ich wissen muss, kann ich in ihren vor Leidenschaft dunklen Augen lesen. Ohne den Blick aus ihrem zu nehmen, ohne auch nur die Lippen voneinander zu lösen, hebe ich sie auf das wackelige Konstrukt der Tischplatte und schiebe mich zwischen ihre

Schenkel. So nah an ihren Körper heran, dass wir beide einen winzigen Atemzug lang die Luft anhalten. Tara strahlt eine Hitze aus, die betörend und verzehrend gleichermaßen ist, die mich vereinnahmt und meine Sinne versengt. Zärtlich streiche ich ihr das Haar über die Schulter und umfasse behutsam ihr Kinn. Ihre Lippen zittern, als ich meine darüber gleiten lasse. Sie schmeckt nach Honig und einer Prise Zimt. Ebenso bittersüß wie neulich Nacht, als ich um ein Haar mit ihr geschlafen hätte. *Und diesmal*, denke ich, während ein rauer Laut sich aus meiner Kehle löst, *diesmal werde ich es zu Ende bringen.*

Berauscht von ihrem Sein, von ihrer sinnlichen Vollkommenheit, gleiten meine Hände unter den dünnen Stoff ihres weißen, engen T-Shirts, streifen es ab ohne eine Sekunde dabei außer Acht zu lassen, dass es dort eine frische, äußerst empfindliche Wunde gibt. Ich spüre ihre warme, pulsierende Haut unter meinen Fingern, nehme reich von der Kostbarkeit ihres Mundes. Der Geschmack sinnlicher Begierde erfüllt mich ganz und gar.

Ihr leises Seufzen, das Flattern ihrer Lider fordert mich geradezu dazu auf, das Liebesspiel zu vertiefen. Ich streife ihr das Shirt über den Kopf, trete einen Schritt zurück und betrachte sie still im Schein des Feuers, dessen rötliche Flammen über ihren perfekt definierten Körper lecken. Sie ist wunderschön. Ich weiß nicht, ob es der Tatsache geschuldet ist, dass ich lange mit keiner Frau zusammen war, oder aber an Tara selbst liegt: In mir erwacht ein Sehnen, das ich kaum zu zügeln vermag. Meine Hand zittert, als ich den Arm ausstrecke und mit den Fingerknöcheln behutsam über ihren flachen Bauch streiche. Mit einem unkontrollierten Stoß entweicht ihr die Luft. Sie ist mindestens so erregt, wie ich es bin. Ich trete wieder näher, schiebe eine Hand in ihren Nacken und küsse sie so zärtlich, wie es unter dem Beschuss, der in meinem Körper wütet, möglich ist. Nach allem, was sie durchlebt hat, was die vergangenen Tage ihr zusätzlich an Leid bereitet haben, ist es das Mindeste, was ich ihr schenken kann: Meine Zärtlichkeit.

Und Tara erwidert den Kuss mit einer Hingabe, die schmerzt. Sie schlingt ihre Arme um meinen Hals und vergräbt die Finger in meinem Haar. Ihren Körper presst sie dabei so fest gegen meinen, dass ich unmöglich ignorieren kann, dass sie fast nackt ist. Ich schiebe meine Hände unter ihr Gesäß, hebe sie hoch und senke sie behutsam auf das Fell vor dem Feuer nieder. Erst in diesem Augenblick lösen sich unsere Lippen voneinander. Nach Atem ringend sehen wir einander an. Tasten über die Züge des anderen, erspüren den Schmerz und die Lust zu gleichen Anteilen. Die Verzweiflung und die Hingabe. Ich beuge mich vor, streiche mit dem Daumen über ihre Wange, folge der Kinnpartie bis hin zu ihrem schlanken Hals. Dann richte ich mich auf, entledige mich meiner Kleider und lasse sie dabei nicht eine Sekunde aus den Augen.

Taraneh

Ich weiß nicht, wie wir an diesen Punkt gelangt sind. Wann hat wer die Kontrolle verloren? Aber ich bin sicher, dass ich das jetzt nicht stoppen kann, nicht stoppen will. Es fühlt sich richtig an, all den Schmerz in mir mit Nathans Feuer niederzubrennen.

Unter halb gesenkten Lidern betrachte ich ihn, wie er vor mir steht. Hochgewachsen, äußerst maskulin, sich langsam entkleidend. Sein Blick streicht ähnlich intensiv über meinen entblößten Leib und doch verspüre ich alles, nur keine Scham.

Die Flammen im Kamin lassen seine Haut bronzefarben schimmern, jeder Muskel des athletischen Körpers ist scharf umrissen. Als er sich auf mich senkt, leuchtet eine Glut in seinen blauen Augen, die tief in mir etwas anrührt. Ich kann mich nicht entsinnen, dass der Mann, der mich zu lieben vorgab, der mich heiraten wollte, der Mann, dessen Namen ich nicht einmal mehr denken möchte, mich je mit einem so verzehrenden Blick angesehen hat. Dass er mich jemals mit so viel Hingabe geküsst, mich auch nur auf ähnliche Weise berührt hat, wie Nathaniel es tut. Seine Leidenschaft, die einzig von der Achtsamkeit mir gegenüber zwischenzeitlich ausgebremst wird, ist mitreißend, berauschend und erfüllend. Selbst wenn ich wollte, ich könnte mich diesem Mann nicht entziehen.

»Tara«, flüstert er zärtlich und zieht mich mit dem Klang seiner tiefen Stimme an einem sicheren Band zurück in den Moment. Sekundenlang spüre ich, dass er eine Ahnung davon hat, was mir durch den Kopf geistert. Mit dem Daumen streicht er behutsam über meine Unterlippe, bevor er seinen Mund auf meinen senkt. Ein, zwei Atemzüge lang verharrt er still, lässt seinen Atem in mich fließen und nimmt den meinen in sich auf. Bittersüß, quälend und zutiefst sinnlich. Dann bringt er seine Zunge ins Spiel, ebenso wie seine Hände, die sich überall auf meinem Körper befinden. Seine Lippen gleiten an meiner Wange hinab, tiefer, den Hals entlang, und beginnen im Takt seiner Finger meinen Körper zu erforschen. Jeder klare Gedanke ist ausgeschaltet. Ich bin nur im Fühlen verankert. In den Zärtlichkeiten, die dieser Mann mir schenkt. In der Leidenschaft, mit der er meinen Körper erforscht und der Hingabe, mit der er mich schließlich liebt.

Als die Lust leise verklingt, sind es weiterhin Nathaniels Lippen, die auf den meinen ruhen, die mich in einer Tiefe küssen, welche all den Schmerz in mir nachhaltig verschließt und über die verkrusteten Wunden streicht.

Ich zögere den Moment hinaus. Will nicht von ihm lassen. Von der Kraft, mit der er mich nach wie vor hält. Von der Geborgenheit, in die er mich die letzte Stunde gehüllt hat. Von dem zarten Gefühl der Zuversicht, das seine Berührungen in mir erwecken. Langsam hebt er den Kopf und sieht mich an, streicht behutsam eine Strähne aus meinen Zügen und fährt mit dem Finger zärtlich mein Kinn entlang.

Auch er scheint über jeden Zweifel erhaben, dass es richtig war, sich auf uns, auf das Feuer, welches wir entfacht haben, einzulassen. Noch einmal gleiten seine Lippen zärtlich über meine, dann lässt er sich auf die Seite sinken und zieht mich mit sich. Mein Kopf ruht auf seiner Brust. Ich kann seinen Herzschlag hören, der kräftig und schnell die verklingende Ekstase in ihm markiert. Selbstvergessen streichen seine Finger über meinen Arm, vertiefen das Gefühl der Erschöpfung und Müdigkeit in mir, sodass ich willenlos meine Lider schließe. In diesem einzigartigen Moment scheint es keine Fragen zu geben. Keine Forderungen. Keine Ängste. In Nathaniels Armen bin ich sicher, zumindest für den Augenblick.

41

Derjenige, der um den Sturm weiß, der in deinem Herzen wütet, den lass hinein.

Taraneh

Die Hütte ruht im schmutzig grauen Dämmerlicht, als ich zu mir komme. Ich bin nicht sicher, was mich geweckt hat. Mein Geist braucht endlose Sekunden, um an Schärfe zu gewinnen. Ich entsinne mich der Nacht. Die Art, wie Nathaniel mich gehalten hat. Daran, dass wir uns geliebt haben auf eine außergewöhnliche, hingebungsvolle Weise, die etwas in mir aufgebrochen hat, das seit Jahrzehnten fest verschlossen ruhte. Eine Empfindung so zart und zerbrechlich, dass ich kaum wage, daran zu tasten.

Später, als das Feuer bereits weit runtergebrannt war, waren es seine Lippen, die mich weckten. Sein Mund, den ich auf jeder Stelle meines Körpers spürte. Der mich zurückriss aus einem tiefen, traumlosen Schlaf. Mitten hinein in das Verlangen, welches in den letzten Tagen zwischen uns auf ein Ausmaß erwachsen ist, dass ich es kaum zu beherrschen vermag. Vielleicht ist es die tiefe Todesnot, in der ich zwischenzeitlich wandele. Oder aber die Sehnsucht nach Nähe. Vielleicht auch so viel mehr, als auf den ersten Blick ersichtlich ist. Nathans Küssen, seinen Berührungen haftete eine Verzweiflung an, die fast roh zu nennen war und im krassen Gegensatz zu der verhaltenen Leidenschaft des Abends stand. Und doch ist es genau das, was ich will, wonach ich verlange. Ich weiß sicher, dass allein seine Vehemenz, sein Begehren, die Macht besitzen, den schmerzenden Fluss in mir verebben zu lassen. Und dabei geht es nicht nur um Vivi. Es geht um so viel mehr. Die letzten zwei Jahre haben mich rastlos und zugleich besessen gemacht. Sie haben eine Unruhe in mir erweckt, der ich mich nur schwer zu entziehen vermag. Nathaniel, der genau zu spüren scheint, wie tief diese Unrast in mir verankert ist, hat jede dieser Empfindungen allein durch seine hungrigen Küsse freigelegt und in einen stillen See verwandelt. Ich habe nicht gewusst, dass es möglich ist, mit einem Menschen ganz und gar zu verschmelzen. Sich ihm mit Haut und Haar hinzugeben, bis nichts zurückbleibt, als die reine, pure Empfindung.

Als ich den Kopf drehe, sehe ich ihn am Kamin stehen. Einen Arm an den auskühlenden Schornstein gestützt, hält er die Stirn gesenkt und starrt in die erlöschenden Flammen, mit nichts als einer Jeans am Körper. Sein purer Anblick erweckt das Verlangen von Neuem in mir und doch spüre ich zeitgleich die Schwere, die ihn umgibt wie ein dichtgewebter Mantel, der sich mit Wasser vollgesogen hat und ihn erbarmungslos in die Tiefe zieht. Was ihn zu dieser Stunde umtreibt, welche Geister ihn quälen, ist mir fremd und doch verspüre ich das ursprüngliche Gefühl, ihm Trost spenden zu wollen. Ich erhebe mich lautlos, komme schwankend, mit einem leichten Schwindelgefühl auf die Füße und trete hinter ihn. Ohne mir die Zeit zu geben, näher darüber nachzudenken, lege ich meine Arme um seinen Leib und drücke meinen Körper fest gegen seinen. Daran, wie kühl seine Haut ist, spüre ich, dass er entsprechend lange hier steht. Ein schwerer Atemzug löst sich aus seiner Brust und lässt mich erahnen, dass er Welten entfernt war.

Ohne den Versuch zu starten, sich mitzuteilen, was ihn derart umtreibt oder auch nur ein Wort von sich zu geben, legt er eine Hand über meine und verschränkt unsere Finger ineinander. Ein sicheres Zeichen für mich, dass die Verbundenheit der Nacht nach wie vor existent ist. Minutenlang harren wir still beieinander aus, einer auf den Atem des anderen lauschend, bis wir in absoluten Gleichklang fallen. Ich lege meine Lippen behutsam auf die empfindsame Stelle zwischen seinen Schulterblättern und spüre deutlich, wie tief er erschauert. Mit einem leisen Aufstöhnen dreht er sich zu mir, umfasst mein Gesicht und küsst mich. Sein Kuss ist rau und erfüllt von verhaltener Leidenschaft. Ich schmecke die Akzente der Verzweiflung darin, die mich in der Nacht aus dem Schlaf gerissen haben, als er mich ein weiteres Mal liebte. Und etwas Anderes, Schwereres, das sich nicht definieren lässt. Etwas, das sich wie eine kalte Hand um mein Herz legt.

In dem Moment, da er den Kopf hebt und mich ansieht, erschauere ich in dem Bewusstsein, dass es einen Grund gibt für seinen Kummer.

Zärtlich fährt er mit einem Finger über meine Wange, senkt die Stirn gegen meine und flüstert: »Du musst aufhören, der Geschichte nachzujagen, Sweetheart. Du hast keine Ahnung, wer die Männer sind, mit denen du dich angelegt hast.«

Nach den Zärtlichkeiten der letzten Minuten gleichen seine Worte einer Eisdusche. Auch wenn ich die deutliche Sorge darin anklingen höre, so weiß ich sicher, dass es nichts und niemanden gibt, der mich von meinem eingeschlagenen Weg abbringt. Ich nehme einen tiefen Atemzug, recke das Kinn vor und bemühe mich zurückzutreten. Doch Nathaniel lässt das nicht zu. Seine Arme halten mich wie in einem Schraubstock. Seine ganze starre Haltung eröffnet mir, wie sehr das Wissen darum, gegen *wen* ich in den Krieg ziehe, ihn fordert. Das schürt erneut Gedanken, die ich zumindest eine Zeitlang erfolgreich verdrängt hatte. Womöglich weiß er mehr, als er preisgibt. Ich stemme beide Hände gegen seine Brust und schiebe ihn mit aller Kraft, die ich aufbieten kann, von mir.

»Aber du scheinbar schon«, raune ich wütend, befreie mich schließlich ganz aus seinen Armen und schlinge mir eine der Decken, die unordentlich am Boden liegen, um den bloßen Leib. Ich kann nicht argumentieren, wenn ich nackt vor ihm stehe und er mich allein mit seinen Blicken in Versuchung führt.

Aber Nathaniel ist weit von solchen Gedanken entfernt. Er sieht mich zwar an, doch alles erweckt den Anschein, als nehme er nicht wirklich wahr, was sich unmittelbarer vor ihm befindet oder zumindest in welchem Zustand. Müde reibt er sich mit den Fingern über die Augen und gibt einen unwilligen Laut von sich.

»Möglicherweise ja, Tara.«

Seine Offenheit entwaffnet mich. Wenn ich mit allem gerechnet habe, nur damit nicht. Ich fühle mich meiner Worte beraubt, strauchele innerlich. Zahllose Fragen bedrängen mich und verführen mein Herz zu unkontrollierten Schlägen.

»Was … was heißt das? Was versuchst du, mir zu sagen, Nathan?« Meine Stimme wird schrill bei den letzten Silben. Auch ich kann die Furcht darin anklingen hören. Seine mittlerweile vertrauten Augen ruhen schweigend auf mir, wägen ab, wie viel er preisgeben kann. Dann beginnt er mit belegter Stimme zu sprechen.

»Sie werden nicht eher Ruhe geben, bis sie dich und diese verdammte Speicherkarte, die du entwendet hast, haben …«

Ich schnaube ungehalten. »Die Speicherkarte, die mittlerweile in deinem Besitz ist? Ich würde sagen, du bist derjenige, der sie, wie du es nennst, *entwendet* hat …« Er macht einen großen Schritt nach vorn und packt mich so überraschend bei den Schultern, dass ich erschrocken aufschreie.

»Das ist kein Spaß, Tara. Hier geht es verdammt nochmal um Leben und Tod. Es ist Zeit zu begreifen, in welch gefährlichem Spiel du spielst.« Ich spüre den eisernen Griff seiner Finger, mit dem er mich hält. Empfinde die Not, die darin anklingt, die Verzweiflung. Jedes seiner Worte ist bitterernst. Er sorgt sich. Um mich, wie ich plötzlich begreife.

»Als wüsste ich das nicht, Nathaniel«, eröffne ich sanft. »Erinnere dich: Den ersten Mordanschlag habe ich nur knapp überlebt. Ich bin nicht naiv. Ich weiß genau, welche Feinde ich mir herangezüchtet habe.«

Sein Blick brennt sich unter meine Haut. Fast schmerzhaft spüre ich ihn bis tief in meinem Inneren, so als könne er dort all die Antworten finden, nach denen er sucht, die zu geben ich jedoch nicht bereit bin.

Ich schlucke mühsam gegen die aufsteigende Panik an und füge hinzu: »Es ist zu spät, die Segel zu streichen. Vivi starb vor zwei Jahren. Zwei Jahre«, wiederhole ich ernst. »Seither stecke ich knietief in dieser Geschichte drin.«

Mit einem Aufstöhnen senkt er seine Stirn gegen meine und

umschließt mein Gesicht. »Es wird dich das Leben kosten, Tara. Sie werden nicht eher Ruhe geben, bis sie dich gefunden und getötet haben.«

Der Schmerz in seinen Worten weidet mich aus. Ich weiß, dass diese Möglichkeit besteht, das habe ich immer gewusst. Aber bis eben schwang auch eine gehörige Portion Hoffnung in mir. Bis zu dem Moment, da Nathaniel seine grausamen Befürchtungen laut aussprach.

Mit einem zittrigen Atemstoß lege ich meine Hand auf seine: »Warum sagst du solche herzlosen Dinge, Nathan? Glaubst du nicht, dass die Angst in mir auch ohne deine vernichtenden Worte hohe Wellen schlägt?«

Kurz schließt er die Augen, dann bringt er sein Gesicht noch näher an meines und raunt: »Erst, wenn die Angst in dir die Oberhand gewinnt, wirst du bereit sein, dein Ziel aufzugeben.«

»Warum sollte ich das wollen? Gestern habe ich dir erzählt, wie grausam meine Nichte gestorben ist. Das alles wäre nicht geschehen, wenn Smith & Son nicht schon seit Jahren diese Umweltschweinereien betreiben und sich an den Menschen, die hier draußen leben, vergehen würden. Anuk hätte nicht sterben müssen, wenn das Naturvolk im Reservat endlich den Mut aufbrächte, sich zur Wehr zu setzen. Warum willst du, dass ich mein Ziel aufgebe, wo deine Frau längst sechs Fuß tief unter der Erde ruht? Durch die Hände von Arthur Smith.«

Meine gefühllose Äußerung lässt ihn erst erbeben, dann erstarren. Langsam senkt er die Arme und weicht zurück.

»Welchen Part übernimmst du in diesem Spiel, Nathaniel Leblanc? Sorgst du dich um mich? Darum, dass ich bei der Sache draufgehen könnte? Oder bist du gar mein Gegenspieler und hast lediglich die Kontrolle verloren, weil du mit dem Feind im Bett gelandet bist?«

42

Dein Schmerz gehört dir. Lass nicht zu, dass andere darüber urteilen. Du trägst die Narben.

Taraneh

Brutal schmettern meine Worte von den Wänden zurück, während mein Herz zu tausend Scherben zerbirst. Scherben, die sich nie wieder zusammenfügen lassen. Diesmal bleiben keine Bruchstücke zurück, wie bei dem Mann, der mich ausgenutzt, der behauptet hat, mich zu lieben. Ich weiß sicher, diesmal werden ganze Elemente fehlen und riesige Lücken klaffen lassen, die auf ewiglich schmerzen. Welcher Teufel hat mich geritten, mich auf solch hemmungslose Weise mit Nathaniel einzulassen? Einem Mann, der mir seine Geheimnisse wie Brotkrumen vor die Füße wirft, die ich zwar aufpicken darf, aber deren Gehalt mich keineswegs nährt.

Bei meinen Anschuldigungen ist er bleich geworden, was mir das Gefühl gibt, den Nagel exakt auf den Kopf getroffen zu haben. Das Empfinden tiefer Geborgenheit schwindet wie dichter Nebel im frühmorgendlichen Sonnenlicht. Nathaniel ist Teil dieser Scharade. Er weiß mehr über das Abfallentsorgungsunternehmen, als er erkennen lässt. Vielleicht ist er sogar in diese ganze schmutzige Geschichte verstrickt. Gegebenenfalls war es nicht so, dass John ihn damals rekrutiert hat, um sich der Krankheitsfälle im Reservat anzunehmen, sondern es war genau umgekehrt, und John ist diesem charismatischen Mann lediglich auf den Leim gegangen. So wie auch Anuk. So wie ich selbst …

Meine Gedanken verursachen mir Schwindel. Die Wunde unterhalb meiner linken Brust pocht unangenehm. Ich taumele rückwärts und sinke auf den Stuhl nieder, ohne den Blick von Nathaniel zu nehmen. Er schweigt eisern, rührt sich nicht. Alles an ihm mutet starr und kalt an.

Ungehalten schiebe ich das Kinn vor und fahre ihn an. »Sag etwas. Warum verteidigst du dich nicht, Nathaniel? Warum lässt du mich in dem Glauben, du seist ein Mittäter, wenn du möglicherweise unschuldig bist?«, frage ich hoffnungsvoll.

»Wer ist schon unschuldig«, flüstert er rau und fährt sich mit einer Hand über Mund und Kinn. Allein diese Worte bringen mich völlig aus der Fassung. Ich sehne mich zurück in die Stunden der Nacht, die all die Verfehlungen, die wir in uns tragen, unter dem Mantel des Verlangens zudeckte.

»Du hast dein Urteil lägst gefällt, Tara. Was für Argumente könnte ich vorbringen, die dich umstimmen? Die dich nicht an meiner Integrität zweifeln lassen?«

Seine Worte fachen meinen Herzschlag um weitere intensive Schläge an, sodass mein Brustkorb schmerzt. Ich habe Mühe zu atmen, Mühe, überhaupt einen klaren Satz zustande zu bringen, und würge hervor: »Du könntest die SD-Karte rausrücken, um mir deine Loyalität zu beweisen.«

Überrascht hebt er die Augenbrauen und schüttelt entschieden den Kopf. »Kluger Schachzug, Sweetheart, aber in dem Moment, da ich dir die Karte überlasse, bist du tot.« Seine

Worte sind so scharf wie die Klinge eines Rasiermessers. Was will er mir damit sagen? Dass er mich eigenhändig töten wird im Fall der Fälle? Dass er sogar den Auftrag hat, mich zu töten? Hitze steigt mir in die Wangen. Mein Geist rotiert in rasanter Geschwindigkeit. Denk nach, Tara, erinnere dich an die Zärtlichkeiten, die er dir zuteil hat werden lassen. Mit welcher Hingabe er dich geliebt hat. An die Art, wie er dich getröstet hat. Daran, dass er dir bereits drei Mal das Leben gerettet hat. Kann ein Mann, der so selbstlos um das Wohlergehen eines anderen besorgt ist, wirklich auch nur darüber nachsinnen denselben zu töten?

Vielleicht nicht, denke ich bitter und schlucke schmerzhaft an den Gedanken, die mich peinigen. Vielleicht ist das exakt der Grund, warum er mich vom Weg abbringen will, weil er nicht fähig ist, seinen Auftrag auszuführen: mich zu beseitigen.

Erschrocken schlage ich bei dem Gedanken die Hände vor den Mund. *Mein Gott, Tara, du bist verwirrt.* Das muss daran liegen, dass ich hier seit Tagen in der Wildnis ausharre, körperlich und seelisch angeschlagen, andernfalls würde ich mir nicht ein solches Netz aus Intrigen zusammenspinnen.

Nathaniels Blick ruht fest auf mir. Ich weiß, dass er all meine Empfindungen, ähnlich einem Schattenspiel, in meinen Zügen liest. Ich verfüge über kein Pokerface. Das war schon immer meine Schwäche. Andernfalls hätte ich den Menschen täuschen können, der vorgab mich zu lieben. Doch stattdessen ist es ihm gelungen, mich aufs Glatteis zu führen und einbrechen zu lassen, in der Hoffnung, dass ich absaufe. Tränen der Wut trüben meinen Blick und arbeiten sich vorwitzig die Wangen hinab. Ungehalten wische ich sie fort, in dem Bewusstsein, dass ich mich in der Falle befinde, wie das Kaninchen vor der Schlange. Als ich den Kopf hebe, erahne ich, dass der harte Zug um seinen Mund weicher wird, dass der dunkle, beängstigende Glanz seiner Augen sich erhellt.

In dem Moment, da er auf mich zutritt, erklingt draußen ein Motorengeräusch. Ein sicheres Zeichen dafür, dass sich ein Besucher nähert. Kurzzeitig verstummt jedes Geräusch um mich herum und auch Nathaniel erstarrt in der Bewegung. Sein Blick ruht auf mir und in diesem Augenblick weiß ich sicher, dass er um mein Leben fürchtet. Unbenommen der Diskussion von zuvor. Trotz dessen, dass ich keine Ahnung habe, welchen Platz er in diesem Kampf einnimmt, so ist es exakt dieser Ausdruck auf seiner Iris, der mich erschüttert und wärmt gleichermaßen.

Dann wendet er sich ab, tritt mit zwei Schritten an das Fenster und späht in die sich lichtende Dunkelheit hinaus. Bei dem befremdlichen Geräusch hebt Captain erstmals an diesem frühen Morgen den Kopf und spitzt die Ohren, bevor er sich schwerfällig erhebt und zu seinem Herrchen tritt.

»Das ist ein Schneescooter. Dem Klang nach hält es direkt auf die Hütte zu.« Er dreht sich um, bückt sich und greift unsere Kleidung auf, bevor er mir die meine zuwirft und selbst den dunklen Pullover vom Vorabend überstreift.

»Ich fürchte, wir bekommen Besuch, du solltest dich anziehen.«

Gleichgültig wie lose mein Mundwerk vor Minuten noch war, wie vehement ich meine Position verteidigt habe, jetzt, in diesem Augenblick befällt mich eine Angst, die keinen Vergleich kennt. Ich weiß sicher, *wen* ich in Jakes Landing gesehen habe. Die Tatsache, dass mein Mörder sich noch immer in direkter Nähe befindet, raubt mir Sinn und Verstand. Während ich mühsam in die Hose steige, versuche ich mich davon zu überzeugen, dass er keine Ahnung hat, wo ich mich aufhalte. Er hat mich nicht einmal erkannt auf den Straßen dieses verlassenen Ortes. Das glaube ich zumindest.

Meine Hände zittern so sehr, dass mir der Pullover immer wieder entgleitet. Beim dritten Mal greift Nathaniel danach und hilft mir, ihn überzustreifen. Das Geräusch des Viertakters kommt sekündlich näher. Gleichgültig wie vehement ich darum kämpfe, ich kann die Panik, die wellenartig in mir aufsteigt, nicht vor Nathan verbergen. Ohne jedes Wort legt er eine Hand an meine Wange. Sein Blick taucht tief in meinen ein, bevor ich seine Lippen auf der Stirn spüre. Das ist seine Art, mir zu sagen, er wird unter allen Umständen weiter für meine Sicherheit kämpfen, selbst dann, wenn ich nicht dazu bereit bin, von meinen Plänen abzuweichen.

Im nächsten Atemzug ist er verschwunden. In dem Moment, da der Motor erstirbt, spüre ich den eisigen Luftzug, der durch die winzige Behausung weht, als er das Türblatt öffnet. Nur einen Herzschlag später tritt Nathaniel ins Zwielicht hinaus.

Nathaniel

Ihre Sturheit wird sie früher oder später Kopf und Kragen kosten. Auch wenn ich ihre Beweggründe verstehe, so glaube ich sicher zu wissen, dass sie keine Ahnung davon hat, wie weitreichend die Tentakel dieses mächtigen Unternehmers greifen.

Als ich hinaus in die Kälte trete, schließe ich mit einem festen Ruck die Tür hinter mir. Den geschützten Raum und meine Körperkraft, mehr Sicherheit kann ich Tara zu dieser Stunde nicht bieten. Der verklingende Atem der Nacht ist eisig und jagt einen Schauer über meine Haut. Das Frontlicht des Schneeschlittens blendet mich sekundenlang, sodass ich regelrecht blind bin. Weder erkenne ich, wer auf der Bank sitzt, noch wie viele. Mein Herz gibt einen Takt vor, der befremdlich und schmerzhaft ist. *Falls es zum Äußersten kommt, rückst du die Karte raus*, denke ich und weiß im selben Moment, dass dies weder Tara noch mich vor dem Tod schützt. Wenn es hart auf hart kommt, werden sie auch nicht davor zurückschrecken, mich zu beseitigen.

Die SD-Karte ist Taras verdammte Lebensversicherung.

Ein Mann, hochgewachsen und athletisch, gleitet von der Sitzbank und streift die Schneebrille samt Mütze vom Kopf. Ich kneife die Augen zusammen, um besser sehen zu können. Doch erst, als er aus dem Lichtkegel heraustritt, erkenne ich Johns vertraute Gesichtszüge. Erleichterung gewaltigen Ausmaßes lässt meine Knie weich werden. Mit den Schulterblättern sinke ich schwer gegen die Tür in meinem Rücken und schließe die Augen.

»Nathan, alles gut bei dir?« Seine Stimme klingt rau nach den Stunden in der Kälte, die er vermutlich durch die Nacht gejagt ist. Ich hebe die Lider und sehe ihn an. Er hat deutlich an Gewicht verloren in den letzten Tagen. Seine Wangen wirken eingefallen. Die silbrigen Augen tief umschattet. Ich rappele mich auf und trete auf ihn zu.

»Alles gut, John. Ich war nur besorgt, wer sich zu dieser frühen Stunde und bei der Eiseskälte hier draußen herumtreibt.« Er nickt bedächtig und legt mir eine Hand auf die Schulter.

»Das ist der Grund, warum ich hier bin, Nathaniel. In der Stadt treibt ein Fremder sein Unwesen, der sich hartnäckig nach deiner jungen Freundin erkundigt. Ich wollte, dass du das weißt. Auf Dauer seid ihr zwei hier nicht mehr sicher.« Ich stoße bei seinen Worten aufstöhnend den Atem aus, der augenblicklich zu kleinen Kristallen gefriert. Johns Äußerung bestätigt meine Befürchtung. Noch massiver spüre ich die nagende Sorge, die sich mit seinem Auftauchen tiefer in mein Herz frisst.

»Verdammt, Junge, wo hast du dich da nur hineingeritten? Habe ich dich nicht gewarnt? Habe ich dir nicht gesagt, die Kleine bringt nichts als Ärger?«

Doch, das hat er, in der Tat. Aber bisher gab es nicht einen Moment, der auch nur ansatzweise die Möglichkeit geboten hätte, sich aus der verwirrenden Nähe dieser Lady zu befreien. Ganz abgesehen davon, dass es mit jedem Tag, den wir gemeinsam verbringen, schwerer wird.

»Komm rein und wärme dich auf.«

Ich öffne die Tür und gebe den Blick auf Tara frei, die auf einem der Stühle hockt und äußerst verletzlich anmutet. Der Schock in ihren Augen ist unübersehbar, ebenso wie die Erleichterung, welche die klare Iris umspült, als sie John erkennt. Schluchzend schlägt sie die Hand vor den Mund und kämpft gegen die Tränen an, die so verräterisch in ihren Augenwinkeln glitzern.

Ich schenke ihr einen stummen Blick, der alles ausdrückt:

Siehst du, was die Angst mit dir macht? Wie sehr sie dich und dein Sein beherrscht? Sie frisst dich auf, zersetzt dein Inneres. Willst du das? Willst du dein Leben so führen? Immer mit einem Blick über die Schulter, in der Befürchtung dessen, dass der Mörder aus dem Hinterhalt kommt?

Sie hat Mühe, ihre Augen abzuwenden. Jedes der stummen Worte, die ich ihr mitteile, nimmt sie ungefiltert auf. Ich erahne, dass sich eine neue Welle der Angst in ihr freisetzt. *Gut. Das ist gut*, denke ich. Vielleicht ist das der Weg, sie vom Kurs abzubringen. Der einzige. Während wir stumm kommunizieren, hat John alle Mühe, den Liebesbekundungen des Hundes standzuhalten. Mit einem rauen Lachen, welches die Ergriffenheit in ihm preisgibt, sinkt er vor Captain auf die Knie und krault ihm das Fell.

»Da bist du ja wieder, mein Freund. Mein Gott, es tut so gut, dich zu sehen. Ich bin unendlich glücklich, dass du nicht auf der Mystik verendet bist …« Seine Stimme schwankt bedenklich. Dann hebt er den Kopf und sieht mich an.

»Wann ist er aufgetaucht?«

»Er saß neulich Morgen vor der Tür. Das Fell angesengt, ein wenig erschöpft aber ansonsten putzmunter.« Eine Zeitlang gehört Johns volle Aufmerksamkeit dem Husky, dann erhebt er sich, schließt geräuschvoll die Tür und bleibt in gebührendem Abstand zu Tara stehen.

»Sag ihr, warum du hier bist«, fordere ich John auf. Ich kann die Vehemenz in meiner eigenen Stimme anklingen hören. Ein Laut, der die junge Frau, die ohnehin so stark zittert, dass ich das Bedürfnis verspüre, sie in die Arme zu schließen, zusammenzucken lässt. Ihr verlorener Anblick bricht mir das Herz. Aber ich weiß, wenn ich sie von ihrem Ziel abbringen will, muss ich mit aller Härte vorgehen. Dann gibt es nur diesen einen Weg.

»Man sucht dich, Tara. Scheinbar sind deine Peiniger nicht von deinem Tod überzeugt.« Ihre Augen weiten sich, als John zu sprechen beginnt. »Joy hat mich kontaktiert. In Jakes Landing lungert ein Mann herum, der Fragen stellt. Unangenehme Fragen. Da sie Nathan nicht erreichen konnte, hat sie den Weg über mich gewählt.« Ein bebender Atemstoß entweicht ihren Lippen bei den drastischen Worten des Mannes. Sie ist entsetzlich blass und kurz befürchte ich, dass sie ohnmächtig wird. Dennoch verharre ich still in meiner Position, beobachte sie. Auch Captain scheint den Ernst der Lage zu spüren. Seine Loyalität ist grenzenlos. Er erhebt sich, tritt zu Tara und lässt sich schützend vor ihren Füßen nieder. Deutlich spürt er, dass John und ich eine Front gegen die junge Frau bilden. Tara sucht meinen Blick. Ich ahne, dass sie sich dafür verflucht, sich auch nur ansatzweise Joy anvertraut zu haben. Ich sehe, dass sie sich meiner stummen Mahnung erinnert, nicht zu viel preiszugeben.

»Joy schweigt wie ein Grab, wenn es darauf ankommt«, beruhige ich sie. Aber Joy ist nicht der einzige Mensch, der weiß, dass wir uns hier aufhalten. Ben war ebenso in Jakes Landing unterwegs. Wenn er auch ein Auge auf Tara geworfen hat, so bin ich fast sicher, dass er sich allein aus Rache zu Handlungen hinreißen lässt, die er später bitter bereuen wird.

»Aber … was bedeutet das für mich?« John tritt an den Tisch heran, stützt beide Hände auf die Platte und beugt sich so weit vor, dass sein Gesicht dicht vor Taras schwebt.

»Das bedeutet, Mädchen, dass du weiterhin in großer Gefahr schwebst. Wo zum Teufel bist du da hineingeraten? Welche Dämonen hast du in dein Leben gelockt, die dich um jeden Preis auslöschen wollen?«

»Arthur Smith«, unterbreche ich Johns Monolog und sehe im selben Atemzug, wie er erstarrt. Wie sein ganzer Körper sich förmlich verspannt.

43

Das Leben lehrt dich die härtesten Lektionen, gleichgültig wie zerbrechlich Herz und Seele auch sein mögen.

Nathaniel

Sekundenlang ist es so still in der Hütte, dass ich befürchte, ein jeder hat das Atmen eingestellt. Dann richtet mein väterlicher Freund sich auf, ohne die Augen von Tara zu nehmen, die unter seinem eindringlichen Blick immer kleiner wird.

»Mein Gott, Tara«, flüstert er ergriffen und streicht sich mit der Hand über das Gesicht. »Du hast es nicht ernsthaft allein mit diesem Mann aufgenommen.« Das ist keine Frage, eher eine schockierte Feststellung. »Selbst mit einer Armada fähiger Krieger ist es fast eine Unmöglichkeit, gegen dieses Schwein vorzugehen. Arthur Smith hat seine Lakaien überall. Egal an wen du dich wendest: Medien, Polizei, Richter. Du wirst immer auf jemanden treffen, der sich diesem Mann verpflichtet fühlt, gleichgültig, ob er ihm noch einen Gefallen schuldet, ob Arthur ihn erpresst oder aber weil derjenige an die Mär des großen Wohltäters glaubt.«

Ihr zutiefst verstörter Blick gleitet zu mir und verdeutlicht, dass sie mich exakt in diese Gruppierung einreiht. Sie weiß nicht, in welcher Verbindung ich zu dem Mann stehe, dem sie nachjagt. Aber sie hat keinen Zweifel daran, dass es diese gibt.

»Du … scheinst ihn zu kennen«, richtet sie nun das Wort an John.

Der schnaubt ungehalten auf. »Kennen, Mädchen, wäre zu viel gesagt. Arthur Smith ist die grausame Legende, die man sich nachts im Reservat an den Lagerfeuern erzählt. Seit Jahrzehnten. Viele Menschen vor dir haben versucht, ihn zur Strecke zu bringen.« Er senkt den Kopf, bevor er hinzufügt: »Und ebenso viele sind daran gescheitert. Du wärst nicht die Erste, die ihren Einsatz mit dem Leben bezahlt.«

Sie hält sich tapfer, das muss ich ihr zugestehen. Johns harte Worte implizieren, dass sie scheitern wird. Mehr noch, dass sie einen viel zu hohen Preis für ihren Einsatz zahlen wird. Ihr Leben! Taras Lider flattern leicht. Ein sicheres Zeichen für die Unruhe, die tief in ihr wütet. John beugt sich erneut vor und sieht sie eindringlich an.

»Glaubst du wirklich, die Menschen im Reservat nehmen das Sterben einfach so hin? In der Vergangenheit gab es zahllose mutige Männer, die es mit dem Feind aufnehmen wollten. Ein jeder von ihnen hat seinen Preis bezahlt, Tara. Wenn ich dir einen Rat geben darf, dann zieh dich zurück. Signalisiere, dass du bereit bist aufzugeben, dass du nicht länger versuchen wirst, ihre dunklen Machenschaften aufzudecken. Möglicherweise lässt Arthur Smith dich dann in Ruhe, möglicherweise. Aber nur, wenn du die Stadt und am besten auch das Land verlässt.«

Eine Gänsehaut überzieht Taras Körper. Sie erschauert heftig bei John drastischen Worten und doch hält sie eisern seinen Blick.

»Das kann ich nicht.« Ein paar Herzschläge lang starren beide einander an - wie Raubtiere, die sich umkreisen, jeden Augenblick zum Sprung bereit.

»Dann bist du eine Todgeweihte« Johns Stimme ist so gnadenlos, dass selbst ich die Verzweiflung spüre, die sie verursacht. Abrupt fährt er zu mir herum und sieht mich an.

»Wusstest du davon?«

Mit einem tiefen Atemzug verschränke ich die Arme vor der Brust. »Seit wenigen Tagen.«

Verständnislos schüttelt er den Kopf. »Du weißt, was das bedeutet, Nathan. Du bist auf Bewährung draußen. Ein winziger Fehler und du fährst für die nächsten Jahre wieder ein. Himmelherrgott, willst du das? Ist es das wert? Ist *sie* das wert?« Seine ungeschönten Worte schmerzen mich, verletzen sie doch Tara auf eine Weise, die nicht gerechtfertigt ist.

Marys letzte Weissagung hallt in mir nach wie ein Warnsignal: *Sie ist es.*

Ich schiebe das Kinn vor und begegne dem festen Blick meines Freundes.

»Es geht nicht darum, was richtig oder falsch ist, John. Manchmal fällen wir Entscheidungen, bei denen uns niemand vor die Wahl gestellt hat …«

»Bullshit, man hat immer eine Wahl …«

»Erinnere dich, noch vor wenigen Tagen warst du es, der mich verzweifelt darum gebeten hat, im Notfall bei Mary Sterbehilfe zu leisten.« Meine Worte lassen ihn schwanken. Er atmet tief durch und schließt die Lider.

»Und du weißt, dass ich diesen Weg mit dir gegangen wäre, selbst wenn es bedeutet hätte, wieder inhaftiert zu werden und meine Approbation gegebenenfalls auf Lebenszeit zu verlieren.«

»So weit ist es ja zum Glück nicht gekommen.«

Ich nicke bedächtig. »Weil Mary, deine kluge Frau, mich davor bewahrt hat. Sie hat genau gewusst, was du von mir forderst. Und doch bleibt die Situation die gleiche, John. Ich hätte dir ohne Zögern helfend zur Seite gestanden.«

Der große Mann schüttelt verständnislos den Kopf. »Was versuchst du mir zu sagen, Nathan?«

»Das ich Tara jetzt nicht im Stich lassen kann. Wenn wir sie allein in den Kampf schicken, wird sie gnadenlos untergehen.« Ich spüre ihren Blick, der mir unter die Haut kriecht und sich schmerzhaft in meinem Herzen versenkt. Ich weiß verdammt noch mal nicht, ob es richtig ist, jetzt hier diese Entscheidung zu fällen. Aber ich bin sicher, dass ich sie vor sich selbst schützen muss und zum jetzigen Zeitpunkt gibt es niemanden außer mir, der dazu befähigt ist.

»Du kennst sie kaum acht Tage? Was bindet dich an diese Frau, dass dir ihr Wohlergehen derart am Herzen liegt?« Seine Worte fallen wie Tropfen kochend heißen Wassers auf meine ungeschützte Haut. Schmerzen intensiv. Ich erahne mehr dahinter, weil ich weiß, wie tief dieser Mann in meine Seele schaut. Sie ängstigen mich auf eine völlig neue, befremdliche Weise, doch ich finde keine Antwort darauf. Schweigend begegne ich dem wissenden Blick meines Freundes, der leicht das Kinn vorschiebt und die Augenbrauen hebt. Er sieht mehr, als ich wahrhaben will. Allein diese Tatsache verursacht mir ein scharfes Brennen im Magen.

Die Stille wird von einem Motorengeräusch durchbrochen, das mich einer Antwort enthebt. Augenblicklich zerreißt der Moment und wird erfüllt von einer Klarheit, die alle Sinne in

Alarmbereitschaft ruft. Mein Herzschlag beschleunigt sich auf unangenehm drängende Art und übertönt sekundenlang jegliches Geräusch.

»Dem Klang nach würde ich sagen, er ist noch zwei, drei Minuten entfernt, je nachdem, wie er durch die Schneewehen kommt. John, kannst du Tara von hier wegbringen?« Während ich rede, reiße ich die warme Kleidung vom Haken und helfe der verängstigten Tara wortlos hineinzusteigen. Ihre Haut glüht vor Entsetzen und Panik. Das Beben ihrer Gliedmaßen erschwert die ganze Prozedur, so brauchen wir endlose, zähe Sekunde, bis sie schließlich in Hose und Jacke steckt.

»Nathan, glaubst du, das ist der Weg? Die ewige Flucht bringt euch nicht weiter. Früher oder später …«

»Wirst du tun, worum ich dich bitte, oder nicht?« Meine Frage ist klar, scharf und präzise wie der Schuss aus einer Waffe und John begreift augenblicklich, was ich andeuten will. Er nickt knapp, streift sich die Mütze über und steht schon in der Tür, indes Tara in die Stiefel schlüpft. Als sie den Kopf hebt und mich ansieht, ist ihr Blick von einer solchen Schwere, dass er mich eiskalt erwischt. Kurz senke ich die Lider, um all die Emotionen, die in mir hochdrängen vor ihr zu verbergen. Sie erhebt sich und kommt direkt vor mir in den Stand. Ich spüre ihre Körperwärme, die mich umfängt wie ein stiller Abschiedsgruß. Ihren Atem, der fast vertraut über die ungeschützte Haut an meinem Hals streicht und widersinnigerweise die Bilder der Nacht mit sich trägt.

»Und du?«, flüstert sie. Die Sorge um mich klingt in diesen zwei Worten in einer Schärfe an, die wärmt.

»Ich komme klar, Sweetheart. Du bist ihr Feind, nicht ich.«

In einem winzigen Moment der Schwäche lege ich meine Hand an ihre Wange, streiche mit dem Daumen über die erhitzte Haut, spüre das intensive Gefühl der Nähe zwischen uns, die sich fast sichtbar ausweitet. Jede Sekunde, die ich atme, bin ich mir Johns eindringlichem Blick bewusst.

»John bringt dich ins Reservat. Ich folge, so schnell ich kann und dann müssen wir über eine Strategie nachdenken.« Sie schluckt schwer und nickt ergeben. Einen Herzschlag lang bin ich versucht, sie zu küssen, den Abschied bittersüß auf ihren Lippen zu schmecken, doch dann erklingt Johns raue Stimme in meinem Rücken und mahnt zum Aufbruch.

Der Augenblick zerbirst zu tausend Splittern. Tara tritt wortlos an mir vorbei, hinaus in die graue Kälte, während das Geräusch des Motorschlittens bedrohlich nah erklingt.

Ihr letzter Blick gehört mir, bevor sie hinter einer Baumgruppe in Richtung Norden verschwindet und mein Herz bleischwer in die Tiefe sinkt. Nur wenige Augenblicke später taucht im Süden ein motorisiertes Mobil auf, das sich mit hoher Geschwindigkeit nähert. *Keine Sekunde zu früh*, denke ich bitter, als Captain zu mir in die raue Morgenluft tritt. Sein warmes Fell drückt sich Trost spendend gegen mein Bein. Wie zwei Krieger warten wir in der eisigen Kälte. Still der Dinge harrend, zum Kampf bereit.

Der Schlitten kommt nur wenige Meter vor uns zum Stehen. Als der Motor erstirbt, steigt ein hochgewachsener Mann ab, dessen helle Augen mich intensiv fixieren. Das dunkle Haar gut frisiert, obwohl er sich die Mütze gerade erst abgestreift hat. Die schwarze Wolljacke sitzt makellos und umschmeichelt seinen durchtrainierten Körper. Im gleichen Herzschlag erkenne ich in ihm den Fremden aus der Stadt. Jener Mann, der Tara vollkommen aus der Fassung gebracht und mit tiefen Ängsten zurückgelassen hat. Der Mann, der sie töten wollte.

Ein Grinsen verzieht seine Lippen, als er auf mich zutritt und mir freundschaftlich auf die Schulter schlägt. »Man sieht sich immer zwei Mal im Leben, Nathan. Immer zwei Mal.«

Ich spüre, wie der Knoten sich in meiner Brust löst und einem anderen, nicht definierbaren Gefühl Platz macht. Vielleicht habe selbst ich die Gefahr unterschätzt, in der Tara sich befindet?

Zu meinen Füßen gibt Captain ein verhaltenes, aber zutiefst bedrohliches Knurren von sich. Ein sicheres Alarmzeichen dafür, dass ihm der Fremde alles andere als willkommen ist. »Was treibt dich zu dieser Stunde hier hinaus, Jacob? Hast du etwa die Seiten gewechselt? Das würde den alten Arthur aber teuer zu stehen kommen.«

Jacob Young scheint das Unbehagen des Hundes gänzlich zu entgehen. Lächelnd legt er mir einen Arm um die Schulter und zieht mich freundschaftlich an sich.

»Wo denkst du hin, Nathan. Viel besser. Der Alte hat Matthew endlich gefeuert. Somit bin ich quasi in der Thronfolge aufgerutscht und werde in absehbarer Zeit das ganze Imperium übernehmen.«

44

Mehr als Freunde, aber weniger als Liebende.

Taraneh

»Wenn du nicht aufpasst, tötet dich diese Verwundung, bevor dich Smith erwischt.« Johns leise Worte schneiden hart in die empfindlichen Wände meines Herzens. Ich schließe die Augen, sperre ihn aus, während er damit beschäftigt ist, eine beißende Tinktur auf die noch nicht verheilte Blessur zu träufeln. Sekunden vor der Abreise hat Nathaniel ihn gebeten, er möge sich um die Schusswunde kümmern.

Gleich nach unserer Ankunft habe ich darum gebettelt, zuerst eine Dusche nehmen zu dürfen, bevor John sich meiner annimmt. Mit einem unwilligen Knurren hat er dem beharrlichen Drängen schließlich nachgegeben. Und nun ruhe ich hier, auf der Pritsche, die schon vor Tagen mein Nachtlager war und lasse mich von einem Mann versorgen, der mich ganz offensichtlich zutiefst verabscheut. Dass er mich hierher, in sein Haus gebracht hat, ist einzig der Tatsache geschuldet, dass er sich Nathan tief verbunden fühlt.

Ben ist nicht anwesend und das kann mir nur recht sein. Ich verspüre kein Verlangen danach, den Avancen dieses aufdringlichen Mannes standzuhalten, der es schafft, mit wenigen Worten das kaum errungene Vertrauen in Nathaniel erneut zu zerstören. Ich warte, bis John die Wunde locker verbunden hat, dann hebe ich die Lider und erschrecke, als ich seinem feindseligen Blick begegne.

Mich halb aufrichtend, schlucke ich die Anspannung, die mich schlagartig befällt, hinunter und frage unumwunden: »Warum lehnst du mich derart ab, John? Wir sind einander fremd, du weißt nichts über mich. Gerade von einem Mann wie dir, der Weitsicht und Spiritualität besitzt, erwarte ich ein gewisses Maß an Verständnis für diese Situation.«

Mit einem ungehaltenen Schnauben schüttelt er den Kopf. »Deinen Absichten und deinem Mut gebührt jegliche Ehre, Tara. Aber dein Handeln gleicht einem Selbstmordkommando.«

»Warum sagst du das? Du kennst meine Beweggründe nicht.«

»Ich weiß, dass du Journalistin bist. Das allein ist Information genug. Eine reißerische Story macht sich gut im Verlauf des Werdegangs. Es mag den Anschein haben, dass du die First Nation und unser Dorf retten willst, in Wahrheit geht es aber vermutlich allein darum, deine Karriere voranzutreiben.« Ich will etwas einzuwerfen, doch John hebt gebieterisch die Hand und bringt mich umgehend zum Schweigen.

»Es liegt einige Jahre zurück, da gab es ähnliche Ambitionen, Arthur Smith zu Fall zu bringen, und zwar aus den eigenen Reihen. Der Mann hat dieses Problem kurzerhand beseitigt, indem er sich der unliebsamen Person entledigte.« Mit einer heftigen Handbewegung wischt er sich einen imaginären Fussel von der Schulter als wolle er damit die kaltblütige Vorgehensweise des Unternehmers demonstrieren.

»Du hast recht, Tara, wir kennen einander nicht und ebenso wenig traue ich dir. Ich kann nicht in dir lesen. Deine Signale sind diffus und nicht klar zu entschlüsseln. Vielleicht gibt es gute Gründe dafür, dass du dich auf den Tanz mit dem Teufel einlässt, dann nehme ich es in Kauf, dass ich dich hier fälschlicherweise an den Pranger stelle. Aber gegebenenfalls ist es auch exakt so wie vermutet: Dass du eine ambitionierte Reporterin bist, die den großen Durchbruch wittert.« Seine Worte erschüttern mich auf eine Art, die mich kurzfristig sprachlos macht. Ich spüre, wie Wut in mir aufschäumt. Zeitgleich empfinde ich aber auch tiefes Mitgefühl für den Mann vor mir. Ein Mensch, der leidgeprüft ist. Der vermutlich seit Jahren gegen Windmühlen kämpft, zum Wohle seines Volkes und mit jedem Herzschlag den heißersehnten Messias erwartet, der sie alle errettet. Aber keinen Messias, der sich in Form einer zerbrechlichen, schwachen Frau darstellt.

»John …«, setze ich an, doch er fällt mir ins Wort.

»Letztendlich geht mich auch all das nichts an. Aber weißt du, was ich dir wirklich zur Last lege?« Er unterbricht sich kurz. Sein eindringlicher Blick fährt mir messerscharf in die Eingeweide. Unweigerlich sinke ich tiefer in die Kissen.

»Dass du Nathaniel da mit hineinziehst. Die Menschen hier draußen sind auf seine Hilfe angewiesen. Wenn es schlecht läuft, verliert er die Aussetzung seiner Strafe zur Bewährung und geht zurück ins Gefängnis. Du hast keine Ahnung, was das bedeutet - für uns, aber vor allem für ihn.« Er scheint nicht zu hinterfragen, ob Nathaniel mich bezüglich seines Gefängnisaufenthaltes ins Bild gerückt hat, er setzt es voraus. Mit beiden Händen reibt er sich über das Gesicht und in diesem Moment erkenne ich die tiefe Erschöpfung, die ihn umfangen hält, wie ein starrer, unbeweglicher Korpus, der sich nicht abschütteln lässt.

»Nathan mag auf deine Spielereien hereinfallen, Tara. Er ist blind auf dem Auge der Liebe. Aber ich bin ein alter Mann und der Täuschung erhaben. Bevor ich einem Menschen mein Vertrauen schenke, muss er es sich verdienen.«

Damit erhebt er sich und tritt vor den schweren Vorhang außerhalb meines Sichtfeldes. Beraubt mich jeder Möglichkeit einer Erwiderung.

Seine Worte hinterlassen eine Unruhe in mir, die schmerzhaft und bittersüß zugleich ist. Das Misstrauen, welches er mir entgegenbringt, verdiene ich nicht. Meine Absichten sind ehrlich und werden aus der eigenen Geschichte heraus angetrieben. Eine Geschichte, die zu erklären er mir nicht gewährt hat. Zeitgleich weiß ich natürlich, dass die Bewohner dieses Dorfes mehr Leid erlitten haben, als tragbar ist. Dass sie verwundbarer sind als andere, empfindsamer, aber auch wütender. Sie glauben nicht mehr an Rettung, daran, dass es besser werden kann. Dass die Menschen, die dieses Leid all die Jahre verursacht haben, endlich zur Rechenschaft gezogen werden.

Vor allem aber treibt mich die Äußerung um, dass er Nathaniel unterstellt, er sei verliebt in mich. Ein paar Atemzüge lang gewähre ich diesem Gedanken, mich zu wärmen. Noch immer weiß ich nicht, wer er wirklich ist, ob wir in derselben Liga spielen. Dennoch bin ich sicher, dass ihm mein Wohlergehen am Herzen liegt. Dass er um jeden Preis verhindern will, dass mir etwas zustößt. Notfalls mit eigenem Körpereinsatz. Was bedeutet das? Nach gerade mal zehn Tagen?

Zehn Tage, die uns das Leben in einer Intensität aneinandergeschweißt hat, die mir diesen Mann fast zu einem Vertrauten macht. *Und was zur Hölle fühle ich*? Der Gedanke an Nathaniel, an seinen intensiven Blick, der mir jedes Mal unter die Haut fährt und bis in mein tiefstes Sein dringt, lässt mein Herz aufgeregt flattern.

Ich empfinde etwas für ihn, vielleicht mehr als gut ist. Ganz sicher sollte ich augenblicklich beginnen, dieses Gefühl niederzutrampeln, weil es mich früher oder später umbringen wird.

Ich denke an den Mann, der mich in den letzten Jahren belogen und betrogen, der mir die große Liebe vorgegaukelt, mich eine Zeitlang ganz bewusst in die Irre geführt hat. Sein Betrug hat mich Verstand und Herz gekostet. Ich bin nicht sicher, ob ich das ein weiteres Mal überlebe.

Als ich die Augen aufschlage, kristallisieren sich Nathaniels vertraute Züge aus der Finsternis heraus. Mein Herz setzt mit einem peitschenden Rhythmus ein, der mich kurzatmig macht. Einen Moment bin ich sicher, dass der intensive Traum der vergangenen Stunde ihn herbeigerufen hat. Mein letzter Gedanke, bevor die Erschöpfung mich übermannte, galt Nathaniel und so war mein Geist erfüllt vom Sein dieses Mannes, der seit Tagen die einzige Sicherheit bietet, an der ich ankere. Ich weiß nicht, wie lange er hier schon sitzt und mich still betrachtet.

Sein Blick ruht in meinem. Auch wenn ich ihn in der Dunkelheit kaum ausmachen kann, so spüre ich ihn in einer

Intensität, die mir die Hitze brennend durch den Körper jagt. Er berührt mich nicht und doch sehne ich mich mit jedem einzelnen Herzschlag danach. Ich möchte seine Hände auf meiner Haut spüren, seine Lippen in meinem Haar, seine Arme, die mich halten und mir versichern, dass alles gut wird, irgendwann. Doch Nathaniel tut nichts von alldem. Sein Schweigen trägt eine Schwere mit sich, die mich zutiefst ängstigt.

»Nathan«, flüstere ich in die Stille, meine Stimme klingt rau, nach den langen Stunden des Schlafes. »Wo ist Captain? Konntest du ihn mitbringen?«

»Er wird den Weg finden. Es ist nicht das erste Mal, dass er durch die Wildnis streunt. Cap weiß, wo er mich suchen muss.« Ich erinnere mich, trotz des Fieberdelirs, dass das treue Tier nach dem Brand plötzlich an der Jagdhütte aufgetaucht war. Die Verbindung zwischen Herrn und Hund geht weit über das menschliche Verständnis hinaus.

Mit einem zittrigen Atemzug stelle ich die Frage, die mir am meisten auf der Seele brennt :»Hast du … hast du ihn gesehen? War jemand an der Jagdhütte?« Entgegen der Erwartung, dass er mir gleich Rede und Antwort steht, bleibt er weiterhin still. Angst weitet sich in mir aus, längst vertraut und doch trägt sie dieses Mal eine befremdliche Enge auf der Brust mit sich, die mich eiskalt erwischt. Unweigerlich durchläuft ein Zittern meinen Körper. Das scheint den Mann vor mir aus der Starre zu reißen. Er nimmt einen tiefen Atemzug, greift nach der Wolldecke am Fußende und wickelt mich so behutsam darin ein, dass mir unweigerlich Tränen in die Augen treten. Ich bin zutiefst dankbar für die Dunkelheit, die uns umfängt, und meine verräterischen Emotionen im

Verborgenen hält. Dann richtet er sich auf und fährt sich müde mit einer Hand über Mund und Bart.

»Ja, er war da, Tara.« Mein Herz stockt gefährlich bei seiner klaren Aussage.

Ich schlucke an der Panik, die in mir aufkocht, und höre mich fragen: »Wer?«

Eine Sekunde zögert er. Ich erahne das Blinzeln seiner Lider, nur leicht. Eine einzige Sekunde, die mich in tiefe Zweifel stürzt.

»Der Mann aus Jakes Landing. Statur und Größe haben ihn verraten, ebenso seine Kleidung. Der teure, schwarze Wollmantel, die graue Mütze. Die Menschen hier draußen legen keinen Wert auf Markenkleidung.« Ich erinnere mich seiner auffälligen Aufmachung an jenem Tag, da er durch den kleinen Ort spazierte. Ich kenne diesen Mantel, der mehrere tausend Dollar gekostet hat, sehr genau. Er will Aufsehen erregen um jeden Preis, selbst wenn das bedeutet, dass er auffliegt. Mein Magen zieht sich schmerzhaft zusammen bei all den Erinnerungen, die meinen Geist fluten und ein Brennen auf der Haut verursachen.

»Jacob Young«, raune ich tonlos und spüre, was allein die Erwähnung dieses Namens mit mir macht. »Die rechte Hand des Teufels. Arthur Smith' engster Vertrauter. Früher oder später wird Jacob Arthur beerben.« Nathaniel schweigt. Ich habe das Empfinden, dass er mir etwas sagen möchte, doch richtet er sich jäh auf.

»Das erstaunt mich. Soweit aus den Medien hervorgeht, hat Arthur Smith einen Sohn, daher auch der Firmenname Smith & Son. Ich unterlag dem Glauben, dass dieser eines Tages Arthurs

Platz einnehmen wird.«

Seine Frage erweckt eine fein summende Unruhe in mir. Das Gefühl, dass er mehr weiß, als er preisgibt, befällt mich von Neuem, wie eine lästige Wunde, die nicht abheilen will. Ich muss vorsichtiger sein, auf der Hut. Auch wenn dieser Mann mir mehrfach das Leben gerettet hat, auch wenn er unglaublich sexy anmutet, bei jeder unserer Begegnungen. Selbst wenn er vorgibt, besorgt um mich zu sein, so darf ich nicht außer Acht lassen, dass er mir gegebenenfalls gefährlich werden kann. Nach wie vor ist er nicht eindeutig lesbar für mich.

»Matthew parierte nicht so, wie der Alte sich das vorgestellt hat. Er ist aufsässig geworden und in Ungnade gefallen. Arthur hat ihn kurzerhand degradiert und enterbt. Seither ist er nur noch ein kleines Licht in der Firma.«

Sein Schweigen beunruhigt mich auf eigentümliche Weise. Ich ahne, dass meine Worte in ihm arbeiten.

Schließlich stellt er leise fest: »Du kennst dich gut aus, Tara. Weißt über sämtliche Interna Bescheid? Warum? Eine aufstrebende junge Journalistin hat selten genug die Chance, einen derart tiefen Einblick zu erlangen. Eher bemühen sich Unternehmen dieser Art, die Medien zu täuschen und auf ihre Seite zu ziehen. Menschen wie Arthur Smith sind ein Buch mit sieben Siegeln. Hinter ihr Konzept zu schauen, ist fast nicht im Bereich des Möglichen. Es sei denn, man hat einen Fuß in der Tür, man steckt tiefer in dem Geschehen drin, als man durchblicken lässt …«

Die leise Anklage in seinen Worten entgeht mir nicht und schlagartig befinden wir uns wieder am Ausgangspunkt. Jenem

Punkt, da wir uns misstrauisch, mit scharfen, imaginären Waffen umkreisten. Die Momente der Innigkeit scheinen unter dem Mantel des Zweifels gänzlich zu ersticken.

Ich senke die Lider, um seinem Blick, den ich eher fühle als sehe auszuweichen. Vielleicht steckt nichts dahinter, nur leere Phrasen. Oder John hat ihn ins Gebet genommen, bevor er zu mir kam. Eventuell hat aber auch der Besucher an der Jagdhütte geplaudert, denke ich und spüre, wie Unwillen in mir aufsteigt. Gegebenenfalls hat Jacob ihm eine Geschichte erzählt, die meinen Leumund vor Nathan in ein völlig anderes Licht rückt. Ich weiß, dass ich Nathaniel brauche für die letzte Strecke dieses Weges. Seine Ruhe, seine gut durchdachten Argumente, vor allem aber die Sicherheit, dass er mich nach Halifax bringen wird. Die Flucht hinaus in die Wildnis war alles andere als ein Kinderspiel und völlig überstürzt. Weil Jacob mir auf den Fersen war, habe ich ein gutes Stück des Weges per Anhalter bis nach Jakes Landing zurückgelegt.

Jacob, der mein Ziel scheinbar genau kannte, hat mich sicher aufgespürt und durch die Wälder gejagt. Wie er das geschafft hat, ist mir noch immer nicht klar. Ich vermute, dass er einen Tracker an meiner Kleidung angebracht hat. Allein der Gedanke an diese wilde, frühmorgendliche Jagd in der eisigen, tiefverschneiten Kälte, löst neue Schauer der Angst in mir aus. Eine Jagd, die ich um ein Haar mit dem Leben bezahlt hätte. Wäre Nathaniel nicht so schnell zur Stelle gewesen.

Mit einem Seufzen hebe ich die Lider. Seine Augen ruhen unverwandt auf mir. Still, abwartend. Wenn ich diesen Weg bis zum bitteren Ende gehen will, dann brauche ich, zumindest bis zu einem gewissen Grad, die Unterstützung dieses Mannes. Gleichgültig, dass ich ihm nicht mein volles Vertrauen entgegenbringe. Allen anderen vertraue ich noch weniger.

Nathan hat mir immerhin bewiesen, dass er in einer gewissen Loyalität zu mir steht, ist es da nicht legitim, einen Teil der Wahrheit zu offenbaren? Er ist den Tatsachen ohnehin schon viel zu nahe gekommen. Und bevor ich mich zurückhalten kann, flüstere ich verhalten: »Bis vor zwei Wochen war ich mit Jacob Young verlobt. Er ist der Mann, der auf mich geschossen hat.«

45

Wahrheit kann befreiend sein, aber ebenso schmerzhaft und tödlich.

Nathaniel

Die Luft hier draußen ist kristallklar und eiskalt. Doch gerade die Kälte ist es, mit der ich das schmerzhafte Feuer in meinem Innern zu löschen versuche. Bis jetzt ist mir nicht eindeutig klar, was die Verbindung zwischen Tara und Jacob bedeutet. Schon in der Jagdhütte hatte der Mann ohne Umschweife klargemacht, dass er nach *seiner* Verlobten suche, die seit Tagen in den Wäldern Nova Scotias vermisst wird. Mit keinem Wort erwähnte er, dass Tara mittlerweile zu seinem Erzfeind erwachsen ist. Im Gegenteil, seine Sorge wirkte tief und echt.

Wenngleich seine Ausführungen mit großer Wahrscheinlichkeit von Lügen durchzogen waren. Jacob Young verkörpert die Ausgeburt des Bösen. Keine Sekunde habe ich außer Acht gelassen, dass wir beide einen Eiertanz um die Wahrheit aufgeführt haben. Jacob, der sich fast zwei Stunden bei mir in der Hütte aufhielt, hatte ausgiebig von dem Leben in der Stadt geschwärmt. Davon, wie er Tara kennen- und lieben lernte. Seine Erzählungen ließen neue Zweifel in mir erwachsen, die wie schmerzhafte, eitrige Geschwüre aufbrechen.

Ich weiß nicht sicher, ob Tara der Mensch ist, der sie zu sein vorgibt. Nachdem sie mir die grausame Geschichte um ihre

Nichte aufgetischt hat, war ich geneigt, ihrem Wort zu glauben. Doch jetzt, da mir Jacob die Beziehung der beiden auf dem Silbertablett angereicht und Tara das Ganze vor Minuten erst bestätigt hat, ziehen Bedenken in mein Herz ein.

Müde reibe ich mir mit den Fingern über die Stirn. Hör *auf, Nathan*, mahne ich mich still. *Du hältst selbst eine Reihe an Informationen zurück.*

Möglicherweise ist es genau das, was es zu sein vorgibt: Tara ist Jacob auf den Leim gegangen, der sie einzig an seine Seite geholt hat, um sie zu kontrollieren, nachdem man herausgefunden hatte, welchen Ambitionen die junge Journalistin nachging. Das ist eine Variante. Aber es ist auch denkbar, dass es exakt andersherum gelaufen ist: Dass Tara Jacob für ihre Zwecke missbraucht hat.

Wütend schlage ich mit der Faust auf das Geländer der hölzernen Balustrade, welche die schmale Veranda des kleinen Hauses umgibt. Gleichgültig, wie ich es drehe und wende, ich werde Tara jedes Geheimnis abringen müssen, um die Wahrheit ans Licht zu zerren. Nur bin ich sicher, dass sie umgekehrt auch mir jedes meiner Geheimnisse nehmen wird. Tara ist nicht dumm. Sie agiert mit Kalkül, sonst wäre sie nicht so weit gekommen. Sonst gäbe es diese verdammte SD-Karte nicht, die noch immer in den Taschen meiner Jeans ruht. Die Karte ist Segen und Fluch gleichermaßen.

Aus der Dunkelheit kristallisiert sich eine Gestalt heraus, die durch den knirschenden Schnee direkt auf mich zuhält. Einen winzigen Moment stockt mein Herzschlag. Adrenalin peitscht durch meinen Körper und stellt sämtliche Muskeln in

Alarmbereitschaft.

»Verflucht Nathaniel, wann lernst du endlich, dass du nicht Teil dieser Gesellschaft bist?« Die raue Stimme poltert durch die Nacht und verletzt mir das Herz und die Seele, körperlich jedoch bleibe ich unversehrt.

»Das warst du nie. Du warst lediglich geduldet, solange Anuk noch da war. Aber nachdem du sie getötet hast …« Ich verlasse kopflos das sichere Territorium und bin bei dem Mann, bevor er den Satz beendet. Trotz der Finsternis packe ich ihn souverän an seinem Kragen und hebe ihn hoch. Allein der Respekt vor seinem Alter und das Gedenken an meine verstorbene Frau hindern mich daran, meine Faust in seinem Gesicht zu versenken.

»Ich habe deine Tochter nicht getötet, alter Mann. Ich habe sie geliebt, ebenso wie du. Alles, was ich wollte, war ihrem Wunsch gerecht werden und ihr das Sterben erleichtern.« Der andere ächzt mühsam unter meinem festen Griff.

»Wenn … wenn dem so wäre … hätte sie sich mir anvertraut.«

Ich bringe mein Gesicht nah an das seine, sodass er meinen Atem spürt. »Was glaubst du, warum sie das nicht getan hat? Sie hatte eine Ahnung davon, wie sehr du dich gegen Sterbehilfe aussprichst. Wenn Anuk wüsste, welchen Krieg du gegen mich führst, wäre sie zutiefst entsetzt über das Handeln ihres Vaters …«

»Nathan, lass ihn los.« Das ist Johns Stimme, die donnernd und bestimmt die Nacht zerreißt. Ich habe keine Ahnung, wo er auf einmal herkommt. Längst vermutete ich, dass er sich zur Ruhe begeben hat. Doch ich weigere mich, seiner Aufforderung nachzukommen. Alles in mir rebelliert dagegen. Noch fester schließt sich meine Faust, lässt den Mann vor mir ungehalten aufkeuchen.

»Du sollst ihn loslassen.« Johns Stimme ist nun leise und gefährlich. Höchste Alarmstufe. Das habe ich in den Jahren hier draußen gelernt und noch etwas anderes: Johns Wort ist Gesetz, andernfalls wäre es mir längst nicht mehr möglich, einen Fuß auf dieses geheiligte Land zu setzen. Ich atme zittrig ein und löse dann langsam den festen Griff. Der Mann vor mir taumelt zurück und greift sich schwer atmend an die Kehle.

»Du bist ein Wahnsinniger, Nathaniel Leblanc, besessen vom Bösen.« Er reißt den Kopf herum und feuert auf John los. »Wann begreifst du endlich, dass er nur Unheil über unser Land bringt? Wann verweist du ihn in seine Schranken und jagst ihn über die Grenze?« Ich kann John nur schemenhaft ausmachen in der Finsternis, doch ich erahne, dass er sich aufrichtet und die Schultern strafft.

»Nie, *Black Hawk*. Dieser Tag wird niemals kommen. Eher verweise ich dich der Gemeinschaft, als dass Nathaniel je seinen Platz räumt. Und wenn du nicht die sechzig Lenze längst überschritten hättest, dann hätte ich Nathan aufgefordert zuzuschlagen und dir endlich die Flausen aus dem Kopf zu treiben, er habe deine Tochter getötet.«

Johns Entgegnungen erschüttern und berühren mich auf eine Weise, die jedes Gefühl der Wut in ein stilles Gebet verwandeln.

»Und nun geh heim, zu deiner Frau und deinem Sohn und überdenke die Worte, die ich dir mit auf den Weg gegeben habe,

Black Hawk. Vielleicht bist du morgen einsichtiger als heute. Aber mein Haus betrittst du erst wieder, wenn dir klar ist, dass Nathaniel weder an der Krankheit noch am Tode deiner Tochter die Schuld trägt.«

Sekundenlang steht der andere sprachlos da. Ich bin sicher, dass er tausend Erwiderungen auf der Zunge hat, aber keine einzige löst sich von seinen Lippen. Das ist der Schock, denke ich. John hat immer klar Stellung bezogen, wenn es um mich ging. Aber er ist *Black Hawk* nie mit dieser Vehemenz entgegengetreten wie jetzt gerade. Marys Tod hat seine maßlose Güte aufgebrochen und einen gesunden Anteil Wut freigesetzt.

Letzten Endes wendet sich Anuks Vater wetternd ab. Ich kann seine Worte nicht verstehen, doch ich bin sicher, dass ich zumindest aus dieser Schlacht als Sieger hervorgehe.

Nachdem Tara ohne Umschweife eröffnet hat, dass Jacob Liebhaber und potenzieller Mörder in einer Person ist, habe ich mich wortlos erhoben und bin gegangen. Seither scheue ich mich davor, zu ihr zurückzukehren.

John hat mir Bens Bett angeboten, der einzige separate Raum, den es neben Marys und Johns Schlafzimmer in der kleinen Behausung gibt. Ben ist für wenige Tage nach Jakes Landing gereist. Vermutlich um der Schwere und dem Kummer, der sich wie ein Filter über sein Zuhause gelegt hat und seinen Vater in starren Ketten hält, im Alkohol zu ertränken.

Aber nichts liegt mir ferner, als Bens Bett zu nutzen. Ich will zu Tara. Will mich neben sie legen. Die Enge der Pritsche spüren, dicht an ihrem warmen, weichen Körper. Ihren Duft atmen, ihre samtene Haut berühren. Mit den Fingern durch die seidigen Haarsträhnen streichen. Alles in mir verlangt nach dieser Frau, die voller Widersprüche steckt.

Mit einem frustrierten Aufstöhnen fülle ich mein Glas zum fünften oder sechsten Mal aus der mittlerweile fast leeren Whiskyflasche, die John früher am Abend auf den Tisch gestellt hat. Der billige Fusel ätzt mir die Schleimhäute wund und brennt den schärfsten Schmerz in meinem Herzen aus. Ich hasse mich dafür, dass ich mich in dieser verzweifelten Form nach Tara sehne. Die letzten Tage haben die Gewichtungen zwischen uns verändert und das Gleichmaß gehörig ins Wanken gebracht. Ihre Art, ihr ganzes Wesen hat mich auf eine Weise gefangen genommen, von der ich mich nicht aus eigener Kraft zu lösen vermag.

Als Jacob mir in den Morgenstunden eröffnete, dass er nach seiner Verlobten suche, nach Taraneh Scott, glichen seine Worte einem Brandeisen, das er mir ins Herz ätzte. Bisher war es der Gedanke, jemand könne Tara Leid zufügen, der mich umtrieb, der mich eisern an ihrer Seite hielt, um sie in Sicherheit zu wissen. Doch nach der letzten Nacht weiß ich, dass gravierende Veränderungen aufgetreten sind. Der anfängliche Gedanke, lediglich die brennende Leidenschaft zu löschen, wird von etwas Ursprünglicherem, Elementarem überlagert. Der Anspruch, den Jacob auf diese Frau erhebt, schmeckt wie bittere Medizin. Behutsam senke ich das Glas auf den Tisch und starre in die trübe Flüssigkeit, so als fänden sich auf dem Grund des Behältnisses sämtliche Antworten.

Ich erinnere mich ihrer Augen, als sie davon sprach, dass Jacob der Mann sei, der auf sie geschossen hat. Der tiefen Verzweiflung darüber, dass jener Mensch, der vorgab sie zu lieben, sie ohne zögern aus dem Weg räumen wollte. Das war nicht gespielt. Die Angst, die dunkel und wogend in ihren Augen schwamm, war echt. Sie fürchtet diesen Mann mehr als Arthur Smith. Und doch versetzt es mir einen seltsamen Stich der Eifersucht, zu wissen, dass Jacob Young Tara auf die Weise berührt hat, wie ich es in den Stunden der letzten Nacht getan habe. Möglicherweise hat sie ihm die gleiche Hingabe und Leidenschaft geschenkt, die sie auch mit mir teilte.

Ein winziger, undefinierbarer Laut weckt meine Aufmerksamkeit und lässt mich den Kopf heben. Sie steht am anderen Ende des Raumes, mit nichts am Leib, als eines der verfluchten T-Shirts, die ich ihr vor einer Ewigkeit zum Schlafen gegeben habe und das scheinbar die Flucht überlebt hat. Das Haar zerzaust, die Augenlider halbgesenkt, umgibt sie eine Aura der Sinnlichkeit, die von neuem entfacht, was ich seit Stunden mühsam mit dem Feuerwasser bekämpfe.

Sie wirkt unfassbar zerbrechlich und verloren, so wie sie dasteht. Mich beherrscht der Wunsch, sie zu halten, zu küssen und bis zur Besinnungslosigkeit zu lieben. Doch verflucht noch mal, ich habe keine Ahnung, welches Spiel diese Frau spielt.

Langsam kommt sie auf mich zu, ohne den Blick von mir zu nehmen und auch ich wende meine Augen nicht ab. Sie mutet fast wie eine Erscheinung an in der schwülen Hitze des Feuers, welches den Raum mit flackerndem Schein erfüllt. Vor mir bleibt sie stehen, so dicht, dass ich ihren Atem in meinem Haar spüre.

Zärtlich lässt sie ihre Finger hindurchgleiten. So als sei es das Selbstverständlichste auf der Welt. Scharf ziehe ich die Luft ein. Doch das hält sie keinesfalls davon ab, ihr sinnliches Spiel voranzutreiben.

»Kannst du nicht schlafen?« Taras Stimme ist rau. Tausend Wünsche klingen darin an. Oder bin ich allein es, der diese Wünsche in jeder einzelnen Silbe hört?

Gleichgültig, ich bin betrunken und frei genug, all den Stolz, der mich nüchtern hemmt, fallenzulassen. Besitzergreifend lege ich meinen Arm um ihre Taille und ziehe sie auf meinen Schoß. Tara gibt einen erschrockenen Laut von sich, den ich im nächsten Moment mit meinen Lippen ersticke. Nicht sicher, ob ich wache oder träume. Vielleicht ist es der Alkohol, der mir eine Fata Morgana vorgaukelt, doch als meine rauen Fingerspitzen über die zarte Haut ihrer Schenkel streichen, fühlt sich dieser Augenblick verdammt real an.

Einen Moment lang verharrt sie still, als meine Hände höher gleiten, bis unter das T-Shirt. Als mein Mund ihre Lippen öffnet und meine Zunge die ihre zu liebkosen beginnt. Etwas in ihr gibt mit einem spürbaren Ruck nach und sie lässt sich fallen. Alles an ihr ist weich, weiblich und anschmiegsam. Sie wehrt sich nicht, als ich die andere Hand in ihrem Haar vergrabe und ihren Kopf behutsam zurückneige, um den Kuss zu vertiefen.

Auch wenn mein Geist berauscht ist vom Alkohol und von der Frau, die ich in den Armen halte, so weiß ich jede einzelne Sekunde, wie gefährlich es ist, sich in dieser Tiefe auf Tara einzulassen. Weder kenne ich ihre Absichten noch ihre genauen Beweggründe. Was sie erzählt, mag der Wahrheit entsprechen.

Eine Wahrheit, von der ich bis in den frühen Morgenstunden überzeugt war. Aber seit der Begegnung mit Jacob sind neue Zweifel erwachsen. Zweifel, die in Taras Gegenwart kaum Nährboden finden, weil ihre Weiblichkeit mich umfängt wie ein Tarnmantel, der alle Befürchtungen unsichtbar werden lässt. Und doch pulsieren sie wie eine offene Wunde in mir - mal stärker, mal weniger.

Die Gedanken beherrschen mich einen Moment lang, führen mich in Versuchung, das sinnliche Spiel zu beenden. Doch der Geschmack ihrer warmen, weichen Lippen auf meinen, der winzige Laut der Erregung, der sich aus ihrer Kehle löst, die Behutsamkeit ihrer Hände, mit denen sie mein Gesicht umschließt, führen mich sekündlich neu in Versuchung. Sie besitzt eine Macht über mich, der sie sich nicht bewusst zu sein scheint. Unsere Lippen werden fordernder mit jedem Atemzug, der verklingt. Jegliche sinnliche Berührung zwischen uns zeugt von dem Verlangen, das wir beide verspüren, und welches es zu löschen gilt.

Es gibt kein wie, kein warum. Das klare Denken hat sich in jenem Moment verabschiedet, da ich ihre Haut an der meinen spürte. Und vielleicht gelingt es uns diesmal, den Hunger aufeinander zu stillen. Vielleicht ist es dieser eine Akt der Leidenschaft, dessen es noch bedarf, um endlich den gebührenden Abstand zueinander zu finden.

Tara erhebt sich, ohne ihre Lippen von meinen zu lösen. Sie ergreift meine Hand, zieht mich vom Stuhl bis hinter den dichtgewebten Vorhang, wo die Pritsche steht. Jene Pritsche, auf der ich mich bereits vor Tagen ruhelos von einer Seite auf die andere gedreht habe, weil die Nähe zu dieser Frau mir schon da den Verstand und die Selbstbeherrschung raubte.

Als sie auf die Matratze herabsinkt, zieht sie mich mit sich, signalisiert mir, dass sie diesen Moment ebenso will wie ich, ihn vielleicht sogar im gleichen Maße braucht. Ich streife uns die Kleider vom Leib und lege mich zu ihr. Spüre die Zartheit ihrer Haut, die Weichheit ihres Mundes, der selbstvergessen meinen Körper erkundet, und hoffe und bete, dass mich diese Nacht von dem schmerzhaften Feuer der Sehnsucht, das in mir brennt, erlöst.

46

Mut ist nicht immer weise. Manchmal eröffnet unser Mut auch Abgründe, die uns haltlos in die Tiefe stürzen lassen.

Taraneh

Auch wenn er mich dicht an seinen Körper gepresst hält, so spüre ich deutlich, dass Nathaniel Welten entfernt ist. Ich drehe mich in seinen Armen, sodass ich seine schönen Züge in der Dunkelheit ansatzweise erkenne.

»Es ist die Tatsache, dass ich mit Jacob verlobt war, richtig, die dich hadern lässt?« Kaum merklich zuckt er zusammen, doch ausreichend, um mir zu signalisieren, dass meine Worte ihn von weither zurückholen. Er dreht den Kopf, streicht mit den Lippen flüchtig über meine Stirn. Seine Hand gleitet zärtlich meinen Rücken hinab. Eine Geste, die seine geistige Abwesenheit markiert. Irgendetwas scheint ihn derart zu beschäftigen, dass er Mühe hat, sich auf das Gespräch zu konzentrieren.

»Es trägt nicht dazu bei, die Glaubwürdigkeit deiner Geschichte zu untermauern«, entgegnet er ernst. Ich höre die tiefe Müdigkeit in seiner Stimme anklingen.

»Ich habe nie behauptet, dass der Mann, der auf mich geschossen hat, ein Fremder war. Ich habe lediglich über die persönliche Beziehung zu ihm geschwiegen.«

Er lacht rau auf. Ein freudloses Lachen. »Du hast eine nette Art, die Tatsachen zu umschreiben, Sweetheart.« Jedes Mal, wenn er mich bei diesem Kosenamen nennt, spüre ich eine Gänsehaut, die sich von den Zehen bis zur Kopfhaut ausweitet. In diesem Wort ruht etwas, das ich nicht fassen kann. Ein Gefühl, das schmerzhaft schön ist und mich daran glauben lässt, dass er exakt empfindet, was ich in diesem Kosenamen fühle. Auch jetzt, da wir die angespannte Unterhaltung führen. Da er mir vorwirft, mit gezinkten Karten zu spielen, ist es dieses eine Wort, das mir signalisiert: Ich vertraue dir, trotz allem.

Vielleicht weil er es will. Weil er mir ebenso vertrauen will, wie ich ihm, trotz der Tatsachen, die dagegen sprechen.

»Ich war schon mehrere Monate mit Jacob zusammen, als ich erfuhr, dass er einer von Arthur Smith' engsten Vertrauten ist. Damals war allerdings Matthew, Smith Sohn, noch die rechte Hand des Vaters.«

»Hast du die Nähe zu diesem Mann gesucht, um deine Pläne umzusetzen, Tara? Hast du dich gezielt an Jacob Young herangemacht, um Nutznießer seiner Interna zu werden?« Seine Frage wirft mich kurzzeitig aus der Bahn. Ich habe keine Ahnung, warum es von Bedeutung ist, ob ich die Nähe zu Jacob gesucht habe oder umgekehrt. Aber ich kann mich des Eindrucks nicht erwehren, dass es für Nathaniel von entscheidender Wichtigkeit ist. Darum versuche ich, so ehrlich wie möglich zu sein.

»Es ist wahr, dass ich den Kontakt zu Jacob Young hergestellt habe.« Ich spüre, wie Nathans Muskeln sich anspannen. »Ich gab vor, mit ihm ein Gespräch über das Abfallentsorgungsunternehmen führen zu wollen. Über den Erfolg, den dieser Betrieb seit Jahrzehnten verzeichnet, und die wohltätigen Zwecke, denen Arthur Smith sich verschreibt. Der

Chef des Unternehmens hat meine Bitte um ein Interview augenblicklich abgeschmettert und stattdessen seinen Lakaien vorgeschickt.« Zeitweise bin ich nicht einmal sicher, dass Nathan atmet. Er wirkt so angespannt, dass ich in dem Versuch, die Situation aufzulockern, meinen Kopf an seine Schulter lege und mit der Hand selbstvergessen über seine Brust streiche. Ein Zittern durchläuft bei dieser Geste seinen Leib. Augenblicklich umschließt er mit festem Griff mein Gelenk und bringt meine Finger zur Ruhe. Mit einem Seufzen fahre ich fort.

»Heute vermute ich, dass Jacob den Braten von Anfang an gerochen, dass er die Intention hinter meinem Besuch gleich richtig eingeschätzt hat. Was mich verraten hat, kann ich nicht benennen. Aber er war es, der fortan meine Nähe suchte. Der mich ausführte und schließlich verführte.« Bei dem letzten Wort zieht der Mann neben mir rau den Atem ein. Ich kann nicht verhindern, dass ein winziges Glücksgefühl fast meinen Brustkorb sprengt.

»Hattest du keinerlei Gespür dafür, wie gefährlich dieser Mann ist?« Seine Worte gleichen einer Anklage. Eine Frage, die ich mir in den letzten zwei Wochen mehr als einmal selbst gestellt habe.

»Ich war verliebt«, flüstere ich. »Und Jacob verstand sich bestens darauf, mich zu blenden. Anfangs war ich vorsichtig, versuchte die Zeichen, die er sandte, auszuloten. Doch Jacob führte mich aufs Glatteis. Er gab vor, unter den dunklen Machenschaften der Firma zu leiden. Er schwor mir mehr als einmal, wie sehr er Arthur Smith für das hasse, was er und sein Sohn im Hintergrund, fernab der Mainstream Medien trieben.

Wie viele Menschen sie auf dem Gewissen hatten und da … beging ich meinen ersten, folgenschweren Fehler, ich vertraute ihm Vivis Geschichte an.« Die Erzählung setzt mir zu, führt mich an Grenzen, denen ich kaum entkommen bin. Vor knapp zwei Wochen sind die Masken gefallen und Jacob hat sein hässliches, zweites Gesicht entblößt.

»Der Mann, der vorgab, mich zu lieben, der mich eineinhalb Jahre lang an der Nase herumführte, der versprach, mich in meinem Kampf gegen den Giftmüllskandal hier draußen zu unterstützen, hatte von der ersten Sekunde an ein Gespür dafür, was mich antrieb. In jenem Moment, da ich ihn um das Interview gebeten hatte, begann er Erkundigungen einzuholen. Er wusste längst, wann und woran meine Nichte gestorben war. Er brachte in Erfahrung, dass ich meinen Job verloren hatte, weil ich zu sehr wollte, dass man diese Menschen für ihre Vergehen zur Rechenschaft zieht. Er verstand es bestens, falsche Fährten auszulegen und mich mit Fehlinformationen zu füttern.« Ich atme zittrig ein. Nathaniel neben mir ist so still, dass ich glauben müsste, er sei längst eingeschlafen, wären da nicht seine zärtlichen Finger, die behutsam über meine Wirbelsäule gleiten und mir ein Gefühl der Geborgenheit und des Verstehens vermitteln.

»Ich habe so viel Zeit verloren, Nathan. Wenn ich nur gesehen hätte, welches Spiel Jacob spielt. Wenn ich begriffen hätte, dass es nie um mich ging, sondern nur darum, mich so weit wie möglich auf Abstand zu halten, zu der Firma und zu Arthur Smith höchstpersönlich …«

»Aber wie bist du an die Speicherkarte gekommen? Ich habe mir die Daten angesehen und hatte den Eindruck, sie sind fundiert. Zeiträume und Giftstoffe stimmen zu einem hohen Prozentsatz mit den Krankenständen und Todesfällen in und um das Reservat überein.«

»Matthew«, flüstere ich. Die Anspannung in mir klettert auf ein neues Level. Nathaniels Hand kommt zu Ruhe.

Einen langen Moment schweigt er, scheint seine Gedanken zu sortieren, bevor er leise nachhakt: »Arthurs Sohn? Ihm hast du die Speicherkarte geklaut? Warum sollte er derart vernichtende Daten auf einer Karte zusammentragen? Details, die ausreichen, nicht nur das Ansehen von Smith & Son für alle Zeit zu zerstören, sondern auch sämtliche Mitglieder der Belegschaft, einschließlich Smith und Young, für Jahrzehnte ins Gefängnis zu bringen?« Mein Schweigen zwingt ihn dazu, mich anzusehen. Ich weiß nicht, ob er in meinen Zügen lesen kann, aber ich nehme wahr, wie Erkenntnis ihn allmählich erfüllt.

»Er hat sie dir bewusst ausgeliefert, um Arthur und Jacob hinzuhängen«, stellt er rau fest.

Ich nicke langsam. »Exakt so war es. Zwei Tage vor dem Attentat. Arthur hatte Matthew degradiert und zum Laufburschen ernannt, weil er sich weigerte, mir eine Amour fou vorzuspielen. Dazu muss man wissen, dass Matthew homosexuell und schon seit Jahren in einer festen Beziehung ist, die aber nur unter dem Deckmantel des Schweigens gelebt werden darf. Seine Lebensweise ist dem eigenen Vater immer ein Dorn im Auge gewesen. Also musste Jacob wohl oder übel den Platz meines Liebhabers einnehmen. Und der spielte seine Rolle so gut, so überzeugend, dass er in Arthurs Gunst immer höher kletterte. Das wiederum rief Matthews Unwillen auf den Plan. Als nach achtzehn Monaten kein Ende dieser unseligen Geschichte in Sicht war, kontaktierte er mich eines Abends, um mich über Jacob und seine Machenschaften aufzuklären. Er ging sogar so weit und behauptete, er habe sämtliche Daten jeglicher Vergehen zusammengetragen, die er mir bei Interesse auszuhändigen gedachte. Sollte ich dies verweigern, würde er selbst den letzten Schritt gehen und sich an die öffentlichen Medien wenden.«

»Aber du hast dich nicht verweigert?«

»Anfangs habe ich ihm nicht geglaubt. Es war ein offenes Geheimnis, wie sehr Matthew darunter litt, dass Jacob in der Gunst seines Vaters weit über ihm stand. Dann hielt er mir vor, warum ich nie infrage gestellt hätte, dass mein Verlobter stets beteuerte, noch keine brauchbaren Daten aufgetan zu haben. Er behauptete, dass diese ganze Liebelei zwischen uns einzig darauf gründete, dass Jacob mich kontrolliere. Dass er dafür sorge, dass nichts von dem, was ich vermutete, aber nicht beweisen konnte, an die Öffentlichkeit drang. Er beteuerte, dass ursprünglich er an Jacobs Stelle diesen Job hätte übernehmen sollen, sich aber strikt dagegen gewehrt habe.« Meine Stimme überschlägt sich fast bei der Erzählung. Ich spüre, was es nach wie vor mit mir macht, über diese massive Täuschung zu sprechen. Zeitgleich fühle ich, dass sich gerade eine Lawine an lang zurückgehaltenen Emotionen löst, die seit jenem Abend, da Matthew mich kontaktierte, darauf wartet, freigesetzt zu werden.

Nathaniel hebt eine Hand und streicht mit den Fingern über meine Wange. Auch wenn er kein Wort spricht, so empfinde ich deutlich, dass er jetzt ganz bei mir ist. Dass seine geballte Aufmerksamkeit einzig mir gehört.

»Zum Schluss bat er mich in die Harvest Street in Halifax zu kommen. Dort wolle er mir beweisen, welch perfides Spiel Jacob spiele. Außerdem hätte er ein Geschenk für mich. Etwas, worauf ich schon sehr lange warten würde.«

»Bist du hingefahren?«, hakt er rau nach. Ich nicke stumm.

»Er hätte dich ebenso töten können in jenem Augenblick, Tara.« Seine klaren, ungeschönten Worte lassen mich frösteln. Unwillkürlich zieht er mich näher an seinen warmen, vertrauten Körper.

»Das habe ich nicht außer Acht gelassen. Auch wenn es mich in dem Moment kaum geschützt hätte, hatte ich immerhin ein Messer dabei. Eins dieser kleinen Klappmesser. So hatte ich das Gefühl, mich im Notfall zur Wehr setzen zu können. Als ich in der Harvest Street vorfuhr, entdeckte ich schon von weitem Jacobs auffälligen Jaguar. In dem Moment beschlich mich eine unangenehme Ahnung. Misstrauen begann in mir zu sieden, das mich danach nie wieder losließ. Ich parkte ein und es dauerte keine Minute, bis ein Mann an meine Fensterscheibe klopfte, den ich anhand der Zeitungsartikel schnell als Matthew Smith identifizierte. Er bat mich, auszusteigen und ihn zu seinem Wagen in einer der Seitenstraßen zu begleiten, um freien Blick auf eines der Häuser in der Straßenschlucht zu haben.«

»Dein Wahnsinn kennt keine Grenzen, Taraneh Moore. Der Mann hätte dich im Handumdrehen töten und beseitigen können, ohne dass jemand je dahintergekommen wäre, wo du abgeblieben bist. Hast du bei all dem auch an deine Schwester gedacht? Daran, dass sie so möglicherweise den einzigen Menschen verliert, der ihr geblieben ist?« Ich kann die gemäßigte Wut in seiner Stimme hören. Doch stärker noch tönt die Sorge darin an. Auch im Nachhinein treibt ihn das Gefühl um, dass ich mich schutzlos einem Fremden ausgeliefert habe.

»Bei all dem ging es immer nur um Grace. Darum, ihr Gerechtigkeit widerfahren zu lassen und all den Menschen, die ein ähnliches Schicksal teilen.« Ich beuge mich vor und lege meine Hand an seine Wange. »So wie du und Anuk. John und Mary, Joy und ihre Mutter und die zahllosen anderen, deren Namen mir noch fremd sind.«

Kurz senkt er die Lider, um den Schmerz, der ihn überrollt, vor mir zu verbergen.

»Tu das nicht, Nathan. Es gehört zu dir. Es ist ein Teil deiner Persönlichkeit. Wir sind, was das Leben aus uns macht. Sind es nicht gerade die Narben, die uns strahlend schön erscheinen lassen?« Ein schmerzliches Lächeln verzieht seine Lippen. Dann legt er eine Hand in meinen Nacken und presst seinen Mund sekundenlang auf meinen. Solange, bis uns die Luft ausgeht. Atemlos hebe ich den Kopf und sehe ihn an.

»Was geschah dann, Tara?« Ich seufze schwer und senke nun meinerseits die Lider.

»Wir warteten eine knappe Stunde, bis Jacob mit einer auffallend schönen Blondine vor die Tür trat. Die beiden verabschiedeten sich leidenschaftlich voneinander. Jedem musste auffallen, dass dies keine erste Begegnung war.«

»Darum hatte Matthew dich dorthin bestellt, er wollte dir zeigen, wer Jacob Young wirklich ist. Was er hinter deinem Rücken treibt.« Ich nicke.

»Allein seinem Wort hätte ich niemals geglaubt. Matthew

wusste das. Jacob ist … Er ist der geborene Schauspieler. Er hat seine Rolle so verdammt perfekt gespielt, dass mir nie Zweifel gekommen sind.«

»Und die Karte?«

»Bevor ich aus dem Auto stieg, reichte er mir die Speicherkarte. Er versicherte, dass sich dort alle relevanten Orte drauf befinden, an denen die Giftfässer lagern. Nicht nur hier, am First Nation Lake, sondern auch weit über die Grenzen Kanadas hinaus. Du hast die Daten gesichtet, Nathan. Glaubst du, Mathew hat die Wahrheit gesagt?« Er seufzt, greift nach einer meiner Haarsträhnen und wickelt sie sich selbstvergessen um einen Finger.

»Das hat er, Tara. Ich habe den Inhalt der Karte nur überflogen, aber das Ausmaß ist weit schlimmer, als sich befürchten lässt.« Mir wird eiskalt bei Nathaniels drastischen Worten, selbst wenn ich ähnliches befürchtet habe.

»Noch in derselben Nacht habe ich mich in ein Hotel in Halifax eingemietet, um so schnell wie möglich aus Jacobs Reichweite zu gelangen. Immerhin war es nicht unmöglich, dass Matthew aus Rache ein doppeltes Spiel spielte. Ich bin gar nicht erst in meine Wohnung zurückgekehrt.«

»Kluges Mädchen«, lobt er und haucht einen weiteren Kuss auf meine Lippen, der mich kurz aus dem Konzept bringt.

»Aber warum bist du bis hier hinaus geflohen? Was glaubtest du, hier ausrichten zu können, Tara? Fernab der Zivilisation?« Sein Blick ruht auf mir, ich spüre seine Intensität eher, als das ich ihn wirklich sehe. Mit behutsamen Fingern streicht er mir vereinzelte Strähnen aus dem Gesicht.

»Das war nicht meine erste Wahl. Ich hatte die Daten nur überflogen und wollte sie in Ruhe sichten, bevor ich sie der Polizei vorlege. Doch als ich vor die Tür des Hotels trat, wartete Jacob bereits auf mich. Gott weiß, wie er mich ausfindig gemacht hat. Auch er hat überall Kontakte, Informanten. Zunächst versuchte er, mich davon zu überzeugen, dass ich einem Irrtum unterlag. Aber allzu schnell zeigte er sein hässliches Gesicht.« Ich atme tief ein und erschauere bei der Erinnerung, wie sehr er das Wesen von einer auf die andere Sekunde wandelte.

»Er versuchte, mich ins Auto zu zerren, doch ich riss mich los. Um kein Aufsehen zu erregen, ließ Jacob mich entkommen. Also buchte ich umgehend ein Zugticket nach Caledonia und trampte von dort aus nach Jakes Landing. Nach einer Nacht im Hotel brach ich in den frühen Morgenstunden auf, um mir einen eigenen Eindruck im Reservat zu verschaffen …«

Meine Stimme bricht bei den gewaltigen Erinnerungen an jene Stunde, die wie dunkle Wellen über mir zusammenschlagen. Meine Todesstunde, hätte Nathaniel nicht so beherzt eingegriffen.

»Das war der Moment, da Jacob dich aufgriff«, stellt er leise fest. Ich nicke stumm, zu benommen von den Bildern, die mich peinigen.

»Woher wusste er, wo er dich mitten in der Wildnis findet, Tara?«

»Ich habe keine Ahnung«, flüstere ich tonlos. »Vermutlich hat er mir an jenem Morgen vor dem Hotel einen Tracker verpasst, damit er mich jederzeit orten kann.« Ich schlucke schwer, noch immer macht mir die Tatsache zu schaffen, dass

Jacob mich eiskalt erschossen hätte. »Je länger ich darüber nachdenke, desto wahrscheinlicher ist es. Andernfalls hätte er mich niemals aus den Augen gelassen und vor allem die Datenkarte, von der er annahm, dass ich in ihrem Besitz bin.« Schwer stoße ich die Luft aus, um mich der schmerzhaften Enge in meiner Brust zu entledigen.

Dann beuge ich mich vor, rahme Nathaniels Züge mit beiden Händen ein und bringe meinen Mund dicht an seinen. »In dessen Besitz du nun bist.«

Jetzt, wo ich ihm so nah bin, erahne ich die Intensität auf seiner Iris. Meine Erzählung rührt etwas in ihm an. Setzt Emotionen frei, die er mühsam zu kontrollieren versucht. Ich vermag nicht zu sagen, ob es dabei um mich geht oder um ihn. Möglicherweise auch um etwas ganz anderes. Mit einem rauen Laut legt er seine Hände auf meine Hüften und zieht mich auf sich. Unsere Lippen finden sich still. Atemlos verharren wir.

»Du bist leichtsinnig, waghalsig und vielleicht sogar wahnsinnig, Taraneh Scott. Aber vor allem bist du mutig«, flüstert er und ich spüre jedes seiner Worte tief in mir wie ein süßes Vibrieren. Dann küsst er mich auf eine Weise, die mir Sinn und Verstand raubt. Die all den Schmerz mit sich nimmt und den Prozess der Heilung lautlos in Gang setzt.

47

Nicht alles ist mit dem Auge sichtbar. Manches ruht tiefer und zeigt sich erst, wenn wir es wagen, das Herz zu öffnen.

Nathaniel

Als der Morgen anbricht, löse ich mich aus Taras Armen und trete vor den Vorhang. John sitzt am Tisch und mustert mich stumm. Seine Haltung drückt Erschöpfung und Bedenken aus.

In seinen Augen lese ich, dass er weiß, was mich an die Frau bindet, die noch in süßem Schlaf ruht. Wortlos wende ich mich ab und fülle eine Tasse mit dem starken, schwarzen Gebräu, das auf dem Herd steht. Johns Kaffee ist nie besonders schmackhaft, aber er kann Tote erwecken und das ist exakt das, was ich an diesem Morgen brauche.

»Glaubst du, es ist klug, sich auf das Mädchen einzulassen, Nathan?« Langsam drehe ich mich zu ihm um, lehne mich mit der Hüfte an eine der alten Kommoden und kreuze die Beine leicht.

»Was ist schon richtig oder falsch, John. Vor allem aber glaube ich, dass das einzig und allein meine Sache ist.« Ich weiche seinem stählernen Blick nicht aus, während die Worte hart und ungefiltert, wie scharfe Klingen zwischen uns kreuzen. Ein kurzer Machtkampf entbrennt. Ich erahne die Verzweiflung in ihm. Ich weiß sicher, dass er mich nicht verletzen will, aber John selbst ist durch den Verlust seiner Frau so tief verwundet, dass er blind um sich schlägt.

Mit einem Aufstöhnen senkt er schließlich den Blick in die Tasse, die vor ihm auf der Tischplatte steht, und raunt: »Ach verflucht, du hast ja recht, Junge. Das asketische Leben, welches du die letzten Jahre geführt hast, stand dir nicht besonders gut zu Gesicht.« Müde reibt er sich mit den Handballen über die Augen, bevor er mich wieder ansieht.

»Aber warum *sie*?« Mit dem Kopf deutet er in Richtung Vorhang. Warum Tara? Warum die Frau, die quasi vom Himmel fiel, mit einem Rucksack voller Probleme?

»Das Herz entscheidet, wen wir lieben, nicht der Verstand. Das war bei Anuk nicht anders. Hätte ich die Wahl gehabt, hätte ich deinem Sohn nicht die Frau genommen. Aber die hatte ich nie. Vom ersten Moment an fühlte ich mich zu ihr hingezogen und Anuk ging es nicht anders.«

»Ben hat nie zu ihr gepasst. Er hätte das Mädchen bloß unglücklich gemacht. Er braucht eine Frau, die ihm die Stirn bietet, so wie Mary das bei mir getan hat.« Er schluckt mühsam an den Tränen, die so verräterisch in seinen Augen glänzen. Der Gedanke an Mary schnürt mir ebenfalls die Kehle zu. Ich hebe den Becher und nehme einen tiefen Zug von dem bitteren Gebräu, spüre wie mir der Kaffee teerartig die Zunge versengt und den seelischen Schmerz eindämmt.

»Mary fehlt. In allem. Aber ich ahne, dass sie dir am meisten fehlt, John. Ich weiß, dass du glaubst, diese Wunde wird nie heilen, aber so ist es nicht. Lass dir Zeit. Irgendwann wird der Schmerz erträglicher.«

Er nickt schwer. »Zeit ohne Mary. Sie wird nicht zurückkommen, gleichgültig, wie sehr ich hadere …«

»Nein, das wird sie nicht. Aber sie ist in allem, was dich umgibt, nicht zuletzt in deinem Sohn.« Er hebt den Kopf und sieht mich an. Ich war nie ein großer Fürsprecher Bens, doch ich weiß, wenn Ben dies auch anders empfinden mag, wie sehr John seinen Sohn liebt. Die beiden sind sich schlicht zu ähnlich.

»Vor allem aber lebt Mary in der Weisheit weiter, die sie zurückgelassen hat. Ihre Worte, ihre Weissagungen.« Ich ringe damit, John ins Vertrauen zu ziehen. In seinem derzeitigen Zustand zweifelt er alles an. Marys Jenseitskontakte ebenso wie seine eigenen Fähigkeiten. Schließlich entscheide ich mich dafür.

»Weißt du, was ihre letzten Worte an mich waren?« John hebt die Lider und sieht mich an. Ich erahne den Funken, der auf seiner Iris anspringt. Wie der Hunger nach Leben sich in dieser Sekunde neu entfacht.

»Als sie Tara sah, fragte sie mich, ob *sie es ist*. Ich konnte die Frage nicht beantworten und bat sie stattdessen dies für mich zutun und sie hat es bestätigt.«

John erstarrt bei meinen Worten. Langsam richtet er sich auf, strafft die Schultern, dann fährt er sich mit der Hand über das Gesicht.

»Sie war verwirrt, Nathan. Der Geist längst nicht mehr auf Erden verankert. Sie stand … an der Schwelle des Todes«, flüstert er rau. Und doch klingt in jedem seiner Worte Hoffnung an. Diese letzte Botschaft seiner Frau, ist wie ein Gruß aus dem Jenseits. Ich stelle die Tasse in die Spülschüssel und richte mich ebenfalls auf.

»Ich glaube, dass der Geist nie klarer ist als in der Stunde des Todes. Zu viele Menschen habe ich auf diesem Weg begleitet. Es war ihr Geschenk an uns. Sie wollte uns diese Nachricht unbedingt zukommen lassen. Seit Jahren hat sie davon gesprochen, dass Rettung naht, und zwar in Form einer Frau. Nicht eine Sekunde glaube ich daran, dass es Zufall war, dass ich Tara mit an ihr Sterbebett genommen habe. Es war Bestimmung.«

»Was lässt dich vermuten, Tara sei der Mensch, der uns erretten kann, Nathan? Allem Anschein nach ist sie eine kleine Journalistin, die auf den großen Fang hofft.«

»Ich kenne ihre Geschichte, ihre Beweggründe. Wenn ich mich nicht völlig in ihr täusche, dann sind ihre Absichten ehrenhaft. Als ich sie im Wald fand, trug sie diese SD-Karte bei sich.« Ich fische aus der Hosentasche die Speicherkarte und lege sie vor John auf den Tisch.

»Bei unserem letzten Besuch hier habe ich die Daten gesichtet. Es handelt sich dabei um sämtliche Vergehen, derer Arthur Smith sich schuldig gemacht hat. Auch wenn ich es nur kurz überflogen habe, so reichen Auszüge davon, den Kerl für die nächsten zwanzig Jahre hinter Gitter zu bringen und vor allem, Entschädigungen einzufordern. Für jene, denen unendliches Leid zugefügt wurde. Menschen wie dich, John.«

»Und dich«, entgegnet er und nimmt einen tiefen Atemzug. »Aber erinnere dich, Nathan. Es liegt kaum sieben Jahre zurück, da hast du den Leuten hier Ähnliches angekündigt. Damals war das Volk der Meinung, du seist der langangepriesene Heilsbringer. Heute glaubt die Mehrheit, du seist ein Mittäter. Erst gestern hat *Black Hawk* dich des Mordes beschuldigt. Der Tod unserer Frauen hat uns verändert, Nathan. Dich ebenso wie mich. Wir sind nicht mehr, wer wir waren. Das werden wir nie wieder sein.«

Mit einem tiefen Atemstoß lege ich den Kopf in den Nacken und schließe die Lider. Er hat recht. Nach all den Gerüchten, die Black Hawk und auch Ben über mich gestreut haben, wird mir keiner der Menschen mehr Gehör schenken.

»Und du? Was glaubst du, John?«, flüstere ich und spüre den Stachel des Verrats bereits schmerzhaft im Fleisch.

John schüttelt den Kopf. »Unwichtig, Junge. Ich sehe, was du tust, das zeigt mir, wer du bist.«

Taraneh

Ich wage kaum zu atmen, aus Angst mich zu verraten, während ich Nathaniels dunkler Stimme lausche. Leise und klar wiederholt er, was Mary bei unserer ersten Begegnung geäußert hat. Ich habe diese Worte gehört und doch hatte ich sie längst vergessen. Nicht eine Sekunde habe ich geglaubt, dass Nathaniel ihnen eine derart tiefe Bedeutung beimisst. Die Kehle wird mir eng bei dem Gedanken. Ich bin nicht sicher, dass ich leisten kann, was man von mir erwartet. Wenngleich ich selbst mit ähnlichen Ambitionen gestartet bin vor fast zwei Jahren, so haben mich die Umstände längst eines Besseren belehrt.

Still folge ich dem weiteren Verlauf des Gesprächs, höre, wie John Nathan vorwirft, dass Nathaniel selbst an einem ähnlichen Punkt war, vor vielen Jahren. Dass einige ihn der Mittäterschaft beschuldigen. Allein das Wort lässt mich erschauern. Ruft die alten Zweifel in einer Vehemenz auf den Plan, die ein leidvolles Brennen in meinem Herzen hinterlässt.

Möglicherweise missbraucht Nathaniel mich auf eine ähnlich perfide Weise, wie Jacob es getan hat. Vielleicht geht es ihm nur darum, seine Weste reinzuwaschen. Warum sonst weigert er sich strikt, die Karte rauszurücken?

Lautlos setze ich mich auf und streiche mir das zerzauste Haar aus dem Gesicht. Erinnere mich der zurückliegenden Stunden, in denen er mich Emotionen hat spüren lassen, von denen ich glaubte, sie seien nichts als schönes Beiwerk in einem Liebesroman. Nathaniel ist ein hingebungsvoller, selbstloser Liebhaber. Zärtlich und von ungehemmter Leidenschaft, die mich willenlos überwältigt und mitreißt. Jedes einzelne Mal. In dieser Nacht habe ich einen Teil meiner Persönlichkeit an ihn verloren. Nicht nur körperlich, auch seelisch. Vor allem aber einen Teil meines Herzens. Seine tiefe Zerrissenheit, die immer wieder in Ansätzen durch sein Wesen schimmert, zieht mich auf magische Weise an.

Ich möchte alles über diesen Mann erfahren, jedes schmutzige Geheimnis, bis ins kleinste Detail. Aber exakt das ist es auch, wovor ich mich am meisten fürchte. Ich weiß, dass diese dunkle Seite an ihm die Macht besitzt, mich mit in die Tiefe zu ziehen. Mit einem stummen Aufstöhnen presse ich die Hand flach auf den Mund, um mich daran zu hindern, einen Laut von mir zu geben, während Johns letzter Satz kryptisch und schwer über uns schwingt. Ein Satz, der alles und nichts bedeuten kann.

»Unwichtig, Junge. Ich sehe, was du tust, das zeigt mir, wer du bist.«

48

Viele Wege führen zum Ziel. Nicht selten ist der direkte auch der schwerste.

Taraneh

Als Nathaniel hinter den Vorhang tritt, ist er frisch geduscht. Sein reiner, männlich herber Geruch erweckt in mir ein Sehnen, das mich beschämt, angesichts der ambivalenten Gedanken und Gefühle, die nur kurz zuvor meinen Geist und mein Herz gefoltert haben. Ich will in seine Arme fliehen und nie wieder daraus weichen. Will die Sicherheit und Geborgenheit der Nacht in den Tag retten und darum beten, dass sie für immer bei uns bleibt. Will mit aller Vehemenz daran glauben, dass es diesmal anders ist. Dass er mich meint, mich sieht und nicht wie Jacob, nur seinen eigenen Bedürfnissen nachjagt.

Als sein Blick meinen sucht, wird mir mit erschreckender Klarheit bewusst, dass ich mein Herz an diesen Mann verliere. Stück für Stück raubt er mir alle Bestandteile meines Seins. Viel zu schnell und viel zu tief.

Mein Atem entweicht zitternd, als er sich auf die Bettkante setzt und mein Gesicht berührt.

»Guten Morgen, Sweetheart, hast du gut geschlafen?«, fragt er mit einem nachsichtigen Grinsen, beugt sich vor und haucht einen zärtlichen Kuss auf meinen Mundwinkel. Er weiß genau, wie wenig Schlaf ich in den letzten Stunden bekommen habe. Sein

Daumen gleitet an meiner Wange hinab, folgt der Linie des Kinns über den Schwung des Halses und kommt schließlich auf dem Schlüsselbein zur Ruhe. Die Zärtlichkeiten der Nacht schwingen noch immer wie eine einzigartige Melodie zwischen uns. Wenngleich das Gespräch, welches John und Nathan geführt haben, und das keineswegs für meine Ohren bestimmt war, erste Misstöne einfließen lässt. Falls der Mann mit den tiefblauen Augen die Wahrheit gesprochen hat und er mich für den rettenden Engel hält, den Mary gegebenenfalls in mir sah, dann ist jedes Gefühl, das er mir schenkt, echt.

Vielleicht war aber auch das Gespräch mit John, nur wenige Augenblicke zuvor, eine Scharade, in dem sicheren Wissen, dass ich den leisen Worten der Männer lausche. Das würde bedeuten, dass er mich nur dafür missbraucht, sich von der eigenen Schuld reinzuwaschen, die seit Jahren an seinen Händen klebt. Dann ist jeder Kuss, jede Berührung eine Farce. Eine einzige grandiose Lüge. Ich erinnere mich Jacobs Lügen, seiner schmeichelnden Worte, der vorgetäuschten Liebesbekundungen und spüre, wie die Luft zwischen mir und Nathaniel plötzlich dünn wird. Mit einer ruckartigen Bewegung befreie ich mich von der verwirrenden Nähe dieses Mannes, schlage die Decke zurück und schlüpfe in das T-Shirt, aus dem er mich wenige Stunden zuvor erst geschält hat. Jeden verdammten Atemzug bin ich mir seines intensiven Blickes bewusst, spüre ihn auf der Haut wie eine Berührung.

»Ich werde duschen und dann muss ich dringend darüber nachdenken, wie es weitergeht.« Als ich mich zu ihm umdrehe, ist sein Blick ernst.

»Mach das. Wenn du fertig bist, unterbreite ich dir meinen Vorschlag.« Er erhebt sich geschmeidig wie eine Raubkatze und tritt so nah an mich heran, dass ich den Atem anhalte. Obwohl ich aus jeder Pore Abwehr ausstrahle, die ihm nicht entgehen kann, schenkt er mir ein halbes Lächeln, beugt sich vor und küsst mich. Sein Kuss ist schmerzhaft schön und lässt mich augenblicklich all die gefassten Entschlüsse überdenken. Ohne dass ich darauf Einfluss nehmen kann, verfangen sich meine Finger in dem dunklen Stoff seines Hoodies. Haltsuchend klammere ich mich an ihm fest, während er einen Arm um meine Hüften legt und mich dicht an seinen Körper zieht. Was hat dieser Mann bloß an sich, dass ich mich nicht zur Wehr setzen kann, dass ich jeglichen klaren Gedanken vergesse, sobald er mich berührt. Er schmeckt nach Kaffee und Zahnpasta und unfassbar gut nach ihm selbst. Als er den Kopf hebt, sauge ich den Atem ein, fülle meine Lungen mit der Luft, die er mir gerade erst geraubt hat. Im nächsten Moment hat er sich abgewandt und ist verschwunden.

Während das Wasser spärlich auf mich niederprasselt, wird mir klar, dass ich zurück muss. Zurück nach Halifax. Heute noch. Die Gefahr, die mich hier umgibt, wird realer, der Feind rückt näher. Ich weiß nicht, wer Jacobs Informant ist, aber dass es ihn gibt, zeigt sich darin, dass er jeden meiner Schritte nachvollzieht. Dass Jacob zwar zeitverzögert, dennoch äußerst zuverlässig an den Orten auftaucht, an dem ich mich aktuell aufhalte. Dabei bin ich sicher, dass der Tracker, den er mir bei unserer letzten Begegnung in Halifax verpasst haben muss, verbrannt ist, als Nathan den Skianzug in Flammen aufgehen ließ.

Nicht eine Sekunde zweifle ich daran, dass Jacob auch für den Brand auf der Mystik verantwortlich ist. Wenn ich länger vor Ort bleibe, bringe ich die Menschen hier zusätzlich in Gefahr und das muss ich unbedingt vermeiden. Bevor die Sache völlig aus dem Ruder läuft, werde ich Arthur Smith aufsuchen. Auge in Auge. Ich will ihm ins Gesicht sehen, wenn ich ihm die ganze Wahrheit offenbare. Eine Wahrheit, die zutiefst schmerzlich ist.

Ein Schauer rinnt mir den Rücken hinab, als ich nach dem frischen Handtuch greife, das John mir vor wenigen Minuten gereicht hat. Vorsichtig tupfe ich um die Wunde herum. Auch wenn meine Kraft zurückkehrt, so weiß ich, dass diese Verletzung Wochen brauchen wird, um gänzlich zu genesen. Andere dagegen werden vielleicht niemals abheilen. Es ist an der Zeit, den Menschen, die mir so vehement nach dem Leben trachten, zu begegnen. Ich hoffe nur, dass mir auch ausreichend davon bleibt, alle Karten offen auf den Tisch zu legen, bevor sie mich töten.

Die eigenen Gedanken fordern mich und lassen mich erzittern, doch ich weiß sicher, es gibt kein Zurück, keinen Plan B, keine Möglichkeit zur Flucht. Jacob wird nicht eher Ruhe geben, bis er mich gefunden hat. Das habe ich in den letzten Tagen begriffen. Er will mit aller Macht das eindämmen, was ich an die Oberfläche zerre. Wenn es erstmal in der Öffentlichkeit ist, gibt es kein Zurück mehr. Das weiß er, aber ich ebenso. Sobald nur das leiseste Misstrauen gegen Smith & Son erhoben wird, treten Umweltschützer auf den Plan und werden ihre Stimmen erheben, werden die Zweifel vertiefen und andere Institutionen wachrütteln.

Das wäre tatsächlich der einfachste Weg, denke ich und schlüpfe in die frischen Jeans, die John für mich organisiert hat. Der ungefährlichste. Aber auch der feigste. Ich muss Arthur Smith begegnen. Einmal dem Menschen in die Augen sehen, der meinen Tod mehr herbeisehnt, als alles andere.

Als ich den Wohnraum betrete, sitzen John und Nathaniel am Tisch, zwischen ihnen, gut sichtbar, die Speicherkarte. Einen Moment setzt mein Herzschlag aus. Das ist die Gelegenheit, auf die ich seit Tagen warte. Ich trete näher, ohne mich darauf zu fokussieren.

Nathans Blick verfängt sich in meinem. In der schimmernden Tiefe seiner Augen erkenne ich Sorge. Ich bin sicher, dass er längst einen Plan gefasst hat und dass er ebenso alles daran setzen wird, nicht vom Kurs abzuweichen. Wenngleich ich nach wie vor nicht einordnen kann, wie er zu dem Abfallentsorgungsunternehmen steht.

Ich ziehe einen der Stühle vom Tisch ab und sinke langsam darauf nieder. Wenn ich mich jetzt blitzschnell vorbeuge und zugreife, bin ich wieder im Besitz der verfluchten Karte. Doch Nathaniel beobachtet jede meiner Bewegungen mit Argusaugen. Ich fürchte sogar, dass er genau weiß, was durch meinen Kopf geht.

»Was macht die Wunde?« Johns Stimme durchbricht mein Gedankengeflecht. Atemlos richte ich mich auf und sehe ihn an.

»Deine Tinktur hat Wunder gewirkt, wenn sie auch gebrannt hat wie die Hölle.« Er nickt, seine Mundwinkel verziehen sich minimal, dennoch glaube ich, ein Lächeln darin zu erkennen.

»Wie ist dein Plan, Tara? Wie gedenkst du, weiter zu verfahren?« Das ist Nathaniel. Kurz nur streift mein Blick die Karte, bevor ich seinem begegne. In dem Aufblitzen auf der blauen Iris erahne ich, dass er mich nicht aus den Augen lässt.

»Ich muss zurück, heute noch. Die Dinge bereinigen, die an die Oberfläche dringen. Darum …« Ich strecke den Arm aus und greife nach der Speicherkarte, doch Nathaniel ist schneller. Seine Finger schließen sich fest darum, nehmen mir jede Möglichkeit, in ihren Besitz zu gelangen. Ungehalten stöhne ich auf und sehe ihn vorwurfsvoll an.

»Was soll das, Nathan? Die Karte gehört mir. Du hast sie mir schlicht gestohlen. Für mich ist sie von hohem Nutzen, was kann sie dir bedeuten? Welches Spiel spielst du, Nathaniel? Auf welcher Seite stehst du? Manchmal habe ich Angst, dass auch du einer von Arthurs Lakaien bist.« John zieht bei meinen ungeschönten Worten scharf die Luft ein. Nathaniel dagegen erstarrt. Sein Blick wird kalt. Entweder habe ich den Nagel auf den Kopf getroffen oder ich habe ihn zutiefst verletzt. Ohne den Blick von mir zu lösen, schiebt er die Speicherkarte an ihren angestammten Platz, in die Taschen seiner Jeans und beugt sich drohend vor.

»Diese Karte ist so etwas wie deine Lebensversicherung, Tara. Solange Jacob nicht weiß, wo sie sich befindet, wird er nicht noch einmal versuchen, dich bei nächstbester Gelegenheit kaltblütig zu töten. Daher wäre es ratsam, wenn du sie nicht am Körper trägst.« Seine Worte entbehren nicht einer gewissen Logik. Dennoch schweigt er beharrlich darüber, ob es eine Verbindung zwischen ihm und Smith & Son gibt. Frustriert schiebe ich mein Kinn vor, ohne seinem stählernen Blick auszuweichen.

»Ich werde heute nach Halifax zurückkehren, Nathan, und ich werde diese verfluchte Karte im Gepäck haben.« Er richtet sich auf und sinkt langsam mit den Schulterblättern gegen die Lehne, die Arme vor der Brust verschränkt.

»Das trifft sich gut, Sweetheart, und deckt sich mit meinen Plänen. Ich werde dich begleiten.«

Ich schlucke meinen Widerspruch, der mir fast die Zunge verbrennt, hinunter, denn ich weiß, ohne Nathaniel sitze ich im Reservat fest. Früher oder später wird Jacob hier auftauchen und mich den Wölfen zum Fraß vorwerfen. Ich bin auf diesen Mann mit den meerblauen Augen angewiesen, ob mir das passt oder nicht. Aber verflucht nochmal, ich muss ihn irgendwie davon überzeugen, mir die SD-Karte auszuhändigen. Wenn ich erst in Halifax bin, werde ich eine Möglichkeit finden, ihn loszuwerden.

»Also gut«, entgegne ich und richte mich auf.

Neben mir erklingt ein raues Lachen, als Johns Blick zwischen Nathan und mir hin und her schwenkt. »Eins zu Null für dich, Nathaniel. Deine kleine Lady ist ein ganz schöner Sturkopf.« Ich atme tief ein und schlucke die Wut, die mir im Halse steckt, tapfer hinunter.

»Ich bin nicht seine kleine Lady«, presse ich mühsam hervor und erhebe mich. »Können wir dann starten?«

Nathaniel betrachtet mich amüsiert. Sein Blick gleitet wohlwollend über mich hinweg, berührt die empfindsamen Stellen, die unter der dunklen Jeans und dem engen, weißen Rollkragenpullover verborgen liegen und erzählt davon, dass er jeden Zentimeter genauesten erforscht hat. Hitze steigt mir bei diesem Blick in die Wangen. Ich bin sicher, dass er mich mit einer gewissen Absicht provoziert.

»Aber ein Sturkopf bist du allemal, Tara«, raunt er leise und erhebt sich. Während er die wichtigsten Dinge in einem Rucksack verstaut, schlüpfe ich in die Jacke.

»Wir werden mit dem Schneemobil bis in den nächsten Ort fahren, gut vierzig Meilen von hier und den Schlitten dann gegen ein Auto tauschen. Ab da gibt es befestigte Straßen. Die Gefahr, dass du dir auf dem langen Weg nach Halifax einen erneuten Abszess zuziehst, ist auf dem Mobil zu groß.« Er sieht mich nicht an, indes er spricht. Seine Worte klingen nüchtern und plausibel und doch wärmen sie mich auf eine Weise, die kurzzeitig die Anspannung vor dem heutigen Tag in den Hintergrund drängt. Schweigend sehe ich John an, der seine Augen starr auf Nathaniel gerichtet hält. Sorge schimmert in den silbrigen Seen, die kennzeichnet, dass er nicht im Ansatz erfassen kann, was Nathaniel zu diesem Schritt bewegt. Dass er aber um das Wohlergehen seines Freundes fürchtet. John weiß mehr, denke ich. Er hätte meine Ansprechperson sein sollen. Gestern, in den langen Stunden ohne Nathan, hatte ich Zeit genug, ihn nach der Verbindung zwischen Nathaniel und Smith & Son zu befragen. Gesetzt den Fall, es gibt diese.

In dem Moment, da wir vor die Tür treten, schießt Captain aus den Schneewehen hervor. Er sprintet mit hoher Geschwindigkeit auf sein Herrchen zu und wirft diesen fast um, als er ihn anspringt. Nathaniel greift die Vorderpfoten des Tieres und sinkt vor dem Hund in die Knie.

Das Gesicht in dem Fell vergraben, flüstert er rau, aber so

deutlich, dass ich ihn verstehe: »Da bist du ja, mein Freund. Ich muss leider los. Aber John wird auf dich achtgeben.« Er hebt den Kopf und krault Captain, der Nathans Worten aufmerksam lauscht. Die beiden zusammen zu sehen, rührt mein Herz auf eine Weise an, die mir Tränen in die Augen treibt. Kann ein Mensch, der so achtsam mit seinem Tier ist, auch nur im Ansatz zwielichtig sein? Von Anfang an hat mein Herz diesen Mann freigesprochen. Selbst in jenem Moment, da Ben ihn einen Mörder nannte. Mit der gleichen Fürsorge, die er Captain entgegenbringt, ist er auch mir begegnet. Ich hoffe, dass der Mensch, der er zu sein vorgibt, auch fest in ihm verankert ist. Vielleicht besteht die Chance, wenn all das hinter mir liegt, Nathaniel auf einer neuen Ebene zu begegnen, denke ich wehmütig. Und so, als habe er meine Gedanken gehört, hebt er den Kopf und sieht mich über das Tier hinweg an. In seinen Augen lese ich ähnliche Wünsche. Zeitgleich liegt aber auch eine Schwere in seinem Blick, die mir kurzzeitig den Glauben an einen guten Ausgang dieser Geschichte nimmt.

»Ihr seid im Aufbruch? Wie schade, ich dachte, wir könnten noch einen kleinen Plausch halten. Ein wenig über die guten alten Zeiten erzählen, Nathaniel«, fügt Ben, der in diesem Moment um die Hausecke tritt, mit einem bösartigen Grinsen hinzu. John strafft die Schultern, als er seinen Sohn entdeckt und auch Nathaniel erhebt sich ruckartig. Jede Sekunde ist er sich der offenen Kampfbereitschaft des anderen absolut bewusst.

»Und wie ich sehe, hast du die schöne Fremde im Gepäck. Wie schade, Tara, bist du sicher, dass Nathan die richtige Begleitung ist?« Ich werfe dem Mann, mit dem ich die letzten Tage verbracht habe, einen Blick zu und weiß, dass er den Zweifel in mir erahnt, dass er ihn sogar riechen kann. Ohne einen Wimpernschlag richtet er das Wort an Ben, lässt mich jedoch dabei nicht aus den Augen.

»Allemal besser als du, Ben. Deine Absichten stehen dir offen ins Gesicht geschrieben.« Ben lacht zynisch auf und tritt einen Schritt näher an Nathaniel heran.

»Als hättest du die Situation nicht längst schamlos ausgenutzt, Nathan. Ich glaube nicht, dass die Kleine weiß, worauf sie sich da einlässt …«

»Es reicht«, fährt John dazwischen. »Bis nach Halifax ist es ein weiter Weg.« Er deutet in den Himmel, der schwere Schneewolken vor sich hertreibt. »Wenn ihr vor dem Unwetter ankommen wollt, solltet ihr besser aufbrechen.«

»Halifax«, wiederholt Ben nachdenklich und mustert Nathaniel und mich intensiv. Ich weiß nicht warum, aber plötzlich habe ich das Gefühl, dass es ein grober Fehler war, Ben über unser Ziel in Kenntnis zu setzen.

Mit einem nervösen Lachen werfe ich ein. »Ja, es wird Zeit heimzukehren. Dort wartet ein Berg Arbeit auf mich.« Ben hebt verstehend das Kinn an. Ich bin sicher, dass er die Lüge durchschaut und die Wahrheit dahinter erspürt.

49

Ich bin es, die den Krieg führt. Du bist lediglich ein Krieger an meiner Seite, in diesem schweren Gefecht.

Taraneh

Nathaniel parkt das Schneemobil vor einem einsam gelegenen Haus, abseits des kleinen Dorfes, durch das wir eben gefahren sind. Als er den Motor ersterben lässt, tritt eine schlanke Frau auf die Veranda. Ihr ergrauendes, dunkles Haar ist im Nacken locker zu einem Knoten zusammengefasst. Einzelne Strähnen umschmeicheln das attraktive Gesicht. Sie mag die Sechzig längst überschritten haben. Doch ihre Ausstrahlung ist noch immer äußerst weiblich und filigran. Als sie Nathaniel entdeckt, zieht ein Leuchten über ihr Gesicht, das sich jedoch verflüchtigt, als sie mich sieht. Ihre blauen Augen sind fest auf mich gerichtet, als sie die Stufen hinabsteigt und auf uns zukommt.

»Nathan, welche Überraschung, mit dir habe ich bei dieser Witterung nicht gerechnet.« Sie greift nach den Händen des Mannes und haucht ihm links und rechts einen Kuss auf die Wange. Auch wenn sie kein Wort darüber verlieren, so springt mich die tiefe Verbundenheit der beiden augenblicklich an. Die Frau mag locker dreißig Jahre älter sein und doch spüre ich den Stachel der Eifersucht, der mir ins Herz fährt, bei der Innigkeit.

»Deine Freude wird nur kurz währen, Charly. Wir sind auf der Durchreise.« Ihre Enttäuschung wird greifbar, als ihr intensiver Blick mich erneut erfasst.

»Das ist schade, ich habe frischen Blaubeerkuchen. Aber wenn ihr keine Zeit habt …« Ihre herausfordernden Worte schweben zwischen uns. Allein der Gedanke an ein Stück warmen Kuchen lässt mir das Wasser im Munde zusammenlaufen. Es liegt eine Ewigkeit zurück, da ich das letzte Mal etwas derart Köstliches zu mir genommen habe. Nathaniel wirft mir einen Blick zu und scheint zu erahnen, was in mir vorgeht. Mit einem Lächeln wendet er sich wieder an die Frau vor ihm.

»Also gut, für einen Kaffee sollte Zeit sein. Ich muss ohnehin noch ein Telefonat führen. Wann hast du den Chevy zuletzt genutzt? Glaubst du, er ist fahrtauglich?« Die Frau, die Nathaniel Charly nennt, und der er mich nicht einmal vorgestellt hat, legt eine Hand auf seine Schulter und neigt den Kopf leicht zur Seite.

»Was hast du vor, Nathan? Wenn du hier unverhofft auftauchst, mit wenig Zeit im Gepäck, führst du selten etwas Gutes im Schilde.« Ihre Sorge ist echt, ebenso wie das ungute Gefühl, das mich bei ihren Worten befällt. Nathaniel schenkt ihr ein Grinsen, das alles bedeuten kann. Dann haucht er einen Kuss auf ihre Wange und macht sich auf den Weg ins Haus.

»Willst du mir deine Begleitung gar nicht vorstellen?« Er verharrt in der Bewegung, wendet sich langsam um und sieht mich an. Sein Blick lässt mich frösteln. Zeitgleich erweckt er auch ein Feuer in meinem Innern, das mich mit einer Intensität niederbrennt, der ich kaum standzuhalten vermag.

»Das ist Tara. Eine gute Freundin«, umschreibt er das, was zwischen uns ist, charmant. »Ich begleite sie in die Stadt. Tara hat dort einen … wichtigen Termin.« Er zögert nur minimal, sodass es der Frau, die mich stumm betrachtet, gar nicht auffällt. Doch ich höre das winzige Vibrieren in seiner Stimme, spüre, was diese Tatsache mit ihm macht. Dasselbe wie mit mir, nur weiß ich nicht sicher, ob wir vom gleichen Punkt aus starten.

»Tara, das ist Charly.« Im nächsten Moment ist er im Haus verschwunden.

Schweigend stehen wir Frauen beieinander, dann schüttelt Charly den Kopf, legt mir die Hand in den Rücken und murmelt: »Eine gute Freundin … Ich kann an fünf Fingern abzählen, wie oft Nathaniel Mädchen hier hinaus gefahren hat.« Sie schenkt mir ein Lächeln, welches das unsichere Gefühl von zuvor ein wenig vertreibt. »Nie. Niemals. Selbst Anuk hat er erst mitgebracht, da waren sie bereits verlobt.«

Ich nehme einen tiefen Atemzug, um meine Nerven zu beruhigen. Charlys Worte wühlen mich auf. Natürlich kann das alles und nichts bedeuten. Es mag bedeuten, dass er seine eigenen Regeln bricht, nur um ans Ziel zu gelangen. Aber ebenso ist es möglich, dass er mehr für mich empfindet, als uns beiden klar ist. Mein Kopf schmerzt von all den wirren Gedanken und Empfindungen, die mich seit den frühen Morgenstunden peinigen. Doch mein Herz scheint förmlich zu zersplittern.

Der Wohnbereich ist hell und gemütlich eingerichtet und belebt meine Seele nach den langen Tagen in der schmucklosen Jagdhütte und Johns bescheidener Behausung. Es gibt ein bequemes Sofa, über dessen Lehne eine ordentlich gefaltete Wolldecke ruht. In dem hübschen Erker, der von der Straße aus nicht zu sehen ist, findet sich ein Esstisch aus Nussholz, umgeben von sechs passenden Stühlen. Charly führt mich in die geräumige

Küche, auf deren Insel ein dampfendes Blech Kuchen mit herrlichem Duft lockt. Nur Nathaniel bleibt unauffindbar. Er benimmt sich fast, als wäre er hier zuhause.

»Wo … ist Nathan abgeblieben?«

Charly streicht sich eine vorwitzige Strähne hinter das Ohr, greift nach einem Messer und schneidet den Kuchen in mundgerechte Stücke.

»Keine Ahnung. Er wollte telefonieren, aber mit dem Handy hat er lediglich vor dem Haus Empfang.« Seine Abwesenheit macht mich nervös. Das Gefühl des Kontrollverlustes, welches sich von jenem Tag an einstellte, da Jacob auf mich schoss, wird sekündlich stärker. Dass er mir etwas verheimlicht, steht außer Frage, nur *was* ist unklar.

»Tara?« Als Charly vor meinen Augen mit den Fingern schnipst, begreife ich, dass sie mich bereits mehrfach angesprochen hat. Ich blinzele mit den Lidern und bemühe mich, meine Aufmerksamkeit auf sie zu fokussieren.

»Mögen sie Kaffee zu ihrem Kuchen oder lieber Tee?«

»Tee bitte«, entgegne ich leise. In diesem Moment tritt Nathaniel durch eine Seitentür herein. Sein erster Blick gilt mir. Er hat sich nicht einmal die Zeit genommen, Jacke und Mütze abzustreifen. Auch als Charly ihn auffordert, einen Kaffee mit uns zu trinken, winkt er ab und greift nach dem Handy, das auf der Kommode liegt, direkt neben der Eingangstür.

»Nur kurz, dann bin ich bei euch, versprochen.« Als das Türblatt hinter ihm ins Schloss fällt, bin ich sicher, er will unliebsame Zuhörer ausschließen. Nathaniel wirkt seltsam entspannt. Das wiederum ruft bei mir neue Unsicherheit hervor.

Ich weiß nicht, was er im Schilde führt. Ganz sicher folgt er seinem eigenen Plan, unabhängig von meinem. Dabei lässt er völlig außer Acht, dass ich diejenige bin, die diesen Krieg führt und er allenfalls ein Krieger im Gefecht ist. Zu welchem Zeitpunkt habe ich mir das Zepter aus der Hand nehmen lassen? Wann habe ich die Kontrolle verloren und warum habe ich nicht bemerkt, dass Nathan derart besessen von der ganzen Sache ist?

»Was ist das für ein Termin, den Sie in Halifax haben, Tara?« Ich drehe den Kopf bei dem Klang der Stimme. Für einen Moment hatte ich Charly völlig vergessen, so sehr nimmt mich Nathaniels auffälliges Verhalten in Beschlag.

»Ich … Ein Geschäftstermin.« Die Frau nickt bedächtig.

»Wichtig?«

»Ja, schon.«

»Dann sollten Sie sich nicht zu lange aufhalten. Da draußen braut sich ein Unwetter zusammen, das die Straßen schnell unpassierbar macht.« Sie deutet mit dem Finger hinaus auf den dunkler werdenden Himmel. Die Sonne hat sich heute noch gar nicht gezeigt. Und seit gut einer halben Stunde zieht eine Wolkenfront auf, die fast schwarz zu nennen ist. Doch ich habe keine Augen für den sich verfinsternden Himmel. Mein Blick gehört einzig und allein Nathaniel, der, mir zugewandt, draußen auf der Veranda steht, das Mobilphone fest ans Ohr gedrückt. Auch wenn ich keines seiner Worte höre, so verrät die Insistenz seines Blickes, mit dem er mich durch das Fenster mustert, wie angespannt er ist, im Vergleich zu der fast fahrlässigen Leichtigkeit nur Augenblicke zuvor. Zu gerne wüsste ich, mit wem er spricht.

Vielleicht Jacob oder gar Arthur selbst? Informiert er sie über den Zeitpunkt unserer Ankunft? Darüber, wo sie uns treffen können? Ich schlucke schwer, bemühe mich zwanghaft, die Gedanken, die nach Verrat schmecken, vehement zu verdrängen. Wende stoisch meinen Blick aus seinem und schenke der Frau, die mir gerade einen Teebecher reicht, ein strahlendes Lächeln, das jedoch mein Herz unberührt lässt.

»Und in welchem Verhältnis stehen Sie zu Nathaniel?«, frage ich höflich. Charly hebt die Augenbrauen und sieht mich überrascht an.

»Das hat er nicht verraten? Natürlich nicht! Typisch Nathan, er erzählt immer nur das, was er für wichtig erachtet.« Ein zärtliches Lächeln verzieht ihre Lippen und einen Herzschlag lang bin ich sicher, die zwei sind ein Paar, gleichgültig, dass sie gut dreißig Jahre trennen mögen. Ein bitterer Geschmack weitet sich in meinem Mund aus, während ich beobachte, wie Charly sich eine Strähne aus der Stirn streicht und dem hochgewachsenen Mann auf der Veranda einen versonnenen Blick schenkt.

»Nathan ist mein Sohn.«

50

Sei frei, sei wahrhaft, sei du!

Nathaniel

Seitdem wir aufgebrochen sind, hat Schneefall eingesetzt, der sich mit jedem Kilometer, den wir zurücklegen, verdichtet. Ab und zu röhrt und hustet der alte Chevy, doch er hält konstant die Geschwindigkeit und folgt unbeirrt dem Straßenband.

Tara schweigt beharrlich. Seit mehr als einer Stunde starrt sie aus dem Fenster, ohne mir nur einen Blick zu schenken. Ich bin sicher, dass die Anspannung sie fest in der Zange hält. Die Ungewissheit darüber, was vor ihr liegt. Ich ergreife ihre Hand, die verkrampft in ihrem Schoß ruht, und verschränke meine Finger mit ihren. Augenblicklich spüre ich, wie ihr ganzer Körper sich versteift.

»Du hast mir nicht erzählt, dass Charly deine Mutter ist.« Ihr vorwurfsvoller Ton überrascht mich und entlockt mir ein Lächeln.

»Ist das relevant?« Sie wirft den Kopf herum und sieht mich wütend an.

»Für mich schon. Ich weiß gern, mit wem ich es zu tun habe, Nathan. Ich vermag kaum hinter die Fassade zu schauen. Es gibt nur wenig, an dem du mich teilhaben lässt.« Ich seufze tief, löse meine Hand aus ihrer und umschließe mit festem Griff das Lenkrad.

»Du weißt so viel mehr, als du ahnst, Tara.«

Sie schnaubt ungehalten auf. »Deine kryptische Schwafelei macht mich verrückt. Heute Morgen hast du dich ähnlich mystisch gegenüber John geäußert, ohne ins Detail zu gehen. Das machst du absichtlich, mich mit Halbwahrheiten füttern, die mich allmählich in den Wahnsinn treiben.«

Ich werfe ihr einen Blick zu. Sie hält die Augen starr geradeaus gerichtet, sodass es unmöglich ist, in ihren Zügen zu lesen.

»Du hast gelauscht«, stelle ich leise fest.

»Gelauscht? In der engen Behausung kommt man nicht umhin mitzuhören, wenn zwei sich unterhalten. Es war unmöglich, nicht hinzuhören.«

»Ich war der Annahme, du schläfst. Anderenfalls hätte ich nie …« Ich breche ab und umfasse das Steuer fester.

»Hättest du nie, was Nathaniel?« Ihr ungehaltener Ton zeugt von der tiefen Unruhe, die in ihr schwelt. Endlich dreht sie den Kopf und sieht mich an. Schmerz, Angst und Verzweiflung bilden eine brisante Mischung in den schimmernden grünen Augen, zeugen davon, dass sie sich durchaus darüber bewusst ist, in welcher Gefahr sie schwebt. *Das ist gut*, denke ich. Das bewahrt sie vielleicht vor leichtsinnigen Aktionen. Auch wenn ich weiß, wie sehr Tara dafür brennt, den Menschen im Reservat Gerechtigkeit widerfahren zu lassen, so bin ich sicher, dass sie trotz allem die Gefahr, die von Arthur Smith ausgeht, nicht richtig einordnen kann.

»Ich hätte nie so offen gesprochen.«

Kurz scheint sie sprachlos zu sein. Aus dem Augenwinkel

sehe ich, dass sie den Kopf senkt. Ihr Haar fällt wie ein dichter Vorhang vor das Gesicht und verdeckt ihr Mienenspiel.

»Du glaubst daran«, flüstert sie ergriffen. Ihr Tonfall, die Art, wie sie die Worte ausspricht, lassen mich unweigerlich erschauern.

»Ich glaube an Mary. Das habe ich immer getan.«

»Du glaubst daran, dass ich es bin. Dass ich die bin, die das Naturvolk retten kann.« Das ist eine Feststellung, keine Frage, ich drehe den Kopf und sehe sie an. Die Verantwortung, die diese Aussage mit sich bringt, überfordert sie maßlos.

»Ich möchte daran glauben, Tara«, entgegne ich leise. Ebenso wünsche ich mir zutiefst, dass Marys Weisheit auch in all dem ruht, was uns eint. Dass ihre weisen Worte, die sie mir vor vielen Jahren zuteilwerden ließ, nicht ungehört verhallen, sondern dass sie einer tiefen Wahrhaftigkeit entspringen und sich in dem, was wir sind, manifestieren. Doch ich kann Tara unmöglich mit diesen Gedanken und Wünschen konfrontieren. Allein Marys Weissagung bezüglich der Rettung des Volkes, setzt ihr in einer Form zu, die als spürbare Last auf ihren Schultern ruht.

»John ist der Einzige, dem ich von meiner Vermutung erzählt habe, Tara. Niemand sonst weiß von Marys letzter Aussage.«

»Was … was bedeutet das?«

»Das bedeutet, dass du zu nichts verpflichtet bist. Du kannst jetzt, in diesem Moment sagen, dass ich umkehren soll. Ich bringe dich zum Flughafen nach Halifax und buche ein einfaches Ticket Richtung Europa. Du bist frei in deinen Entscheidungen. Es heißt, ich verstehe und akzeptiere, wenn du Angst hast, dich solch mächtigen Gegnern zu stellen.«

Sie zittert neben mir. Unwillkürlich ergreife ich wieder ihre Hand und diesmal spüre ich, wie sie nachgibt.

»Das kann ich nicht, Nathan. Das indigene Volk ist eine Sache … Aber viel mehr fühle ich mich Vivi verpflichtet. Vivi und Grace.«

Ich schlucke und bemühe mich um ein aufmunterndes Lächeln, als ich ihrem Blick begegne. Auch wenn ich mir nichts sehnlicher wünsche, als dass sie die Segel streicht und Hals über Kopf das Land verlässt, zu ihrer eigenen Sicherheit, so stand von Anfang an außer Frage, dass Tara diese Geschichte bis zum bitteren Ende durchziehen wird.

Taraneh

Es liegt kaum vierzehn Tage zurück, da ich meine Wohnung in der Kingston Road fluchtartig verlassen habe, und doch fühlt es sich an, als sei ein halbes Leben verstrichen in diesem Zeitraum. Nicht zuletzt durch Nathaniel, der wie der sprichwörtliche Fels in der Brandung an meiner Seite ausharrt. Er parkt den Wagen ein paar Straßenzüge abseits meiner Wohnung. Zwanghaft überlege ich, wie ich an die verfluchte SD-Karte komme und ihn dann schnellstmöglich loswerde. In erster Konsequenz werde ich mich an Arthur Smith wenden. Ich will dem Mann Auge in Auge gegenüberstehen, der meine Hinrichtung angeordnet hat. Etwas, das Nathaniel niemals dulden wird. Auch wenn er mir soeben Marys Weissagungen offenbart hat, so bin ich noch immer unsicher, auf welcher Seite er wirklich steht. Gleichwohl spüre ich deutlich, dass ihm mein Wohlergehen am Herzen liegt. Arthur Smith zu begegnen, gleicht einem Selbstmordkommando.

Auf der Fahrt hierher haben Nathaniel und ich nur wenig gesprochen. Ich kann die steigende Anspannung in ihm ähnlich spüren, wie in mir selbst. Gleichgültig, was es für jeden Einzelnen von uns bedeutet, es ist ein Kampf mit ungewissem Ausgang. Möglicherweise ein Kampf auf Leben und Tod und nur, wenn ich als Sieger hervorgehe, werde ich auch die Möglichkeit haben, Arthur Smith zu Fall zu bringen. Es ist mein festes Ziel, zu überleben.

Dichter Schneefall trübt die Sicht. Nathaniel steigt aus, tritt um den Wagen herum und öffnet die Beifahrertür. Ein eisiger Luftzug weht in das Wageninnere und lässt mich erschauern.

Nachdenklich hebt er die Augenbrauen, beugt sich vor und raunt: »Noch ist Zeit. Noch können wir unbehelligt verschwinden. Ich bringe dich aus der Stadt, bis zur Grenze …«

»Und dann? Ein Leben auf der Flucht? Nein, ich ziehe das durch, Nathan. Ich bin kein Mensch, der die Dinge unvollendet zurücklässt.«

Er hebt die Hand an mein Gesicht, streicht mit dem Daumen zärtlich über meine Wange und schenkt mir ein Lächeln, das die Melancholie in mir weiter entfacht. »Nein, das bist du nicht.«

Passanten sind bei dieser Witterung kaum unterwegs, doch der Krach der vorbeiziehenden Autos löst eine tiefe Beklemmung in mir aus, nach den langen Tagen in der stillen Weite Nova Scotias. Mittlerweile hat sich die Dämmerung über die Stadt gesenkt und lässt die Fassaden der Häuser im vorweihnachtlichen Lichterglanz erstrahlen.

Das Herz wird mir schwer bei diesem festlichen Anblick. Seit Vivis Tod gab es kein Weihnachtsfest mehr, das wir begangen haben. Allein der Gedanke daran war so schmerzhaft, dass Grace und ich uns bemüht haben, die Tage schlichtweg zu überleben. Unwillkürlich durchläuft ein Zittern meinen Körper. Nathaniel, der dicht neben mir schreitet und jegliches Missempfinden sicher aufspürt, wirft mir einen prüfenden Blick zu. Er greift nach meinen Fingern und reibt mit dem Daumen beruhigend über meinen Handrücken. All die Emotionen der letzten Tage stürmen ungefiltert wie ein Rauschen auf mich ein.

Als wir den halbdunklen Flur des Mehrfamilienhauses betreten, umfängt uns eine angenehme Wärme, welche für den Moment die schärfste Unruhe in meinem Herzen eindämmt und mir kurzzeitig ein Gefühl der Geborgenheit vermittelt. Ich bin zuhause und zumindest in diesem Atemzug in Sicherheit. Zumindest so lange, bis ich mich auf dem Weg zu meinem Feind mache: Arthur Smith.

Nathan ziehe ich mit mir bis vor den Fahrstuhl. Lautlos gleiten die Türen auseinander. Meine Finger zittern, als ich die Knopfleiste betätige und die Taste für das fünfte Stockwerk drücke.

Als die Kabine sich in Bewegung setzt, lehne ich mich mit den Schulterblättern gegen die Wand und schließe die Augen. Ich bin maßlos erschöpft. Die kreisenden Gedanken strengen mich auf eine Weise an, die belastender ist, als ein Marathonlauf und nicht nur den Körper, sondern vielmehr den Geist ermüden lässt. Die vor mir liegende Ungewissheit trägt einen gehörigen Teil dazu bei. Einerseits wünsche ich mir nichts sehnlicher, als aus dieser Situation zu fliehen. Jetzt, bevor hier alles aus dem Ruder läuft. Andererseits weiß ich, dass ich den Punkt längst überschritten habe, und zwar an jenem Tag, da ich mich auf Matthews perfides Spiel einließ.

Ich hebe die Lider und begegne Nathaniels dunklem Blick. Erahne die Sorge darin, den unbedingten Wunsch, mich umzustimmen, gleichgültig, dass er fest daran glaubt, dass ich die *Eine* bin. Diejenige, die dazu auserwählt ist, das indigene Volk zu retten. Seine Augen streichen über meine Züge, bleiben an meinen Lippen haften und ehe ich weiß, was er vorhat, bringt er den Fahrstuhl zum Stillstand, indem er den Notschalter betätigt. Dann tritt er so dicht an mich heran, dass ich seine Wärme spüre, die mich wie ein heilender Verband umfängt. Unsere Körper berühren einander an jedem Zoll. Seine kühlen Finger umschließen mein Kinn und heben es an. Mit der anderen Hand stützt er sich links meines Kopfes an der Edelstahlwand ab.

Mein Herz trommelt in einem unkontrollierten Rhythmus gegen den Brustkorb, unruhig wie die Flügel eines Kolibris. Behutsam lässt er den Daumen über meine Unterlippe gleiten und nur wenige Sekunden später folgt sein Mund dieser zärtlichen Berührung. Mein Geist ankert in dem, was mich beherrscht, was mich erwartet, in dieser Stadt. Was vor mir liegt und was mich verflucht noch mal zutiefst ängstigt. Und doch gelingt es Nathaniel durch einen einzigen leidenschaftlichen Kuss, all die furchterregenden Emotionen wie Glas zersplittern zu lassen. Von einer Sekunde auf die andere gibt es nur ihn und mich und das intensive Gefühl, welches mich mit jeder Berührung seiner Lippen fester an ihn kettet.

Es braucht keine Erklärung angesichts der Tatsache, dass er mir mehrfach das Leben gerettet hat, warum ich mich in seinen Armen derart sicher fühle. Allein seine Geheimniskrämerei sollte mich eines Besseren belehren. Doch ich bin willenlos in dem Moment, da sein Mund den meinen öffnet. Als der raue Laut, der sich hungrig aus seiner Kehle löst, mein Sein erfüllt. Nie hat ein Mensch eine derartige Macht über mich besessen. Niemals zuvor ist mir ein Mann auf vergleichbare Weise begegnet. Ich ziehe nicht die Ernsthaftigkeit seiner Gefühle in Frage, ich zweifle einzig und allein daran, in welcher Beziehung er zu Arthur Smith steht. Der Gedanke hat die Wirkung einer kalten Dusche, sodass ich regelrecht erstarre. Nathaniel hebt den Kopf und sieht mich an. Tausend Fragen schimmern auf der meerblauen Iris.

Zärtlich streicht er mir eine Strähne zurück und raunt leise: »Ich ahne, dass dich Ungewissheit quält, Tara, über den Verlauf der kommenden Stunden. Ich bin an deiner Seite.« Sein Blick ist erfüllt von einer Ernsthaftigkeit, die einem Versprechen gleicht, in das ich mich nur zu gerne hineinfallen lassen möchte. »Ich will, dass du weißt, was immer geschieht, jeder Kuss, den wir geteilt haben, jede Zärtlichkeit, die wir getauscht haben, war von bedingungsloser Ehrlichkeit getragen. Das, was zwischen uns in den letzten Tagen erwachsen ist, hat absolut nichts mit Smith & Son zu tun.« Ich habe keine Ahnung, warum er das sagt. Eigentlich sollten mich diese Worte wärmen, kommen sie doch einer Liebeserklärung nah. Doch allein die Tatsache, dass er es für notwendig hält, mich über die Aufrichtigkeit seiner Empfindungen aufzuklären, triggert in mir den Gedanken, dass mehr dahinter steckt. Dass er gravierende Tatsachen zurückhält, die mich später ins Straucheln bringen werden.

Ach, verflucht. Mein Herz ist angefüllt mit Argwohn. Ein Misstrauen, das einzig Jacob dort hineingepflanzt hat und das nun durch Nathaniels kryptische Äußerungen genährt wird.

Seine Hand gleitet tiefer, in meinen Rücken, presst mich fester gegen seinen sehnigen Leib und raubt mir kurzzeitig die Sinne. Unwillkürlich schnappe ich nach Luft. Dabei brauche ich gerade jetzt einen klaren Kopf. Doch mein verräterischer Körper mutet gänzlich willenlos an, sobald der Mann mit den tiefblauen Augen mich auch nur berührt. Meine Lider flattern, als seine Lippen erneut über meine streichen, zärtlich, liebkosend.

»Wenn ich könnte, Sweetheart, dann würde ich dafür sorgen, dass wir für alle Ewigkeit in dieser Zeitkapsel verharren und dem ganzen Zirkus, der da draußen tobt, für immer entfliehen.« Ich ahne, dass er jedes Wort, welches er sagt, meint. Doch ich erkenne ebenso den Grund, warum es unmöglich ist, sich all dem hier zu entziehen.

»Aber wir sind zu weit gegangen, haben die Steine ins Rollen gebracht. Ab jetzt gibt es kein Zurück, nicht für mich, aber auch nicht für dich. Es sei denn, wir fliehen an einen Ort, weit von hier entfernt. Wo es nur uns gibt. Nur dich und mich.«

»Flucht ist keine Lösung, Nathaniel«, flüstere ich und spüre seinen Mund bei jedem Wort zärtlich an meinem. »Ich will es genauso. Ich will Arthur Smith begegnen, Nathan. Ich muss ihm in die Augen sehen«, offenbare ich meine Pläne in aller Konsequenz vor ihm. Nathaniel erstarrt. Sein ganzer Körper wird reglos. Der Blick verdunkelt sich, mutet fast schwarz an. Nicht eine Sekunde ist er davon ausgegangen, dass ich die

Konfrontation will. Er hat mich in dem Glauben begleitet, dass wir hier vor Ort die entsprechenden Institutionen aufsuchen und dort unser Anliegen vortragen. Auch so wäre der Boden, auf dem wir uns bewegen, schon äußerst dünn gewesen. Arthur Smith und Jacob Young wissen genau, wer ihr Feind ist.

Mit einem rauen Aufstöhnen löst er sich von mir und richtet sich auf. »Warum, Tara? Warum dieser Mann, der mit dem Teufel im Bunde ist? Er wird dich, ohne mit der Wimper zu zucken, töten …«

»Vielleicht auch nicht«, entgegne ich rätselhaft und strecke die Hand aus. Nathan senkt den Blick auf meine Finger, bevor er den Kopf wieder hebt und mich mit zusammengezogenen Brauen mustert.

»Ich brauche die Speicherkarte, Nathaniel. Gib sie mir. Du bist lediglich Gast in diesem Spiel. Du hast kein Recht sie mir vorzuenthalten. Sie gehört mir.«

Mit einem bitteren Atemstoß tritt er zurück, bis er schwer gegen die gegenüberliegende Wand sinkt. Gegebenenfalls taumelt er auch, ich bin nicht sicher. Er schiebt die Hände tief in die Taschen der Jeans und legt mit einem rauen Aufstöhnen den Kopf in den Nacken.

»Die Karte wird dir den Tod einbringen«, flüstert er und ich spüre, dass seine Bestürzung echt ist. »In dem Moment, da Arthur Smith und seine Lakaien im Besitz der SD-Karte sind, werden sie dich eiskalt erschießen, um das zu Ende zu bringen, was Jacob begonnen hat.«

Ich schlucke mühsam bei seinen harten Worten. All mein Mut sinkt wie ein schwerer, schmerzhafter Klumpen tief in den

Magen hinein. Dennoch hebe ich das Kinn an und entgegne stoisch: »Gib sie mir.«

Nathan zieht die Hände aus den Taschen und streckt sie mir entgegen, die Handflächen nach oben gerichtet, leer.

»Das kann ich nicht, Tara. Ich habe die Karte an einem sicheren Ort platziert.« Ich bin überzeugt davon, dass er lügt, dass er mich schützen will, vor meiner eigenen Besessenheit.

»Das ist nicht wahr.« Ich trete einen Schritt auf ihn zu, lege meine Hände fest auf seine Brust. »Nathaniel, sag, dass das nicht wahr ist.«

»*Das* ist die absolute Wahrheit, Tara. Ich hatte so ein Gefühl. Diese ganze Aktion hat sich in dir festgefressen wie eine Manie. Die Befürchtung, dass genau eintreffen könnte, was gerade passiert, war naheliegend, darum habe ich …«

Mit einem lauten Aufschrei, der meine Frustration preisgibt, trommele ich mit den Fäusten gegen seine Brust, beschimpfe ihn, schreie meine Wut hinaus. Mein Geist schießt ein Feuerwerk an Flüchen ab, an denen ich mühsam schlucke, in dem heillosen Versuch, nicht ganz die Beherrschung zu verlieren. Nathaniel lässt mich gewähren. Erlaubt mir, dass ich ihn mit üblen Schimpfwörtern belege, wild nach ihm schlage. Dann umfasst er meine Handgelenke mit festem Griff und zieht mich dicht an seinen Körper heran.

»Ich habe gesagt, die Karte ist in Sicherheit, Tara, nicht, ich habe sie vernichtet. Sie ist von großem Nutzen. Ich möchte nur verhüten, dass sie in die falschen Hände gerät. Aber vor allem will ich verhindern, dass du die einzige Versicherung aus der Hand gibst, die dein Leben schützt.« Frustriert sinkt meine Stirn gegen seine Brust. Ich spüre seinen Herzschlag, der in einem ähnlich rasanten Tempo seinen Brustkorb traktiert wie mein eigener.

»Vielleicht willst du auch verhindern …, dass ich mich an die richtigen Instanzen wende. Oder … du spielst auf Arthurs Smith Seite. Möglicherweise ist es genau so, wie es die indigene Bevölkerung seit Jahren vermutet, dass du auf die dunkle Seite gewechselt bist …« Ich spüre, wie seine Muskeln sich mit jedem weiteren Wort, das meine Lippen verlässt, verspannen.

»Das gilt es herauszufinden, Tara«, raunt er, beugt sich vor und betätigt, ohne mich loszulassen, den Knopf, um weiterzufahrt. Im nächsten Moment setzt sich die kleine Kabine ruckelnd in Bewegung.

51

Verrat ist der schmerzhafteste aller Treuebrüche.

Nathaniel

Mein Blick streift die Uhr an meinem Handgelenk, als wir vor Taras Wohnungstür zum Stehen kommen. Mittlerweile ist es halb sechs am Nachmittag. Ich hatte erwartet, dass meine Kontaktperson pünktlich ist. Doch weder vor dem Haus noch vor der Wohnung wartet man auf mich. Unruhe beginnt, gleich eines lästigen Kribbelns, in meinen Adern zu sieden.

Tara verharrt kurz unentschlossen, dann hebt sie den Kopf und sieht mich an, mit einer Mischung aus Wut und Verzweiflung.

»Ich habe keinen Türschlüssel. Bei meiner spontanen Flucht vor Jacob habe ich alles, einschließlich meines Wohnungsschlüssels, im Hotel zurückgelassen. Wie konnte mir das entfallen?« Mit einem frustrierten Aufstöhnen sinkt sie gegen die Wand.

»Gibt es einen Nachbarn, bei dem du vielleicht einen Ersatzschlüssel hinterlegt hast?« Sie reißt den Kopf hoch und einen winzigen Moment lang zieht ein Leuchten über ihr schönes Gesicht, erfüllt ihre Iris mit einem Glanz, der an Sternenstaub erinnert. Für diesen Augenblick vergisst sie, wie wütend sie auf mich ist. Und ich vergesse, dass ich nicht fühlen sollte, was ich fühle. Was ich wahrnehme, ist ihre Verletzlichkeit, ihre Schönheit, ihr grenzenlose Mut.

»Natürlich.« Sie tritt an die Tür direkt gegenüber und klingelt auf Anhieb drei Mal.

»Komm schon, sei da, bitte.« Taras Stimme gleicht einem Singsang, einem Mantra und so, als hätte eine höhere Instanz ihr Flehen erhört, öffnet sich das Blatt und ein verschlafener, hagerer, junger Mann taucht im Rahmen auf.

»Tara«, ruft er überrascht und streicht sich das zu lange, blonde Haar aus der Stirn. Dann gleitet sein Blick über ihren Kopf hinweg und erfasst mich, der ich dicht hinter ihr stehe und ihn stumm mustere.

»Louis, Gott sei Dank. Ich habe mich ausgesperrt. Kannst du mir den Schlüssel geben, den ich bei dir deponiert habe?« Endlos lange starrt der Knabe mich an, die blonden Augenbrauen fragend in die Höhe gezogen. Dann tritt er zurück und entweicht unserem Sichtfeld. Im Hintergrund ertönt Klimpern, so als schlage ein Schlüsselbund an das andere und nur einen Herzschlag später taucht er wieder auf. Das Gesicht noch immer todernst.

»Warst du verreist? Ich habe dich mindestens zwei Wochen nicht gesehen?« Tara mutet kurz irritiert an, dann nickt sie viel zu heftig und antwortet viel zu laut: »Verreist, richtig, genau. Ich war verreist.«

Der Mann, den Tara Louis nennt, hebt vorsichtig das Kinn. Er ist nicht wirklich überzeugt von Taras lapidarer Schilderung.

»Und den da hast du dir als Andenken mitgebracht, was«, fügt er unnötigerweise hinzu und lacht laut. Schnaubend greift Tara nach dem Schlüssel und ist schon im Begriff, sich umzuwenden, als Louis hinzufügt: »Ein Mann hat nach dir gefragt, älteres Semester, sehr elegant.«

Ihr Blick verhakt sich in meinem. Ich kann den Schock darin sehen. Wir denken das Gleiche: Arthur Smith. Sie atmet zittrig ein, schiebt ein Lächeln über ihre starren Gesichtszüge und wendet sich dann noch einmal zu ihrem Nachbarn um.

»Ach ja«, fragt sie scheinbar arglos. »Wann denn?«

Louis hebt die knochigen Schultern und legt nachdenklich den Kopf auf die Seite. »Anfang der Woche, denke ich. Ich habe ihm gesagt, dass ich nicht weiß, wo du dich aufhältst und dass das eher ungewöhnlich ist, weil du eigentlich immer Bescheid gibst, wenn du nur über Nacht wegbleibst.« Sein Blick gleitet erneut zu mir, bevor er abfällig die Augenbrauen hebt und hinzufügt: »Liebesurlaub, was?«

Tara, die noch immer nicht verdaut hat, dass Arthur Smith bis in ihr persönliches Reich vorgedrungen ist, ist zu starr, um zu reagieren. Also perfektioniere ich die Inszenierung und biete dem Typen das Schauspiel, das er sich scheinbar erhofft. Ich trete zu ihr, lege den Arm um ihre Schultern und streiche mit den Lippen flüchtig über ihre Schläfe. In meinen Armen fühlt sie sich kalt und starr an.

»Richtig«, entgegne ich forsch. »Gibt es irgendwelche Einwände?« Damit hat er nicht gerechnet. Überrascht weiten sich seine Augen, dann winkt er ab und schüttelt übertrieben freundlich den Kopf.

»Nein, alles gut. Keine Einwände.« Im nächsten Herzschlag hat sich das Blatt geschlossen und wir stehen wieder allein auf dem langen, grell beleuchteten Flur. Tara setzt zögernd einen

Schritt vor den anderen. Es dauert eine halbe Ewigkeit, bis wir endlich ihre Wohnungstür erreichen.

Taraneh

Meine Finger zittern so sehr, dass es mir unmöglich ist, den Schlüssel ins Schloss einzuführen. Mehrfach entgleitet er mir und fällt scheppernd zu Boden. Nathaniel hebt ihn auf und schiebt mich behutsam zur Seite. Nur einen Atemzug später springt die Tür auf und gibt den Blick in das dunkle Innere frei. Das ist der Moment, in dem mich ein überwältigendes Gefühl der Angst beklemmt, welches mir unweigerlich feine Schweißperlen auf die Stirn treibt. Ich kann nicht benennen, woher es kommt. Dies ist mein Zuhause, meine Wohnung, meine Zuflucht und doch hat es den Anschein, als öffnete sich gerade das Tor zu Hölle.

Nathaniel, der spürt, was mich umtreibt, legt mir behutsam eine Hand in den Rücken und schiebt mich sanft über die Schwelle. Als die Tür hinter uns leise ins Schloss fällt, umgibt uns nichts als Dunkelheit und Stille. Ich wage es nicht, einen Fuß vor den anderen zu setzen, schaffe es kaum, zu atmen. Ein paar Herzschläge lang bin ich sicher, dass wir sehenden Auges ins Verderben rennen.

»Licht?«, raunt Nathaniel neben mir und reißt mich aus der Katatonie.

»Linke Seite«, flüstere ich ebenso leise und kann das Zittern in meiner Stimme nicht unterdrücken. Fast augenblicklich ergießt sich ein sanfter Schimmer über die antike Kommode im Flur, in der ich meine Schuhe aufbewahre. An der Garderobe hängen meine Jacken, so, wie ich sie zurückgelassen habe. Die einzelnen Türen zu den separaten Zimmern sind verschlossen, wie ich es handhabe, wenn ich das Haus verlasse. Alles ist unverändert und erweckt den Anschein, als hätte niemand während meiner Abwesenheit, meinen vier Wänden einen unerwünschten Besuch abgestattet. Als Nathaniel mich vorsichtig an der Schulter berührt, zucke ich erschrocken zusammen. Es ist, als ob er mich aus tiefer Trance reißt.

»Alles in Ordnung, Tara?« Ich schlucke schwer und trete mutig auf die Tür zu, die in den Wohn- und Küchentrakt führt.

»Alles gut, ich bin nur …«

»Überraschung.« Die Stimme explodiert in meinen Ohren gleich einem Feuerwerkskörper. Ich taumele rückwärts gegen Nathan, der mir schützend einen Arm um die Taille legt. Kurz lehne ich mich haltsuchend an ihn. *Vielleicht will er mich auch nur daran hindern, dass ich die Flucht ergreife*, durchfährt es mich. Panik drängt in mir hoch, schnürt mir die Atemwege ab und lässt mich hysterisch um mich schlagen. Mit aller Kraft ringe ich darum, mich aus Nathaniels festem Griff zu befreien. Doch er drückt meine Arme mit Leichtigkeit an meinen Körper und hält mich wie in einem Schraubstock.

»Ganz ruhig, Tara«, flüstert er dicht an meinem Ohr und ich weiß verflucht noch mal nicht, ob das eine Besänftigung oder eine Warnung ist. Wer ist dieser Mensch, der vorgibt, mir helfen zu wollen? Plötzlich fällt mir siedendheiß ein, dass er mich nicht ein einziges Mal nach meiner Wohnadresse gefragt hat. Das Navigationsgerät hat uns sicher bis vor die Haustür geführt, aber irgendwer muss dieses Gerät mit der entsprechenden Adresse gespeist haben.

Ich schlucke angestrengt in dem klaren Bewusstsein, dass Nathan mich verraten hat und im Begriff ist, mich auszuliefern.

Unter schweren Atemstößen rappele ich mich auf und drehe mich zu ihm um. Das Bedauern in seinen Augen schmerzt mich mehr als der Stich einer tödlichen Waffe.

»Du«, hauche ich.

52

Keine Freunde, keine Feinde, nur Fremde mit gemeinsamen Erinnerungen.

Taraneh

Mir fehlen die Worte angesichts dieses maßlosen Verrats. Nathaniels Verhalten toppt alles, was Jacob je gewagt hat.

»Du … hast mich verraten …« Bevor meine Stimme erstirbt, bewege ich mich in Richtung Wohnzimmer, weg von dem Mann, dem ich fälschlicherweise mein Leben anvertraut habe. Ben hatte recht. *Black Hawk* hatte recht. Sie alle haben erkannt, was ich so vehement zu verdrängen suchte. Schwindel erfasst mich von solcher Gewalt, die mich atemlos macht. Haltsuchend stütze ich mich an der Wand ab, hebe den Kopf und begegne zum allersten Mal dem stählernen Blick Arthur Smiths.

Vom ersten Augenkontakt an begreife ich, dass er nicht bereit ist zu verhandeln. Auf Ungehorsam steht die Todesstrafe und ich habe die Grenzen nicht nur ausgedehnt, ich habe sie weit überschritten. Er sitzt in meinem Fernsehsessel, angestrahlt von der Leselampe wie von einem Scheinwerfer. Das weiße Haar ist voll. Seine Züge markant. Der Körper schlank und drahtig. Die grauen Augen unerbittlich. Ich bin sicher, dass er, trotz des fortgeschrittenen Alters, in der Lage ist, mit den bloßen Händen zu töten. Möglicherweise ist das Ass, das ich zu besitzen glaube und auszuspielen gedenke, gleichzeitig mein Todesurteil.

Direkt neben ihm steht Jacob, der siegesgewiss über das ganze Gesicht strahlt. Kurz streift mein Blick Nathaniel, der gleichgültig der Tatsache, dass er mich soeben an den Feind ausgeliefert hat, eine gewisse Gelassenheit ausstrahlt. Mein Herz zerschmettert in all seine Bestandteile, blutet aus. Dieser Verrat allein genügt, um einen Menschen zu töten.

»Warum?«, flüstere ich tonlos, ohne den Blick von ihm zu nehmen. Meine Stimme zittert ebenso wie sämtliche Gliedmaßen. Nathan ist mir in den Wohnbereich gefolgt und steht gut einen Meter entfernt, sodass mir nicht entgeht, wie der Funke Zuversicht in seinen Augen sich in Bedauern und Bestürzung wandelt.

»Tara …«

»Wir können das Ganze abkürzen und uns wie erwachsene Menschen benehmen. Ich denke, du weißt, wovon ich spreche, Tara. Speicherkarte gegen dein Leben. Anders kommst du hier nicht raus.« Das ist Jacob.

»Wie … wie … bist du hier hereingekommen, Jacob? Wie habt ihr uns gefunden?« Ich spüre selbst, dass mir der Atem fehlt, um meiner Stimme die gebührende Festigkeit zu verleihen. Das veranlasst meinen Ex-Verlobten zu einem süffisanten Grinsen. Er hebt den Wohnungsschlüssel in die Höhe, den ich an jenem Fluchttag im Hotel zurückgelassen habe. Dann deutet er mit einem Kopfnicken auf Nathaniel.

»Dein Liebhaber hat eine gut sichtbare Spur gelegt, Schatz. Die war nicht zu übersehen. Danke Nathan, auf dich ist Verlass.«

»Verflucht, Jacob, was redest du da?« Nathaniel tritt einen Schritt nach vorn. Doch die Waffe inklusive Schalldämpfer, die

Jacob Young auf ihn gerichtet hält, bremst ihn augenblicklich aus.

»Glaube nicht, dass du aufgrund der guten alten Zeiten im Besitz eines Freifahrtscheins bist. Du hast deinen Dienst und deine Schuldigkeit getan und bist somit unbrauchbar. Es wäre ein Leichtes für mich, den Abzug zu drücken und dich auszuschalten. Auch wenn es in den vergangenen Jahren ruhig um dich geworden ist Nathan, so bist du immer noch so lästig wie eine Schmeißfliege.«

»Beruhigen wir uns ein wenig, okay. Kühlen die erhitzten Gemüter runter. Wenn alle sich an die Spielregeln halten, muss hier niemand sterben.«

Ich habe Mühe, Arthurs Worten zu lauschen. Nathaniel und Jacob kennen einander, und so wie es aussieht nicht nur flüchtig. Sie kennen sich seit Jahren. Wie konnte mir ein so grober Fehler unterlaufen? Wie konnte ich mich einem Menschen anvertrauen, der von Anfang an auf der falschen Seite stand?

»Ms. Moore, ich freue mich, endlich Ihre Bekanntschaft zu machen. Jacob hat es in den letzten zwei Jahren leider versäumt, uns einander vorzustellen.«

»Warum hätte er das tun sollen«, frage ich provokant. »Ich war ohnehin nur Mittel zum Zweck. Von Anfang an war klar, dass man mich zum Schweigen bringen muss.« Der Mann lächelt charmant bei meinen Worten, senkt den Blick und wischt imaginäre Fussel von der eleganten schwarzen Hose, die seine langen Beine kleidet.

»Ich habe Sie schlicht für intelligenter gehalten, hatte gehofft, dass Sie schneller begreifen, dass es ratsam ist, die Finger von einem solch heißen Eisen zu lassen.«

Die Wut gewinnt in mir die Oberhand und dämmt Angst und Schmerz, bezüglich Nathaniels Verrat allmählich ein.

»So dumm, wie Sie glauben möchten, Mr. Smith, bin ich nicht. Ich weiß sicher, dass Sie mich nicht entkommen lassen, selbst wenn ich Ihnen die Speicherkarte aushändige. Nathaniel hat keine Gelegenheit ausgelassen, mich über diese Tatsache in Kenntnis zu setzen.« Kurz wage ich es, in die blauen Augen meines vermeintlichen Liebhabers zu sehen. Fast glaube ich, eine Warnung darin zu erahnen, die ich jedoch geflissentlich ignoriere und mich mit einem Lächeln wieder dem Mann zuwende, der sich mir haushoch überlegen fühlt.

»Die Karte ist nicht hier. Ich habe sie nicht bei mir.« Neben mir stöhnt Nathaniel leise, wie unter Schmerzen, auf. Warum auch immer, er war es schließlich, der behauptet hat, mit dieser verfluchten Karte mein Leben retten zu wollen. Dabei ging es ihm vermutlich einzig darum, den mächtigsten Mann der Region zu erpressen. Mit den Daten, die ich ihm quasi auf dem Silbertablett serviert habe. Dass er selbst ein Todgeweihter ist in dem Moment, da er sein Angebot ausspricht, lässt er scheinbar völlig außer acht. Aber vielleicht ist ihm das auch egal. Eine andere plausible Erklärung finde ich nicht für sein Handeln. Wie sehr kann man sich in einem Menschen täuschen? Ich war sicher, dass es nach dem Schauspiel von Jacob keine Steigerung einer solchen Scharade geben kann. Aber Nathaniel hätte wahrhaftig einen Oscar verdient für seine Leistung.

»Was heißt, sie ist nicht hier? Du wirst kaum so waghalsig gewesen sein, sie in fremde Hände zu geben, Süße.« Ich hebe in einem Akt des Gleichmutes die Schultern.

»Nicht so waghalsig wie du, Jacob, der leichtsinnigerweise Matthews Wut unterschätzt hat. Wo wir gerade dabei sind … Vielleicht hat der gute Matthew noch eine Kopie für dich.«

»Tara …« Nathans mahnende Stimme schmerzt mir in den Ohren und im Herzen. Fast hat es den Anschein, als sorge er sich weiterhin um meine Sicherheit. Aber das ist unmöglich. Er war es, der mich an den Henker ausgeliefert hat. *Verrat, Verrat, Verrat* pulsiert es in stillem Wehklagen in mir.

»Wo. Ist. Die. Karte.?« Jacob presst die Worte zwischen zusammengebissenen Zähnen hervor.

»Ich habe sie verloren.« Ohne den Blick aus seinem zu nehmen, richte ich mich auf und signalisiere Stärke, wenngleich dieser Akt mir alles abverlangt. »An jenem verfluchten Tag, da du versucht hast, mich zu töten.« Nathans Raunen durchdringt die Stille. Jacob wirft ihm einen undefinierbaren Blick zu, dann gerät er kurz ins Straucheln, bevor er wieder festen Stand findet, das Kinn vorschiebt und mich mit zusammengekniffenen Augen mustert.

»Du bluffst.«

Mit einer Lässigkeit, die ich keineswegs empfinde, hebe ich die Schultern. Ich sehe keine Möglichkeit, diesem bitteren Schlussakkord zu entkommen. Das Ende hält bereit, was Nathaniel so klar prophezeit hat: Ich werde meinen Einsatz mit dem Leben bezahlen. Die Erkenntnis ist so schmerzhaft, dass sie mir kurzzeitig die Sinne raubt.

»Mag sein, Jacob. Aber es ist ebenso denkbar, dass diese Speicherkarte längt bei der Polizei liegt …«

»Du lügst.« Sein Arm schnellt hoch und im nächsten und

möglicherweise letzten Herzschlag sehe ich mich dem Lauf einer Waffe gegenüber. Dieselbe Waffe, mit der Jacob Augenblicke zuvor Nathaniel bedroht hat. Ohne dass ich Einfluss darauf nehmen kann, löst sich ein Keuchen aus meiner Brust, das schmerzhaft laut von den Wänden widerhallt. Mein Puls dröhnt hämmernd hinter den Schläfen. Der Moment gleicht einem Déjà-vu. Mit einem rauen Aufstöhnen schließe ich die Augen.

Als ich Sekunden später die Lider aufreiße, starre ich auf Nathaniels Rücken, der sich mit einem einzigen Schritt todesmutig vor mich gestellt hat.

»Geh zur Seite alter Freund, sonst bist du der Erste.«

»Ein Heißsporn, wie eh und je. Jacob, denk nach, gesetzt den Fall, die Karte liegt längst bei der Polizei, dann sind sie euch bereits auf den Fersen. Willst du zu all den Vergehen, die dein Konto ohnehin schon verzeichnet, für zweifachen Mord einfahren?«

Aufstöhnend reibt Jacob sich mit der flachen Hand über das Haar.

»Na, du musst gerade reden … Ich weiß, dass du mich an der Nase herumführst, Leblanc. Mir ist klar, dass du es mit der Kleinen treibst. Das war mir schon in dieser verfluchten Jagdhütte klar, als du mich zwei geschlagene Stunden dort festgehalten hast, ich dir von der Verlobung erzählt habe und davon, was für eine Granate Tara im Bett ist. Du hättest deinen Gesichtsausdruck sehen müssen. Unbezahlbar.«

Mir wird schlecht bei den klaren, ungeschönten Worten, die Jacob Young von sich gibt. Wie offen er unser Liebesleben vor allen Anwesenden seziert. Aber noch mehr setzt mir die Tatsache zu, dass Nathan die ganze Zeit über gewusst hat, dass Jacob und ich liiert waren. Dass er lediglich den Unwissenden gespielt hat in der vergangenen Nacht. Gleichgültig, dass er gerade den Versuch unternimmt, mich zu schützen, seine Illoyalität scheint keine Grenzen zu kennen.

Arthur Smith klatscht lautstark in die Hände und lässt die verbale Rangelei zwischen den Männern augenblicklich verstummen.

»Wir haben genug Leute auf dem Präsidium platziert, die uns umgehend von derartigen Aktionen in Kenntnis setzen würden. Hochrangige Mitarbeiter. Wer wüsste das besser als du, Nathaniel?« Die Stimme des Alten ist sanft, fast liebenswürdig. Doch es klingt eine kaum definierbare Schärfe darin an, die eiskalt wie Messerspitzen unter die Haut fährt. Jacob ist entschlossen und zu allem bereit, aber Arthur Smith ist der Mann, der über Leichen geht.

»Tja«, entgegne ich und versuche, meiner Stimme die nötige Festigkeit zu verleihen. »Das nennt man wohl eine Pattsituation. Unentschieden. Es besteht immer noch die Möglichkeit, meinem Wort zu vertrauen und …«

»Dafür bin ich nicht wahnsinnig genug.« Jacob zielt direkt auf Nathan, der mich mit seinem Körper vollständig verdeckt. Was ihn zu dieser Tat antreibt, nachdem er mich Minuten zuvor erst ausgeliefert hat, vermag ich nicht zu sagen, vielleicht Schuldgefühle.

»Aus dem Weg, Nathaniel, sonst beseitige ich dich zuerst.«

»Wenn du Tara willst, musst du an mir vorbei, Jacob.« Das Entsichern der Waffe löst ein hohes Sirren in meinen Ohren aus.

Er wird es tun! Er wird Nathaniel gnadenlos abknallen und Arthur bemüht sich nicht einmal darum, Jacob von diesem Wahnsinn abzubringen.

Jetzt, denke ich, das ist die einzige, die allerletzte Chance, dieses Rennen zu stoppen. »Ist es das, was Sie wollen, Arthur Smith? Ihre eigene Tochter zu Fall bringen, sie töten?«

53

Vielleicht ist es echter, als du glaubst. Auf jeden Fall ist es das Einzige, was du hast!

Nathaniel

Die Stille, die den kleinen Wohnbereich füllt, ist so bedrohlich wie die Waffe, mit der Jacob weiterhin auf uns zielt. Ich weiß, er ist wahnsinnig genug, uns beide zu töten, hier an Ort und Stelle. Jacob hat das hehre Ziel, in naher Zukunft in Arthur Smiths Fußstapfen zu treten. Ein weiteres Kind seines Mentors, das plötzlich aus der Versenkung auftaucht, selbst wenn dies an der gegnerischen Front kämpft, bringt seinen Plan gehörig ins Wanken.

Ich stehe so dicht vor ihr, dass ich das Beben ihres Leibes spüre. Entweder pokert Tara hoch, oder sie spricht die Wahrheit. Der Gedanke, dass möglicherweise der Vater den Mord an seiner eigenen Tochter in Auftrag gegeben hat, ist so perfide, dass mir bittere Säure den Mundraum füllt.

»Was für ein schwachsinniges Gewäsch, Süße. In all den Monaten, die wir zusammen waren, hast du nie auch nur erwähnt, dass du glaubst, Arthur …«

»Ich weiß es selbst erst seit wenigen Wochen«, unterbricht Tara Jacob. Das Vibrieren in ihrer Stimme gibt das Maß der Anspannung preis, die in ihr rumort. Ohne Vorwarnung tritt sie an das Sideboard, rechts von uns, verlässt den sicheren Schutz meines Körpers und öffnet eine der Schubladen. Geräuschvoll zieht sie einen Stoß Papiere hervor.

»Meine Mutter starb vor gut drei Monaten, erinnerst du dich Jacob?« Ihre Hände zittern so sehr, dass die Aufzeichnungen zwischen den Fingern rascheln. Ich bin nicht sicher, ob es gut war, diese Information jetzt auszuspielen. Jacob wird es nicht verkraften, dass da jemand ist, der ihm die Thronfolge streitig macht. Arthur dagegen hat möglicherweise nicht die Eier, seine Tochter zu töten. Das ist es, worauf ich hoffe und bete, indes mein Blick zu der großen Uhr in Form eines Wagenrades an der Wand gleitet. Wie lange kann diese Farce noch dauern? Ich sehe mich nicht in der Lage Jacob zu überwältigen, solange er im Besitz dieser verfluchten Waffe ist. Allein der Versuch wird tödlich enden. Gegebenenfalls ist Taras Weg doch der richtige, die Männer in Schach zu halten, zumindest bis …

»Deine Mutter war dement, wenn ich mich recht erinnere. Seit Jahren weggeschlossen in einem Heim. Nicht mehr ansprechbar. Sie hatte nur Mus im Kopf.«

»Rede nicht so über sie, Jacob.«

»Verdammt noch mal, ich will jetzt endlich wissen, was das Gefasel soll.« Arthur Smiths Stimme poltert durch den Raum. Als ich meinen Blick auf ihn richte, entgeht mir nicht, dass sein Kopf ungewöhnlich rot ist. Sein Blutdruck muss sich bei der Nachricht in gigantische Höhen geschraubt haben. *Vielleicht tut er uns den Gefallen und kippt im nächsten Moment tot um*, denke ich zynisch und beobachte angespannt, wie Tara dem Alten ein Blatt reicht.

»Ihrem Testament lag ein Brief bei, den sie vor vielen Jahren, direkt nach meiner Geburt verfasst hat. Mom wollte … sie hat nie darüber gesprochen, wer mein leiblicher Vater ist. Sie … sie hat immer gesagt, besser du hast keinen Kontakt zu diesem Menschen. Das hat mich nicht nur einmal unfassbar wütend gemacht. Doch heute weiß ich, dass sie mich schützen wollte.«

Auch Arthurs Hand zittert, als er die Zeilen liest. Für mich ein klares Eingeständnis, dass Tara die Wahrheit spricht.

»Erinnern sie sich an Melissa Harris, Arthur? Eine junge aufstrebende Mitarbeiterin in ihrem Haus.« Als Tara den Namen ihrer Mutter erwähnt, ruckt der weiße Schopf kurz hoch. Einen Moment lang starrt der Mann die junge Frau an, so als suche er nach Merkmalen, die sie klar als sein Kind identifizieren.

»Es liegt gut dreißig Jahre zurück. Sie haben ihr Avancen gemacht, sie ausgeführt, ihr die große Liebe vorgegaukelt, obwohl sie schon damals verheiratet waren. Meine Mutter war verliebt und naiv genug, ihren Worten Glauben zu schenken.« Kurz stockt sie in ihren Ausführungen und sieht mich an. Ich erahne den Schmerz über den schweren Verrat in ihren Augen und wünschte, ich könne ihr sagen, dass alles gut wird. Aber in diesen Sekunden hat es den Anschein, als ob die ganze Geschichte aus dem Ruder läuft.

»Als sie schwanger wurde, haben sie ihre unbequeme Geliebte einfach entsorgt, ähnlich wie den Giftmüll. Sie drückten ihr ein paar Scheine in die Hand, damit sie … damit sie das Kind, das sie unter ihrem Herzen trug, abtreiben lassen konnte. Sie halfen ihr noch, das Büro zu räumen, und damit war die Sache erledigt.«

Taras Stimme schraubt sich höher. Angestaute Wut und ungelöster Schmerz klingen darin an. Hätte ich auch nur die geringste Ahnung gehabt, in welcher Verbindung sie wirklich zu Smith & Son steht, hätte ich sie niemals zurück nach Halifax gebracht. Das Vergehen, welches Arthur Smith an Tara begangen hat, ist das Größte von allen. Doch Tara hat bewusst über diese Tatsache geschwiegen. Sie hat mir nicht vollends vertraut. Zu Recht, wie sie gerade bitter vermuten muss.

»Arthur, du glaubst doch diesen Schwachsinn nicht. Den Brief hat Tara selbst geschrieben. Das ist nichts weiter als ein billiges Ablenkungsmanöver. Konzentrieren wir uns auf die wirklich wichtigen Dinge …« Während Jacob spricht, fuchtelt er wild mit der Waffe herum. Diese neue Information fordert ihn im Höchstmaße und zerschmettert seine Konzentration, was ihn noch gefährlicher und unberechenbarer macht.

»Ich erinnere mich an Melissa Harris.« Arthurs Stimme klingt rau, fast ergriffen. Hinter ihm erstarrt sein Vasall zur Salzsäule, das markante Gesicht verliert jede Farbe.

»Herrgott Arthur, das ist nicht dein Ernst, oder? Du fällst wirklich auf diese Scharade herein? Die Kleine will nur Zeit gewinnen. Tja, Pech gehabt, Tara. Du kommst hier nicht mehr lebend raus.« Das Herz bleibt mir stehen, als er die Waffe auf Tara richtet. Augenblicklich gerät sie ins Schwanken, taumelt rückwärts, direkt gegen mich.

»Verflucht Jakob, lass uns einen kühlen Kopf bewahren. Deine Hitzigkeit bringt uns noch alle ins Grab«, mahnt Arthur, doch seine Stimme vibriert seltsam. Das Bewusstsein, dass er aller Wahrscheinlichkeit nach seinem eigenen Fleisch und Blut gegenübersteht, lässt ihn nicht so kalt, wie er sich gerne präsentieren möchte.

»Sie war nur ein gutes Jahr in der Firma. Aufgefallen ist sie mir wegen ihres …«, er unterbricht sich, hebt den Blick und betrachtet Tara intensiv. »Wegen des schimmernden, dunkelroten Haares.«

Ich stoße tief die Luft aus. Er hat angebissen. Zumindest scheint er davon überzeugt, dass Tara die Wahrheit spricht. Sekundenlang herrscht eine Stille, von der sich nicht sagen lässt, ob sie unheilvoll oder segensreich ist.

»Was bedeutet das jetzt, Arthur? Dass du deiner Tochter zu Liebe die Karten offen auf den Tisch legst und all deine Fehler eingestehst?« Jacobs Tonlage schraubt sich in schwankende Oszillationen, die schmerzhaft in den Ohren dröhnen. Die Situation überfordert ihn maßlos und ich ahne, dass er unter den gegebenen Umständen zur tödlichen Waffe wird. Behutsam umfasse ich Taras Handgelenk. Widerstandslos lässt sie mich gewähren. Die Situation fordert sie derartig, dass sie für den Moment ihre Wut auf mich völlig vergisst. *Das ist gut*, denke ich und ziehe sie halbwegs in den Schatten meines Körpers.

»Das bedeutet«, wirft Arthur ein, »dass wir die Situation überdenken und neu verhandeln müssen.«

»Und wie soll das deiner Meinung nach aussehen? Wir setzen uns bei einem Drink an den Tisch und plaudern eine Runde nett? Glaubst du ernsthaft, dass wir dafür die Zeit haben? Reicht es nicht, dass ein Kind sich bereits an dir versündigt und Hochverrat begangen hat, indem es vertrauliche Daten weitergereicht hat? Du kennst Tara nicht. Mit Geld und guten Worten wird sie sich nie von ihrem Ziel abbringen lassen.«

»Da hat er recht.«

Innerlich stöhne ich auf bei ihrer direkten Äußerung. Taktik ist nicht ihre Stärke. Tara ist gnadenlos ehrlich - zu sich selbst und zu anderen.

»Ich bin ein sehr reicher Mann, Tara. Ich kann dir jeden erdenklichen Wunsch erfüllen. Wir werden vermutlich nie die Vater-Tochter-Beziehung führen, die du dir möglicherweise ersehnst … Aber unter den gegebenen Umständen wäre es denkbar, zumindest ein freundschaftliches Verhältnis miteinander zu pflegen …«

»Ich will dein Geld nicht, an dem das Blut der Menschen klebt, die du mit deinem Unternehmen getötet hast.« Sie spuckt die Worte regelrecht aus. »Und noch weniger brauche ich einen Vater, der mich nie gewollt hat. Der seit dreißig Jahren in der Überzeugung lebt, meine Mutter hätte mich auf sein Geheiß hin abtreiben lassen. Ich will absolut nichts von dir. Nichts, was du mir geben könntest, außer, dass du dich endlich deiner Vergehen bekennst und dich stellst.«

Arthur richtet sich in dem Sessel auf, beugt sich vor und stützt die Ellbogen auf die Knie.

»Du hast keine Ahnung, wie mächtig ich bin, wie viele Hände ich füttere, die mir zu Diensten stehen, Tara. Dein Kampf war von Anfang an aussichtslos. An mir haben sich schon andere die Zähne ausgebissen und sind erbarmungslos zu Fall gegangen.« Arthurs silbrige Augen gleiten zu mir. Ich weiß genau, wovon er spricht: Einmal hat er mein Leben verschont, ein weiteres Mal wird er diesen Fehler nicht begehen.

»Das heißt, in letzter Konsequenz würdest du mich töten?« Das Beben ihrer Stimme zeigt das Maß der Angst, die in ihrer

Brust rumort. Sie hat ihr Ass ausgespielt. Hat alles auf eine Karte gesetzt, in der Hoffnung, dass Arthur Smith ihr Leben verschont. Doch so, wie ich es von Beginn an befürchtet habe, unterschätzt sie die Boshaftigkeit dieses Mannes auch jetzt noch.

»Wenn du mir keine Wahl lässt, wird es darauf hinauslaufen, ja. Ich habe fünfundsechzig Jahre ohne eine Tochter gelebt, da kommt es auf die letzten zwanzig auch nicht mehr an.« Sein Grinsen ist so bösartig wie der Mann selbst. Ich erschauere bis ins Mark. Wenn nicht in den nächsten Minuten Hilfe herbeieilt, sind wir diesen beiden Sadisten gnadenlos ausgeliefert.

»Aber du bist ein kluges Mädchen, Taraneh. Immerhin bist du meine Tochter. Du wirst uns die Karte aushändigen und dann lasse ich dich und deinen Liebhaber laufen.«

»Er blufft, Tara. Weder Arthur noch Jacob haben eine Ahnung davon, ob nicht längst Kopien im Umlauf sind. Er wird dich nicht gehen lassen, niemals. Solange du im Besitz der Karte bist, ist dein Leben sicher …«

»Halts Maul, Leblanc. Was weißt du schon? Du hast nie kapiert, dass du dir die eigenen Verräter heranzüchtest. Weißt du, wer dich heute ans Messer geliefert hat? Dein eigener Schwiegervater. Der Mann, der dich auch in den Knast gebracht hat. Er hasst dich wie die Pest. Kann ich verstehen, immerhin hast du seine Tochter auf dem Gewissen.«

Ich konzentriere mich auf meine Atmung, bemühe mich, die vernichtenden Worte, die sich von Jacobs Lippen lösen, zu ignorieren, doch jedes einzelne fährt mir messerscharf in den Leib.

»Es hat mir einen Heidenspaß bereitet deinen Kahn

abzufackeln. Junge, hat der gebrannt, wie ein Feuerwerk. Allerdings hatte ich gehofft, dass Tara an Bord ist samt der verfluchten SD-Karte, dann müssten wir hier nicht länger rumlamentieren«, stößt er hart hervor.

Tara zittert neben mir so heftig, dass sie sich kaum noch auf den Beinen halten kann.

»Woher wusstest du, dass Tara sich auf der Mystik aufhält?«

»Habe ich doch gesagt, *Black Hawk* möchte dich lieber heute als morgen wieder hinter Gittern sehen.«

Scheiße, ausgerechnet *Black Hawk*. Damals, nach Anuks Tod, war es Arthur Smith, der den Kontakt zu meinem Schwiegervater herstellte und ihm einbläute, dass seine Tochter mit dem richtigen Medikament durchaus eine Chance gehabt hätte. Smith suchte nach einer handfesten Möglichkeit, sich meiner lästigen Anwesenheit zu entledigen, die *Black Hawk* ihm nur allzu gerne lieferte. Das Konzept, welches damals aufging, findet auch heute Nährboden.

»Ich stehe in keinerlei Kontakt zu *Black Hawk*. Er muss seine Informationen von jemand anderem beziehen …«

»Richtig, wie heißt er noch … Ich kann mir diese verfluchten Namen nicht merken.« Jacob schnipst mit den Fingern in die Luft. »*Blackbird*. Das hat er gesagt, *Blackbird*.«

Ben. Ich spüre eine seltsame Leere, die mir ins Herz fährt. *Black Hawk* hat Ben ausgehorcht, der vermutlich allzu willig sein Wissen preisgegeben, und uns, wenn auch unbewusst, ans Messer geleifert hat. Ich weiß, dass Anuks Vater mich hasst. Dass Vergebung ein Fremdwort für ihn ist und Einsicht in seinem Sprachgebrauch gar nicht existiert, aber dass er so weit geht und mich jagen lässt, erschüttert mich auf eine Weise, die mich sprachlos macht. Schlimmer noch, er zieht Tara mit in die Fehde hinein und nimmt ihren Tod billigend in Kauf. Wie maßlos muss der Hass sein, der in ihm gärt, dass er sich solcher Mittel bedient?

»Beruhigen wir uns wieder und kehren zurück zur Ausgangsfrage. Wo ist die Karte?« Arthurs Blick schwingt zwischen Tara und mir hin und her.

»An einem sicheren Ort«, entgegne ich und spüre Taras Blick auf mir. Ihr Misstrauen mir gegenüber ist in den letzten Minuten gehörig ins Wanken geraten. Ich fühle, dass sie bei meinen Worten automatisch näher an mich heranrückt.

»Junge, du traust dich was. Ich hätte nicht gedacht, dass du nach der letzten Niederlage noch mal so aufbegehrst.« Jacob schüttelt abfällig den Kopf.

»Ich habe viel zu lange gewartet, Jacob. Aus Respekt vor den Menschen im Reservat, aber auch in dem Wissen, dass ich ohne tatkräftige Beweise nichts gegen Smith & Son ausrichten kann.«

Arthur Smith richtet sich schnaubend auf. »Und die hat Tara dir brühwarm serviert, richtig?«

Ich werfe ihr einen kurzen Blick zu. In ihre Züge steht Furcht gemeißelt. Nachdem ihr Joker quasi in der Atmosphäre verglüht ist, ist sie fest davon überzeugt, dass wir hier nicht lebend rauskommen.

»Ganz so war es nicht. Hätte Jacob sich die Zeit genommen, an jenem Morgen, da er auf Tara schoss, nach der Karte zu suchen, hättet ihr euch dieses ganze Theater sparen können. Aber deine Marionette, Arthur, hat nicht mal gewartet, um sich von ihrem Tod zu überzeugen.«

Arthur sieht Jacob an und schüttelt abfällig den Kopf. »Das sind Anfängerfehler, Jacob.« Nicht eine Sekunde scheint ihm dabei bewusst zu sein, dass er über den vermeintlichen Tod seiner Tochter spricht. Tara dagegen sehr wohl. Kurz sacken ihr die Beine weg. Blitzschnell lege ich einen Arm um ihre Taille und ziehe sie an mich.

»Genug geredet. Wie verfahren wir weiter?« In Jacobs Stimme klingt massive, zutiefst gefährliche Ungeduld an.

Arthurs graue Augen gleiten über mich hinweg und bleiben an Tara haften. Mein Herz zieht sich schmerzhaft zusammen bei dem Blick, den er ihr schenkt. Längst ahne ich, worauf das grausame Szenario hinausläuft. Alles, was ich gewollt habe, war Tara in Sicherheit zu wissen. Wir hätten verflucht nochmal im Auto warten sollen. Ich hätte sie gar nicht hierher, in ihre Wohnung bringen dürfen …

»Du bist ebenso schön wie deine Mutter, Taraneh. Ich verstehe, warum du diesen beiden Männern den Kopf verdreht hast. Ist fast schade, dass wir diese Welt deiner Schönheit berauben, aber ich sehe keinen Nutzen mehr, den wir an dir haben. Nathaniel dagegen wird uns sicher zu der Karte führen.«

Neben mir keucht Tara auf. Dann geschieht alles gleichzeitig und doch nehme ich die Gegebenheiten wie durch einen Zeitraffer wahr. Ich höre Taras Entsetzensschrei, spüre, wie sie sich neben mir anspannt. Sehe, wie Arthur die Hand hebt und Jacob ein Zeichen gibt, der noch im selben Atemzug die Waffe ausrichtet und auf die Frau neben mir zielt. Mein Körper agiert schneller als mein Geist. Ruckartig reiße ich Tara hinter mich. *Keine Sekunde zu früh*, als die Kugel wie ein Feuerball meinen

Brustkorb zerschmettert. Erneut schreit Tara auf, diesmal klingt Verzweiflung darin an. Jacob flucht, während Arthur sich ruckartig erhebt, den Mund vor Entsetzen weit geöffnet. Oder schreit er seinen Gefolgsmann an? Ich bin mir nicht sicher, der Raum beginnt in bunten Farben um mich zu kreisen, indes die Geräusche nur noch gedämpft an mein Ohr dringen wie durch einen Filter.

Das war es also.

Es ist unmöglich, sich länger auf den Beinen zu halten. Schwer sinke ich in die Knie und fühle im selben Atemzug Taras Arme, die mich auffangen und behutsam auf den Boden betten. Ihr Wangen sind tränenüberströmt. Einzelne Tropfen fallen auf mein Gesicht. Sie spricht zu mir, aber ihre Stimme ist so leise, dass ich sie kaum verstehe.

Ich wollte sie schützen vor der Boshaftigkeit dieser Menschen. Letztlich habe ich sie ausgeliefert. Nun bin ich nicht einmal mehr in der Lage, sie vor dem sicheren Tod zu bewahren. Mühsam ringe ich darum, im Hier und Jetzt zu verweilen, doch der Schmerz, der in meinem Brustkorb wütet, raubt mir die Sinne. Treibt mich fort, gleichgültig, dass ich weiß, wenn ich gehe, bleibt Tara schutzlos zurück.

54

Wenn nichts bleibt, bleibt die Erinnerung.

Taraneh

»Nein, Nathan. Oh Gott, Jacob, was hast du getan? Was hast du nur getan?« Nathaniel ist getroffen. In dem Augenblick, da Jacob die Waffe auf mich richtete, hat Nathaniel sich schützend vor mich gestellt. Er taumelt rückwärts, bleibt jedoch stehen. Aber seine ganze Haltung drückt Schmerz aus. In dem Moment, da Arthur sich ruckartig erhebt, sinkt Nathaniel schwer zu Boden. Unwillkürlich schluchze ich auf.

»Ruft einen Krankenwagen, bitte. Wir müssen ihm helfen, er stirbt.« Ich falle ebenfalls auf die Knie, umfange den Oberkörper des Mannes, mit dem ich die letzten Wochen geteilt habe und lege ihn behutsam auf den gefliesten Untergrund nieder. All der Tränen, die auf ihn einprasseln, bin ich mir kaum bewusst. Sein Blick ruht in meinem, nimmt mich gefangen. Während im Hintergrund ein lautstarker Krach zwischen Arthur und Jacob entbrennt, spüre ich, wie Nathan mir entgleitet. Seine sonst so kristallblaue Iris trübt sich ein. Er hat Mühe, die Lider geöffnet zu halten. Ich fühle deutlich, dass er mir etwas sagen möchte, doch ihm fehlt schlicht die Kraft dazu. Eines wird mir in dieser Sekunde schmerzhaft klar: Nathaniel ist tödlich verletzt und wenn nicht in den nächsten Minuten Hilfe kommt, wird er sterben.

»Verdammt Jacob, hast du den Verstand verloren?« Als ich

den Kopf hebe, sehe ich, wie Arthur seinen Lakaien am Kragen packt. »Wir brauchen Nathan. Gesetzt den Fall, er hat die Wahrheit gesagt und verwahrt die Karte an einem sicheren Ort …«

»Dann müssen wir Tara eben ein wenig kitzeln, die wird schon wissen, wo wir suchen müssen …«

»Nathan, bleib bei mir, bitte.« Er hat die Augen geschlossen, doch ich bin sicher, dass er mich hört. Sanft lasse ich meine Lippen über seine Wange gleiten, in dem verzweifelten Versuch, ihn zurückzuholen.

»Bitte, wir müssen einen Krankenwagen holen. Er stirbt, Nathaniel stirbt …« Meine Stimme schraubt sich in hysterische Tonlagen aus Sorge um den Mann, aus dessen Brust mit jedem Herzschlag ein kleiner Strudel Blut entweicht. Ich erinnere mich daran, was er alles auf sich genommen hat, um mir das Leben zu retten. Nun hocke ich hier völlig hilflos und kann absolut nichts dafür tun, das seine zu retten.

»Bitte«, flüstere ich fast lautlos. Ein Schmerz, der nicht physischer Natur ist, beginnt mich auszuweiden.

Im nächsten Moment reißt jemand grob an meinem Arm. Zieht mich gewaltsam hoch. Erschrocken fahre ich herum und entdecke Jacob, der nach wie vor die Waffe in der Hand hält, diesmal auf meinen Kopf gerichtet.

»Komm schon, Süße, der ist eh hin. Wenn dir dein Leben lieb ist, dann führst du uns jetzt zu dieser verfluchten Karte, verstanden?« Der kalte Stahl des Schalldämpfers drückt unangenehm gegen meine Schläfe.

Meine Lider flattern, als ich noch einmal unter heftigem

Schluchzen flehe: »Bitte, Jacob, ruf wenigstens einen Krankenwagen.« Mein Blick gleitet trotz der Waffe zu Nathaniel zurück, der seltsam blass und still am Boden liegt. *Vielleicht ist er längst tot*, denke ich, erfüllt von raumgreifender Panik. Ich zerre an meinem Arm, will mich losreißen, will zurück zu dem Mann, der mich erst gestern geliebt hat, als gäbe es kein morgen …

Jacob schubst mich in den Flur, fort von Nathaniel, zur Wohnungstür, wo Arthur bereits wartet.

»Bis der hier ist, ist dein Liebhaber längst tot. Selber schuld. Die Kugel war für dich bestimmt. Jetzt müssen wir über Umwege eine Möglichkeit finden, an die Daten zu kommen. Das gewährt dir immerhin noch ein paar Stunden Gnadenfrist. Denk nach, Tara, wo seid ihr gewesen, wo habt ihr Halt gemacht? Irgendwo auf dem Weg zwischen dem Reservat und Halifax muss er sie deponiert haben.«

Charly, denke ich unter Tränen und beiße mir schmerzhaft auf die Lippe, damit ich den Namen nicht laut ausspreche.

Stattdessen begegne ich Jacob mit festem Blick. »Ich habe keine Ahnung.« Noch brutaler drückt er den Lauf gegen meine Schläfe, sodass ich unwillkürlich aufschreie.

»Das werden wir ja sehen.«

Arthur tritt als erster in den weitläufigen Flur hinaus, vermutlich, um zu überprüfen, ob die Luft rein ist. Als er Jacob ein Zeichen gibt, zerrt dieser mich in das grelle Licht. Mein Herz schreit still vor Verzweiflung. Der Gedanke Nathaniel hier allein, womöglich sterbend zurückzulassen, zerreißt mich innerlich. Doch ich sehe keine Möglichkeit, Hilfe herbeizuholen. Keinerlei Chance, nur im Ansatz sein Leben zu retten. Während ich mich von Jacob führen lasse, fluten Bilder meinen Geist, die mein Sein zersetzen.

Ich sehe Nathaniel vor mir in den ersten Tagen, da er mich gepflegt hat. Erinnere mich seiner besonnenen, umsichtigen Art, aber auch der tiefen, hemmungslosen Leidenschaft, die wir geteilt haben. Daran, wie er meine Tränen trocknete, nachdem ich ihm von Vivi erzählt habe, und an den liebevollen, achtsamen Wesenszug, den er sich eigens für Captain aufbewahrt. Ein Wimmern steigt mir in der Kehle auf, das sich nicht zurückdrängen lässt. Jacob fährt herum und reißt ungehalten an meinem Arm.

Was immer uns hier heute Abend hergeführt hat, welche Rolle Nathaniel in diesem Spiel eingenommen hat, in letzter Konsequenz hat er mir wieder einmal das Leben gerettet, selbst wenn dieses unter den gegebenen Umständen keinen Pfifferling mehr wert ist.

Statt des Fahrstuhls hat Arthur die Feuertreppe gewählt, vermutlich um den neugierigen Blicken der Bewohner aus dem Weg zu gehen. Die Dunkelheit und der dichte Schneefall, welcher noch immer in den Straßen von Halifax herrscht, erschweren den Abstieg aus dem fünften Stock enorm. Wiederholt gerate ich ins Straucheln, rutsche aus und reiße Jacob einmal sogar mit zu Boden. Fluchend zerrt er mich hoch. Vor lauter Tränen kann ich kaum sehen, wohin ich trete.

Sie haben Nathaniel getötet. Eiskalt und ohne Zögern. Die Erkenntnis trifft mich jede Sekunde, die mein Herz schlägt von Neuem wie ein tödlicher Schlag.

Als ich die dichte Schneedecke unter den Füßen spüre, die

das Pflaster verbirgt, sehe ich mich vorsichtig um, denke über Flucht nach. Doch die Dunkelheit hier draußen ist undurchdringlich. Jacob schleift mich Richtung Straße. Arthur marschiert vorweg. Als wir in den Lichtkegel einer Laterne treten, ergreift mein Exverlobter meine Hand. Er hält sie ähnlich, wie Nathan sie vor gut einer Stunde gehalten hat. Nur diesmal fehlt jegliche Zärtlichkeit in der Berührung. Ich spüre nichts als rohe Gewalt. Die Waffe versteckt er, vor den Blicken der Passanten verdeckt, unter seiner Jacke. Nach wie vor ist der Lauf auf mich gerichtet.

»Wehe du gibst einen Mucks von dir. Ich habe keine Hemmungen, dich hier auf offener Straße zu erschießen.« Das glaube ich ihm aufs Wort. Und letztlich kommt es auch nicht mehr darauf an, ob er mich jetzt gleich erschießt oder in ein paar Stunden. Nathaniel ist ohnehin tot. Der Gedanke zerreißt mir das Herz, lässt mich straucheln.

Ein paar Meter vor uns wird Arthur durch einen Mann gestoppt. Hochgewachsen, schlank, Anfang-Mitte dreißig. *Auf keinen Fall einer der Bewohner*, denke ich.

»Scheiße, das hat noch gefehlt«, raunt Jacob mir ins Ohr, löst unsere Finger auseinander und legt stattdessen einen Arm um mich. Ihm so nahe zu sein, ruft Widerwillen in mir hervor, der keinen Vergleich kennt. Wie konnte ich nur eine Sekunde glauben, diesen Mann zu lieben?

»Mr. Arthur Smith?« Die tiefe Stimme des Mannes sorgt dafür, dass mein Vater abrupt stehen bleibt. Neben mir spannt Jacob jeden Muskel an.

»Wer will das wissen?« Arthurs Stimme ist freundlich, doch

unter dem milden Ton ruht eine Schärfe, die auch dem gutgekleideten Mann vor ihm nicht entgeht.

»Mein Name ist Patrick Clark, ich bin Agent der Bundes Polizei, des *Canadia Security Intelligence Service.*« Ich spüre, wie die Waffe sich durch Jacobs Jacke auf meine Wunde drückt. Unwillkürlich löst sich ein schmerzhafter Laut von meinen Lippen und lässt den Polizisten aufsehen. Kurz streift sein Blick Jacob und bleibt dann an mir hängen. Mein Herz rast in einem Tempo, dass ich kaum zu atmen vermag.

»Ms. Moore, nehme ich an?« Ich nicke benommen. Woher kommt der Mann, der wie aus dem Nichts aufgetaucht ist? Vielleicht hat der Tumult in der Wohnung die Nachbarn dazu bewogen, die Polizei zu rufen?

»Wohin wollen sie denn so eilig?«

»Ein Termin, Officer, und wir sind schon reichlich spät dran.«

»Tja, Mr. Smith, da muss ich sie enttäuschen, aus diesem Termin wird leider nichts. Denn ich habe einen Haftbefehl gegen Sie vorliegen.« Arthur tritt unwillkürlich einen Schritt zurück.

»Und wie lautet die Anklage?«

»Schwere Straftaten gegen die Umwelt, in mehreren Fällen, mit Todesfolge.«

Ein nervöses Lachen löst sich von Arthur Smiths Lippen. Er strafft die Schultern und richtet sich auf. Jacob, neben mir, zerspringt fast vor Anspannung. Noch immer ruht die Waffe mit festem Druck auf der Wunde. Mir wird übel vor Schmerz.

»Ich denke, da muss ein Fehler vorliegen. Ich glaube, Sie wissen nicht, wen Sie vor sich haben, Officer.«

»Ich weiß sehr genau, mit wem ich es zu tun habe, Mr. Smith. Ihr Bild schmückt jede Woche ein anderes Titelblatt der Boulevardpresse.«

»Wie kommen Sie darauf, man könnte mich auch nur im Ansatz mit Umweltvergehen in Verbindung bringen …«

»Es gibt ausreichend Beweise, die einen Tatbestand belegen. Wenn sie freiwillig einsteigen, erspare ich es Ihnen gerne, hier in der Öffentlichkeit in Handschellen abgeführt zu werden.«

Mittlerweile hat sich trotz der Witterung eine Gruppe Menschen angefunden, die dem Treiben neugierig beiwohnt. Arthur knirscht mit den Zähnen. Sein Blick gleitet über die Traube hinweg, welche sekündlich größer wird, so als suche er nach einer Fluchtmöglichkeit. Schließlich nickt er ergeben.

Patrick Clark hebt eine Hand und wie aus dem Nichts tauchen drei Männer auf, die den Alten zu einem dunklen Transporter geleiten.

Der Gedanke, der Polizist könne Arthur abtransportieren und mich mit dem wahnsinnigen Jacob allein zurücklassen, schnürt mir kurzzeitig die Atemwege zu. Ein trockener Husten erfüllt meine Kehle. Ich spüre regelrecht, wie Jacob sekündlich neben mir zu eskalieren droht. Jeder Muskel, jede Sehne ist zum Zerreißen gespannt. Er hält mich so fest, dass ich kaum Luft bekomme. Und so, als habe Patrick Clark meine Gedanken gehört, gleitet sein Blick zu mir.

»Wo ist Nathaniel? Ich hatte ihn eigentlich in ihrer Begleitung erwartet. Aufgrund der Witterung gab es einen Unfall auf der Umgehungsstraße, darum sind wir ein wenig spät …«

»Tot«, flüstere ich, ersticke fast an diesem einen Wort und

spüre, dass meine Beine wegzusacken drohen. »Sie haben ihn getötet, Jacob hat ihn erschossen …« Noch bevor ich den Satz zu Ende spreche, fühle ich den Lauf der Pistole wieder an der Schläfe. Ein erschrockenes Raunen geht durch die Menschenmenge, während Patrick Clark die Augen aufreißt und nach der Waffe in seinem Holster greift.

»Die Knarre bleibt, wo sie ist, sonst puste ich der Kleinen hier auf offener Straße das Gehirn raus.« Clark hebt beide Hände und tritt einen Schritt zurück. Sein Gesicht drückt Gleichmut aus. Sollte da nicht Panik stehen?

Meine Beine müssen jeden Moment der Schwerkraft nachgeben, doch Jacob hält mich so starr, dass ich zeitweise das Gefühl habe zu schweben.

»Du verdammtes Flittchen, weißt einfach nicht, wann du die Fresse halten solltest, richtig? Von Anfang an wusste ich, dass es verkehrt war, dich nicht gleich zu beseitigen. Aber Arthur war der Überzeugung, dass man Menschen mürbe und mundtot machen kann, wenn man nur lang genug dranbleibt. Hat ja bei Nathaniel auch geklappt, das war immer sein Leitspruch.«

Er drückt die Waffe so fest gegen meine Stirn, dass ich den Kopf unwillkürlich zurück neige. Mir ist schwindelig und schlecht. Schweiß bricht mir aus jeder Pore, trotz der beißenden Kälte, die uns umtanzt. Die Welt dreht sich in immer schnelleren Kreisen, während die Menschenansammlung und Patrick Clark sekündlich weiter zurückweichen.

»Das Spiel ist aus, Mr. Young. Legen sie die Waffe nieder. Wenn Sie Ms. Moore verletzen, werde ich nicht zögern, meine einzusetzen.« Die Stimme ertönt direkt hinter uns und ich vermute, dass sie der Grund ist für die Gelassenheit, die Patrick Clark ausstrahlt. In dem Moment, da sie sich erhebt, zuckt Jacob erschrocken zusammen und löst die feste Umklammerung. Das ist der Atemzug, in dem ich alles Denken ausschalte. Ich lasse mich fallen in der Gewissheit, dass mich dieser Versuch, mein Leben zu retten, selbiges kosten kann.

»Du verfluchte …«

Der Mann hinter Jacob agiert schnell. Er schlägt ihm die Pistole aus der Hand und befördert sie mit einem einzigen Fußtritt zu Clark, der sie augenblicklich an sich nimmt. Dann drückt er Jacob mit wenigen gezielten Griffen auf den Boden und legt ihm Handschellen an, die mit einem satten Klicken einrasten. Jacobs letzter, hasserfüllter Blick gilt mir.

»Das wirst du bereuen, Tara. Man sieht sich immer zwei Mal im Leben. Immer zwei Mal.« Einen Moment später reißen ihn die Männer hoch und bringen ihn fort. Ich bin zu erstarrt, um mich zu bewegen. Meine Gedanken sind wirr und erfüllt von dem schweren Schmerz des Verlustes, von dem tief verankerten Bild des sterbenden Nathaniels.

»Ms. Moore, alles okay? Sind Sie verletzt?« Das ist Clarks Stimme, er ist vor mir in die Knie gegangen und sieht mich beunruhigt an. In der Ferne ertönt die Sirene eines Krankenwagens, die sich schell nähert.

»Nein, ich …« Ich beuge mich vor und greife an das Revers seines Mantels. »Aber Nathan, er wurde angeschossen. Jacob hat … er hat … Oh Gott, Nathaniel, er blutete so stark. Ich weiß nicht, ob … ,ob …« Ich kann es nicht aussprechen. Der Gedanke, Nathaniel könne wirklich tot sein, ist unerträglich.

Patrick Clark greift mir unter die Arme und hilft mir mich aufzurichten.

»Der Krankenwagen trifft jeden Moment ein. Hoffen wir, dass er noch rechtzeitig kommt.«

55

Mein Leben für deines. Denn der Wert des deinen ist für mich unbezahlbar.

Taraneh

Nach zwei dramatischen Wiederbelebungsversuchen ist Nathaniel einigermaßen stabil und transportfähig. Ich nehme dem Notarzt unter Tränen das Versprechen ab, dass er den Mann, der sein Leben für meines eingesetzt hat, nicht aus den Augen lässt, während ich Nathans leblose Hand halte.

»Ma'am, es wird Zeit.« Ich hauche Nathaniel einen letzten Kuss auf die kalten, bewegungslosen Lippen, dann ist er fort. In der Tür stehend, starre ich den Menschen hinterher, die mit höchster Konzentration auf den Fahrstuhl zueilen. Jene Kabine, in der mich Nathaniel vor kaum zwei Stunden erst innig geküsst hat. Tränen rinnen mir die Wangen hinab. Ich bin erfüllt von dem Gefühl, Nathaniel im Stich gelassen zu haben. Ich habe an ihm gezweifelt, war der festen Überzeugung, dass er mich willentlich an den Feind ausliefert. Doch er hat bis zum Schluss an meiner Seite gekämpft. Auch wenn ich noch nicht weiß, wie sich dieses Puzzle zusammenfügt, so hege ich keinerlei Zweifel mehr daran.

»Ms. Moore?« Ich spüre eine Hand auf meiner Schulter und drehe mich um. Patrick Clark sieht auf mich herab. Seine dunklen Augen wirken müde. Auch ihn scheint die ganze Situation nicht kalt zu lassen.

»Ich muss zu ihm. Ich … Ich muss Nathaniel begleiten …«

»Sie können nichts ausrichten, Ms. Moore. Nathan ist bei den Ärzten in den besten Händen. Aber wenn sie wollen, geleite ich Sie zum Krankenhaus. Unterwegs erzählen Sie mir ein wenig über den Verlauf dieses Abends.« Ich wische mir mit dem Handrücken die Tränen vom Gesicht und richte mich auf.

»Das wäre schön, dann hätte ich wenigstens das Gefühl, ihm nahe zu sein.« Clark nickt verständnisvoll und schiebt mich sanft vor die Tür. Auf dem Weg zum Auto schweigen wir. Ich bin zu gefangen in dem, was mein Geist in den letzten Stunden aufgenommen hat. Bilder, die mich vermutlich nie wieder verlassen werden. Den Gedanken, Nathaniel könne es nicht schaffen, lasse ich nicht zu.

Patrick Clark öffnet die Beifahrertür seines Lexus und lässt mich einsteigen. Noch immer fällt dichter Schnee, der die Straßen blockiert. Der verhindert hat, dass die Männer von der Polizei rechtzeitig eintrafen. Andernfalls würde Nathaniel jetzt nicht um sein Leben ringen. Ein Gedanke bleibt hängen bei dieser Überlegung, verfestigt sich. Ganz allmählich weicht der schwerste Schock von mir und fügt die Fakten zueinander. Woher wusste die Polizei überhaupt Bescheid, wo sie uns findet? Und wer hat ihnen die belastenden Daten zukommen lassen?

Ich zittere so sehr vor Anspannung, dass ich Mühe habe, die Worte klar auszuformulieren.

»Wer … Wer hat Ihnen die Daten … geschickt?« Überrascht wirft mir der Mann, dessen blondes Haar reichlich mit Schneeflocken versetzt ist, einen Blick zu, bevor er sich wieder auf das Unwetter draußen und die verstopften Straßen konzentriert.

»Nathaniel. Er hat mich heute Morgen angerufen und mir Ihre Geschichte erzählt. Die Speicherkarte ist das Bindeglied, das wir dringend brauchten, um Arthur Smith dranzukriegen. Er sagte, Matthew, Arthurs Sohn, hat sie Ihnen zugespielt?« Ich nicke schweigend und versuche zu verstehen, was er sagt.

»Nathaniel hat Sie angerufen?«

Clark wirft mir erneut einen Blick zu. »Er hat Ihnen nicht erzählt, dass wir an Ihrer Wohnung verabredet waren?«

»Nein … Nein, das hat er nicht. Was bedeutet, die Karte ist das Bindeglied, nachdem Sie gesucht haben?«

»Die Bundespolizei hat Smith & Son schon lange auf dem Radar. Als Anuk erkrankte, war Nathaniel voller Wut und Trauer. Er suchte einen Weg, um seine todkranke Frau zu rächen. Also freundete er sich mit Jacob Young an. Gab vor, für ein großes Pharmazieunternehmen zu arbeiten, das sich nach einer lukrativen Möglichkeit umsah, giftigen Müll kostengünstig zu entsorgen. Zunächst zeigte Jacob kein Interesse, doch als Nathan nicht locker ließ, biss er schließlich an. Das war allerdings exakt jener Zeitpunkt, da Anuk im Sterben lag. Nathaniel leidet heute noch unter den schweren Schuldgefühlen, zu viel Zeit in den Kampf gegen das Abfallunternehmen investiert zu haben, statt die kostbaren Stunden an der Seite seiner Frau zu verbringen. Als Anuk starb, war es ihre Familie, die einen natürlichen Tod anzweifelte, und so stellte man Nathaniel an den Pranger.«

»*Black Hawk*«, flüstere ich rau.

»Richtig. Nathans Schwiegervater.«

»Er war es auch, der Arthur Smith darüber informierte, wo

wir uns aktuell aufhalten.« Überrascht sieht der Staatsmann mich an.

»Das sind schwere Anschuldigungen, Tara. Woher wissen Sie das?« Ich streiche mir müde über die Augen und hebe vage eine Schulter.

»Arthur hat es selbst erzählt.«

Patrick reibt sich mit der flachen Hand erschöpft über den Nacken. »Tatsächlich war auch er es, der Nathan damals ans Messer lieferte und dafür sorgte, dass eine Obduktion vorgenommen wurde. Er zweifelte den natürlichen Tod seiner Tochter an. Auch da stand *Black Hawk* schon in Kontakt zu Arthur Smith, andernfalls hätte er das nie alleine stemmen können. Dass Nathan bei seiner Tochter Sterbehilfe geleistet hat, ist eine Sache. Dass er zusätzlich so viel Zeit außerhalb des Reservats verbrachte, um Kraft darauf zu verwenden, die Schuldigen zur Verantwortung zu ziehen, während seine Frau im Sterben lag, hat *Black Hawk* ihm nie verziehen. Für ihn muss es sich so angefühlt haben, als sei Anuk Nathaniel in ihrer Krankheit lästig geworden. Das hat er Nathan auch bei jeder Begegnung deutlich spüren lassen.«

»Und dann wendet er sich ausgerechnet an die Menschen, die seine Tochter auf dem Gewissen haben?«, hake ich fassungslos nach.

»*Black Hawk* hat in der Überzeugung gelebt, dass seine Tochter mit den richtigen Medikamenten wieder gesund geworden wäre. Das ist es zumindest, was Arthur Smith ihm eingeredet hat. Er hat Nathaniel mit diesen Tatsachen konfrontiert und ihm eiskalt Mord unterstellt, gleichgültig, dass sein Schwiegersohn Arzt ist. Dass Nathan zu jeder Sekunde seit der Diagnosestellung wusste, dass es für seine Frau keine Rettung gab. Schuld an Anuks Tod ist in *Black Hawks* Augen einzig und allein Nathaniel.« Ich lehne den Kopf zurück und senke die Lider. Das Licht der entgegenkommenden Scheinwerfer blendet mich und wird durch die dicken Schneeflocken kaum abgemildert. Ein stechender Schmerz rumort in meinem Kopf.

»Woher kennen Sie Nathaniel?«

»Aus Quebec, noch aus der Schulzeit. Der Kontakt zwischen uns ist nie abgebrochen. Als John ihn damals ins Reservat holte, um die auffällig vielen Krankheits- und Todesfälle zu dokumentieren, zog Nathan mich sehr schnell zu Rate. Uns war beiden klar, wo die Ursachen des Problems begraben lagen, nur waren uns die Hände gebunden hinsichtlich Arthur Smith. Das war der Grund, warum Nathaniel Kontakt zu Smith & Son aufnahm. Ich habe versucht, ihn von diesem Wahnsinn abzubringen. Hab ihm klargemacht, dass wir bei CSIS ausgebildete Undercoveragenten haben, die der Aufgabe eher gewachsen sind. Doch das alles ging ihm nicht schnell genug und Nathans Argumente waren stichhaltig. Keiner meiner Mitarbeiter hätte auch nur annähernd ein so versiertes, medizinisches Wissen bezüglich Giften und Wechselwirkungen vorweisen können. Es hätte Monate gebraucht, einen solchen Mann auszubilden.«

»Möglicherweise hätte es Nathaniel das Gefängnis erspart.«

Patrick Clark hebt vage eine Schulter. »Unter Umständen, ja.«

»Arthur sagt … Er behauptet, er habe ausreichend Männer bei der Polizei stationiert. Staatsdiener, die bei ihm in Lohn und

Brot stehen. Woher konnte Nathan wissen, dass er Ihnen vertrauen kann. Dass Sie nicht zu den Leuten auf Smith Gehaltsliste gehören? Es gibt absolut nichts, was Sie als integeren Menschen ausweist.« Es lässt sich nicht verhindern, dass meine Worte eine gewisse Schärfe aufweisen. Ich hebe die Lider, drehe den Kopf und betrachte im flackernden Scheinwerferlicht das Profil des Mannes neben mir. Seine Züge muten trotz der schweren Vorwürfe entspannt an.

»Das konnte er nicht. Er hat auf das vertraut, was uns von jeher verbindet. Eine tiefe, innige Freundschaft. Und letztlich hatte er keine Wahl. Ich war der einzige Mensch, den er überhaupt ins Vertrauen gezogen hat. Auch in den Jahren, in denen er inhaftiert war, brach der Kontakt nicht ab. Ich tat mein Bestes, ihm den Aufenthalt so angenehm wie möglich zu gestalten. Wenn er nur den geringsten Zweifel an meiner Integrität gehabt hätte, hätte er mich heute nicht kontaktiert.« Kurz sieht er mich an, bevor er den Blick wieder auf die Straße richtet.

»Es ging ihm einzig und allein darum, Sie in Sicherheit zu wissen, Tara. Das war seine oberste Priorität. Aus diesem Grund hat er mir bereits vorab die Daten zukommen lassen. Unter allen Umständen wollte er Sie davor bewahren, Arthur Smith zu begegnen, denn Nathan wusste, welche Gefahren ein solches Treffen birgt. Er hat die dunklen Seiten der Männer in dem Jahr, da er sich unter falschen Voraussetzungen in das Abfallentsorgungsunternehmen einschleuste, kennengelernt. Hat begriffen, dass sie über Leichen gehen, um ans Ziel zu gelangen. Nur bis heute hatten wir keine Möglichkeit, Arthur Smith auch nur das Geringste nachzuweisen. Er hält seine Schweinereien unter höchstem Verschluss. Arthur und Jacob fühlten sich sicher. Zu sicher. Sie haben nicht mit Matthew gerechnet.«

»Nein, das haben sie nicht.«

»Nathan sagt, Sie sind Journalistin? Für welche Zeitung arbeiten Sie?«

»Für keine. Der Fall Arthur Smith hat mich meinen Job gekostet. Ähnlich wie bei der Polizei hat Smith & Son auch in den Medien ausreichend Leute platziert, die ihnen zu Diensten stehen.«

»Und trotzdem haben Sie sich nicht davon abschrecken lassen, dieses heiße Eisen anzufassen? Das zollt meinen höchsten Respekt, Ms. Moore. Was war Ihr Antrieb?«

Ich wende den Blick ab und schaue aus dem Fenster, hinter dem die Stadt unter einem weißen Vorhang versinkt. Bunte Lichter leuchten an Hausfassaden und in Straßenzügen, vermitteln ein Gefühl vorweihnachtlichen Friedens, das mich nicht erreicht.

»Meine Nichte«, flüstere ich und denke an Vivi, an Grace, an Mary, an Anuk und Nathaniel, der in diesen Minuten um sein Leben ringt. Eine Handvoll Menschen, die der Tragödie zum Opfer gefallen sind und doch ahne ich, dass sich so viel mehr dahinter verbirgt.

»Vivian war die Adoptivtochter meiner Schwester. Sie wuchs in der Nähe des Reservats auf, bevor sie zu Grace kam. Wir wussten nicht, wie krank sie schon damals war. Als die Ärzte endlich eine Diagnose stellten, war es bereits zu spät. Vivi starb … mit gerade mal acht Jahren an totalem Leberversagen.«

Ich spüre Clarks Blick auf mir, doch ich bin zu erschöpft, um ihn zu erwidern, zu müde, um mich überhaupt zu bewegen.

»Und wie haben Sie diese Erkrankung ausgerechnet mit Arthur Smith in Verbindung gebracht?«

»Die Ärzte waren sich absolut sicher, dass es sich um eine schwere *Vinylchlorid* Vergiftung handelte. Einer der Mediziner vertraute mir an, dass es bereits zahlreiche vergleichbare Fälle gegeben hätte. Die meisten aus dem Kejimkujik-Nationalpark. Der Doc wusste, dass ich als Journalistin tätig war, und erhoffte sich daraus, dass ich die Geschichte publik machen würde. Mit der offenen Bitte, dem Sterben der Menschen im Nationalpark endlich ein Ende zu setzen. Er ging sogar so weit, es auf das weitläufige Gebiet rund um das Reservat einzugrenzen.« Ich nehme einen tiefen Atemzug, bevor ich hinzufüge: »Und zum Schluss nannte er den Namen des Mannes, der in seinen Augen Schuld an dem ganzen Leid trug: Arthur Smith, mein Vater.«

56

Ein Krieg bringt nie Sieger hervor. Er fordert stets nur Opfer.

Taraneh

Einen Moment lang ist das Geräusch der Scheibenwischer der einzige Laut, der in der Fahrerkabine widerhallt. Dann wirft Clark mir einen überraschten Blick zu, bevor er seine Aufmerksamkeit wieder auf die Straße richtet.

»Ihr Vater? Soweit ich weiß, hat Smith nur einen Sohn, Matthew.«

»Meine Mutter hat vor dreißig Jahren für Arthurs Firma gearbeitet. Er konnte die Finger nicht von ihr lassen, so entstand eine kurze aber heftige Romanze. Als sie schwanger wurde, entledigte er sich dieser lästigen Liebelei, indem er sie mit ein paar hundert Dollar für die Abtreibung entließ …« Die Worte schnüren mir die Atemwege ab. Ich richte mich auf und starre angestrengt in den fallenden Schneevorhang. Die lautlosen Flocken beruhigen meinen aufgewühlten Geist.

»Und Sie wussten von Anfang an, gegen wen Sie kämpfen?«

Ich schüttele den Kopf. »Nein, meine Mutter hat das Geheimnis um meinen Erzeuger immer sicher unter Verschluss gehalten. Kurz nach der Geburt heiratete sie den Mann, den ich Vater nannte. Ein äußerst liebenswürdiger Mensch. Nach seinem Tod, vor gut zehn Jahren, entwickelte meine Mutter eine

Demenz. Es war fast so, als hätte sie abgeschaltet, um den Kummer nicht ertragen zu müssen.«

In der Ferne sehe ich das hohe Gebäude des Krankenhauses aufragen und spüre, wie die Beklemmung in meinem Herzen wieder zunimmt. Der Gedanke, dass Nathaniel diesen Abend mit dem Leben bezahlt, ist unerträglich und raubt mir Herz und Verstand. Für einen Moment wird alles in mir still und kalt. Auch wenn ich es mir kaum einzugestehen vermag, meine Gefühle für diesen Mann sind von einer Tiefe, die nach der kurzen Zeit, die wir miteinander verbracht haben, kaum möglich scheint. Und doch zweifle ich keine Sekunde an dem, was ich empfinde. Patrick Clark biegt vom Highway ab in eine der Nebenstraßen, die direkt auf den Parkplatz hinter dem Gebäude führen. Ich weiß nicht, wie oft ich diese Strecke gefahren bin in Vivis letztem Jahr. Ein eisiger Schauer rinnt mir über die Haut und lässt mich erbeben. Der Mann neben mir wirft mir einen prüfenden Blick zu.

»Aber wie haben Sie erfahren, dass Arthur Smith Ihr leiblicher Vater ist?«

»Meine Mutter starb erst vor wenigen Wochen. In ihrem Testament fand sich ein an mich adressierter Brief, datiert auf das Jahr 1992, einige Tage vor meiner Geburt. In den Zeilen teilte sie mir mit, wer mein leiblicher Vater ist und sie bat mich darum, so viel Abstand wie möglich zu ihm zu halten.«

Clark schnaubt laut. »Das hat ja wunderbar geklappt.«

»Als ich erfuhr, dass Arthur Smith mein leiblicher Vater ist, hing ich schon viel zu tief in der Geschichte drin. Ich konnte nicht mehr zurück, aber noch weniger wollte ich es.«

»Und, weiß er es?«

»Ich habe es ihm eben gesagt.«

»Doch er zweifelt an ihrem Wort?«, vermutet der Polizist.

»Nein, er erinnert sich an meine Mutter und hat mich augenblicklich in ihr wiedererkannt … Das hätte ihn aber keineswegs daran gehindert, mich zu töten.«

Der Polizist wirft mir einen besorgten Blick zu, bevor er entgegnet: »Dem Mann ist nichts heilig, Ms. Moore. Vielleicht tröstet es Sie, dass er mit dem Sohn, den er als seinen eigenen anerkannt hat, nicht anders verfährt. Andernfalls hätte Matthew niemals den Weg gewählt, Ihnen die SD-Karte auszuliefern.«

Die Aussage wirft einen Gedanken in mir auf. »Hat Nathaniel Ihnen verraten, wo er die Karte versteckt hat?«

Patrick Clark lenkt den Wagen in eine verschneite Parklücke, schiebt den Hebel in Parkposition, lässt den Motor ersterben und wendet sich dann zu mir um.

»Bei Charly. Von dort aus hat er mich ja auch am Morgen kontaktiert. Soweit ich weiß, hat er die Karte in ihrem Safe deponiert.«

Der kleine Wartesaal am Ende des schwach ausgeleuchteten Flures wirkt beklemmend. Ich hasse Krankenhäuser und seit Vivi hier ihren letzten Atemzug tat, dieses eine ganz besonders. Mein Körper ist in Schweiß gebadet von dem Augenblick an, da ich durch die gläsernen Türen trete. Die Erinnerungen an die Tage mit meiner Nichte hier vor Ort sind so präsent, dass ich kaum unterscheiden kann, in welcher Zeitschleife ich mich befinde. Seit jenem Tag, vor zwei Jahren, habe ich kein Krankenhaus mehr aufgesucht. Von meiner Mutter habe ich mich im Pflegeheim verabschiedet, weil ich wusste, ich werde nicht die Kraft besitzen, sie im Hospital zu besuchen. Und dass ich hier überhaupt sitze, ist einzig und allein der gärenden Sorge um Nathaniel geschuldet. Die Befürchtung, ihn auch noch zu verlieren, treibt das Gefühl der Panik in mir auf ein fast unerträgliches Maß.

Die Schwester am Empfang wagte es nicht, uns eine Auskunft über Nathaniels Zustand zu geben. Sie speist uns lediglich mit der Gewissheit ab, dass er lebt und die Ärzte weiterhin darum ringen, ihn am Leben zu halten. Ich lehne den Kopf gegen die Wand und schließe die Augen, erinnere mich der langen Stunden, die ich mit Nathaniel verbracht habe. Daran, was wir in den letzten zwei Wochen gemeinsam durchgestanden haben. An die verzehrende Nähe, die wir geteilt und die Zweifel, die sich nach und nach in mir gefestigt haben.

Dabei ging es ihm die ganze Zeit nur darum, mich in Sicherheit zu wissen. Nathaniel hat den gleichen Kampf geführt, den auch ich führe. Er hat teuer für seinen Einsatz bezahlt. Das war es, wovor er mich schützen wollte. Von Anfang an hat er auf meiner Seite gekämpft, direkt neben mir.

»Ms. Moore?« Erschrocken reiße ich die Augen auf. Patrick Clark steht vor mir, einen Becher dampfend heißen Kaffee in der Hand, den ich dankend entgegennehme.

»Ich habe eben mit dem Präsidium telefoniert. Jacob Young war bereits vollumfänglich geständig. Arthur Smith sträubt sich noch ein wenig, aber früher oder später wird auch er einknicken. Die Beweislast ist einfach zu erdrückend.«

Eigentlich sollte mich dieser Sachverhalt freuen. Morgen

werde ich Grace aufsuchen und ihr von dem Erfolg berichten. Doch die Tatsache, dass man die Verantwortlichen endlich zur Rechenschaft zieht, birgt nur eine kleine Genugtuung. Sie bringt uns Vivi nicht zurück und möglicherweise bezahlt Nathaniel diesen Schritt mit dem Leben.

Die Nacht ist weit vorgerückt, als die Türen sich lautlos öffnen und endlich ein Arzt den winzigen Raum betritt. Officer Clark ist die ganze Zeit über nicht von meiner Seite gewichen, auch wenn wir die letzten Stunden in Schweigen verbracht haben. Jetzt legt er mir eine Hand auf die Schulter und erhebt sich. Mein Herz schmerzt so heftig, als hätte jemand einen Angriff darauf verübt. Ich komme ebenfalls wankend auf die Beine, lehne mich jedoch gegen die Wand, um auch nur annähernd den Stand zu wahren.

»Wie geht es Mr. Leblanc, Doktor?« Ich presse meine Schulterblätter bei Clarks Frage so fest gegen das Mauerwerk, dass mir ein scharfer Schmerz in den Rücken fährt. Ein winziger Versuch, die Spannung in meinem Innern einzudämmen.

»Ich würde sagen, er hat großes Glück gehabt. Wären die Rettungskräfte zwei Minuten später eingetroffen …« Der Arzt schnalzt mit der Zunge und lässt den Satz unvollendet. Auch so bleibt kaum Raum für Spekulationen. Ich habe miterlebt, wie vehement der Notarzt um Nathaniels Leben gekämpft hat. Bei der Erinnerung an diese Bilder spüre ich einen fast schmerzhaften Schauer, der die feinen Haare an Armen und Beinen aufrichtet. Der Gedanke, es wäre ihm nicht gelungen, Nathaniel zurückzuholen, lässt auch jetzt noch in mir alles zersplittern. Gequält schließe ich die Augen, bei den traumatischen Bildern, die mich überrollen.

»Wir müssen natürlich die nächsten Stunden abwarten, aber ich denke, wenn keine weiteren Komplikationen auftreten, sollte er in wenigen Wochen wieder vollständig hergestellt sein. Er hat viel Blut verloren und diese Tatsache hätte ihn auch um ein Haar das Leben gekostet, aber jetzt ist er auf einem guten Weg.«

»Kann ich … Kann ich ihn sehen?«

Der Arzt, dessen weißer Kittel vor lauter Stärke nicht eine Falte aufweist, sieht mich über den Rand seiner Brille hinweg streng an. »Vielleicht sollten sie bis morgen warten, Ms. …«

»Moore«, ergänze ich, löse mich entschlossen von der Wand und trete mit unsicherem Schritt auf den Mann zu.

»Bitte, es … es ist wichtig.«

Der Doc, dessen Namenschild ihn als Dr. Hamilton ausweist, hebt skeptisch die Augenbrauen und lässt seinen Blick dann zu Clark gleiten.

»Also gut, aber nur kurz. Der Patient braucht Ruhe.«

Ich werfe Patrick Clark einen Blick über die Schulter zu, der mir aufmunternd zunickt.

»Gehen Sie nur, Tara. Ich warte hier auf Sie und bringe Sie dann heim.« Der Gedanke an meine Wohnung raubt mir kurzzeitig den Atem in dem Bewusstsein, dass Nathaniel dort vor wenigen Stunden fast sein Leben verloren hätte.

»Vielleicht lieber zu meiner Schwester. Nach all dem werde ich kaum in der Lage sein, mich heute dort aufzuhalten.«

Clark schenkt mir ein beruhigendes Lächeln und nickt dann ergeben. »Wo immer Sie hin wollen«, versichert er sanft.

Nathaniel liegt ruhig im Bett. Sein Atem hebt gleichmäßig die Brust. Alles hat den Anschein, als schlafe er nur, wären da nicht die Monitore, welche konstant seine Vitalwerte überwachen und von Zeit zu Zeit ein leises Piepsen von sich geben. Ich trete näher, taste mit den Augen über sein vertrautes Gesicht. Er ruht so tief, dass jeder Zug der Anspannung von ihm gewichen ist.

Ich hebe eine Hand und streiche ihm eine widerspenstige Strähne aus der Stirn. Spüre die Wärme seiner Haut und in dem Moment gibt das Band der Belastung in mir mit einem Reißen nach. Schwer sinke ich auf den Stuhl neben seinem Bett und lasse den Tränen freien Lauf. Tränen für Vivi, die zu früh aus dem Leben gerissen wurde. Für den Mann vor mir, der sich tief in mein Herz gearbeitet hat mit seiner einfühlsamen und doch so vehementen Art. Der mir auf vorausschauende Weise das Leben gerettet und das eigene dabei riskiert hat. Tränen für die Tatsache, dass der Mann, der mein Vater ist, mich, ohne mit der Wimper zu zucken, getötet hätte. Tränen für John, der an dem Tod seiner Frau zu zerbrechen droht und Tränen für all die zahllosen Opfer, die dieser Krieg gefordert hat. Mein Trost ist, dass Arthur Smith zahlen wird. Er wird all jene, denen so unsagbares Leid zugefügt wurde, entschädigen müssen. Das bringt die Menschen nicht zurück, aber es ist eine winzige Genugtuung in dem Meer der Ungerechtigkeit. Als eine Schwester den Raum betritt und mich bittet zu gehen, erhebe ich mich und hauche Nathaniel einen Kuss auf die Stirn. Bevor ich mich abwende, beschwöre ich ihn, durchzuhalten.

57

Ich schenke dir mein Herz, das ist alles, was ich habe.

Nathaniel

Drei Wochen später

Ich trete aus dem Fahrstuhl, in den hell erleuchteten Gang. Einen Moment lang schnüren mir die Bilder, die ungehemmt auf mich einprasseln, die Atemwege ab. Kaum drei Wochen liegt es zurück, dass Jacob mich in Taras Räumen niedergeschossen hat. Drei Wochen, in denen ich Zeit hatte, über mein Leben nachzudenken und es zu sortieren. Nach und nach rückt jedes Puzzleteil an seinen Platz, schärfen sich die Konturen des Bildes von dem, was sein sollte. Und so stehe ich hier, vor Taras Wohnungstür. Einen winzigen Moment zögere ich anzuklopfen. Mein Herz gibt einen Takt vor, der beängstigend ist und den gesamten Brustkorb in schmerzhafte Erschütterung versetzt.

Vielleicht schickt sie mich umgehend fort. Immerhin hat sie mich nicht ein einziges Mal im Krankenhaus besucht. Möglicherweise will sie nur vergessen, was hinter ihr liegt. Abschließen mit der Vergangenheit. Mit einem Vater, der es billigend in Kauf genommen hätte, die eigene Tochter zu töten, um das Gesicht zu wahren. Wie ich es auch drehe und wende, ich werde immer Teil dieser unglückseligen Geschichte sein. Ob sie mich sehen will, kann ich nur herausfinden, wenn ich ihr begegne.

In dem Moment, da ich die Hand hebe, um zu klopfen, erklingt dicht hinter mir eine bekannte Stimme.

»Willst du zu mir?«

Ich drehe mich um und begegne ihrem zutiefst vertrauten Blick. Auf der grünen Iris liegt ein undefinierbarer Schimmer. Angst, Sorge, Hoffnung? Ich kann ihn nicht zuordnen, das erschwert die Situation um einiges. Das lange, dunkelrote Haar trägt sie zu einem Zopf gebunden. Es gibt den Blick auf ihre ebenmäßigen Züge frei. Sie ist so apart wie in meiner Erinnerung. Vielleicht noch schöner. Die fein geschwungenen Augenbrauen fragend in die Höhe gezogen, sieht sie mich abwartend an.

»Richtig, ich will zu dir, Tara.«

Ein knappes Nicken muss ausreichen, dann geht sie an mir vorbei und öffnet die Wohnungstür. Als ich über die Schwelle trete, spüre ich, wie mich eine gewaltige Welle an Erinnerungen flutet, die mir unweigerlich den Schweiß auf die Stirn treibt. Haltsuchend lehne ich mich mit der Schulter gegen die Wand und senke den Kopf.

»Hey, Nathan, alles okay?« Ich spüre ihre Hand, die sich fest und sicher um meine Schulter schließt. Höre ihre Stimme, die sanft, fast lieblich unter meine Haut kriecht und die Dämonen zuverlässig vertreibt.

»Ja, alles gut.« Mich aufrichtend sehe ich sie an, bemüht, die Emotionen in Schach zu halten.

»Ich weiß genau, was du fühlst. So ging es mir in den ersten Tagen auch. Die Woche nach der Begegnung mit … mit Arthur und Jacob habe ich sogar bei Grace verbracht, in ihrer Wohnung, weil ich es nicht ertragen konnte, mich hier aufzuhalten. Die

Bilder sind … sie sind wie gefräßige Ungeheuer. Ungefragt steigen sie aus der Tiefe auf und überfallen dich, machen dich bewegungsunfähig und blind für die Gegenwart.«

Ihre Finger umschließen warm und sicher meine Hand und ziehen mich ins Wohnzimmer, das erfüllt ist vom Glanz der Wintersonne, die in diesem Moment durch die Wolkendecke vor dem Fenster bricht und ihr schimmerndes Licht über das Mobiliar wirft. Ich erkenne den Lesesessel, in dem Arthur an jenem Abend gesessen hat, und doch wirkt der Raum bei Tageslicht gänzlich verändert, kaum bedrohlich. Fast als handele es sich um zwei völlig unterschiedliche Orte. Der Gedanke verleiht mir ein gewisses Maß an Ruhe. Mein Blick gleitet zu der Stelle, an der Jacob mich niedergeschossen hat. Aber von dem Anschlag auf mich ist nichts mehr zu sehen. Keine Blutflecken, die den gefliesten Boden nachhaltig markieren. Alles erweckt den Anschein, als sei der Abend nichts als ein böser Traum gewesen. Wäre da nicht die schmerzende Wunde im Brustbereich, die mich ungnädig daran erinnert, dass all die verheerenden Bilder, die mich heimsuchen, einer grausamen Realität entsprechen.

»Wie geht es dir, Nathan?« Ihre Stimme klingt warm, vertraut und ist erfüllt von echter Sorge. Eine Tatsache, die mich auf sonderbare Weise wärmt und heilt. Ich hebe die Schulter und schenke ihr ein halbes Lächeln.

»Wie man sich so fühlt, nachdem man angeschossen wurde und die Ärzte einen notdürftig zusammengeflickt haben. Du kennst dieses Gefühl sehr gut.«

Kurz senkt sie den Kopf, bevor sie mich wieder ansieht und nickt. »Ja, ich kenne dieses Gefühl.«

»Warum bist du nicht ins Krankenhaus gekommen, Tara? Warum hast du mich nicht ein einziges Mal besucht?« Ich höre den stillen Vorwurf in meinen Worten anklingen und bin sicher, dass er auch Tara nicht entgeht. Sie schweigt, lange. Ich erahne die Unsicherheit in ihr, die sie umgibt wie dunstige Rauchschwaden. Abrupt wendet sie sich ab, kehrt mir den Rücken zu und starrt aus dem Fenster. Die schmale Linie ihres Schultergürtels wirkt angespannt.

»Ich war da, Nathaniel. In der Nacht, da du operiert wurdest, saß ich an deinem Bett, um mich selbst davon zu überzeugen, dass du lebst. In jenem Moment, da Jacob auf dich schoss …« Ihre Stimme bricht und ich spüre deutlich, was diese Bilder auch jetzt noch in ihr hervorrufen. Mit einem tiefen Atemstoß wendet sie sich um und sieht mich an.

»Jeden Tag habe ich mit Patrick telefoniert, der mir von deinen Genesungsfortschritten berichtet hat.« Mein Herz macht einen winzigen Sprung bei ihrem Geständnis. Ich habe nicht mit dieser Offenheit gerechnet, wenngleich Patrick mich davon in Kenntnis gesetzt hat, dass er einen derart engen Kontakt zu Tara pflegt. Ich trete einen Schritt näher, sodass unsere Körper sich stellenweise berühren, bittersüß und vertraut. Sie weicht nicht zurück, hebt lediglich das Kinn, um mir in die Augen zu sehen.

»Er hat mir auch erzählt, dass du wahrscheinlich deine Approbation zurückerhältst.«

Ich hebe die Hand und streiche ihr eine Strähne des Haares, welches sich aus dem Band am Hinterkopf gelöst hat, hinter das Ohr.

»Wenn es gut läuft, schon Anfang nächsten Jahres.«

»Das freut mich so sehr, Nathaniel. Ein Mann mit deinen Fähigkeiten, deiner Leidenschaft, der seinen Beruf nicht ausüben darf, ist reine Verschwendung.«

Ich schiebe meine Finger tiefer in ihren Nacken und bringe mein Gesicht dicht an das ihre. Sie riecht unfassbar gut. Rein und ganz nach ihr. Unendlich vertraut. Ihre Lider flattern leicht. Ich spüre, wie sie kurz die Luft anhält. Gleichwohl unternimmt sie keinerlei Versuch, sich mir zu entziehen.

»Meinst du?«, raune ich dicht an ihren Lippen und warte ihre Antwort darauf nicht ab, ersticke jedes Wort schon im Ansatz mit meinem Mund. Nicht eine Sekunde hätte ich es länger ertragen, ihr so nahe zu sein, ohne sie auf diese Weise zu berühren. Mit einem Seufzen gibt Tara der inneren Anspannung nach und sinkt gegen mich, lässt sich fallen, so als gäbe sie ihrer tiefsten Sehnsucht nach. Ihr Körper an dem meinen fühlt sich so verdammt perfekt an, dass ich das Bedürfnis verspüre, sie für ewig zu halten. Sie schmeckt unverändert betörend und rein und was das Wichtigste ist, sie erwidert diesen Kuss mit einer Hingabe, die meinen Herzschlag gleich einem Trommelfeuer antreibt.

Als ich mich von ihr löse, hebt sie die Lider und sieht mich an.

»Ich … ich konnte nicht ins Krankenhaus kommen, Nathaniel. Der Ort … seit Vivis Tod …« Ihre Stimme bricht bei der Erinnerung daran, was hinter ihr liegt. Ich umfasse mit beiden Händen ihr Gesicht und hebe es an.

»Schon gut. Ich verstehe das. Es genügt, zu wissen, dass du dich nach mir erkundigt hast.«

»Jeden Tag, mehrfach«, flüstert sie.

»Das hat Patrick erzählt.«

Erstaunt hebt sie die Augenbrauen. »Dieser Schwätzer«, spottet sie liebevoll.

Ich lächle nachsichtig. »Kann man wohl sagen. Er hat mir noch mehr erzählt. Nachdem die Verhaftung von Arthur Smith publik wurde, hat sich der *Chronicle* bei dir gemeldet und dir eine Stelle als Redakteurin angeboten. Stimmt das, Tara?«

Sie nickt bescheiden.

»Das ist großartig. Die auflagenstärkste Tageszeitung der Stadt. Herzlichen Glückwunsch.« Zärtlich berühre ich mit den Lippen ihre Stirn, streiche über die zarte Haut. Ein winziger, fast schluchzender Atemzug löst sich aus ihrer Kehle.

»Ich hoffe, ich kann den Erwartungen an mich auch gerecht werden.«

»Wer, wenn nicht du?«, entgegne ich. Sie neigt den Kopf zurück und sieht mich an. Macht eine stille Bestandsaufnahme. Registriert die Schatten unter meinen Augen. Die Blässe, die meine Züge nach wie vor zeichnet. Stille Zeugen der schweren Verwundung, die ich mit knapper Not überlebt habe.

»Wo kommst du jetzt her, Nathaniel?«

»Direkt aus dem Krankenhaus.«

»Und dann führt dich dein erster Weg zu mir?«, fragt sie erstaunt.

»Wohin sonst, Sweetheart? Die letzten Wochen glichen einer Achterbahnfahrt. Auch auf der Gefühlsebene. Ich habe alles verloren und noch mehr gewonnen.«

In ihren Augen schimmern Tränen. Sie legt die Arme um meine Mitte und drückt ihren Leib fest gegen meinen. Ein leiser, summender Schmerz weitet sich von der Wunde im Körper aus. Bittersüß und höchstwillkommen.

»Ich hatte solche Angst um dich, als Jacob geschossen hat. Ich … Ich hätte es nicht ertragen, wenn du … wenn …«

»Schschsch …«, raune ich, die Lippen in ihr duftendes Haar gepresst. »Es ist vorbei, Tara. Mit bloßer Willenskraft und deinem eisernen Durchsetzungsvermögen hast du die Männer bezwungen, die unbesiegbar schienen. Arthur Smith wird der Prozess gemacht und dem indigenen Volk wird endlich Gerechtigkeit widerfahren.«

»Ohne dich wäre es möglicherweise ganz anders verlaufen, Nathan … Ohne dich, deine Weitsicht, wäre ich den beiden blind in die Falle getappt …« Ich hebe den Kopf und verschließe ihr mit zwei Fingern die Lippen.

»Wir sind das perfekte Team, so oder so. Ich soll dir von John ausrichten, dass du jederzeit im Reservat willkommen bist. Er dankt dir für deinen selbstlosen Einsatz und plant bereits ein großes Fest für dich.«

Jetzt lächelt sie fast kindlich, ein Lächeln, das mir warm ins Blut fährt und den Kreislauf ankurbelt.

»Das ist wohl so etwas wie ein Ritterschlag«. Ich nicke ernst und beobachte, wie sich auch Taras Züge wieder anspannen.

»Erinnerst du dich an Marys Worte?«, frage ich leise und spüre, wie sie in meinen Armen erschauert.

»Nathan ich bin nicht …«

»Doch Tara, du bist exakt der Mensch, den Mary beschrieben hat, in jeglicher Hinsicht. In ihrer Weissagung sprach sie von einer jungen Frau, die kommen wird, um das indigene Volk zu retten.

Aber das ist nur ein Teil der Prophezeiung. Des Weiteren hieß es, *allein für mich*, dass diese Frau mich aus der Finsternis holen und zurück ins Leben führen wird.« Tausend Empfindungen spiegeln sich auf ihrer tiefgrünen Iris. Unglaube, Hoffnung, Schmerz und Liebe.

»Ich habe lange nicht an diese Worte geglaubt, Tara, habe sie sogar verdrängt. Aber jener Moment, da wir an Marys Sterbebett saßen und sie klar zum Ausdruck brachte, dass du dieser Mensch bist, ließ mich glauben, dass es möglich ist. Als ich am Morgen nach ihrem Tod auf Johns Computer die Daten der SD-Karte prüfte, wusste ich sicher, dass Mary die Wahrheit gesprochen hatte, und mir wurde noch etwas anderes klar.« Mit den Daumen streiche ich über ihre Wangen, spüre die Wärme ihrer Haut, ihre Zartheit. »Mir wurde bewusst, dass ich dich auf keinen Fall damit allein lassen durfte.«

Nun ist sie es, die ihre Hände an mein Gesicht legt, und ihre Lippen dicht an die meinen bringt.

»Dann tu das nicht, Nathaniel. Lass mich nie wieder alleine«, flüstert sie. Ihr Kuss gleicht einem Versprechen, einem Eid, dem ich nur allzu gern folge und mich mitreißen lasse. Ich lege die Arme um sie und ziehe sie näher an meinen Körper. So dicht, dass uns beiden der Atem stockt.

»Nie wieder, Sweetheart«, raune ich an ihren Lippen. »Nie wieder.«

-ENDE-

Nachwort

Diese Geschichte zu schreiben, hat mir unfassbar viel Spaß gemacht. Ich bin regelrecht durch die Seiten geflogen, weil Tara und Nathaniel es mir so leicht gemacht haben auf ihrer abenteuerlichen Reise durch das verschneite Kanada. Ich liebe das Setting. Die Weite und Einsamkeit Nova Scotias. Ohnehin liebe ich es, extreme Wetterverhältnisse in meinen Storys zu verarbeiten.

Fun Fact: Seitdem ich aktiv schreibe, aber wenigstens in den letzten zwanzig Jahren, war es mein großer Wunsch, einen Protagonisten zu erschaffen, der *Nathaniel* heißt. Ich mag diesen Namen sehr. Aber irgendwie passte es nie. Doch ich weiß, *mein Nathaniel* macht seinem Namen alle Ehre. Denn Nathaniel bedeutet: Gott hat gegeben – Gott hat geschenkt. Und ich denke, ein größeres Geschenk als dieser Mann hätte Tara nicht widerfahren können.

In diesem Sinne, bleibt behütet. Wir lesen uns, ganz sicher!

Eure

Silvia

Danksagung

Wie immer gilt mein größter Dank Euch, meinen lieben Lesern. Letztlich ist das Schreiben eine sehr einsame Tätigkeit, auch wenn ich in diesem Punkt die Einsamkeit liebe. Aber Eure Reaktionen auf meine Geschichten, Eure persönlichen Nachrichten und die wundervollen Rezensionen sind der Motor, der mich jedes Mal von Neuem an den Schreibtisch führt. Eure Treue bedeutet mir unglaublich viel.

Meiner Lektorin, Maren Hustedt möchte ich von Herzen danken für ihren Einsatz. Die Zusammenarbeit mit dir, liebe Maren, ist immer eine Freude.

Danke möchte ich auch meinen Erstlesern sagen, die mich schon so lange unterstützen. Schön, dass es euch gibt. Dass ihr mir mit konstruktiver und kreativer Kritik stets zur Seite steht und jeder neuen Geschichte entgegenfiebert.

Ein ganz besonderer Dank gebührt meinem Mann, ohne den das Projekt Schreiben gar nicht möglich wäre. Er hält mir den Rücken frei, schafft mir zeitliche Freiräume und unterstützt mich in den Momenten, da mich Zweifel plagen.
Ich danke dir von Herzen für deine unermüdliche Unterstützung, deine bewundernswerte Art mich immer wieder aufzubauen, wenn mich gerade mal wieder alles überfordert und deinen feinen Sinn dafür, den ein oder anderen genialen Plot Twist beizutragen.

Danke Euch allen!

Mehr von Silvia Maria de Jong findest du unter:
www.silvia-maria-dejong.de